全国宣传文化系统
"四个一批"人才作品文库

新闻界

牟丰京新闻作品选

牟丰京 著

中华书局

图书在版编目(CIP)数据

牟丰京新闻作品选/牟丰京著. —北京:中华书局,2011.9
(全国宣传文化系统"四个一批"人才作品文库)
ISBN 978－7－101－07834－3

Ⅰ.牟…　Ⅱ.牟…　Ⅲ.新闻—作品集—中国—
当代　Ⅳ.I253

中国版本图书馆 CIP 数据核字(2011)第 022475 号

書　　　名　牟丰京新闻作品选
著　　　者　牟丰京
丛 书 名　全国宣传文化系统"四个一批"人才作品文库
责任编辑　高　天
装帧设计　毛　淳
出版发行　中华书局
　　　　　　(北京市丰台区太平桥西里 38 号　100073)
　　　　　　http://www.zhbc.com.cn
　　　　　　E－mail:zhbc@zhbc.com.cn
印　　刷　北京瑞古冠中印刷厂
版　　次　2011 年 9 月北京第 1 版
　　　　　　2011 年 9 月北京第 1 次印刷
规　　格　开本/700×1000 毫米　1/16
　　　　　　印张 29　插页 4　字数 442 千字
国际书号　ISBN 978－7－101－07834－3
定　　价　78.00 元

出 版 说 明

实施宣传文化系统"四个一批"人才培养工程，是党中央作出的一项重大战略决策，是推动实施人才强国战略，提高建设社会主义先进文化能力的重要举措。实施这一工程，旨在培养和造就一大批政治坚定，与党同心同德，具有广泛社会影响的一流的思想理论家、一流的记者编辑主持人、一流的出版家、一流的作家艺术家。为集中展示"四个一批"人才的优秀成果，发挥其示范引导作用，"四个一批"人才工作领导小组决定编辑出版《全国宣传文化系统"四个一批"人才作品文库》。《文库》主要收集出版"四个一批"人才的代表作，包括理论专著论文、新闻出版、文学艺术作品等。按照精益求精、分步实施的原则，《文库》将统一标识、统一版式、统一封面设计陆续出版。

全国宣传文化系统"四个一批"人才

工作领导小组办公室

2008年12月

牟丰京

1966 年 10 月生，山东烟台人。1987 年毕业于山东大学中文系。现任重庆日报报业集团党委书记、集团传媒有限公司董事长，高级编辑。曾参加东北三省国有企业扭亏和清理"三角债"等战役报道，采写了多篇高质量的优秀新闻报道和内参。采写的《水利是投资回报率最高的产业之一》，提出的主要观点引起有关部门高度重视，并被评为全国水利系统劳动模范。评论《青年中国说》、论文《报业集团如何提高新闻资源利用率》分别被评为中国新闻奖二、三等奖。在行业内较早提出了"围绕中心、服务大局，深入基层、调查研究"的办报理念，产生较好影响。是全国宣传文化系统"四个一批"人才，全国新闻出版行业领军人才，享受国务院颁发的政府特殊津贴。

目 录

三、消　息

四、通　讯

五、会议和领导活动报道

幸运的"被"选择(代序)

　　曾被固化到甲骨、钟鼎、竹简上的汉字,如今变得越来越灵动了,一不小心,哪一个字就会火遍大江南北。比如最近的一个"被"字,很多事情都可以"被"一下,只不过这个"被"往往又等同于"背"了,"被就业"、"被增长"等等,结果并不好。

　　回顾自己二十几年的职业生涯,也通篇写着一个"被"字,始终"被"选择,只不过我的"被"却很幸运。

　　24年前,做着文学梦的我,"被"选择进了新华社辽宁分社,当一名记者。这真是此生最大的"被"了。那个年代正是我国的改革开放迅猛展开之时,改革中的各种难题、各种探索,令人目不暇接,或风云人物,或升斗小民,都自觉不自觉地品尝着其中的酸甜苦辣,作为一个"记录者",真有写不完的故事。记得刚工作两年,恰同学青年的一众朋友聚会,我也忍不住"发狂":你们努力去当官、挣钱,都不如我做记者,这是一个能直接推动社会进步的职业。

　　后来"被"选择跑农村。当时还真的有点委屈,怎么当记者也讲出身啊?就因为我是农家子弟就要跑农村?要知道,当时中国的改革热点已从农村转向了城市,跑农村,付出几倍的辛苦,也不见得会得到等量的好稿。但"被"选择当了十年的农村记者,还真是另一大幸运。正像重庆市委书记薄熙来同志所说:农村和农民是中国最大的国情,而知国情是年轻人做好工作的重要基础,仅从书本是不能了解国情的,必须亲身感受。谁走得勤、看得清、问得细、记得牢,谁才能真知、详知,才能对中国社会有更大的发言权。这十年,给了我一生用不完的财富。在这期间,我还"被"选择去了新华社西藏分社,援藏一年半,虽然那时在新闻上还是一棵"青葱",但那天高地远的雪山草原,那飘香的酥油茶,尤其是脸上有着纯朴"高原红"的藏族同胞,给了我一生的营养。

再后来,重庆直辖。我又"被"选择来到了新成立的新华社重庆分社,工作3年后,再一次"被"选择到了重庆日报工作至今。在重庆的14年,亲眼见证了这个"少年"的成长历程,也用心感受了三峡库区移民的亲情、乡情、爱国情,那种平凡到近于木讷的伟大,是生活给我的又一份营养。

一晃"被"选择了24年,从一个青年走到了中年。看到当今的小青年,依稀看到了自己过去的影子,但又有很多不同,其中最大的不同是,他们更喜欢一种自主选择的洒脱的人生。挺羡慕他们的。也祝福他们。但想想自己,倒也没什么亏,挺幸运的。这其实也是我们这一代人的命运和幸运。赶上了一个拨乱反正的年代,一个层出不穷的变革的年代,一个只要做,就会精彩,就会无憾的年代。选择?被选择?置身变革,躬逢盛世,夫复何求?!

一、论 文

做一张广大读者喜闻乐见的现代党报

——在《重庆日报》改版工作会上的讲话

　　市委三届五次全会,是我市文化事业发展的一个大事件,其中,熙来书记的讲话和全委会的决定,对如何改进新闻宣传工作,尤其是提高党报的舆论引导水平,发挥更大作用,提出了明确要求。薄书记给我们提出了"昂起《重庆日报》和重庆卫视两个新闻龙头,下力气、用心思办好《重庆日报》和重庆卫视"这个总目标,《决定》提出,要"不断创新《重庆日报》办报理念,改进版式和话语方式。创办农村版,探索财政为村社买单订阅。加快把《重庆日报》办成西部影响力最大的日报之一,更好地发挥对其他平面媒体的引领和带动作用",这对《重庆日报》既是一个重大发展机遇,又是一个极大的挑战,全体同志一定要认真学习领会,落实到我们的改革中、发展中、工作中。下面,我将从几个方面,谈谈我的认识和体会,并谈谈下一步新闻改革工作的基本思路和重点。

一、让我们共同学习一下熙来书记的讲话

　　熙来书记说:"要提高舆论引导能力。现代舆论传播经历了报刊、广播、电视、互联网和手机等几个阶段,每一次升级都对社会带来革命性影响。蒸汽机发明前,马跑多快,新闻有多快;后来火车跑多快,新闻有多快;现在是电波、光波有多快,新闻就有多快。过去是单向传播,现在是双向互动、多方互动,受众也是传播者。从文字,到图文并茂,再到现在的图、文、声、像多维立体传播,新闻舆论已渗透到社会各个角落,对社会稳定和发展、人心向背都起

着重要作用。新闻舆论一旦掌握群众，就会形成强大的物质力量。要客观真实地报道重庆改革发展的火热生活，展现全市干部群众良好的精神风貌；要及时回答老百姓关心的热点问题，解疑释惑；要揭露消极腐败的现象，针砭时弊，警醒世人。"

"有人把新闻宣传比作做菜，材料再好、佐料再全，厨艺不好，做出来的东西大家还是不愿吃。勉强吃下去，也会倒胃口，难以消化。主旋律、主流文化决不等于呆板、教条和枯燥乏味，它恰恰要更鲜活，更实在，也更有吸引力。无论是报纸、期刊、广播电视，还是网络，都不要板着面孔、打官腔、说套话。前人曾用泥菩萨来给官僚主义者画像，十分传神：泥菩萨坐在庙里，'一声不响，二目无光，三餐不食，四肢无力，五官不正，六亲不认，七窍不通，八面威风，久坐不动，十分无用'。我们党的干部也可以此为镜，照照自己有没有类似的官僚气。我们的宣传工作者，一定要深入下去，了解大众的需要，针对不同的群体，研究设计生动的传播方式，学会运用百姓喜闻乐见的语言，提高传播艺术。"

熙来书记这两段话既深刻又形象，阐明了新闻工作的意义、作用以及工作方法，而且其中讲的不少问题，我感觉就是在针砭党报的时弊，入木三分。我们以前经常讲，党报要兼具权威性、指导性、新闻性、可读性，要创新办报内容，改变话语体系，改进包装形式，熙来书记用两段话，讲得明明白白。

二、进一步创新党报的办报理念，增强"四更"意识

党报也要与时俱进，创新办报理念，在当好正确舆论"领头羊"的基础上，不断提高舆论引导水平，真正办成导向正确、传播有力、覆盖广泛的大报。落实熙来书记指示精神和全委会决定，党报必须变得"更权威、更专业、更创新、更有效"，它体现了党报的普遍性与特殊性、继承性与创新性的统一。

更权威。权威性、指导性强是党报独有的优势，是党报必须坚持和不断发展的优势，是党报最重要和最大的优势。我们要在以往基础上，更加主动地深入实际、调查研究，对市委、市政府的中心工作，快速跟进，抓住重点和社会热点进行调研，形成一大批对重庆市经济社会发展具有重要推动作用的报道。对这类报道，我们将在制度上予以保证，在考核上予以倾斜，尤其要重点办好原有的"特别关注"版面、"重报调查"栏目，以及新增设的"决策参考"

版面。

更专业。更专业是指新闻化的专业,不是枯燥难懂的专业。这要求记者编辑要用专业的眼光抓新闻。党报读者的知识水平和决策水平比较高,对新闻产品的要求也比较高,大多希望通过阅读新闻来提高政治水平、知识水平和业务水平。因此,我们的报道要杜绝浅尝辄止、雾里看花、读者看不懂、行家不点头的内容,要善于用专业的视角和手段处理新闻。

更创新。党报不能仅仅从宣传的角度做新闻,而应更多地从新闻的角度做宣传,只有不断创新,才能保持党报长久的生命力。创新包括新闻理念、话语体系、表现形式、版式包装、新闻策划和活动等诸方面,其中创新话语体系尤为迫切和关键。党报与读者不太贴近的一个重要原因,就是话语体系老套,官腔官调、空话套话充斥版面,读者望而生畏,严重影响了党报舆论引导水平的提升和影响力的发挥。为此,要改变过去的报道模式和报道语言,采用新的话语体系和新的角度,运用现代的、接近读者的手法。在这方面,熙来书记给我们做出了示范,也让我们增强了信心。

更有效。更有效包括两重涵义:一是有用,做有价值的新闻。没有用,就意味着没有效。二是可读,再有价值的新闻,如果不可读,也就失去了传播的效果。

三、继承传统,解决痼疾,实现两个"三贴近",是落实"四更"新理念的重要途径

如何做到"四更"(更权威、更专业、更创新、更有效)?

我们通过组织全体采编人员认真学习、消化熙来书记的讲话精神,认识到要实现"四更"目标,必须继承传统,解决痼疾,实现一大一小两个"三贴近"。

所谓大"三贴近",就是"贴近实际,贴近生活,贴近群众"。这是新闻工作的重要原则,是改进新闻宣传工作的重要途径。在这方面,老一辈党报工作者有着优良的传统,我们要好好继承,通过实践"三贴近",下决心转变采编作风。要鼓励我们的记者主动去研究市委、市政府的中心工作,从一些重大举措的进程中抓出新闻;要深入生活,深入一线,深入到田间地头、厂矿企业,不能总是材料来,材料去。要改变采编作风,用制度作保障,考核制度向深入基层、深入一线的好稿倾斜。

所谓小"三贴近",就是针对党报从内容、到文风、到形式,都存在不够贴近读者的痼疾,下大力气予以解决,使党报在三个方面更加贴近。

提供更加贴近读者需求的内容。一张现代党报必须力求权威性、指导性与新闻性、可读性的统一,增强报纸的"四性"的基本途径就是"围绕中心、服务大局,面向基层、服务群众"。因此,要在"两个服务"上下功夫,多提供有重大参考价值的深度报道,多提供来自基层的鲜活报道,尽可能减少一般性的工作报道,减少新闻性不强、价值不大的报道。

运用更加贴近群众的文本。长期以来,党委机关报与读者不太贴近的一个重要原因,就是话语体系太老套,官腔官调、空话套话充斥版面,与读者喜闻乐见的话语体系有相当的距离,让读者望而生畏。这也严重影响到党报舆论引导水平的提升和影响力的发挥。读者之所以感觉关于薄书记的报道耐读、可读,不像以前的时政报道,让人感觉似曾相识、千篇一律、枯燥难读,关键是在报道中薄书记说的都是实话、有内容的话、鲜活的话。因此,我们的记者从采访开始就要注意抓故事、抓细节、抓新闻,要说群众喜闻乐见的语言,不要动不动就用高度概括的语言,要尽最大努力摒弃官腔、官调,空话、套话,彻底解决办报中的"党八股"问题。

探索更加贴近读者阅读习惯的形式。看报看题,要在标题改进上下功夫,少用一些八股味的四六句,使标题更鲜活、更实在、更有吸引力。此外,还要在版面包装上下功夫,要深入研究"浅阅读"时代的规律,改变传统党报的刻板面孔,大胆运用各种版面语言,重视图片、美术、图表、图示、导读的使用。

四、做好新一轮新闻改革的准备工作,努力办成西部影响力最大、办报水准最高的党报

今年初,由综合管理、新闻采访、编辑出版等中心、部门负责人组成考察团,学习考察了《新华日报》、《南方日报》等省级党报以及《南京日报》、《广州日报》、《深圳特区报》等城市党报,深入了解其办报理念、采编流程、队伍考核、广告经营等方面的情况,开阔了眼界,增长了见识,取回了真经,为下一步的改革奠定了较好的思想基础。

编委会初步决定,在今年10月底,全面启动新一轮新闻改革。

《重庆日报》新一轮改版,版面总量将由目前的每周72个版面,扩充到88个版,这个版数在全国省级党报中已可名列前茅。版面分为五大类:常规新闻版面,深度报道版面,观点新闻版面,周刊新闻版面,专刊和广告版面。常规新闻版面在这里不详述。

深度报道版面包括:特别关注:针对市委、市政府某项重大决策、具有全市影响的新闻事件、社会热点焦点问题、话题人物等重大单一新闻题材的深度报道,多角度、全方位、深层次地报道新闻事件、话题或人物。决策参考:针对重庆市重大政治经济决策的多个题材,在第一时间分别进行中深度报道,为决策提供参考。该版面包括多条不同题材的稿件,以政策解析、新闻调查、民意调查等稿件为主。特别关注与决策参考滚动刊出,原则上每周深度报道版面合计4个版。

观点新闻版面和栏目包括:理论:重要理论文章及相关重大课题的理论性思考。时评·网眼:由时评和网眼两部分组成,各占半个版。时评部分主要针对国际国内和本地重大新闻,以短评、声音等灵活多样的形式,及时发出本报声音;网眼部分针对网络热点话题、带有争议性的事件,配发新闻评论或摘录网上关于热点事件的观点,增强报网互动。时评·民意:由时评和民意两部分组成,各占半个版。时评部分主要针对国际国内以及本地重大新闻,以灵活多样的形式,及时发出本报声音;民意部分采取与相关市级联办,基于日报热线电话和相关部门热线电话,反映群众呼声,督促事情办理,并及时在报纸上反馈,架起政府部门与人民群众沟通的桥梁,密切党报与读者的联系。同时,聚合社会力量,调动全编辑部的资源,编委会成员带头,加大日常评论的写作力度,办好"巴渝论坛"、"今日谈"等栏目,并加强对重点稿件的点评工作,使言论和思想,真正成为党报的旗帜。

周刊新闻版面,初步计划出:开放周刊:涉及重庆扩大开放的政策决策、新闻事件、重要观点,以及类似西三角的区域合作新闻。一圈两翼:采取主题策划式报道方式,就"一圈两翼"发展策划选题,体现区县发展的新趋势、新举措、新方向,并加以分析,为区县发展提供"隆中对",尤其要营造一种区县发展擂台的氛围,是带有一定深度的区县报道。教育周刊:教育领域的策划新闻报道。健康周刊:医疗卫生、体育类新闻的策划报道。影响周刊:文化副刊类周刊,包括两江潮和读书。法治周刊:立法、执法、司法及法律监督领域的策划报道。周刊要坚持新闻的方向和标准。

尽快推出更加适应农村读者需要的《重庆日报》农村版。初步准备从下个发行年度起,推出全新的《重庆日报》农村版,目前正在进行部门和人员准备工作,组建专门的农村版采编部。

五、保障措施

一是制度保障。要建立健全更符合现代党报发展的、严格的规章制度。考核工作应细化分类,向好稿、好策划倾斜,向一线记者倾斜,进一步拉开收入差距。设置策划等级评定制度,并评选月度好策划,每年评选年度十佳策划,给予奖励。对部门主任,重点考核其组织策划报道的能力与队伍建设的成绩。进一步完善"采编两会制度",使新闻策划组织指挥更为科学,每日采编重点得以落实,采编沟通协调更为顺畅,基本杜绝各种漏发、错发、重发现象的发生。

二是队伍保障。既要加大对内培养力度,又要加大对外引进力度,打造更能适应新闻改革需要的干部和职工队伍。加大品牌专栏、专版和名记者、名编辑的培育、推广力度。进一步转变采编作风,推行记者联系点制度。

三是文化保障。要形成良好的团队文化,进一步树立"想干事、能干事、干成事"的风气,使全体员工向这些同志学习、看齐。干部提拔、奖励都要向"想干事、能干事、干成事"的同志倾斜。要形成"比学赶帮超"的氛围,旗帜鲜明地反对"唧唧喳喳说小话,无心无力谋发展"的现象。

六、开展"昂起《重庆日报》龙头大讨论活动",为改革和发展提供动力,做好准备

《重庆日报》这次新闻改革与以往不同,既是不断进行新闻改革的自主行为,也是学习贯彻市委三届五次全会精神的具体举措。这次改革不仅仅是版面结构的调整和版式的改革,更重要的是指导思想和新闻理念的转变。

大家要围绕这次改革的总目标和工作要求,广泛发动干部职工进行讨论,查找工作中有哪些差距,从理念到采访到写作到编辑,一直到出版环节,有哪些不适应的东西。我认为,任何一个环节都有不适应的东西,大家要查找得更具体,具体到每个环节,具体到每一个工作人员。

　　具体到稿件,从采访环节来看,是不是不够扎实,不够深入,按照新的改革要求,是不是还需要多问几个为什么,是否需要更深入和广泛地开掘,是否需要更多的背景材料,你关心的东西是否真的具有新闻价值。

　　在写作环节上,你的语言是否呆板、教条、不够鲜活、不够吸引人,是否板着面孔说套话、打官腔,是否是一些从概念到概念、从数字到数字的东西,老百姓能否接受你的话语体系? 现在,关于薄书记的报道,已引起广大读者和兄弟党报的关注,大家普遍反映,这些报道带来了一股新风,基本上没有官话和套话。薄书记特别要求我们,新闻首先要有新鲜的事实,要有有价值的内容,不要只是一些陈年老账,在此基础上,要用老百姓喜闻乐见的语言。为了方便阅读,还要尽可能用短句子,尽可能采取直接主动的表述方式,不要云山雾罩,不要绕来绕去。对任何一张党报而言,书记的报道都是最难写得平实,最容易落入套路,最容易写得刻板的。薄书记亲自指导下的这些报道,让我们找到了改革的方向。我们对薄书记的报道都能写得鲜活,写得实在,写得吸引人,其他的报道还有什么借口写得刻板、教条,言之无物?

　　市里经常召开一些新闻发布会,与同城媒体比拼时,《重庆日报》的报道往往落入下风,写作不够精巧,新闻不够突出,包装意识也差,我们的新闻往往废话较多,没有多少信息含量,另外,语言也不活泼,总喜欢端起架子来指导,宏观的、概括的语言太多,直截了当陈述新闻的时候少。对这些问题,编委会的同志、中层干部,都要带领记者、编辑认真去查找。可以这么说,除了极少数报道,90%以上的稿子是可以改变,可以变得更有价值、更可读、更有效的。这些问题如果长期不能得到解决,我们就会逐渐被读者所抛弃。

　　编辑环节也要认真查找差距。一是部门值班主任是否按以上要求去精编稿件,让读者读得下去。从中有收获。你编辑后的稿件,作为读者,你是否喜欢读,读得下去。二是编辑出版中心是否根据报社要求和读者需求,对稿件进行了精心的二度加工,使新闻更突出,标题更鲜活,更吸引人。薄书记审定的报道,标题是很鲜活、很吸引人的,以前我们对标题的要求是全面规范准确,忽视了标题还应该新鲜生动活泼。薄书记对标题的要求,提得非常准确,他说大标题不要搞得大而空,平实一些最好,而且不一定用那些八股味的四六句;小标题不一定全面,但一定要生动,要把最精彩、最新鲜、最打眼的东西拿出来做小标题,甚至不一定是这个段落中最重要的内容,但必须是最吸引眼球的内容。他说,看报看题,一篇文章做好了大标题、小标题,文章就成功了一半了。总编室要收集一下,找二三十篇有代表性的薄书记的报道,类型可以多一些,发给大家认真学习。如果我们的报道都能做到薄书记要求的那样,我们的新闻改革就成功了。大家要认真研究和把握一些科学性和规律性的东西,从采访到两个编辑环节都要研究这个事。我们这支队伍不是做不来,而是几十年传统的思维束缚了我们,而这些传统思维和习惯做法,已为读者所厌倦和抛弃。

还要注意查找保障方面的差距。一是队伍的保障。面对这次由里及外,既要换汤,更要换药的改革,我们的队伍还有很多不适应,要抓紧时间给采编队伍补课、充电,从采访到编辑,需要开一系列的研讨会和讲座。

二是制度的保障。包括管理制度和考核制度。管理制度方面,比如,我们的部门值班主任上班时间,几乎是同城媒体中最晚的,从哲学上讲,一定的量的堆积,才能保证一定的质,值班主任的上班时间都无法保证,如何保证策划水平和稿件质量?各中心、各部门的例会也坚持得不够好,策划不经常,主动的学习和研讨也没有成为制度。采前会和采编协调会的"两会"制度,所有报纸都在坚持,我们也有了较大改进,但"两会"的水平和质量仍有较大的提升空间。部门主任参会前的案头工作还做得不充分,精力还花得不够,有的同志开会前,脑子里没有多少情况,对本部门当天的报道重点和即时新闻,没有做到心中有数,当然也就拿不出好的建议和意见。我观察了一段时间的采前会纪要,也发现有的总值班做得较好,根据部门提出的采访建议,能够做出明确有效的判断和安排,对当天的报纸、具体的版面和稿件,对得与失,态度鲜明,评价得当。有的就做得比较水,意见含糊,评价模糊,走了过场。采前会有两大功能:一是评价功能,好与不好,要说出个门道,只说好,只说不错,没有大的用处;二是指挥功能,对部门主任报的题目要表态,不是对所有的题目都表态,而是对重点的题目要明确表态,怎么做,做多大,注意什么问题。

新的考核制度,也要尽快拿出来,在全报社广泛讨论。要通过更科学的考核,引导记者转到通过深入基层、调查研究,花更多的时间去写好稿上。而蜻蜓点水采访,浮皮潦草写稿,则上不到版面,或者工分很低,长此以往,还要因不适应工作被淘汰。

按照以上要求,我们要全方位地找差距,一点一滴地找差距,越具体越好。要具体到案例分析,如写作环节,记者拿回丰富的材料后,导语如何写,如何展开,如何结尾,都要进行具体的案例分析,通过大量而具体的案例分析,使记者掌握适应现代读者阅读需求的写作形式。编辑环节也要进行大量的案例分析,从稿件编辑,到标题制作,到版面形式,都要有案例,而且越多越好,越具体越好,越具针对性越好。只有具体到案例,大家的思想才会真正得到触动,才能找到具体的改进方向和措施。

各个中心都要列出讨论的专题,要多开一些专题讨论会。比如,编辑出版中心就要召开专门的标题制作研讨会、文字精编研讨会、版式研讨会、以新华社通稿为重点的外来稿件编辑研讨会等。各个中心都要进行专题的讨论。比如,在转变文风方面,我们可以通过研讨形成一些规范,例如:不能用长句,提倡用短句;一段话最多不能超过多长;一个小标题下的文字最多不能超过多长;非特殊情况下,一个稿子最多不能超过多长。

这次改革是从新闻内容到表现形式的总体改革,要在诸多方面予以突破,可能是历次改革中难度最大的一次,要改变几十年的习惯思维,要触及采编人员的思想深处。大讨论的方法是带着目标找差距,带着差距找问题,带着问题找办法。差距要找得准确,问题要找得到位,办法措施要有针对性,要真正有效,不能泛泛而谈,要具体、具体、再具体。

七、队伍建设的几个重点问题

(一)加强思想教育,提高政策水平。我们的一些同志,政治素质还不够高,对党的路线方针政策,对市委、市政府的中心工作,还存在了解不够多、理解不够深的问题,少数同志在心理上甚至还有一些抵触,一些采编人员并没有从心里认同马克思主义新闻观,对新闻的导向作用、喉舌功能认识不清,导致在采编工作中缺乏正确的判断和认识。我们从事社会主义的新闻事业,对这些大方向的东西,如果从思想上解决不了,心理上不能够真正认同,就会出现很多问题。当然这不代表我们新闻队伍的主流,却是一个不可忽视的支流,一些人总喜欢戴着有色眼镜去看这个社会,看党的路线方针政策,看我们新闻管理的制度。

(二)搞好培训,增强学习的主动性。以内部同志为主,搞一系列的培训讲课,也可以请兄弟报纸和大专院校的专家来授课。我们的队伍,还较普遍地存在主动学习不够、知识更新不足的问题,资深记者和年轻记者都存在这个问题。先说资深记者,我们一直很想延长记者的职业生命,但不够成功,除了制度上还有缺陷外,一个重要原因是一些同志主动学习不够、更新力度不够,已经跟不上越来越多、越来越快的媒体变化的需求。不注重研究现代读者的阅读需求,不研究越来越新的经济社会现象和问题,而用多年前刚开始从事这个职业时的知识储备、思想观念来服务现代读者,肯定是不行的,不对路。

主动学习不够的问题,在年轻同志身上也程度不同地存在,虽然多数同志都接受过完整的国民教育,但仅有这些是不够的。日常的学习很不够,知识面太窄,很多东西停留在表面和浅层次上,缺乏一批专业性的记者,当然我们不可能成为专业层次很高的专家,但也要是一个一个的小专家。否则我们的采访就会出现很多问题,很多时候我们的记者一接触高层的采访,无论是官员、企业家还是文化名人,立马就没底气了,听不懂,不能和人家平等地对话。以前我看白岩松等采访一些国际问题,他们也算国际问题的小专家,就是两个人在平等地对话。所以采访对象也有兴趣跟你说得更多,表现得更多。而我们不行,几句话就露怯了,不懂,回来写的东西就更不懂,甚至张冠李戴。奇帆市长对我们平面媒体的评价不高,当然不止我们,他对广电的总体印象分也不高。他之所以对媒体的评价不高,最根本的问题是他觉得我们不够专业。他说得很有道理,比如他肚子里就全是"东西",他讲的就深入浅出,大家有兴趣听。面对他的报道,很多记者是很认真的,但由于不专业,客观报道效果就比较差。所以当记者就要知识广泛,成为一个小专家,在这个方面我们所有同志,包括我自己,都要下苦功夫。

(三)转变采编作风,落实"三贴近"。在这方面,我们还有很大差距。具体表现是采访蜻蜓点水,跑跑机关,拿拿材料,回来以后就进行一些拼凑,编编写写,包括不少采访浅尝辄止,一知半解就开始写稿的现象,不是说广泛存在,但还是比较严重。前不久和一些部委办局一把手交流,听他们谈了半个小时,说的问题都是采访作风不扎实的问题。例如:我们一张报纸报道三峡游船停航,搞得骇人听闻的,其实人家不是,只是当时游客少了一些,一般性游船停了,但比较好的游船没有停,记者就没怎么听清楚,回来就写成三峡游船停航,造成很大的负面影响。这个事很复杂吗?它一点也不复杂,就是采访作风的问题,更不用说我们要求深入到车间、厂房或家庭等,去深入挖掘一些来自生活、非常丰富的细节和故事。大家谈起晚报的周立,还是挺佩服的,写了那么多丰富、生动的新闻故事,是怎么来的,我估计每一个故事都是采访了好几天,写作了好几天,否则不可能有这种效果。以前一位中宣部的领导讲过一句话,"三贴近"怎么贴近,关键是"三深入",想贴近实际,贴近生活,贴近群众,就必须深入实际,深入生活,深入群众。在这方面我们有很大的差距,这个我就不得不说 80 后了,这一代人的采访作风,确实比以前的记者差一些,生活环境和工作环境又好,吃苦精神不够,作风不够扎实,应该引起足够的警惕。

(四)设立"高压线",狠抓职业道德建设。这方面主要存在两方面问题,一是假新闻导致公信力下降,二是滥用话语权导致形象受损。假新闻也有两种,一是采访作风不扎实导致的新闻部分失实,二是故意造假导致的假新闻。上次我举过某报的例子,说两个西政的女学生为了练胆气,到毫无关系的人的婚宴上蹭饭吃,饭后还互相交流心得体会,写得活灵活现,其实完全是子虚乌有,编出来的。这个案例虽没有发生在集团内部,但我不敢说我们队伍里就绝对没有这种行为,如果有,是非常恶劣的。

关于职业道德的第二个问题,滥用话语权导致形象受损,尤其应该引起大家注意。以前有个提法不对,说新闻是公器,这个不符合我们马克思主义新闻观,但是新闻作为党的舆论工具,是为公众服务的,你不能拿来为小集团使用,更不能拿来给个人使用。这种情况是有的,最恶劣的是利用新闻的权力敲诈勒索。这个在全国的媒体里出现过多起。我们有没有,不敢说肯定的话。去写一篇负面报道,如果你把我摆平了,就算了;如果摆不平,我就见报。我到集团来后也接到过这种投诉信,有些是查实的,有些确实不存在,反映情况不实。还有一种表现形式,组织一批人搞"新闻走穴",我给你发稿子,你给我钱,钱给得还挺多。而且已经"与时俱进",搞成类似于公关公司的组织,虽没有工商注册,但已专业化了,兄弟伙儿出去,给哪个企业整体策划和包装,发几篇稿子,各分上三五千,滥用话语权。我很赞成有的同志提出来"三条高压线"。一旦触碰了高压线,不看他的能力、水平,不看他以往的业绩,立马处理,起码做到我们集团内部都不用。

(五)探索更加细致入微的人文关怀措施。通过这样的措施,留住人才,稳住队伍。新闻既是重脑力又是重体力的工作,劳动强度大,精神压力也很大,各报网的考核又很严格,而精神产品又需要更多创造,每天都张满了弓,没有心理抚慰,没有适当的松弛,思维会迟钝,身体会垮掉。各报要高度重视,多出一些得记者心、编辑心的好办法,为记者、编辑多办实事、好事。

(《新闻导刊》2008 年第 5 期)

报业集团如何提高新闻资源利用率

从 1996 年广州日报报业集团发端至今,我国的报业集团已达 40 家。通过发展集约化经营,许多报业集团卓有成效地整合了资产、财务、广告、发行、印务、物业、物资等资源,但同时,对新闻资源的整合却不尽理想。事实上,新闻资源才是所有资源中最重要、最核心的部分。整合新闻资源,提高新闻资源利用率,是报业集团亟待解决的重要问题。

子报子刊:错位竞争,避免自相残杀

同在一个地域,内容相近,风格相似,为争夺信息资源、广告资源和读者资源而自相残杀;为一条一般的消息,各报各刊都派记者,甚至驱车数辆奔跑数百公里,人力物力浪费严重。

以上现象在很多报业集团内部屡见不鲜。有的报业集团虽然挂牌成立,但体制、机制和过去相比似乎没有什么变化,集团仅是单个媒体的叠加、合并,只呈现"物理反应"而没能产生"化学反应",因此各报刊依然自成体系,各自为政,资源不能合理利用,甚至内耗严重。

要提高报业集团新闻资源的利用率,首要的是根据市场需要对集团内报刊统筹规划,科学定位,调整结构,优化配置。一个理想的集团架构,应该能形成各子体之间分层定位、错位竞争、优势互补的良好格局。

报业集团各媒体在市场细分之后,各自放弃一些市场,侧重一些市场,即有所为,有所不为,集中力量向自己的目标市场提供有特色的产品和服务,占领不同的读者市场,有利于消除内耗,发挥整体优势。

细分市场是报业集团对所辖报刊作好目标市场定位的基础。报业集团要通过了解受众的不同需求,分析可能存在的细分市场,依据自身条件、资源和能力,确定能有效为之服务的最具吸引力的细分市场。因为无论多大的报业集团,其拥有的媒介资源也是有限的,不可能满足所有受众的一切需求,只有选择最有利的目标细分市场,才能集中有限资源以取得竞争优势。

在细分市场过程中,报业集团应重点研究、建立和完善集团的报业结构和战略布局。结构优势是竞争力的基础,不是几个产品的简单叠加(物理反应),而是系列产品的有机组合,能产生 1+1>2 的作用(化学反应)。拥有一个结构优势,远远胜于拥有十个单兵优势。这也是报业集团与单一媒体的本质区别。优化报业集团结构,除注意覆盖性外,还应考虑当前的利润增长点和未来的媒体后劲。

天津日报报业集团的报种原来比较单一,而今发展到有日报、早报、午报,还有周报,这就意味着首先从阅读时间上对读者市场进行了第一次覆盖。时间覆盖实际上是读者阅读需求、阅读个性的覆盖。同时报种结构也考虑了读者的年龄段和职业分布。《天津日报》以中老年读者,以管理层、决策层、企业界的高端读者为主;《每日新报》以最普通的市民为主,这二者主要保证当前读者群。而《城市快报》和《假日 100 天》则以前卫、青春为个性取向,形成了从 16 岁到 60 岁的读者年龄结构,保证集团的读者结构目标、客户结构能长久固定,集团未来有足够的后劲。

深圳特区报报业集团近年来通过不断探索,调整了各报的办报思路,强化了各报特色。《深圳特区报》作为市委机关报,坚持大力传播经济特区的新观念和新经验,积极为中国的改革开放大业鸣锣开道,以浓郁的"窗口"色彩和鲜明的改革精神满足读者的需要。《深圳商报》在性质上也是市委主管主办的党报,内容上定位为以经济报道为主的大型综合性日报,坚持综合性,突出经济性,增强权威性,走大众经济报道的路子。《深圳晚报》以服务社会、面向家庭、关注百姓生活为办报方针,充分发挥中午出报的时效优势,占据独特新闻时段,形成自己的风格和特色。《晶报》定位为以青年知识分子为主要读者的都市生活类综合日报,突出时尚风格。这样各报定位、侧重点不同,选稿标准、用稿角度和办报风格也不同,较好地避免了同质竞争。

让线索"活"起来,人才"动"起来

构建新闻平台,创新业务流程,提升新闻品质,是解决许多报业集团"大而不强"问题的关键。

报业集团信息化水平,直接反映在新闻产品的质量、数量及传递的效率与共享的范围上。一些有条件的报业集团可合并利用各媒体网站,构建集团的新闻采编平台及其稿库式发稿机制,这是重新整合采编流程的捷径。这样能够合理调配新闻采集力量,避免报业集团内部各报或一个报多个部的记者过分集中;能够合理分流稿件去向,减少因版面容量限制而造成的稿件积压和浪费;能够合理兼顾报网联动,改变网站新闻相对滞后于报刊的现状,通过"先从网上得新闻,后从报刊得解释,再从网上得专题"的做法,整体培育,分步扩大报业集团内部各报和网站的影响力。

报业集团利用所属网站构建采编平台及其稿库式发稿机制,要在定位的范围内,以新闻信息源的开发利用为中心,精心组织采集,统筹安排编发;要在采编平台上加强各编辑部和记者部的沟通、协调和配合,使新闻线索资源"活"起来,采编人力资源"动"起来,闲置素材资源"用"起来,减少报道的中间环节,综合运用各种采访手段,实现稿件生产效率的最大化;要增强组织报道的统一性、协调性,减少重复劳动,降低采访成本,提高采编效率,为新闻市场提供更有针对性的服务。

在这方面,已有一些成功经验可以借鉴。

例如,台湾东森媒体科技集团是一个多媒体集合体,其麾下的电台、电视台、报纸、网络编辑部采用合署办公方式,组成四位一体的大工作平台,即时新闻同时在电视、广播、网络直播,电视的音频信号在播出的同时,被资深编辑改写成广播、网络使用的文字稿件,在直播后再次使用。这些资料晚上则提供给报纸使用。

他们的新闻采集与供稿一般工作流程是:采访某一新闻事件,由一新闻小组承担,小组内通常有文字与摄像两名记者。到达现场采访时,先由文字记者通过电话或其他通讯手段,口头向东森广播网发布信息,由电台率先播出;然后当摄像机架好并进行电视采访时,新闻信息就开始流向电视媒体,供各电视台编辑后播出或即时播出;同时,文字记者又以最快速度整理出文字新闻稿,发给集团的网络媒体,即东华网络新闻(ETtoday.com),由网站滚动播出;而集团内的平面媒体——《民众日报》等,则从东华网络新闻中下载所需新闻,经编辑后在报纸上刊出。当一个新闻事件发生后,到现场的东森集团记者,往往只有两名,而刊播这条新闻的却可能是集团内的众多媒体。为了避免雷同,媒体在制作新闻时,往往根据自身特点,结合新闻背景及相关资料进行特色加工或深度加工。

体制机制:敢于创新　提高效率

囿于以往的经验和习惯,报业集团内部的子媒体常常喜欢单干,不愿合作;喜欢做"小锅饭",不愿进"大食堂"。这严重影响到新闻资源的合理利用,不利于集团整体优势的发挥。

采用合适的采编系统架构将有助于解决这一痼疾。目前,报业集团新闻采编系统的架构主要有三种形式:一是并列式:集团各报自成体系,业务经营完全独立;二是联合挂靠式:集团的多种报刊,业务上、经营上独立,但归属母报主管;三是密切结合式:报业集团各报刊融合成一个有分工有配合的有机整体。

实践表明,在三种架构形式中,密切结合式在领导体制、内部分工、人员安排、运作方式等方面都能进行比较统一的调整,使各报成为有机联系的整体。举例来看,浙江日报报业集团是由《浙江日报》及其派生的子报纸《经济生活报》、《钱江晚报》、《公共关系报》、《美术报》和委托主办的《共产党员》、《新闻实践》杂志等组成。各报刊统一在母报——《浙江日报》编委会的领导下开展工作。每一个子报刊的总编辑都由浙江日报副总编辑兼任。下属报刊的编辑方针及工作要点,均由《浙江日报》编委会根据各自的特点和分工来制定,统一部署,分头行动,较好地发挥了集团军作战的优势。

报业集团要提高采编系统运营水平,除了管理体制创新外,还应在建立完善的运作机制上下功夫。

机制发挥作用,是通过合理地设置机构来实现的。机构设置的方式方法很多,没有统一的模式,其关键是要根据集团自身实际情况拿出切实可行的办法。

如果按照密切结合式架构集团内部采编系统,当前有四种模式可资借鉴。

一是报业集团与集团母报采编系统两块牌子一套班子,集团总编辑即母报总编辑,主管集团和母报的新闻业务。集团(母报)副总编辑或编委分别兼任各子报刊的总编辑。或另设集团编辑工作委员会,各子报刊总编辑为成员。在集团或母报编委会领导下统一开展工作,业务和经营活动相对独立。各报新闻信息资源通过集团新闻平台共享。

二是报业集团按报系特点运作,新闻采集和编辑完全专业化。集团组建新闻中心,记者根据需要组成新闻小组负责某一新闻事件的采写,向媒体供稿。各媒体不设记者,编辑们根据各媒体的自身特点选取稿件、制作和发布。

三是报业集团各媒体新闻采编部门有分有合,分合结合。对有条件可以整合的新闻类别归并各媒体相关部门和记者,组建集团的此类新闻采访部门,向集团所有媒体提供此类新闻或图片。

四是报业集团根据各媒体特点和不同采访供稿强项,确定其为该项的集团新闻采写供稿中心,向集团各媒体供稿。

以上几种架构模式,各有所长,能较好地增强各媒体的有机联系,使之密切合作协同作战,节省成本,提高效率。尤其是通过整合集团采编资源,有利于发挥党报品牌优势。我国的报业集团多是母子型结构,母报多是各级党的机关报。作为权威性主流媒体,党报一向为各级党委、政府、企事业单位及广大读者重视,很多单位和个人乐意为党报提供各类新闻和信息。报业集团集中各媒体记者归属党报管理,能较好发挥党报的品牌优势,方便获取各方面信息。

值得注意的是,统一发稿制容易使集团各报新闻内容与写作手法雷同,从而淡化报纸的个性,减弱竞争力。因此,应在报业集团的体制创新和机制创新中,进一步探索好的组织结构形式,不断调整、完善机构的设置和功能,尽量使其科学合理,以最大限度地提高新闻资源的利用率,激发和增强报业集团的活力、竞争力。

(《中国记者》2004 年第 12 期,与李华年、周定泰合撰)

牢牢把握正确舆论导向,不断增强核心竞争能力

当前,重庆的报业结构正在发生着很多变化,对重报集团来讲,存在着很多或有利或不利的因素,既有机遇也有很大的挑战。诸多新的形势和变化,都要求我们冷静地、审慎地思考和研究我们的新闻工作,使我们更好地把握正确的舆论导向,不断增强集团的核心竞争能力。

一、坚持正确的舆论导向,做大做强正面报道,不断提高舆论引导水平,不仅仅是各级党委和政府对新闻工作的明确要求,也是集团新闻工作不断发展的客观需要,是我们这个始终把社会效益放在第一位的党报集团的必然选择,也是增强集团新闻竞争力的必由之路。

不少的同志,尤其是一些年轻同志有这样的疑问:"为什么有的媒体可以采取一种更直接、更吸引眼球、更具炒作的手法去报道,而且在争夺读者市场上又取得了一定的效果,而我们就要自缚手脚,放弃一些市场竞争的利器?"我的回答是,因为你是党报集团,你是主流媒体,你承担着更大的社会责任。市委宣传部长何事忠曾经说过一段既通俗又中肯的话:媒体要导好社会舆论的向,重报集团要导好重庆媒体的向,重庆日报要导好重报集团的向。一言以蔽之,这是由我们独特的地位和职责决定的,职责所在,义不容辞,"辞"则生祸。

曾经听市外一媒体从业人员说,他们的负责人给其记者和编辑或明或暗地传递一种理念:凡是党委和政府的政策、措施出台,作为一个新闻人,要尽力从中寻找其不足、其缺陷、其与人民群众意愿相背离的地方,然后深度开

掘，就会形成看点，抢夺眼球，引起轰动效应。他们还将这种做法称作新闻的逆向思维选择原则。我个人认为，这种新闻理念是极其有害的，是一种单纯逐利，不计公义的取向，长此以往，会将媒体置于党和政府的对立面，最终也会成为广大人民群众的对立面。

又有的同志会问：媒体在现实情况下，是否只能简单地唱赞歌，做传声筒？中央的一句话很好地回答了这一问题：媒体既要准确及时地体现党的主张，又要很好地反映人民群众的呼声。举一个例子来说明其中的结合点。重庆日报一部门正在做一个关于社区医院的选题。作为国家医疗体制改革的重要试验，其中肯定有很多积极的探索，也有探索过程中难以避免的不足与疏漏，如何破这个题，其实就是一种具象的新闻观的差异。如果我们更多地去寻找其问题，得出广大群众不愿进社区医院的结论，就会造成思想上的混乱，给这项改革的推进造成阻碍。如果单纯唱赞歌，不敢触及矛盾和问题，又不利于这项工作的正确开展，也是新闻工作的失职。我个人认为，正确的思路应该是这样的，首先应该肯定这项改革是得民心、顺民意的，是符合医疗体制改革的大方向的，这其中可以从政策出台的宏观背景、具体改革的目标、老百姓可以得到什么实惠（看病方便、费用下降、形成多层次的就医体系等）入手，然后再解剖一两个"麻雀"（试点），看一看到目前为止，取得了哪些探索成果，包括有关部门的观点、老百姓的感受等。最后也要善于逆向思维，通过深入的调查研究，看其中还存在哪些不足，应该如何改进和提高，老百姓有什么呼声和意见。总之，不要简单地说不好，而要探讨怎么做才能更好。这样党和政府满意，因为你在提建设性的意见；广大人民群众满意，因为你在反映他的呼声，上传下达，帮忙而不添乱，"两满意"的目标才能实现。我将这样的思路概括为四句话、十六个字——"围绕中心、服务大局，深入基层、调查研究"。

其实，我们集团内的各媒体，已经在围绕中心、服务大局，做大做强正面报道方面做了很多努力，并尝到了甜头。在重大报道上做文章，向正面报道要可读性，恰恰是我们这个管理比较规范、员工素养比较高的党报集团的优势。在这方面，不仅党报要带头做好，用新闻性、可读性基础上的权威性和指导性，打造党报的核心竞争力；我们的都市报，也要充分用好这一独特优势，进一步扩大我们作为主流媒体的影响力和公信力。

二、要进一步解决舆论监督把握不准、尺度不好、水平不高的问题,端正舆论监督的态度,改进舆论监督的方式、方法及手段,在提高舆论监督水平上有新的突破。

舆论监督水平不够高,效果不够好,已成为社会各界对媒体不满意的主要问题,需要引起高度重视。应该客观地承认,媒体的监督与被监督始终是一对矛盾,要达到绝对的和谐一致是很难的。但我们也不得不承认,在实际工作中,我们的舆论监督工作确实还存在着这样那样的问题。主要有以下几个方面:一是采访不扎实,浮皮潦草,造成新闻失实;二是不愿意或不善于对矛盾的几个方面进行反复的比较和鉴别,尤其是有意、无意地回避与被监督对象交流和对话,造成偏听偏信,失去客观公正;三是对一些被监督的问题定量、定性不准,造成政策性的错误;四是对一个地区和一个单位,在一定时间内舆论监督过于集中,没有考虑舆论监督的社会承受能力和效果;五是对一些政策、法规明确规定需要谨慎对待和不宜公开报道的领域和事情,不听招呼,擅自行动;六是对一些容易引起群体性事件的事情,在舆论监督上把关不严;七是错误地运用舆论监督这一神圣的武器,为小团体和自己牟私利。凡此种种,如果不能很好地加以解决,将会使我们舆论监督的社会效果大打折扣,也会将新闻单位置于尴尬境地。

舆论监督一定要坚持与人为善,以促进问题的解决为出发点,帮忙不添乱,坚决纠正靠舆论监督赢得轰动效应的思想。在监督方式上要坚持四个结合:党和政府的工作重点和群众关心的热点、难点相结合;维护社会全局利益和维护群众的局部利益相结合;群众的眼前利益和长远利益相结合;舆论监督和社会承受力相结合。把握好节奏,把握好分寸,把握好时机,做到事实准确、过程准确、客观公正、适时适度。要以理服人,力争做到党委政府满意,人民群众满意,被监督者心服口服。中央政治局委员、中宣部部长刘云山同志提出,舆论监督要"出以公心、针砭时弊,解决问题、有利工作,增进团结、维护稳定",这 24 字真言,值得我们好好学习和把握。

三、要进一步解决好对政治导向非常重视,但对社会行为、价值观、文化取向等方面的导向重视不够的问题。尤其要解决好媒体一定程度上存在的格调不高、内容低俗的问题。要充分认识到媒体的社会责任,为广大读者提供更健康的精神食粮。

低俗之风已与有偿新闻、虚假报道、不良广告并称为新闻界的"四大公害"，是"三项学习教育活动"中需要着力解决的问题。政治导向是正确的舆论导向的重要组成部分，但绝不是唯一的。由于我们的媒体在大众传播的定位下，政治属性很强，因此坚持正确的政治导向，在集团的新闻从业人员中，上至总编辑下至记者、编辑意识都很强，日常把握得也比较自觉。但除此之外，还包括社会行为、价值观、文化取向等很多方面，这些都决定了我们这个社会是否向上，精神是否健康。低俗之风体现在版面上，主要是为了争夺市场，无原则地迎合一部分读者的低级趣味的倾向。一些同志有强烈的市场意识，想使报纸的风格软一些，生活气息浓一些，这无可厚非。但千万不能过头，过了头，终究也会影响报纸的质量，被读者所抛弃。

　　一些都市类报纸和周报，在激烈的市场竞争下，接连在这个方面出现了一些偏差：或就某些非主流的题材，拿出大量的或重要的版面，集中炒作，有哗众取宠之嫌，结果自降了品味；或就某些毫无意义的、甚至带有封建迷信色彩的东西，颇有兴致地炒作，产生不良影响；或长期刊登一些艳俗的图片和文字，满足少数读者感观刺激的需要。我们队伍中的少数同志，或多或少地还存在一种错误的思想，认为只有格调降下来，发行才能上得去。这些所谓的奇招、怪招，已经被沿海发达地区有品格的报纸所抛弃，像誉满南北的《南方都市报》，刚创刊时也曾走过短时间的靠低俗吸引眼球的弯路，但他们很快认识到，一张真正有影响力的报纸，一定是清新的、正面的，合乎主流价值观的，他们提出的"小报风格、大报风范，主流价值、责任传媒"的目标追求，很值得我们学习和借鉴。

　　四、报纸定位飘忽，同质化竞争严重，是长期困扰着我们集团新闻工作科学、持续、有序发展的重大问题。 我们有必要在进行更细致的市场和读者分析的基础上，对集团内各张报纸的定位重新梳理一下，在不影响报纸现实竞争力的前提下，不断调整和完善。而且定位一旦确定，就要坚定不移地落实，尽可能为读者提供内容健康、风格多样的精神产品，满足读者不同的阅读需求。

　　按照市委的部署，《重庆商报》已正式划转重庆日报报业集团主管、主办，这意味着我市最具影响力的三张强势都市报均在一个大家庭。这既是一个重大机遇，同时又使集团原已存在的都市报同质化问题更加凸现。对这个问题，我们既要积极又要现实地去面对，采取尽可能稳妥的方式、方法解决。首先,在报业竞争大局未定的情况下,切不能草率从事,影响竞争力,犯了"左倾"幼稚病;又不能无所作为,消极等待,犯保守主义的错误。根据晚、晨、商三报不同的特点和发展情况,我们可以考虑探求,让晚报更多一些文化味,更多一些厚度,更多一些市民色彩;让晨报更多一些信息,更多一些快捷方便,更多一些新锐气息;让商报更多一些商味,更多一些理财,更多一些经济信息。三张报纸均不放弃硬新闻这一最大优势,同时又能满足不同目标群体的个性需求。

从方法步骤上来说,我们要本着稳定定位、逐步完善、适度适时、积极试验、突出特色的节奏和尺度,既审慎又积极,而且在做调整时,都要充分进行市场调研,充分尊重读者要求,切不可闭门造车,以产定销。但三报可以在基本不影响市场竞争力的前提下,在总版面不变的基础上,今年内先拿出一定版面,进行有针对性的试验,积累经验,循序渐进。

周报现今已经是报业集团的一统天下,更要进行必要的定位调整和完善,尽可能避免同质竞争、恶性内耗。一些周报还要认真解决好定位模糊、左右摇摆的问题,更好地明晰发展目标和定位。还要力争在集团范围内办出一两张走向全国发展的周报。

五、解决学习氛围不足的问题,进一步加大人才培养和人才引进的力度。要营造一个良好的环境,加快打造一支适应现代报业竞争需要的、真正高素质的新闻人才队伍。

集团要在培养和引进人才两方面下功夫。首先要建立更完备的人才培养机制,集团要研究制定专门的人才培养计划,要探索一条解决"干而优则仕"的问题的新路子,真正建立一套培养"名记者"、"名编辑"的机制,要通过机制的完善,使集团涌现出更多的罗成友式的高级新闻人才。二是建立一套人才能进能出的机制,想办法引进更多的满足集团更快发展需要的人才。

我们要在先进性教育活动的基础上,把建立学习型组织、培养学习型人才这件打基础的大事好好抓一抓。学习和培训,对我们这个业务性很强的单位来说,显得非常迫切和必要。一方面,新闻工作是与时俱进的,是一项不断求变求新的事业。不要说几年,就是几个月,我们原有的一些知识和观念就可能老化了、陈旧了,就必须更新了、充实了。我们身边就有不少例子。有的新闻工作者过去是先进的,被社会、读者广泛认同,被称为"名编"、"名记",

可短短几年后就沉寂了。为什么？有的是因为状态不行了，缺乏创业之初的那么股子劲儿，那么一种精气神；也有的同志，工作状态始终不错，天天都在忙忙碌碌，但生产出来的东西，却是大路货越来越多，为读者所喜爱的精品越来越少。究其原因，主要是学习不够，更新不够，业务技能长期得不到提高，更谈不上不断地总结、摸索规律，从而理性和科学地去工作。这个问题在一定范围内、一定程度上带有一些普遍性，包括一些崭露头角的年轻采编人员，也开始出现知识老化、业务蜕化的问题，需要引起高度重视。

另一方面，新闻工作特殊的传播属性，又使我们常常面临着许多新政策、新情况、新问题。单是近一两年，我们就面临着"三个代表"重要思想、宏观经济调控、科学发展观、加强执政能力建设、构建和谐社会、先进性教育、"十一五"规划、社会主义新农村建设等一个又一个重大题材的宣传。我们如果不加强学习和研究，不吃透其精神和实质，怎么能够全面准确地宣传出去？又怎么能够使我们的宣传更具新闻性、可读性，更能够入情入理入脑入心？

学习的重要性还体现在，现代读者对新闻的需求越来越高，越来越丰富和多样，从数量到质量，从内容到形式，都要求我们适应其不断变化和提高的口味和要求。

我们还要特别注意学习运用新的科学技术，增强集团的新闻竞争力。今年华龙网要在技术进步和新闻改版上下更大的功夫，并在经营开拓上走出实质性步伐，力争赶上先进报业集团网站的发展速度。我们还要积极调研和思考，探讨向手机报等新兴媒体发展的可能性。目前广州、深圳等地的新兴媒体发展迅速，创办不到半年的手机报已经拥有几十万高质量的读者，我们要力争抓住一系列新兴媒体的发展机遇。

我们正处在一个伟大变革的时期，新闻工作有着太多的发展机遇和瞬息万变的挑战，重庆的报业也出现了前所未有的新情况、新趋势、新变局。作为一个有着50多年光荣历史的党报集团，一个肩负着党和人民重托的重要舆论单位，我们没有任何理由懈怠，没有任何托辞后退，只有责任和义务将阵地守得更牢、拓得更宽，用更强的竞争力完成更大的使命！

（《新闻导刊》2006 年第 2 期）

适应传媒变局，加快新闻改革

我国的新闻事业，我们集团的新闻事业，正在发生着很大变化，出现了很多新情况，也面临着越来越多的问题和挑战。新的形势要求我们既要毫不动摇地坚持新闻工作的一系列基本准则，同时又要不断地研究新情况、新问题，求变求新，不断提高舆论引导水平，进一步增强新闻的竞争能力。而这一切都没有现成的经验可以借鉴，需要我们努力创新，大胆探索。

下面我想就为什么必须坚持正确的舆论导向；坚持正确舆论导向与不断增强新闻竞争能力，是可以有机统一的，还是矛盾对立的；中央提出的"三贴近"原则有什么重要的现实意义等方面，做些探讨。

一、加入 WTO，给我国带来了重要的发展机遇。可是机遇总是与挑战并存，这一点对新闻工作尤为明显。根据加入 WTO 的一系列承诺，我国的传媒业迟早要直面来自那些实力强大，而我们又基本不熟悉的对手的强劲挑战。与此同时，我们还要研究我们身边的市场，这个已发生了很大变化的市场，主动应对新格局下日趋激烈的新闻竞争。

1. 我们要深刻认识到，自从我国加入 WTO 以后，新闻宣传工作正在发生深刻变革。关于西方发达国家传媒产业的特点和强大实力，我不想过多说明。在此我只拿一组数字做比较——去年美国文化产业的总产值近千亿美元，而我国只有近千亿元人民币，差距相当大。新的形势要求我们的宣传工作，要做得更有效一些，更贴近一些，要满足多层次读者更为丰富的阅读需求。如果做不到这一点，在外来各种文化的冲击下，我们可能就会丧失至关重要的宣传阵地。去年以来，新的中央领导集体提出了"三贴近"的精神，并以中央的名义出台了《关于进一步改进会议和领导同志活动新闻报道的意见》和《关于进一步改进突发性事件报道的意见》，目前还正在制订一个《关于进一步加强和改进舆论监督报道的意见》。对这样一些新动态和新精神，我们不应该仅仅把它看成是新的中央领导集体转变工作作风的举措，而要把它放在一个更大的背景下来思考，放在一个新的形势下来对待。这样，我们就能够更加清醒地认识到我们承担的责任和使命，更加自觉地去坚守党交给我们的宣传阵地，就不会把我们的新闻工作仅仅停留在是否扩大了发行量，是否带来了广告收入的增加，是否改善了职工生活这个较低层面上。

2. 我们要深刻地认识到，中央 17 号文件出台以后，我们面临的一系列重大机遇和挑战。17 号文件是为了应对加入 WTO 对我国传媒发展带来的挑战，中央出台的一系列重要政策，是为了使我国传媒业尽快做大做强，打造中国自己的传媒航母的重要举措。这个政策概括地说主要有三个方面：允许媒体跨地区经营，跨媒体经营，允许业外资本有条件地进入传媒的某些领域。

这个重要文件已经并还将在较长一段时间内，深刻地影响着我们的发展方式和竞争格局。在西安居于超一流地位的华商报集团，正注入上亿元资金，与《现代工人报》合作，准备打造一张全新的《重庆时报》，全面参与重庆报业市场的竞争；南方日报报业集团旗下的《南方都市报》与光明日报社联手创办的《新京报》，在北京报业市场掀起了波澜；中央人民广播电台与全国最大的体育类报纸《体坛周报》合作，开辟信息量更大、更快捷的体育频道；本市的广播电视系统也曾有过涉足报业的考虑，只因时机不成熟，暂时搁置。近几年，重庆人民广播电台利用新技术革命的有利契机，逐渐冲出了危局，最近他们又在与某电信企业合作，开发手机广播业务，使手机成为新闻和广告的载体；重报集团内的《新女报》也走出了跨地区经营的探索性的步子，即将与西安市场一家定位相近的周报展开全面合作；集团通过引资加快发展也取得了一系列新的进展。

可以说，17 号文件及一系列配套文件的出台，既给我们带来了更大的挑战，又给我们提供了更广阔的发展前景。

3. 我们要深刻认识发生在我们周边的变化，以更强的危机意识和忧患意识，来把握和改进我们的工作。直辖以来，我们集团的新闻事业有了很大发展，报纸的导向把握更加正确，影响力逐渐扩大，各项经营工作也取得了长足进步。但毋庸讳言,我们的竞争对手也在同步长大,而且对我们的威胁也越来越大,对此,我们需要保持足够的警惕和清醒。

总之,我们要深刻认识这样的背景,我们的竞争格局同以前相比发生了很大变化,竞争对手可能从天而降,越来越多,越来越强。我们做任何工作,既不能妄自菲薄,自乱阵脚;更不能妄自尊大,自误发展。

二、正确的舆论导向是新闻工作的生命,是中国特色社会主义新闻事业的重要基础,是考虑一切新闻工作的重要前提,甚至可以说是新闻工作生存和发展的先决条件。但正确的舆论导向与良好的传播效果并不矛盾,只要方向对头,方法得当,完全可以实现有机的统一。

有的同志会说,不是我们不想增强竞争能力,也不是我们找不到取悦读者的新闻,而是受到的限制太多,搞活的难度太大。其实,这些同志还有一句潜台词没有说出来:实现正确的舆论导向和良好的传播效果的统一太难了。这样的畏难情绪,在一定时间、一定范围内有一定的代表性,是影响我们新闻工作又好又快发展的突出问题。

事实真的如此吗?

先让我们看一看坚持正确的舆论导向的重要性。正确的舆论导向是新闻工作的生命。这是由新闻工作的性质、地位和作用决定的。现代社会,新闻舆论的社会影响力越来越大,把握和引导得好,可以对工作起到重大促进作用;把握和引导得不好,就可能带来极端不利的影响。正如江泽民同志所指出的:舆论导向正确,是党和人民之福;舆论导向错误,是党和人民之祸。这已为国内外大量活生生的事实所证明。因此,党中央反复强调,新闻工作是党和国家前途命运所系的工作,以正确的舆论引导人是新闻宣传工作的根本任务。我们的报纸、通讯社、电台、电视台、新闻网站等媒体,传达的是党和政府的声音,反映的是人民的意志和要求,代表的是国家和人民的根本利益,高扬的是社会主义文化的旗帜。牢牢把握正确的舆论导向,是新闻媒体和每一个新闻工作者的崇高社会责任,也是必须遵守的政治纪律。这是中国特色社会主义新闻事业的重要基础,是考虑一切新闻工作的重要前提,甚至可以说是新闻工作生存和发展的先决条件。

再让我们看一看坚持正确的舆论导向的可行性和操作性。在舆论界,长期存在着"反映舆论"和"引导舆论"两种观点。有人甚至认为,引导舆论是不符合规律的,也是不现实的。新华社总编辑南震中同志对引导舆论有着精辟的论述,他把引导舆论的本质概括为五句话:公布事实即引导,辨明是非即引导,指出利害即引导,讲清大局即引导,揭示趋势即引导。这五句话展开来说,就是通过对重点、难点、热点问题的新闻报道,用实事求是的舆论积极引导似是而非、以非为是的议论,把单纯从个人利益、地方利益、局部利益出发思考问题而偏离实际的结论,矫正为比较全面、比较符合实际的结论,就很好地实现了引导。

在具体新闻工作中,我们要经常思考四个问题:一是党和政府有什么重要的方针、政策、法规和重大举措,希望让广大群众知道;二是实际工作部门有哪些重要情况和具体规定,需要广泛地告诉老百姓,听取人民群众的意见;三是老百姓从切身利益出发,迫切希望了解哪些带有全局性、趋向性的重要情况,希望从媒体获得什么样的有效信息,人民群众的关注点和兴奋点是什么,还有哪些疑惑和不解;四是在现实生活中存在哪些带有普遍性的重要问题,需要向人民群众说清楚,充分发挥主流媒体的桥梁和纽带作用。这四个问题的出发点是完全一致的,都是为了发展和稳定,都是为了维护最广大人民群众的根本利益。可是这其中又各有各的侧重点,各有各的媒体诉求趋向。这就像四个大的圆圈,其交叉重叠的部分,就是我们舆论引导工作的重点和着力点。换言之,我们的新闻工作在这些交叉部分做得越多,我们的引导就越正确,就越能把党的意志与人民群众的愿望结合起来,就最有可能实现党和政府满意、人民群众想看、媒体影响力扩大三者统一的最佳传播效果。

用这样的观点来审视新闻工作,我们可以发现,在很多时候,不是不能报道,关键是怎样报道。引导是首要,尺度和角度是关键。

举个例子来说明。去年,我市在主城区进行大范围的道路整治,应该说这是一件符合全市人民利益的重大民心工程。可是,这一工程也在一定时间内给老百姓带来了出行的不方便,主城区内同时出现了很多的堵点,社会舆论纷纭,莫衷一是。作为主流媒体,我们如何看待,如何报道,如何引导?可能会有两种方式和手段,一是派出几组记者,到堵塞严重的各个路口进行暗访,看似客观地报道堵塞的情况,甚至可以大量地进行细节描写,这样做,媒体本身会取得一定的炒作效果,可是从社会效果来看,只会加重老百姓对这项民心工程的不理解,激化社会的不满情绪。另外一种方式,我们可以派记者到政府有关部门,详细了解政府集中时间全面实施这一工程的意图,原来是考虑到主城区道路建设欠账太多,随着轿车进入家庭进度的加快,道路和交通的矛盾越来越大,如果分在三到五年之内来整治,对城市交通的长远影响更大,成本也更高,因此,政府才下决心整体规划,统一实施。了解了这些,媒体的责任就是用新闻的语言将这些信息形象而准确地传递给老百姓。与此同时,仍然可以做一些暗访,看一看施工单位是否可以想办法,处理好施工和市民出行之间的关系;交通管理单位根据道路整治的需要,能否更科学地调整和疏导车辆的流向等等。这样更为全面的报道,就可以真正实现"两个满意",既可以起到理顺情绪、帮助工作的作用,又可以使读者更相信我们的媒体,更喜欢我们的媒体。

在前不久的重庆天原化工厂氯气泄漏事故的报道中,全市各媒体很好地把握了信息传播和舆论导向之间的尺度,可以说是新闻实践中一个比较成功的范例。在信息时代里,突发性事件的新闻轰动效应是客观存在的,积极的态度应该是既不要刻意回避,又不要过度炒作。对突发性事件的报道,中央专门制定了《关于进一步改进突发性事件报道的意见》,是我们搞好突发性事件报道的指导性的精神。天原化工厂氯气泄漏事故,从新闻价值上来讲是巨大的,具有轰动性新闻的一切要素。作为媒体,如果不能给受众提供尽可能全面、及时、准确的信息,无疑是一种失职。但如果以一种炒作的态度,不讲节奏、尺度和技巧的方式去报道,又有可能造成很大的负面效果,甚至会严重影响稳定。面对这一突如其来的事件,各媒体精心策划,派出大量记者深入到事故现场和疏散撤离的群众中去,既充分报道事故的来龙去脉、进展情况,事故可能造成的各种危害,又及时报道市委、市政府的各种决策、措施及事故处置方案,还向读者提供大量的防范氯气侵害的知识及权威的疏散撤离信息。媒体积极有度的参与,保证了信息的畅通和疏散撤离工作的有序进行,没有引起大的社会恐慌。我们可以提出一个可怕的假设,如果某一个媒体为了片面追求轰动效应,抢发了一条不准确的信息,将必须疏散的范围由方圆1000米扩大到5000米,可能会造成上百万人的疯狂无序的逃离,那将是一幅多么恐怖的景象! 新闻的舆论导向多么重要,遵守新闻纪律多么必要,难道不是一件很清楚的事情吗?

三、中央针对宣传思想战线提出的"三贴近"精神，是新闻工作的一条重要原则，也是实现正确的舆论导向和良好的传播效果有机统一的重要途径。真正做到了贴近实际、贴近生活、贴近群众，我们的新闻导向就不会出问题，我们的报纸就会更受读者欢迎，我们在新闻竞争中就会立于不败之地。

我们必须适应和习惯，在坚持正确的舆论导向这样一个前提下考虑新闻改革和报业竞争。那么，是不是意味着我们只能充当一个简单的传声筒，相当于政府的工作简报的功能呢？中央针对宣传思想战线提出的"三贴近"精神，给我们提供了最新的答案。

"三贴近"是新闻工作必须长期坚持的重要的工作原则，是中国特色社会主义新闻事业繁荣发展的重要前提，是既坚持正确的舆论导向，又不断增强新闻竞争能力，在日趋激烈的报业竞争中始终立于不败之地的重要实现途径。一言以蔽之，真正做到了贴近实际、贴近生活、贴近群众，我们的新闻导向就不会出问题，我们的报纸就会更受读者欢迎，我们在新闻竞争中就会立于不败之地。

新华社曾受中宣部的委托，搞过一个"舆论引导有效性和影响力研究调查"。调查显示，73%的被调查者认为，当前宣传工作应着力解决的问题是，"宣传工作如何更好地贴近实际、贴近群众、贴近生活"，换言之，这就说明还有相当部分读者，对新闻媒体在"三贴近"上所做的工作还不够满意。

贴近实际，就是立足于社会主义初级阶段这个最大的实际，一切从实际出发，深刻认识我国国情，紧跟时代前进的步伐，真实反映党领导全国各族人民全面建设小康社会的伟大实践。具体到重庆，就是要立足于重庆地处中国西部，经济、社会仍欠发达，但发展势头良好这个最大的实际和市情。把这样一个大的实际装在心中，会极大帮助我们在日常的报道中把好关、把好度，使正确的舆论导向落到实处，取得实效。

比如，为了保障社会贫困阶层的基本生活，重庆市同全国一样实行了最低生活保障线政策，而且是全国最早实现贫困人口应保尽保的地区。这本来是一件值得大书特书的事情，其中也蕴含着丰富的新闻——享受最低保障的范围、发放的方式、这部分人群的生活状况、他们可以采取什么措施改变现状等等，社会各界非常关注。但如果我们脱离了重庆的发展实际，反过来要去探究目前的标准是不是低了，贫困人群的衣食住行能否得到更充分的保障，甚至拿重庆的保障标准与沿海发达地区做一个详尽的比较,这样报道,看似为民说话,但由于不切实际,只会空添矛盾,于事无补。

贴近生活,就是要深入到人民群众创造历史的火热生活中去,深入到社会经济、政治、文化生活和人民群众的日常生活中去,反映生活本质,把握社会主流,写出更鲜活、更富有时代气息的作品。

笔者做记者的经历中,多次尝到贴近生活的甜头。1994 年前后,国有企业的扭亏工作是牵动全国的大事情。但对国有企业大面积亏损的原因,各方面的说法分歧很大。记者与新华社一资深记者一起,受新华社总社委托,选择十个亏损严重的国有大中型企业,展开深入的调查研究。我们前后经过两个月的时间,沉到每个企业中,对一些关键性的账目一笔一笔地亲自算,对一些重大技术引进项目一个一个地刨根问底,到熟悉情况的工人家里促膝夜谈。由于采访深入、调查客观,掌握了大量的来自基层的活生生的第一手材料。在此基础上,我们又进行了既认真又理性的分析,写出了一批内参和公开稿件,内参稿件得到了时任中共中央政治局常委、国务院副总理朱镕基同志的长篇批示,并作为当年全国国有企业改革工作会议的参阅材料,一大批公开稿件也被全国各大媒体广泛采用,引起了强烈的社会反响。试想一下,如果我们采取走马观花的方式采访,面对错综复杂的亏损迷局,就很有可能得出不正确的结论,就会误导领导和广大读者。

贴近群众,就是要深刻理解权为民所用、情为民所系、利为民所谋的道理,始终做到心里装着群众、一切为了群众;倾听群众呼声,反映群众意愿,集中群众智慧;说群众想说的话,讲群众能懂的话,为群众提供喜闻乐见的新闻信息,全心全意实现好、维护好、发展好最广大人民群众的根本利益,找准坚持正确舆论导向的出发点和落脚点。

新闻报道贴近群众,可以从以下三个方面入手予以实践。一是从党的路线、方针、政策同最广大人民群众根本利益的内在联系中寻找新闻。在这方面,我们的报纸普遍做得比较好。党和政府的一个重大决策出台后,我们的媒体不是简单照登,而是尽量运用"百姓视角",写出最能引起读者共鸣的稿件。最典型的是关于"十六大"提出的全面建设小康社会目标的报道,各媒体全面、多角度并联系重庆本地实际进行了大量报道,从我们的报道中,读者会清楚地知道,实现全面小康社会后,自己的收入会有多少,周边的生存环境会有什么改变，衣食住行会发生什么变化等等，这样，"全面小康社会"就从文件和报告中，深入到了老百姓的心中，成为一个形象的小康、百姓版的小康。二是充分关注民生，下情上达，反映民间疾苦，揭露社会丑恶，这是新闻媒体的崇高责任，不能丝毫忘却。三是进一步增强新闻的服务功能。各地报纸不约而同地加强新闻热线工作，使热线成为重要的信息渠道、帮助群众排忧解难的重要工具，同时也极大地拉近了报纸与读者之间的距离。报纸服务功能的强弱、质量的高低，已成为报业竞争的重要手段。

四、进入新世纪，新闻工作多样化的趋势日益明显，出现了很多新情况、新课题，我们要认真研究和解决当前存在的一系列具有共性的问题，使全集团的新闻工作继续沿着全面、协调、可持续的道路发展。

1. 进一步坚持正确的舆论导向，解决好坚持导向上时有摇摆的问题。在去年的全国报刊治散治乱工作会议上，当新闻出版总署的同志汇报一些报刊违规违纪的情况时，李长春同志非常严厉地插话说："我们讲到新闻改革的时候，有的人就想用一些违规违纪的事情，来试探我们坚持正确舆论导向的决心，这是绝不允许的。"这透露出一个重要信息，新的中央领导集体出台了一系列支持新闻改革的政策和措施，目的是为了使宣传更有效，主流媒体更强更大，而不是要放弃党对新闻工作的领导，放弃正确的舆论导向。我们要牢牢树立这样的思想，千万不能动摇，千万不能摇摆，千万不能冒险。我们的个别媒体喜欢刊登一些商业网站和手机传播的信息，有的把关意识也不太强。这上面的东西不少是黄色的、低俗的，甚至是反动的，我们的报纸千万不能在这方面栽跟头。

2. 进一步解决好对政治导向非常重视，但对社会行为、价值观、文化取向等方面的导向重视不够的问题。政治导向是正确的舆论导向的重要组成部分，但绝不是唯一的。由于我们的媒体在大众传播的定位下，政治属性很强，因此坚持正确的政治导向，在新闻从业人员中，上至总编辑下至记者、编辑意识都很强，日常把握得也比较自觉。但正确的舆论导向，还包括社会行为、价值观、文化取向等很多方面，这些都决定了我们这个社会是否向上，精神是否健康，在这些方面，我们重视还不够，把握水平还不高。

3. 进一步解决好报纸定位飘忽不定，同质化倾向较为严重的问题。报纸的定位是报业竞争的重要因素，一个精确的摸准了市场脉搏的定位，会在竞争中起到事半功倍的作用。按照这样的标准,我们有必要在进行更细致的市场和读者分析的基础上,对集团内各张报纸的定位重新梳理一下、调校一下,想办法解决在重庆报业中较普遍存在的同质化严重的问题。而且定位一旦确定,就要坚定不移地落实,不能飘忽不定,要尽可能为读者提供内容健康、风格多样的精神产品,满足读者不同的阅读需求。

4. 进一步深化细化新闻改革,下大力气、下苦功夫解决好新闻改革中一些长期存在的顽症。新闻工作是一项艰苦的、复杂的系统工程,是一件特别讲究细节、讲究落实的工作,再好的新闻改革方案,再好的市场营销策略,没有好的操作也将一事无成。从宏观方面讲,要改进会议和领导同志活动的报道,改进突发性事件的报道,搞好重大新闻事件的策划报道;从微观层面讲,要进一步重视图文的结合,进一步充实现代版式的功能,进一步改进消息、通讯、调查报告的写作等等,都需要做大量艰苦而又细致的工作。

5. 进一步解决好作风不扎实、文风不朴实的问题,在深入基层、深入思考上下功夫。现代社会信息繁杂,节奏加快,我们采集信息的手段、方法也发生了很大变化,这是一种进步的表现。但是在这同时,我们的队伍中也存在采访作风不扎实、文风不朴实的问题,赶场子,拿材料,编稿子,一些记者一天天看似忙忙碌碌,其实离群众很远,离生活很远,也离新闻的本质很远。写出来的稿子,看似华丽漂亮,但由于挠不到读者的痒处,对不准群众的心思,读者并不买账。

6. 进一步解决格调不高、低俗之风较严重的问题,充分认识到媒体的社会责任,为广大读者提供更健康的精神食粮。低俗之风与有偿新闻、虚假报道、不良广告并称为新闻界的"四大公害",是这一次"三项学习教育活动"中需要着力解决的问题。低俗之风在版面上主要表现为性趣盎然、星趣盎然和八卦之风,是一种为了争夺市场,无原则地迎合一部分读者的低级趣味的倾向。我很理解大家的强烈的市场意识,想使报纸的风格软一些,生活气息浓一些,但千万不能过头,过了头,从长远来看也会影响报纸的质量,最终将被读者所抛弃。

7. 进一步解决舆论监督把握不准、水平不高的问题,端正舆论监督的态度,改进舆论监督的方式和方法。中央正在制定《关于进一步改进和加强舆论监督报道的意见》,可以预见到,我国媒体的舆论监督将进入一个新的阶段。但在这同时,也千万不要心浮气躁,要积极探索舆论监督的规律和方法,努力开展正确的和准确的舆论监督。何谓正确的舆论监督? 就是要弄清舆论监督的目的,充分考虑舆论监督的社会效果,把握舆论监督的节奏和尺度,处理好内参报道和公开报道之间的关系等。对此,中共中央政治局委员、中宣部部长刘云山同志提出,舆论监督要"出以公心、针砭时弊,解决问题、有利工作,增进团结、维护稳定",这24字真言,值得我们好好学习和把握。何谓准确的舆论监督? 不言而喻,就是要多方核实事实,充分听取各方的意见,其中尤其要注意听取被批评方的意见,使我们的舆论监督站得住脚,经得起历史的检验。

8. 进一步解决学习氛围不足的问题,加大人才培养和人才引进的力度。要营造一个良好的环境,加快打造一支适应现代报业竞争需要的、真正高素质的新闻人才队伍。要在培养和引进两方面下功夫。首先要建立更完备的人才培养机制,集团要研究制定专门的人才培养计划,人事部门要制定专门的办法,探索一条解决"干而优则仕"问题的新路子,真正建立一套培养"名记者"、"名编辑"的机制。集团也要进一步加大人才培养的投入。二是建立一套人才能进能出的机制,想办法引进更多的满足集团更快发展需要的人才。

9. 进一步解决职业精神和职业道德建设中存在的一系列问题,真正建设一支作风正、业务精、能战斗的新闻从业队伍。新闻从业人员的职业精神和职业道德建设,是全社会非常关注的问题,我们要抓住一些影响职业精神和职业道德建设的突出问题,常抓不懈,狠抓不懈,力争在一两年内取得实质性的突破。

10. 进一步解决高收入水平下的大锅饭问题,充分调动采编一线和其他关键岗位人员的积极性。要解决好高收入水平下的动力不足的问题,关键还是要进一步加大人事制度和分配制度的改革。各个媒体需要在集团党委的指导下,进行更多的探索和实践:一是在保证基本稳定的前提下,通过人事制度改革,将关键岗位和位置拿出来,尽可能交到一些思想观念新、改革欲望强、发展能力强的同志手中。二是在保障职工收入稳定的前提下,将分配资金尽可能用于发展中,用于一线上。

(《新闻导刊》2004 年第 3 期)

通过"两个服务",提高党报创新与引导能力

近年来,《重庆日报》始终坚持正确的舆论导向,始终把"围绕中心、服务大局,面向基层、服务群众"作为新闻宣传工作的出发点和落脚点,通过几次改版,创新内容、创新形式、创新手段,在切实落实"三贴近"的原则,努力提升舆论引导水平方面进行了一些有益的探索。

通过"两个服务"实现"三贴近"

"两个服务"与"三贴近"是有机联系的,如果说"三贴近"是新闻宣传工作的重要原则,那么,"两个服务"就是"三贴近"的有效实现形式。"围绕中心、服务大局"主要是为了更好地贴近实际;"面向基层、服务群众"主要是为了更好地贴近生活、贴近群众。"两个服务"搞好了,"三个贴近"就能得到很好实现。

根据这一思路,我们在实际工作中作了一些实践和探索。2006 年 6 月,中共重庆市委召开二届九次全委会议。这是加快三峡库区产业发展、着力解决移民就业、促进库区繁荣稳定的一次十分重要的会议,也是涉及重庆发展与稳定的很大的实际问题。会前,我们派出记者对会议涉及的议题进行调研,连续 8 天在一版推出 8 篇系列报道《库区产业发展调查》,每篇报道还配发评论员文章。报道引起市委主要领导高度重视。

为贯彻落实市委二届九次全委会精神,会后,总编辑牟丰京和常务副总编张小良又分别带领十余名记者,深入库区 13 个区县调研半个月,发出关于库区产业发展、移民就业工作方面的新举措、新思路、新办法、新效果的稿件

100 多篇。报道引起各界广泛重视。来自库区的读者认为，《重庆日报》的报道既联系了实际，又反映了基层群众的呼声。

全委会的报道让我们尝到"围绕中心、服务大局"的甜头，随后，我们引导记者"深入实际、深入生活、深入群众"，展开一系列调研，就"民营经济发展""重庆人文精神""执政为民、服务发展""对比浙江话创业""大学生当猪倌"等进行了深入报道。这些报道取得了很好的宣传效果，对推动重庆发展起到了直接的作用，也得到市委领导充分肯定。从 2006 年 6 月份以来，市委有关领导先后 7 次对《重庆日报》的报道提出表扬，认为《重庆日报》的报道符合实际，服务大局，起到了党报应有的作用。

与此同时，我们认为，作为党报也要寻找"面向基层、服务群众"的有效途径。党报的服务群众，不一定以解决单个的问题为主要指向，可以通过更深入的采访，将基层发展中的问题和困难，群众生产和生活中的难题和喜悦，实事求是地传递出来，从而引起重视，促进发展，改善民生。

重庆具有大城市带大农村的特殊市情，共有 40 个区县。这两年，我们特别重视宣传好各地的"亮点"，每年都确保每个区县上 1—2 个头版头条稿件。2005、2006 这两年，来自区县的报道均比 2004 年增加 100%，而且，这些区县报道都来自基层一线，新鲜活泼，很大程度上摈弃了工作报道的传统做法。我们加大区县报道力度的举措也受到基层的欢迎。

在大力倡导深入基层、调查研究的采访作风的同时，我们还在考核政策上予以倾斜，鼓励记者多往基层跑。比如，在每日好新闻、年度好新闻的评比中，注意挑选那些来自基层一线的报道。

为鼓励记者深入边远区县采访，我们采用了"一拖几"的记分办法，例如，若记者到最边远的区县采写的稿件，记分时一条稿件按照三条记，让"三深入"的记者业务上有进步，经济上有保证。

如今，深入基层、调查研究在重庆日报记者中已蔚然成风，而在深入群众采访的一线记者中，还涌现出范长江新闻奖获得者、"田坎记者"罗成友这样的优秀代表。罗成友每年都要见报 300 多篇、30 余万字的稿子，而这些基本上是从乡村和田坎上跑出来的，是反映群众所思所想的鲜活稿件。正如他在获得范长江新闻奖时评委们所认为的那样：罗成友十多年一直坚守职责、坚守"三农"、坚守良知，难能可贵。罗成友现在已成为农村和农业问题的专家，市里召开的有关会议,他经常不是以记者而是以专家身份参会。

这些年的新闻改革实践使我们充分认识到,"围绕中心、服务大局",将党和政府的主张、政策、举措及时地传递给广大受众,可以更好地增强报纸的权威性、指导性和公信力;"面向基层、服务群众",充分反映广大人民群众的呼声,在党和政府与人民群众之间架起高速顺畅的连心桥梁,可以更进一步增强报纸的服务性、可读性和影响力。"四性"和"两力"同步增强,党报的核心竞争力就会不断增强,就会实现"三贴近",就会取得领导满意、群众满意的良好社会效果。

2007年3月份,我们将进行新一轮新闻改革,指导思想就是"围绕中心、服务大局,面向基层、服务群众"。要按照"两个服务"的要求,对版面结构进行调整和完善,从版面资源上确保"三贴近"的实现。简言之,一切有利于增强"两个服务"的就强化;凡是与"两个服务"关系不大的就弱化。为了使这次改革更具针对性和贴近性,我们还准备委托专业调查机构了解和研究党报的核心读者、骨干读者和基础读者不同的阅读心理、习惯和需求,使版面和内容更为贴近,更符合实际,改变过去一定程度上存在的较重视关键的少数读者的需求,较轻视基础的多数读者的需求的习惯和做法。

改进会议和领导活动报道

会议和领导活动报道的改进情况直接关系到"三贴近"的实现。对此,重庆的一些新动向,值得重视。

2006年夏秋季节,重庆遭受百年一遇的特大旱灾,全市上下积极投入到抗旱之中。在这关键时刻,8月30日,重庆市委书记汪洋在《重庆日报》上做出"为了鼓励基层干部的斗志,可否考虑从现在起到旱情解除,一版多刊登'赈灾捐款背后的故事'、基层抗旱的事迹,领导同志的活动除有特殊要求的外,一律放二版以后"的批示。随后,他还多次要求,在抗旱救灾结束后,也要考虑逐步将领导一般性活动的新闻报道向二版转移。

汪洋书记的要求充分体现了"三贴近"原则,我们以此为契机,及时进行版面调整,把一版以及更多版面让位给基层群众,以宣传基层群众的先进典型,报道基层单位的优秀创造力,表现普通百姓的丰富生活。

最近,中共重庆市委宣传部结合中宣部对此的新要求,根据重庆的具体实际,起草了新的改进会议和领导同志活动报道的具体规定,并已经重庆市委常委会正式批准,从2007年1月1日起开始正式执行。主要包括以下新内容:

一是在改进领导活动报道的版面安排方面。对市委书记、市长、市人大常委会主任、市政协主席、市委副书记的一般性调研和其他活动,原则上在二版刊发,字数不超过1200字。市主要领导的一般性活动稿件不上一版后,腾出的版面除了安排中央和市里的重要新闻外,主要安排两方面的稿件:一是涉及重庆发展和稳定的重大调研性稿件;二是反映基层实际的稿件。市里还明确规定,非特殊情况,原则上每天来自基层的稿件在一版不能少于一半。我们已经确定,2007年《重庆日报》要通过一版、二版的改革牵动整个版面的改革。

二是在改进会议报道方面。注意从会议中挖掘新闻,通过报道明确告诉读者,市委、市政府将有什么重大决策,其目的、背景和意义何在,要注意创新报道手法,强调宣传效果,做好重大政策的解读、重点决策的宣传、重要舆情的引导。其中尤其要注意找到市委、市政府重大政策、举措与老百姓切身利益的结合点,增强贴近性,切忌大而空、大而远。

三是市领导的活动报道方面。应按照新闻规律进行报道,原则上不以领导为主体进行报道,要突出活动的新闻进行报道。汪洋同志说:新闻报道要改变传统的做法,主要反映领导在考察和活动中有什么新观点、新思路,不要写得穿靴戴帽,大而全、小而全,要直奔主题,实些、实些、更实些。

我们已经做出工作部署,包括要在一版常设专门的调研栏目和反映基层的新闻栏目,并进一步完善向来自基层的报道和调研报道倾斜的考核分配办法。我们还鼓励记者"三深入",要求总编、编委每年下基层调研的时间不能少于一个月。我们将进一步引导广大采编人员转变思维方式、工作方法、采编作风,增强创新意识,努力实现"三贴近"。

(《中国记者》2007年第3期,与雷太勇合撰)

献上"两满意"的年终新闻大餐

主持人语:2004 年年底,《人民日报》推出《塞上江南异彩纷呈》等 8 篇年度特稿,读者争阅,好评如潮。因此"年终专稿"这种报道形式再次引起新闻界同行的高度关注。

党报上为什么要有"年终专稿"? 原因大致有三:一曰使命使然——以正确的舆论引导人是党报的庄严使命,"引导"既体现在一稿一版上,更体现在总体把握上,"年终专稿"正可以帮助人们知大局,明得失,增信心,鼓干劲;二曰需求使然——报纸天天出版,读者抽眼翻阅,一年下来,难免零星有余而整体感不足,经"年终专稿"梳理归纳,常若醍醐灌顶;三曰竞争使然——报纸竞争,既赖战术比拼,更靠战略制胜,谁能拿出洛阳纸贵的"年终专稿",无疑可以赢得更多的"眼球"。

毫无疑问,"年终专稿"是彰显党报核心竞争力的大舞台。怎样在这个舞台上演出威武雄壮的活剧? 本期《前沿关注》就此开展讨论,选发 4 篇文章,作者分别是中央报纸、省级报纸和地市报纸的社级或部门负责人,他们战斗在新闻实践的第一线,夙兴夜寐,感受深刻,经验之谈,启人心智。

一、关于党报改革和年终报道的认识

中国人习惯于劳累一年后,在岁末奉送出最好吃的东西来饱餐一顿,是谓"年夜饭"。

作为地方党委机关报,要配合党委、政府的中心工作,发挥好"喉舌"功能,年终岁末,自然要以新闻的手段来盘点本地区在过去一年中取得的成就,因而,策划、采写好年终成就报道,就成为地方党委机关报的一项重要任务。

年终成就报道作为新闻的"年夜饭",是党委机关报必做的"功课",但能否做到"常做常新",不让读者"吃腻",对报纸来讲真是一种考验。

一些人认为年终成就报道是"规定动作",不可能有大的创新。这种认识是片面的。近年来,各级党委机关报都在积极思考如何"面向市场,办好党报"。党委机关报要做到既能很好地报道中央、地方党委和政府的精神,又让老百姓乐于接受,就必须在发挥好喉舌功能的同时,进一步追求传播效果。

与全国其他省级党报一样,这些年,《重庆日报》不断改版。我们归纳出《重庆日报》作为党委机关报,它的定位是"权威政经大报,出色主流新闻",它必须发挥"高度服务决策,深度参与生活"的作用。党委、政府想什么、做什么,广大群众需要了解什么,我们党委机关报就要及时报什么,从而最大限度地发挥传播影响力。

年终成就报道既然是一项必须做好的"规定动作",我们就不能干巴巴地做,必须从新闻的角度切入。不然,我们花大量版面做出来的就只能是一种自产自销、自娱自乐的东西。

二、我们在年终报道上的探索

2004 年的重庆,精彩纷呈,硕果累累。在科学发展观引领下,全市经济运行的质量和效益创直辖市成立以来最高水平。工业效益大幅度提升,工业利润首破百亿元大关。商业经济飞速发展,财政收入突破性增长,城乡居民收入显著增加。高速公路实现"一环五射"……为展示全市的发展情况,全面地向读者披露这方面的信息,2004 年 12 月 16 日至 12 月 31 日,《重庆日报》连续 16 天,每天以一个版的篇幅,推出主题为《2004——科学发展观引领重庆前进》的年终成就报道专版,包括工业篇、社会保障篇、交通篇、城建篇、对内对外开放篇、水电气篇、商贸篇、粮食与增收篇、劳动力转移与城镇化篇、移民与库区经济发展篇、高新技术产业篇、文明城区创建篇、教育篇、医疗卫生篇、环保篇、党的建设篇等 16 个版。

这组系列报道以崭新的视角、翔实的材料、饱含激情的文字、图文并茂的版式,向读者全方位展示了一个立体的、奋进的、充满活力的新重庆。这 16 个专版推出后,重庆市委、市政府给予很高评价,市委书记黄镇东专门作出批示,希望《重庆日报》多用这种形式进行重点宣传报道。市委分管宣传工作的副书记和市委宣传部也表示非常满意。

这组年终成就报道在广大读者中也引起良好反响,许多读者把我们的成就报道专版剪裁下来保存,更多的基层单位复制报纸版面,用在各自的宣传栏上。

可以说,这 16 个成就报道专版,既充分反映了重庆经济社会发展取得的成就,又符合新闻报道的规律,收到了良好的效果,堪称一次形式新颖、生动活泼的宣传教育活动,是成就报道的一次创新,也是重庆日报全体同志倾力献上的"两满意"的年终新闻大餐。

三、关于年终报道的几点体会

回顾这次报道的策划、组织、制作过程,我们有以下几点体会:

1. 重大主题,紧抓不放。要写好年终专稿,首先必须紧紧抓住重大主题采访策划。在确定主题时,我们一方面紧紧围绕市委、市政府抓的中心工作来考虑,因而主题皆属重庆经济社会发展的重大主题;另一方面我们把重庆市取得的成就放在全国乃至全球的大背景下来审视,可以说是高屋建瓴。

2004 年,重庆工业利润首破百亿元大关,非常鼓舞人心,我们系列报道的第一个版就推出了工业篇《一年一台阶五年破大关》。

2004 年,重庆交通大变样,高速公路基本形成"一环五射",轻轨正式载人运行,国际机场新航站楼投入使用,36 条县际公路年内全部开工……我们便推出了交通篇《交通建设大写辉煌》。

其他专版如《劳力品牌响 城镇面貌新》、《新风起兮"渝"飞扬》、《重庆教育突破瓶颈》、《重庆环保:努力再现碧水蓝天》、《民主政治稳步推进》等,可以说篇篇主题重大。

2. 统筹指挥,资源整合。一次成功的策划活动需要良好的组织保障。2004 年岁末我们在策划这组年终成就报道时,由总编辑亲任总指挥,率领各分管副总编、编委组成领导小组,吸收各部门负责人为成员,领导小组指定这些部门负责人分别为各主题专版的"项目负责人"。"项目小组"先制订框架性策划方案,领导小组在审查所有框架性方案后,指定专人进行修改、完善并对各版文章的长短搭配、图示新闻的配置进行协调,以形成统一的版面风格,然后交各部门执行。这样一来,编辑部成为一个协同作战的整体,达到了有效整合资源的目的。

3. 平民视角,小处入手。过去在进行年终成就展示时,常常侧重工作角度,让读者看来总是远远的。这次,我们力图从平民的角度看成就,找出这些成就与老百姓切身利益的关联点,引发他们的兴趣和关注,并从小处切入,把重大主题转化为离普通群众最近的、最熟悉的新闻事件。

4. 宏观把握,微观出彩。过去在做年终成就报道时,往往无法协调宏观与微观这对矛盾。做得太宏观了,高高在上,普通读者读起来吃力;做得太微观了,又往往缺少深度和高度。这次,我们创造性地发挥版面联动作用。每次刊登成就专版时,总要在一版刊登一条千字左右的消息,与成就专版相辉映。一版的消息宏观地概述成就专版报道的新闻事实,而成就专版则微观地展现新闻的具体内容。两者的有机结合,使我们的报道既宏观地把握住了各个新闻主题的本质,又通过微观的叙述描写,使各个主题变得生动、鲜活。

5. 长话短说,读者喜欢。以往在做成就报道时,一个主题动辄就要做成数千字的大文章,在版面上一放,黑压压的一片的确吓人。这次,我们对各个重大主题和长文章进行了分解,除了允许每个版的主打稿件稍长,但也不超过 1200 字外,版内其他文章必须短小精悍,并且一个主题必须使用大量的相关图片、图示等。短小但信息含量丰富的图文,增强了对读者的吸引力。

6. 创新版式,搞好包装。这次年终成就专版的成功推出,还有一个环节功不可没,那就是包装。我们充分发挥美术编辑的作用,他们大胆地设计了疏朗大气、充满现代气息的全新版式。在这种版式的规范下,不允许稿件块头过大,大文章通过分割等办法进行分解,让读者阅读起来不吃力。图片的大胆选用和合理安排,成为这次年终成就报道专版的"亮点"。所有版面均以一幅(或一组)生动的照片做主图,再配上若干小图,使各版变得丰富多彩。高度重视图示是这次报道的另一个特色。很多新闻信息,如果用文字来叙述往往费力不讨好,但如果恰到好处地使用好图示新闻,既能直观地向读者提供新闻信息,又能美化版面,可以说是一举多得。在标题的处理上,我们也下了不少工夫,并禁用"成效显著"、"硕果累累"等套话、空话的标题。

《2004——科学发展观引领重庆前进》的成功推出,给我们以启发:只要策划到位,不断创新思路和采编手段,就能取得领导和读者"两满意"的效果。

2005年大事不断,我们按照2004年年终成就报道的成功经验,策划组织了几项大型报道,均取得良好效果:纪念抗战胜利60周年,我们推出了21个版的《不屈之城——纪念抗战胜利60周年特刊》;迎接亚太城市市长峰会在重庆召开,我们又推出了88个版的《十月之约——亚太城市市长峰会特刊》。对这些大型特刊,各方面好评如潮。

近日,重庆市委举行二届八次全会。为贯彻这次会议精神,《重庆日报》编委会决定结合"十五"计划的盘点和"十一五"规划的解读,认真策划和组织好报道。

我们将"十五"回顾和"十一五"展望的宣传报道,大致分为三个阶段。

第一阶段:以学习贯彻十六届五中全会精神和市委二届八次全会精神为重点,着重考虑三个方面的重点:1. 推出十六届五中全会精神的5个解读版。2. 开设全市40个区县和有关部门认真贯彻五中全会精神的专栏。3. 推出一系列评论。

第二阶段:以回顾"十五"为重点,时间从11月初至12月底。这一阶段报道分为4个部分:《话说十五》专栏、《感受十五》征文、《图说十五》专栏、《市民走笔看十五》征文。

第三阶段:以展望"十一五"为重点,大致从12月底开始启动。

创新让我们尝到了甜头,我们不会止步。我们相信,只要大胆创新,努力增强引导舆论的水平,增强新闻宣传的吸引力、感染力,党委机关报一定能够办得更权威、更可读、更有影响力。

(《新闻战线》2005年第12期,与雷太勇合撰)

创新经济报道是提高党报核心竞争力的利器

全球化和金融危机带给媒体一个重要思考,经济问题已经不再单纯地局限于传统的经济领域,而是越来越深入地影响到政治、文化等领域,影响到社会生活的各个层面,经济新闻报道如何更进一步结合现实,坚持树立大局观,关注经济全球化发展的趋势和国家利益,将经济发展与改善民生紧密联系起来,更好地实现舆论引导的有效、有用、权威,既成为新时期党报经济新闻的重点,也是提高党报核心竞争力的利器。

一、党报经济新闻报道普遍存在的问题

对于党报来说,经济新闻的报道一直是改革的重点,同时也是改革的难点。从如何做出既服务大局、又贴近民生的经济新闻的标准来考量,党报的经济新闻还存在诸多问题。

——经济新闻信息总量不足,报道选择的面、关注的点都没有做到宽和多。

——经济新闻的报道不够专业,大量报道停留在经济现象上,没有深层次地挖掘经济现象背后的规律、原因,没有起到分析、借鉴的作用。

——深度报道缺乏,对重大题材的关注度不够,表现力不强,有影响力的经济新闻不多,穿透力不强。

——经济信息服务水平不高,没有从民生的角度更好地研究经济新闻,报道经济新闻。

——经济新闻评论比较欠缺。

——报道方式缺乏创新,话语体系有待进一步转变。

而这些问题的产生,一方面和党报长期以来的办报理念,承担的指令性任务太重有关系;另一方面,也和内部体制、机制,人才、地域经济状况等有关系。

二、从改变体制、机制入手,为党报经济新闻的改革做好准备

传统党报的机构设置,是按照条线分割法来完成的,好处在于分兵把口,不漏新闻;坏处在于楚河汉界,不便沟通。而现在的经济社会生活,已经越来越互相渗透、边界模糊,传统的设置,已不能满足需要。重庆日报从 2008 年开始,以中心制的形式,用一个总编助理兼任区域和经济中心主任,整合 5 个部门的经济报道,实现了经济新闻运作的合力。文汇报经济部的改革经验是,打破传统的记者个人的采访条线划分,经济部之下成立多个采访小组和编辑小组,每个小组共同负责某一区域,互通有无,必要时组内调试、组间互动。这样既减轻了记者的工作压力,提高了报道效率,又使报道的整体性更强,报道效果更好。两家报纸的体制机制改革异曲同工。

三、以策划和活动为牵动,拓宽经济报道视野,增强经济报道的影响力

报道前有了周密的策划,可以避免盲目生产和重复工作。经济报道更是这样。媒体应时时关注各种经济信息,然后研究一系列的选题,围绕某一选题做详细的策划,之后再投入采访与写作,这样才能使报道更加卓有成效。2008 年,重庆市委召开三届三次全会,重点研究和部署新形势下的经济发展问题,会议既从当前着眼,出台了一系列重大举措,又从长远发展考虑,确定了重要的发展战略。在会议召开前,重庆日报就进行了认真的策划,会议期间,既有充分的会议本身的报道,又有大量的来自于经济领域的配合报道,还有普通百姓对会议的期待和关心的报道。会后,我们又就其中的 10 个重点选题,分别以跨版的形式,进行了详细的解读报道,解读报道还特别注重从发展思路和举措中,找到经济单元和百姓生活的结合点,效果很好。

策划得当的活动,对经济报道的牵动力也很大。金融危机开始后,重庆日报及时认识到危机的影响和可能持续的危害。为此,重庆日报在 2008 年 9 月初,开始谋划"重庆民企·核心竞争力高峰论坛",通过活动的形式,带动经济新闻的报道。论坛从策划到筹备到举办,前后 20 多天,全部是区域和经济

新闻中心人员利用业余时间完成,费用也是在活动中筹得。特刊包括:《民企核心竞争力——时势》、《民企核心竞争力——求索》,对四个企业的困境和出路进行了报道,配稿《农业企业:抓扩大内需中的机遇》、本报问卷调查、行业扫描等;《民企核心竞争力——问策》,则对3位专家的演讲进行了深度报道;对话版,就现场的对话环节进行了专题报道,并且配上了对外资企业态度、国企看法的深度报道;责任版,对重庆主城五区的书记进行专访,再加上媒体老总的看法,围绕民企发展的政府责任和媒体责任进行了报道。整个报道从活动到效果都很好,起到非常重要的作用。

四、做把握大势、贴近生活的经济报道,增强党报经济新闻的权威性

2008年,国际经济环境风云突变,提振经济发展的信心,成为我国各级政府工作的重中之重。为此,2008年11月,《重庆日报》推出了一组对内树信心、对外树形象的经济新闻报道,引起了各界的高度关注,由于在同类报道中启动最早,报道的针对性较强,还获得中宣部新闻阅评组的高度评价。

本组报道栏目为《聚焦重庆经济形势》,报道要求记者深入调查了解重庆经济的方方面面,以客观、真实的数据和素材,反映重庆经济的运行现状,帮助各种资本看清楚重庆,解读风景这边稍好的现状,树立发展的信心。

具体内容包括深入分析金融危机到来前后,重庆市委、市政府未雨绸缪的一系列举措,达到的目的和效果。主要是从政经的角度来阐述政府的担忧、举措、动作,客观、真实地报道市委、市政府在防止经济下滑方面做出的努力以及取得的成效。包括对香港瑞安集团、惠普、微软等大牌企业重兵布局重庆的战略进行解剖。通过讲故事的方式,对外资在金融危机之时进军重庆的原因、措施、策略、影响,进行采访、分析,揭示出重庆的区位优势、产业优势和政策优势,增强重庆经济形势向好的信心等等。12篇报道多角度、多侧面,深入浅出。为此,中宣部2008年661期《新闻阅评》,以《客观分析经济形势　积极引导增强信心　重庆日报联系实际加强经济报道》为题说:进入11月份以来,《重庆日报》连续开辟《聚焦重庆经济形势》、《重庆农村改革发展调查》等专栏,刊登一批深度报道,客观分析重庆当前的经济形势,冷静看待存在问题,寻找有利条件和得力措施,满腔热情地为经济战线暖冬,让干部群众看到希望、增强信心,攻坚克难,化危为机,加快重庆发展。

五、转变视角,从民生的角度,体现经济报道的人文关怀,做老百姓喜闻乐见的经济新闻

经济报道与人们的生活息息相关,即使是重大经济题材也不例外,关键是你如何去寻找切入点。经济报道选择民生视角,既是新闻宣传坚持贴近实际、贴近生活、贴近群众的需要,也是新闻报道的内在要求。这就需要报道经济新闻的记者,走进百姓的生活,了解他们的生存状况、真实想法、愿望和要求,努力拉近与读者之间的距离。用体验的方式去感受百姓的酸甜苦辣,使经济新闻富有人情味,体现出媒体浓浓的人文关怀。

现实生活中,与民生有关的经济热点很多,比如,房价居高不下,普通百姓如何安居?劳动力严重供过于求,就业再就业难题如何破解?农民能否像城里人一样享受低保,基本解决衣食无忧问题?大量农民工游离于社保体系之外,他们能否实现病有所医、伤有所治?作为经济新闻记者,如果能把这些琐碎的民生报道列入议事日程,关注与百姓经济生活密切相关的热点难点问题,正确引导经济话题走向,帮助人们释疑解惑,这样经济报道就会逐步确立在读者中的威望和地位。

2009年春节前后,农民工出现大规模回流现象,重庆到2008年底已达58.6万人,影响到农民增收,给社会稳定也造成一定压力,政府、社会、企业、农民都面临考验。

为此,《重庆日报》再次推出了一组调查性报道——《重庆农民工就业调查》,通过深度调查,全面掌握农民工回流情况,剖析农民工就业能力和就业现状,分析市场用工需求,为政府决策提出建设性意见等。

这组调查性报道的推出,再次获得重庆市委宣传部的肯定,也起到了真正为农民工寻找出路、谋求对策,澄清相关误区,推动就业的作用。

事实说明,用心改变报道的角度和思路,从关注民生、重视民生、保障民生、改善民生角度出发,从大处着眼,小处着手,从群众最关心的衣食住行着手,即使是再宏观的经济也能从民生视角使读者喜闻乐见。

六、从专业化入手,改变报道方式,创新报道样式,提升经济新闻的可读性和有效性

媒体已进入一个分众化时代,面对日益细化的读者市场,面对网络海量信息的挑战,传统主流媒体不仅要告诉读者新近发生的新闻事实,更多时候,我们还需要告诉读者为什么要发生这样的事件,它所带来或可能带来的影响是什么? 相对于新闻事实而言,后两者,就是媒体向读者提供的对于新闻事实的价值判断,更是媒体间新闻竞争的核心竞争力所在。为了实现这一功能,我们必须从以下几方面做出努力:

一是加强新闻的服务性与实用性功能,从而增强亲和力,实现与受众的零距离。要善于从文化、社会等各个视角写经济新闻,使受众便于感性接受,爱读、爱看、爱听,又要力求有广度、有深度,这样才能使经济报道独树一帜。

二是坚持"三贴近"原则,实现专业性与通俗化的融合。经济报道门槛再高,也应该以"贴近生活、贴近实际、贴近群众"为宗旨。现今的经济报道只有走大众、综合、实用的道路,才会真正地服务于民。因此,经济报道应该准确、生动、透彻、通俗易懂,应做到深入浅出,将专业性与通俗性完美地结合在一起。

三是加强经济新闻的解读性和分析性,做有用的经济新闻。经济新闻要"有用",就是对企业经营决策要有直接的帮助。现在党报经济新闻中单向度的解读比较多,即上级发布了某项政策,报道中通常是分析一下如何好、如何切合实际,如此而已。我们应当提倡多向度的解读,允许对政策提出疑问,允许分析经济活动中的困难和问题。

四是要善于运用讲故事的方式,将经济生活化、故事化,做活色生香的经济新闻。在具体报道中,要尽量以独特的视角、独特的叙述方式、独特的语言来引起受众的兴趣。好的经济报道不仅仅是专业化的分析,更是在讲述一个矛盾冲突不断推进、情节不断发展的"好故事",人和事是一个好故事的灵魂。

七、积极培养经济新闻的人才,加强记者队伍的培养和培训,提高专业素养

经济新闻人才紧缺是党报经济新闻整体水平无法提升的关键原因。一方面,新闻单位的人才考核制度存在缺陷,在目前"工分化"的考核制度下,写短平快的社会新闻更容易得到分数,而做深入的经济报道却吃力不讨好。另一方面,由于经济报道的专业性,高校培养出来的新记者,通常需要好几年的积累才能进入经济报道的正轨,因而许多高校毕业生不愿意加入这个行列。

党报要培养一支好的财经记者队伍,首先要加强选材,从高等院校选择经济类、管理类专业的人员,加强新闻业务培训。其次,在现有人员中,加强结构性培养,在各专业部门中开展业务练兵、培训,增强记者的专业素质。重庆日报还专门邀请国内相关的经济学者给记者上课,提高素质。

（原载《加强和改进经济报道论文集》,
学习出版社 2009 年版,与陶卫红合撰）

围绕中心、服务大局，面向基层、服务群众

不断增强党报核心竞争力

2006 年 5 月 30 日，中共中央政治局委员、书记处书记、中宣部部长刘云山在全国宣传部长座谈会上强调，围绕中心、服务大局，把干部群众的思想和行动统一到中央的决策部署上来，把智慧和力量凝聚到实现"十一五"发展目标上来，是宣传思想战线的一项重要任务。宣传思想工作归根到底是群众工作，必须始终面向基层、服务群众。

对于党委机关报来说，"围绕中心、服务大局，面向基层、服务群众"，既是各级党委在新阶段对党报工作的基本要求，也是发挥主流媒体作用的客观需要。

在重庆报业市场上，《重庆日报》是一家公认的主流媒体。重庆直辖特别是进入新世纪以来，《重庆日报》从自身的党报性质出发，恪守政治家办报的理念，努力做大做强正面报道，始终把"围绕中心、服务大局"作为新闻工作目标，把"深入基层、调查研究"作为实现这一目标的途径和手段，通过"三深入"，实现"三贴近"。同时，以科学发展观为指导，积极、稳妥、持续不断地进行改进创新，用现代党报的运作机制和办报理念整合优势资源，不断增强党报的核心竞争力，壮大主流舆论，提高舆论引导能力，责无旁贷地扮演着中国最年轻直辖市的"舆论主导、资讯管家、时事顾问"的角色。

一、以科学发展观统领新闻改革创新

《重庆日报》创刊于 1952 年，有着 50 多年的历史，但其真正步入加快发展时期,是在重庆直辖,特别是进入新世纪以后。

1997 年,重庆直辖之初,我们适应发展变化了的外部环境,适时提出了让领导满意、让读者满意的"两满意"口号。

为适应重庆直辖市经济社会的发展需要,我们不断改进新闻报道,努力提升办报水平。从 2001 年到 2006 年,大大小小进行了 6 次改版,尤其是 2003 年的"完善定位"和 2006 年的"内涵发展"这两次新闻改革,使我们获益匪浅。

2003 年,面对日益激烈的报业竞争态势以及读者市场的分众化,为满足高端读者的需要,我们进一步完善《重庆日报》的定位,确定为"权威政经大报,出色主流新闻";要让这张报纸发挥"高度服务决策,深度参与生活"的作用;明确《重庆日报》要为"决策型、经营型、知识型"三类主流读者服好务。这次改版的重点是调整版面结构和内容,即把报纸的 16 个版分为新闻(前 8 版)、专副刊(后 8 版)两大板块。可以这样认为,前 8 版是"重点",后 8 版则是"视点"。

2006 年 2 月 16 日,我们再次进行改版。在吸收、借鉴兄弟报纸成功经验的基础上,我们提出这次改版总的目标是:要让报纸从过去简单的资讯提供者的角色,转变为"舆论主导、资讯管家、时事顾问"这种智慧型资讯提供者的角色,使我们的报纸从可读到必读,从易读到悦读,更有用、更有益;让党报既是新闻纸、信息纸,又成为观念纸、思想纸,主导区域舆论,影响主流人群。我们提出,这次改版"不以形式的改变和版面的扩充为重点,而以内涵式发展和提高版面质量为重点",要进一步面向中高端读者,打造党报的核心竞争力。

为此,我们鼓励记者贴近实际、贴近生活、贴近群众,通过"围绕中心、服务大局,深入基层、调查研究"来增强报纸的权威性、指导性和新闻性、可读性,最终实现"两满意"。

按照打造党报核心竞争力的要求,我们对《重庆日报》的版面在三个方面下工夫:一是全新开辟一些版面;二是真正落实定位,重塑版面形象;三是进一步提高一些版面的质量。

我们增设了一个新的要闻版面,即"重庆在线"版。该版着重进行创新报道和权威发布,基本任务是:围绕市委、市政府的中心工作和全市工作大局,以新闻化的手段开展日常性的重点报道;对具有时代性、阶段性特征的典型人物、典型事件、典型经验进行深入报道;对各个时期、各个阶段的重大方针政策和关乎民生的政策措施,进行新闻化的权威解读;对社会热点、难点、焦点问题进行分析性报道;配合全市中心工作做重大舆论监督报道;开设新闻性时评专栏。

我们全面改造过去的娱乐新闻,固定在每周一开设四个版的文化周刊,即影响周刊。该周刊承载人文关怀、文化启蒙,参与本地文化建设、城市生活,促进城市进步,引导阅读趣味,彰显报纸的主流立场和价值观的责任。我们力求把它打造成厚重、大气、耐读的饱含思想和激情的大文化周刊。

我们重塑了"特别关注"等版面。让广大读者寄予厚望的"特别关注"版对重大新闻事件、现象、问题深度关注,对涉及面广、影响面大的问题深度关注,对特别震撼人心的事件和人物命运深切关注,对来自高层的重大决策、政策深度解析。

对其他更多的版面,我们则在增加新闻信息、加强新闻策划、搞好重点报道、注重新闻资源整合、提升新闻包装水平、增强服务性等方面狠下工夫,进一步提高版面质量。

2006年6月,重庆市委宣传部组织部分专家对改版后的《重庆日报》进行定向阅评,专家们从报纸的责任意识、信息强度、特色特点等方面进行全面分析,并对照同时期其他省市的党报,得出对《重庆日报》的一致评价:《重庆日报》坚持正确的舆论导向,主流新闻地位突出,品位高雅,亲和力强,有效地发挥党报的功能和作用,是一张优秀的省级党报。

面向市场,办好党报。正是依靠持续不断的新闻改革,使我们的报纸在增强党报核心竞争力、壮大主流舆论、提高舆论引导能力的同时,也取得了良好的经济效益,从2003年开始,重庆日报走出了连续7年亏损的低迷状态,一举扭亏为盈。

科学发展观是坚持以人为本,全面、协调、可持续的发展观。回顾这几年的新闻实践,我们认为,正是在科学发展观的指导下,以读者为中心,全面、协调、可持续地一步一个脚印地对一张传统机关报作了较大调整,才使《重庆日报》的总体水平有了较大幅度的提高。

二、以"两个服务"为重要抓手,力求"四性统一"

党报相对于其他传播媒介的特殊定位,决定其功能发挥也有自身的特点和侧重,主要有以下两方面:一是指导功能。它是党的喉舌,它必须把党和政府的声音、主张及时、准确地传送到群众中去,市委正是通过这张报纸,指导全市的工作。要实现这一功能,就必须增强党报的指导性和权威性。这也是它最重要的功能。二是联系功能。党报发挥联系功能的重点,在于沟通党和政府与人民群众之间的联系。在信息获取渠道十分畅通的今天,要让群众更多地听到党委政府的声音、接受党委政府的主张,就必须增强党报的新闻性和可读性,让群众喜闻乐见,从而增强新闻宣传的有效性。

一张现代党报必须力求权威性、指导性与新闻性、可读性的统一,可以这样说,"四性统一"是现代党报的最高追求目标。但在实际操作中,党报的"四性"往往还存在"两张皮"的问题;有时强调了权威性、指导性,却忽视了新闻性、可读性;有时强调了新闻性、可读性,却忽视了权威性、指导性。前者造成的后果是新闻信息的传播效果不佳,后者带来的问题却是阅读深度不够,传播价值不大。

其实,对做报纸的人来说,单方面做"权威性与指导性"或者"新闻性与可读性"并不难,难的是做到"四性统一"。要达到"四性统一",必须实行两方面的互动:一方面,要在报纸形成权威性、指导性的基础上,增强新闻性、可读性;另一方面,要不断增强报纸的贴近性和服务性,这是新闻性和可读性的基础。

那么,报纸的权威性、指导性与新闻性、可读性从何而来呢? 我以为,增强报纸的"四性"的基本途径就是"围绕中心、服务大局,面向基层、服务群众"。为此,我们主要抓了三个方面的工作。

1. 改进会议和领导同志活动报道,增强报纸的权威性和指导性

我们严格按照中央关于改进会议和领导同志活动的具体规定,缩减报道规模,提高报道质量。对领导人一般性的考察、调研,尽可能精炼文字,避免长篇累牍的大而空的报道。

同时,遵循新闻规律,选好报道角度,从大量会议和领导同志的活动中,挖掘老百姓已知但未深知的背景新闻,捕捉那些影响国计民生的重大方针政

策的新闻资源,将其报深报透,增加信息含量,让干部、群众及时了解政策,领会政策,落实政策。对全市性、全局性的重要会议,做到浓墨重彩、准确完整,把分量做足,做到位;对一些部门、行业的会议,坚持按新闻规律办事,以新闻价值作判断取舍,抓住最新鲜、最有价值、最为读者关心的题材进行报道。如果是一般性会议,无多少新闻价值,就不予报道。

比如,经常召开的市委常委会、市政府常务会,往往都是研究关系经济社会发展的重大议题。对这些重要会议,我们不是进行简单的报道,而是尽可能地对会议研究的议题进行全方位的解读,把那些比较"硬"的信息按照新闻化的要求来处理,从而让群众了解党委政府近期的工作重点,并理解其意图。

2006 年 6 月 18 日至 19 日,中共重庆市委召开了二届九次全委会议。这是一次加快三峡库区产业发展,着力解决移民就业,促进库区繁荣稳定的十分重要的会议。为配合此次会议的举行,《重庆日报》从会前一周起每天在一版连续推出了系列报道《库区产业发展调查》,并为每篇报道配发了评论员文章。报道引起市委主要领导的高度重视。在报道推出第五组后,市委书记汪洋在《重庆日报》上作批示:"《重庆日报》最近围绕着全会的召开,组织了一批通讯和评论员文章,很有针对性。可考虑汇总印发与会代表参阅。"在汪洋同志的指示下,《重庆日报》刊发的 2 篇《库区产业发展调查》通讯和 5 篇评论被作为市委二届九次全委会的参阅资料发给了与会代表。很多来自基层的同志表示,《重庆日报》的报道对他们的工作很有帮助。

6 月 20 日,市委全委会刚一闭幕,《重庆日报》又推出了 4 个整版的全委会特刊《再造三峡》。特刊采用老百姓视角,着重阐明市委全委会这一新闻事件与老百姓的关系以及老百姓如何看待。当天的《重庆日报》在三峡库区真可谓"洛阳纸贵"。

2. 改善版面设置,把更多的版面、更好的位置让给群众,增强报纸的贴近性和服务性。

从 2004 年起,我们改变长期以来机关报新闻部门对应版面、政府职能部门对应版面的固有模式,取消"经济"、"科教"、"文化"等版面,改为设立"发展"、"民生"、"社会"、"区县"等版面,把更多的版面、更好的位置让给基层、让给群众,增强了报纸的贴近性和服务性。

为加大对区县的新闻宣传力度,从 2005 年起,我们自贴经费上百万元开设了《区县特刊》。《区县特刊》每周三固定推出,每期共 4 个版,分别为新闻、视点、专页、广角版。"视点"版以本报的策划为主,以深度报道为主,每个版确定两三个主题,强调服务性。"专页"版主要由各区县(自治县、市)宣传部采写,重庆日报参与组织策划,力求鲜活。"区县新闻"版和"区县广角"版全面报道区县新闻和各种信息。2005 年,本报共推出《区县特刊》41 期,发稿 600 余篇,受到区县读者的欢迎,他们认为,重庆日报是真正在为基层服务。

3. 在考核政策上倾斜,鼓励记者多往基层跑

在大力倡导深入基层、调查研究的采访作风的同时,我们还在考核政策上予以倾斜,鼓励记者多往基层跑。

比如,在每日好新闻、年度好新闻的评比中,我们注意挑选那些来自基层一线的报道。重庆市具有大城市带大农村的特殊市情,为鼓励记者深入边远区县采访,我们采用了"一拖几"的记分办法,例如,若记者到最边远的区县采写的稿件,记分时一条稿件按照三条记。

如今,深入基层、调查研究在重庆日报记者中已蔚然成风,而在深入群众采访的一线记者中,还涌现出了范长江新闻获奖者、"田坎记者"罗成友这样的优秀代表。罗成友每年都要见报 300 多篇、30 余万字的稿子,而这些基本上是从乡村和田坎上跑出来的,是反映群众所思所想的鲜活的稿件。

罗成友为年轻记者做出了榜样。重庆日报报业集团下属的一家都市报的一位年轻记者,受罗成友事迹的感染,立志成为"面向基层、服务群众"的优秀记者,主动申请调来重庆日报跑区县农村。自从到日报后,发表了大量来自基层的鲜活稿件。为了深入开展对农村的调查研究,他还利用周末业余时间,到一个偏远的村挂职担任村委会副主任。

这几年的新闻实践,使我们充分认识到,必须以"两个服务"为重要抓手,才能做到"四性统一",才能提高党委机关报的舆论引导能力。

三、总结新闻实践,探索新闻规律,增强党报核心竞争力

随着经济社会的发展,报业市场面临许多新的形势和变化,存在很多或有利或不利的因素,这都要求我们冷静地、审慎地思考和研究,全力增强党报

的核心竞争力,使我们在壮大主流舆论、提高舆论引导水平的基础上,牢牢把握舆论导向的主动权。

近年来的新闻实践,给了我们很多启示。我们很有必要认真审视和分析这些重要探索和实践,并使它上升到新闻规律和日常规范的高度,以使我们的新闻工作多些方向性与主动性,少些盲目性与被动性。

1."围绕中心、服务大局,面向基层、服务群众"是增强党报核心竞争力的重要途径。

"围绕中心、服务大局",将党和政府的主张、政策、举措及时地传递给广大受众,可以更好地增强报纸的权威性、指导性和公信力;"面向基层、服务群众",充分反映广大人民群众的呼声,在党和政府与人民群众之间架起高速顺畅的连心桥梁,可以更进一步增强报纸的服务性、可读性和影响力。"四性"和"两力"同步提高,党报的核心竞争力就会不断增强,就会取得领导满意、群众满意的良好社会效果。

2. 增强党报核心竞争力必须重心下移、注重实效。

要增强党报核心竞争力,必须做到重心下移、注重实效。记者只有深入实际、深入生活、深入群众,才能了解群众所思所想所需,写出有真情实感和震撼力的佳作,也只有这样,党报才有生命力。

3. 抓紧、写透重大新闻事件,是提升党报核心竞争力,彰显平面媒体优势的重要手段。

近年来的新闻实践,使我们认识到,抓深、写透重大新闻事件,是打造报纸品牌、提升核心竞争力、彰显平面媒体优势的重要手段。而要做到这一点,必须一要策划新颖,有较为独特的角度;二要深入采访,力争拿到第一手或独家信息;三要思考到位,写出更具思想和深度的报道;四要包装精美,从编辑资源整合到版面包装都给予充分配合,使主题得到最大程度的体现。这样的报道才能新闻更加突出,影响更加广泛,优势更加明显。

以上三个方面,在平面媒体面临新媒体和新技术越来越严峻挑战的形势下,显得尤为重要和必要。因为在一个越来越发达和快捷的时代,平面媒体要继续保持足够和持久的竞争力,在更大的丰富性和更强的时效性上下工夫,空间越来越小,越来越力不从心。只有在更深、更透、更必读上做更大努力,使受众在一般媒体上仅"知其然",而在平面媒体上却能更好地"知其所以然",用思想弥补视觉之不足(图片再精美,版式再新颖,也不如电视画面的冲击力大,但思想之树常青);用深度弥补广度之不足(报纸再厚,信息再丰富,也不及网络之海量,但菜再多也需要好厨师);用分析弥补时效之不足(截稿再提前,流程再快捷,也不如现场直播,但人们永远喜欢问一句话:为什么?),平面媒体才能扬长避短,立于不败之地。

(原载《实践与思考:新闻媒体提高舆论引导能力论文集》,

学习出版社2007年版)

重庆日报总编辑牟丰京访谈

报业竞争与党报改革

近几年来,与其他区域市场一样,重庆报业市场的竞争也渐趋激烈。重庆商报的崛起,一定程度上对重庆地区报业的龙头重庆日报报业集团带来了压力。面对外有竞争压力,内有结构重叠的格局,重庆日报报业集团正在逐渐调整自己的市场战略。

张洪忠(以下简称张):我在重庆市区的一些报摊走访时,注意到在重庆当地的报纸中,重庆日报报业集团的报纸占了绝大多数,这是不是意味着重庆日报报业集团在本地基本上没有竞争对手?

牟丰京(以下简称牟):不是这样,我们也面临着很现实的竞争。主要的一家对手是新闻出版局主管的《重庆商报》,另外还有两家分别是团市委主管的《重庆青年报》和市总工会主管的《现代工人报》。但从目前来看,这种冲击还不足以改变重庆报业的大格局。

重庆的报业市场结构,与我国的省会城市和其他直辖市不一样,只有重庆日报一家报业集团。而在省会城市,一般都有两个报团:以省级党报为主构成的报团和以省会城市党报为主构成的报团。在上海则有文新报业集团和解放日报报业集团,在天津有天津日报报业集团和《今晚报》为主的报纸,北京就更不要说了,除了北京日报报业集团外,中央级的报业集团都在那里。

我们重报集团有八张报纸——四张日报、四张周报。《重庆晚报》和《重庆晨报》两张都市报,在重庆地区位居发行量和广告量的前两位,母报《重庆日报》今年也盈利几百万。周报的《新女报》创刊快两年了,市场反响很好,另外周报还有《热报》、《健康人报》在培育期中,还准备新办一份《时代信报》。

张:在重报集团一家独大的市场格局下,集团内部的布局似乎很多是重复的,市场表现就是内部子报之间在展开竞争。如《重庆晚报》现在是早晨出报,就和定位一样的《重庆晨报》直接竞争,《重庆经济报》总的来说是一份与前两者定位一样的市民报,也加入了这一战团;《热报》和《新女报》也有类似的问题。这样会不会造成重庆日报报业集团所属报纸之间兄弟相阋的局面,比如《重庆晚报》和《重庆晨报》面对的几乎是完全一样的读者市场和广告市场?

牟:重庆日报报业集团的经营结构,与国内其他报业集团不一样。其他地区的报业集团,基本上靠一家市场效果好的报纸来支撑整个集团的经营,如四川日报集团是《华西都市报》,北京日报集团是《北京晚报》,广州日报集团是《广州日报》等,在经营上是单点支撑的集团。而在重报集团,除了《重庆晚报》外,还有《重庆晨报》也是集团一个比较大的经济贡献点,有两个经营上的支撑点。

你说的这些问题是存在的,我们已注意到了。集团内部不同报纸之间的利益不同,最直接的后果就是被广告商压价,他们可以在集团的几家报纸之间造成互相砍价的局面,最后受到损失的还是整个集团的利益。从满足读者提供更丰富、更多样的阅读需求来讲,也存在一定的问题。我们正在想办法解决这一问题,但这种改变将是渐进的,必须要与市场竞争相适应。

张:听说现代工人报要引入一家外地强势媒体与之合作,直接冲击晚报和晨报,这样一来,重报集团将面对一个强大的竞争对手,很可能影响到重报集团的经营基础。您对此怎么看?

牟:这是一个需要高度重视的新情况。外地强势媒体进入重庆,最大优势在于其全新的体制机制,加上初生牛犊的气势,必然会对重报集团产生一定影响,集团一定要未雨绸缪,做好充分的工作和物质准备。但也不要过度恐慌。外地媒体进来发展,也会面临许多不利因素。首先是行政管理上的认同,需要花费一段时间;其次是来到一个新的地方,各种人脉资源也不是短时间内能积聚起来的;三是它的中高层主要是外来的,对本地文化的真正融入,也不可能很快到位,而报纸恰恰是一个文化产品,本地化很重要。都市报的先驱席文举先生,曾到辽宁领军办报,老爷子也遇到了不少麻烦,主要是这个问题。另外,从报业经营的角度看,重庆的报业市场已经有六七家都市类日报,实际的竞争程度比成都还要激烈些,而报纸的广告盘子目前却只有成都的一半。新办或改版的报纸,在多长时间内能获得本地读者和广告客户的认同,是一个不好推定的问题。相比较而言,重报集团下属报纸,在重庆市场上已占有相当的份额,既有先手之利,也提高了外地媒体进入重庆市场的门槛。当然,我们也会采取一些相应的应对策略,这是商业机密了。

报业要发展,就需要有不断的进入者,同时又有退出者,这样才能形成一个良性的报业发展态势。所以,讨论报业市场是不是饱和了,这个问题本身是没有价值的。对投资者来说,只要有百分之一获利的希望,他就会去做百分之百的努力。就像南方日报进入新京报一样,不管它成功与否,对于北京的报业发展还是有益的,至少它可以打破目前北京报业市场的这种均衡,使北京报业的水平达到一个更高点。重报集团并不会排斥竞争,但这种竞争必须是良性的,否则只会造成报业的大失血。归结起来两句话:一是反对恶性竞争,二是欢迎一切有助于重庆报业繁荣和发展的良性竞争。

张:党报的改革应该是目前我国报业发展的一个热点问题。无论在政策体制层面上、在具体的运行机制层面上,还是在实际的市场效果上,党报改革都落后于都市类报纸。当我们说到某个城市的报业竞争情况时,常常可以将党报排除在讨论的范围以外(除了《广州日报》这个特例)。重庆日报报业集团作为党报集团,准备怎么办?

牟:都市类报纸经过近十年的发展,已经达到了一个较高的市场化程度,并且得到了快速发展,占据了报业广告市场和发行市场的大半壁江山。而在这方面,党报的改革确实滞后了,这一现状不容回避。

在目前的竞争形势下,作为党报集团,一方面我们的子报要发展;另一方面,党报本身更要寻找突破口,做到既能很好地报道中央、地方党委政府的精神,又能让老百姓乐于接受。而一旦党报本身做大了,别的进入者是很难在同一领域和层面上与它竞争的。这些年,《重庆日报》一直在积极地探索,经过了几次大的改版,得到了上级领导的肯定,读者反响也较好。党报不能充分占有主流市场,在报业竞争中搞什么"放弃大路,占领两厢"的策略,就会自损影响力,即使有再好的宣传,也是没有效用的。所以,更加积极地进入市场,是党报一个不能回避的、既现实又急迫的问题。

我对党报的改革前途充满信心。我们希望办成一张现代党报,为此我总结为三段话:

首先,党报的定位是什么?过去一般的说法是,党报的定位是机关报,但我认为机关报只是它的属性,而不是定位。我理解的党报定位是"权威政经大报,出色主流新闻"。

其次,党报具体应该发挥什么作用?笼统地说喉舌功能,是正确的,但太抽象了。在具体的操作层面上,我理解为"高度服务决策,深度参与生活"。党和政府想什么、做什么,我们党报就需要及时地、高质量地报道什么,这就是我说的"高度服务决策"。"深度参与生活",就是要贴近老百姓,贴近生活。但这与都市类报纸更习惯较浅层次地反映生活又不一样。如报道一则抢劫案,可能都市类报纸只报道具体的事实,而党报还需要去探讨原因。

第三,党报的目标群体是什么?我们现在已经是一个多元阅读的时代,任何一个媒体都不可能让所有的人都成为它的受众。所以,我研究这个问题的目的,是如何让党报最大限度地发挥传播影响力。这就需要一方面注重党报的读者规模,这是基础;另一方面还要改善党报的读者结构,这是关键。基于这两方面原因,我们将党报的目标群体定为"在尽可能扩大读者群的基础上,重点服务于决策型、知识型、经营型的读者"。

党报实际上是新闻纪律和新闻规律相结合的产物,把上面的思想精神通过新闻规律来体现。要走向大众,就需要在新闻规律上下工夫。《重庆日报》现在更加讲求报纸的可读性,让更多的读者读报,而且还要使他们的阅读时间变长。报纸大大压缩了一般的工作报道。把握住"市委机关报",而不是"区县机关报"。以前要进行两者的工作报道,现在对于后者的报道,我们就以新闻的眼光去判断是否值得报道。对于市委的工作报道,我们也不再干巴巴地报道,也要从新闻的角度去切入。

除了在报道的观念上要改变外,还要树立经营报纸的理念,既要讲采编经营"两分开",又不能搞成"两张皮",要使两者之间发生化学反应。在发行和广告上也要改善和提高。今后党报也不可能长期依赖行政命令来搞发行。我有一个梦想,假如我们的党报发行,50%靠公费,25%靠自费订阅,25%靠零售,这个结构就比较合理了,就很有竞争力了。《重庆日报》目前正在做自费订阅和零售市场的推广工作,争取一年一年有改善。《重庆日报》的广告每年也都在上升,2000年报纸亏损800万,今年可以赢利三四百万,如果扣除管理费、内部印刷价格等因素,实际还要多一些。但还很不够,维持简单再生产还差不多,要实现更大发展,进行扩大再生产就缺乏足够的支撑了。

　　我国目前的报纸结构还有缺陷,影响力大的主要是两类:一是喉舌表现明显的党报,这类报纸的传播效果目前还比较弱;二是都市生活类报纸,往往很可读,但达不到必读。在两者的中间地带,缺少一类能够真正走向大众的主流大报,如果抛开新闻观和价值观去类比,就是说缺乏像美国的《纽约时报》、英国的《泰晤士报》那样的报纸,既能充分传播我们的主流价值观,又具备不亚于都市类报纸的传播技巧和效果。我认为,党报只要继续坚持正确的舆论导向,改革力度又足够大,而且坚持不懈,不断总结经验教训,最有希望成为这种类型的报纸。到了那一天,主流宣传阵地就能够真正长久地守住了。对此,我充满信心。

　　我们也在考虑怎么样把集团做大做强。下一步将创办杂志,还要发展出版社,还有一些文化创意项目。对新媒体我们也很关注,不能错过这一发展机遇,要为下一代报人做好储备。我曾经说,我们的前辈真的特别睿智,有预见性,他们当初就给我们起名叫XXX报,而不叫XXX报纸,可能就是想到了"纸"这种传播载体早晚要消亡,但报道却会永在,到时候把网络或什么更新的东西作为载体来传播,照样可以叫XXX报,依然突出的是报道这个"核"。只要积极主动地接受和融入新技术,传播手段相对滞后的传统媒体,照样可以脱胎换骨,来一个华丽的转身。重报集团在这方面决不能后于他人。

(《传媒》2004年第3期,张洪忠采写)

二、言　论

述评:潜亏就是弄虚作假

近几年到企业采访,经常听到潜亏这个名词。什么叫潜亏? 一位厂长直率地说:"潜亏就是弄虚作假。说白了,就是企业把本已存在的亏损掩盖起来,搞虚盈实亏或多亏少报,以骗取个人或小集体的好处。"

某省一大型化工企业,近几年一直经营不善,连年亏损。去年市主管部门要求这个厂亏损额必须控制在 560 万元以内。到年底,这个厂经过精心"技术处理",亏损额果真只有 541 万元。实际上亏损达到 1700 多万元。今年年初,这个厂的新厂长上任时,账面上累计亏损 1300 万元,但一经审计,却发现潜亏近 2000 万元。企业陷入绝境,三分之一的职工被迫放长假。

这位新上任的厂长感慨地说:"企业弄虚作假,搞潜亏,这是在玩火,到头来坑了国家,害了自己,这种蠢事再也不能干了!"

另一家企业的情况更加严重。这个近万人的大型造纸厂实际上从 1988 年就出现亏损,但直到 1990 年才开始承认亏损,而且严重不实,上一届领导班子交出账目只亏损 2800 万元,审计结果实际亏损达 1.5 亿元。而这个厂的原厂长正是在虚盈实亏时得到了省劳模、先进企业家等诸多荣誉称号。

令人忧虑的是,弄虚作假搞潜亏的企业并不是个别的。据有关部门统计,有潜亏的企业约占全国国有企业的 1/3。潜亏的大量存在,不仅助长了弄虚作假的不正风气,而且使国家的统计数字失真,给宏观决策的正确制订造成了很大困难。

如何制止这种弄虚作假的经营行为? 一些企业的干部和工人提出,这种欺上瞒下、弄虚作假,使企业蒙受巨大损失的做法是典型的渎职行为。为什么神圣的法律之剑却迟迟举不起来？

一位经济界人士尖锐地指出，我们的管理制度在这方面还有很大缺陷。我们急需建立这样一种机制：当一个厂长发现企业亏损了，而且是由于自己能力不行所致时，必须立即真实地反映情况并自动辞职，否则就要受到严厉的处罚直至法律的制裁。

（新华社沈阳 1993 年 6 月 12 日电）

解开"死债"这个结

——东北清欠试点采访札记

　　在以往清理"三角债"中,一个令人困惑的问题是:"三角债"为何越清越多了呢? 其中一个原因就是"三角债"中的"死债"在作祟。

　　辽宁一位"老银行"解释说,"死债"就是负债人无力偿还的债。一些企业由于严重亏损或资不抵债,已丧失了还债能力。东北有一家500人的机电设备厂,多年亏损,欠债高达500多万元。厂长很坦率地对记者说:"我们厂的债不是'三角债',都是'单角债',我们欠别人钱,别人却不欠我们,原因是我厂效益不好,所以这些债都成了死债。"

　　去年为清理"三角债",国家给辽宁省投入了一笔资金,取得了清理欠债145亿元的显著成效,相当于年初全省"三角债"总额的90%,缓解了企业资金紧张的状况。可没多久,"三角债"又急剧上升,今年7月,全省的"三角债"总额已超过300亿元,现在看"死债效应"起了很大作用。有人估算,由于甲欠乙、乙欠丙、丙欠丁这种叠加作用,一元钱的"死债"可以产生5到10元的"三角债"。亏损企业越多,"死债"越多,这个"结"就越大越难解,这是人们在清欠中发现的普遍现象。

　　黑龙江省某机器厂累计亏损4000多万元,净欠别人债款3000多万元。这个厂的财会处长说:"省里组织清欠,一环一环地解扣,可到我们这里就解不开了。我们厂连职工开工资和简单再生产的钱都很难维持,哪有钱还债? 即使给贷款还旧债,我们也还得欠新债。"

　　形成"三角债"的原因有很多,但从这次试点中企业暴露出的问题来看,一个直接的重要原因还是企业经济效益差。许多事实表明,"三角债"是随着企业亏损额的多少而水涨船高的。以东北三省为例,去年底以来,预算内国营企业的亏损面在50%上下,是全国亏损最严重的地区,同时也是受"三角债"困扰最严重的地区,"三角债"总额达六七百亿元。

　　大连市政府副秘书长孙福信说:"'三角债'并不可怕,可怕的是企业效益下降。只要企业效益稳步提高,'三角债'就会逐步得到缓解。"

　　新近,由于国家和各地采取了一系列措施,企业经济效益连续两年下降的局面已开始得到扭转。为此,我们有理由乐观:只要这股可喜势头保持下去,就一定能解开"死债"这个"结"!

（新华社沈阳 1993 年 9 月 1 日电,与刘欣欣、付兴宇合撰）

述评:欲清"三角债",当除"大锅饭"

　　企业吃"大锅饭"的思想对"三角债"起了推波助澜的作用。这是在东北清理"三角债"试点中人们的普遍看法。

　　黑龙江省一家玻璃厂亏损严重,当地银行认为复苏无望不给贷款。可这个企业明知自己无力付款,依然到处赊购原料继续维持生产。去年他们赊购大连化工厂的纯碱就达 1210 万元,到记者采访时已拖欠了一年多还没还。

　　亏损企业以拖欠债务的办法,吃经济效益好的企业"大锅饭"这种现象,已造成严重后果。黑龙江省双鸭山矿务局,由于被人净拖欠 3.3 亿元,职工工资不能按时发,为技术改造购买的 800 多万元设备不得不退货。辽阳铁合金厂本来是辽宁省的盈利大户,由于被净拖欠 5000 万元,交不起有关费用,电要被停,车要被封,铁路局不给车皮,今年企业一度濒临停产的境地。倘若我们进一步探究就会发现,造成"三角债"的源头大都与职工吃企业"大锅饭"、企业吃国家和别的企业的"大锅饭"的思想有关。辽宁省统计局的一位同志说,工厂虽然实行了工资总额同效益挂钩,可是由于"大锅饭"体制没有彻底得到改革,不管经济效益好坏,企业工资只能升不能降。今年上半年尽管全省企业效益滑坡,可工资总额却比去年同期增加了 11%,这样做企业怎能不越亏越严重,哪还有钱还账?

　　为什么基建和技改"钓鱼"项目这么多?哈尔滨市政府一位副秘书长说,因为许多"钓鱼"的单位只关心能否把"鱼"钓来,在国家的大锅里捞一勺。

　　由于有吃"大锅饭"的思想,欠债的亏损企业缺少起码的危机感。沈阳市轻工局对几家亏损企业进行突然检查,发现按规定干活的工人连一半都不到,有的在工作时玩扑克、打麻将。更奇怪的是,有一些亏损企业,虽然靠拖欠别人货款过日子,可日子过得并不比效益好的企业差,工资奖金不少发,福利不少得。长春市一家企业一方面拖欠第一汽车制造厂的债不还,一方面职工宿舍却照建不误。

"大锅饭"滋养了"三角债","三角债"又使"大锅饭"现象更严重,因此有人称"三角债"是"大锅债"。深化改革,坚定不移地打破"大锅饭",已成当务之急。

一些经济界人士指出,"大锅饭"并不是公有制的特征,国营企业也应自负盈亏,开展竞争,优胜劣汰。打破"大锅饭"是社会主义制度自我完善的重要一环。只有让少数经营不善、资不抵债的企业干不下去,大多数企业才能搞活,社会主义优越性才能更好地发挥。

记者欣喜地获知,为尽快根治"三角债",按照国务院有关指示精神,有关部门和地区正在抓紧对扭亏无望的企业进行关、停的试点工作。辽宁省已先行一步,最近已果断地决定关停十几家亏损严重、资不抵债的企业,在全省引起了不小的震动。

(新华社沈阳 1993 年 8 月 31 日电,与付兴宇合撰)

记者来信："钓鱼"助长了"三角债"

在这次东北清理"三角债"的试点工作中，人们强烈地意识到，包括技改在内的固定资产投资缺口严重，是产生"三角债"的主要源头，而一再超预算的"钓鱼"工程，使工程投资成了无底洞，大大助长了"三角债"的蔓延。

东北地区在这次清欠中发现，有拖欠的基建技改项目多达 1405 个，拖欠总额达 69.5 亿元。从表面上看，这笔钱不算很多，但由它引发的一连串企业互相拖欠，叠加起来使"三角债"成倍地增加，形成了拖欠的恶性循环。

东北有一个市新建一座 120 万千瓦装机容量的电厂，实际投资 30 亿元，可是为了获得上级批准，开始时预算只报了 19 亿元。上级机关看投资不多，很快就批准了。"钓鱼"成功了，可资金却缺 11 亿元，但工程照样开工，没有那么多钱，买了人家的建筑材料、设备就不给钱。这样又把拖欠传染给别的企业，形成了"三角债"的一个网。据了解，搞"钓鱼"的人普遍抱有这样的心理：只要项目能批下来并上马，即使资金有缺口也不怕，国家总不能看着半截子工程不管吧？只要项目在，就不愁不能把国家的钱一点一点地"钓"来。

采访中我们了解到，为了争取把项目"钓"到手，有些地方和企业"钓鱼"的手段相当高明。除采用压低工程预算的通常办法外，有的还把项目的"可行性报告"魔术般地变成项目的"可批性报告"。打着科学论证的旗号，把工程应做的可行性研究，实际上变成了如何才能使工程取得上级部门批准的探讨。为争取审批通过，势必要弄虚作假，有的明明没有钱，却拍着胸脯说可以自筹到钱。为应付上级检查，有的把银行或外单位的钱暂时借到自己的账号上；有的打着与外商合资的名义，说什么不批准会影响外商的积极性等，可是到竣工之日也未见外商投入一分钱。

如何才能刹住愈演愈烈的"钓鱼"风？人们比较普遍的看法是,除继续深化投资体制及配套的改革外,当前首先要"思想清",克服盲目的"投资饥饿症"和狭隘的本位主义。全国上下都要从国家大局出发,树立量力而行搞建设的思想。

然而值得注意和警惕的是,今年头7个月全国全民所有制单位基本建设投资仍然显示了过猛的增长势头,完成投资比去年同期增长了22.1%,新开工投资5万元以上的项目达1.9万多个,致使在建项目总规模超过了经济过热的1988年的同期水平。

一位清欠人士呼吁:再不要搞"钓鱼"工程了!

（新华社沈阳1993年8月26日电,与刘欣欣、付兴宇合撰）

述评:谁有远见谁下乡

随着我国经济的进一步开放,在广大的城市市场已形成中外企业群雄逐鹿的局面。与此同时,另一个市场却在发出强烈的信息:有远见的工厂应该另辟蹊径,尽快下乡,抢占极具潜力的农村市场。

市场是重要的战略资源。在现代经济中,争夺最激烈的不仅仅是能源、资金、技术,而是市场。我国农村市场是国内市场中最有发展潜力的部分,将成为我国经济持久增长的重要支撑。这一宝贵资源的"储量"十分丰富。1995 年,全国农民人均纯收入 1578 元,农村储蓄存款余额接近 6200 亿元,农民手中的资金将不断投向市场。再加上过去农民的生产力和消费水平较低,这个市场正处于旺盛生长期,其前景"储量"更为丰富。在生产上,由于养殖、种植专业化程度提高,农民生产领域扩大,人均劳动量增加,农民急需大量先进的农用物资;在消费上,以家电为例,城镇居民主要家电拥有率已达 80%,需求步入衰退期,而农村主要家电拥有量均不超过 20%,市场潜力巨大。

但令人担忧的是,面对这一日益现实起来的庞大市场,很多企业却缺乏起码的敏感。工业大省辽宁 1996 年农民人均收入可突破 2000 元,农民年现金消费总额超过 200 亿元。与此同时,却有 2000 多家城市企业处于停产、半停产状态,原因很简单:没有市场。但这些企业却极少去身边的大市场找活路。

目前,正是开拓农村市场的最佳时机,谁先下乡谁主动。从国内看,由于市场上专门为农民设计生产的适销对路的优质产品不多,早下乡有先声夺人之效,再加上农民消费具有一定的趋同性,能获得连锁效应;从国际看,国外企业目前注重中国城市市场,尚未大规模涉足农村市场,有远见的企业要赶在其行动之前,占据有利竞争位置,最大限度开发利用农村市场资源。

当然,开拓农村市场绝不像跑马占地般轻松。城市企业对农村市场不熟悉,需要下功夫研究农民的消费习惯、心理;农村市场虽然很大,但却相对分散,需要投入更多的开发成本;农民消费的季节性很强,企业需要调整生产;农民对价格的承受能力较差,需要企业加强管理,压低生产成本。农村市场不是跑马场,却是很好的演武场,国有企业不但可以在此获得赖以生存的市场份额,而且还能练就一身内功,攒足本钱参与世界市场的竞争。

（新华社沈阳 1993 年 1 月 14 日电）

述评:减轻农民负担 密切干群关系

　　记者近日在辽宁一些地方采访了解到,当前农村干群关系好不好,在很大程度上取决于农民负担问题解决得如何。农民负担不减轻,干群关系不会缓和,社会稳定也难以保证。基层干部们普遍认为,密切新时期农村干群关系的一个关键性措施,就是要减轻农民的不合理负担。

　　朝阳市农业局副局长张玉恩告诉记者:农民负担过重直接导致了农村干群关系的紧张。一些基层干部去农户家里次数很多,不是为农民服务,而是伸手向农民要钱。据他介绍,这个市有个村前几年农民负担高达14%,农民怨声载道,一次竟连夜把挖好的几千个树坑全部填平,以示对村干部的不满。

　　一位农民说:"该拿的钱俺认账,可有的干部无论干什么事都要俺们负担,像这样只会要钱的干部俺不拥护!"记者采访时发现,凡是农民负担重的地区,干群关系都不大好,开会、组织公益事业建设,很少有人参加。据辽宁省农业厅一位负责同志介绍说,近年他接待农民上访,多半是因为负担过重。

　　而一些减轻了农民负担的地区,农民心里敞亮,种田有积极性,干群关系也密切了。康平县两家子乡党委书记刘玉武以切身体会向记者介绍,原来全乡农民负担重,农民很有意见,索性一分钱也不交,一见乡村干部就躲得远远的,一些必要的公益事业建设难以开展。近年乡里精减村级机构人员,压缩日常开支,使人均负担降到4.6%,干群关系立即相应得到缓解,原先一个月也齐不上来的负担款,现在只用3天就可以完成,去年未发生一起上访事件。去年抗洪救灾,村干部一声吆喝,大伙齐刷刷都冲上去了。

　　辽宁省这几年通过实行农民负担预决算、村会计会账、统管乡统筹等八项制度,将一度居于东北三省之首的过重农民负担降到 5% 以内,农民上访人次明显减少,农村社会稳定,经济快速发展。

辽宁省政府一位负责人说,认真落实中央减轻农民负担的政策,就是领导干部讲政治的具体体现。要从维护社会安定和密切新时期干群关系的高度,坚决把农民不合理负担降下来,以此为契机树立基层党组织的新形象。

（新华社沈阳 1995 年 7 月 24 日电,与石庆伟合撰）

记者来信:要给隐形负担设条警戒线

　　5%的警戒线,是遏制农民负担过重的法宝。但据农民反映,有不少负担隐了身形,藏在警戒线外,却又确实掏瘪了农民的钱包。农民呼吁:国家应该尽快设置新的警戒线,卡住这些信马由缰的隐形负担!

　　过去讲的农民负担主要包括3项村提留款(公益金、公积金、管理费)和5项乡统筹款(优抚费、乡村道路修建费、教育基金、民兵训练费、计划生育费),是保证乡村发展和政权建设的必要开支,中央要求这些支出必须控制在农民人均纯收入的5%以内。

　　很多地方在农民负担问题上有个怪现象:看看报表,农民负担一分也不多,但在5%之外,又生出了多种收钱名目。昌图是全国产粮大县,因财政紧张和教育包干经费过低,他们将不应由农民负担的1460万元的公办教师工资分摊在农民头上,加之中小学险房维修费,仅此两项就占去年农民收入的2%。

　　隐形负担的征收由于没有标准、缺乏监督,随意性很大。有一个县今年6月份对所有的农用车征收养路费、修路赞助费等,一辆普通三轮车要缴纳200多元,一些农民认为收费过高,待向有关部门反映后才知道此款比规定多收了近一倍。在5%以外增加农民负担现象较为普遍。法库县某乡去年在"三提五统"之外又向农民征收107.6万元,是限额内的1.7倍,其中一个村多摊20.12万元,农民人均增加负担211元,是限额内的6.4倍,引起农民强烈不满。

　　隐形负担的另一种表现是,变直接向农民要钱为间接剥夺农民利益,变相加重农民负担。一是多留机动田,减少责任田。中央在延长土地承包期30年的文件上明确规定,机动田不得超过5%,提倡不留机动田。但辽宁的一些地区机动田比例却在10%左右,有的地区甚至高达15%,并把农民自家房前屋后自留地也全部取消。一些乡村借调地之机千方百计多留机动田,搞竞价承包或是搞开发,来弥补村里开支的不足。可供承包的责任田减少,农民的直接利益就要受到损失。二是在义务工和积累工上做文章。两工是中央规定农民承担劳务的两种形式。一些地方两工管理较为混乱,违反中央规定,按每个工5至8元折成款先把钱收上来,再让农民出工往回挣,借机向农民多套取工钱。北票市桃花村几位农民向记者反映,他们本应出20个工,村里却收了30个工的"以资代劳款"。

过重的隐形负担,是造成农民负担反弹的重要因素,这个问题解决不好,会使中央下很大力气取得的减轻农民负担的成果付诸东流,照样会伤害农民的生产积极性,影响农村经济的发展,造成农村社会的不稳定。很多农民建议,国家在严格管理限额内农民负担的基础上,对限额外负担也应制定明确的收费标准,设置一条管住隐形负担的警戒线。

（新华社沈阳1995年7月21日电,与石庆伟合撰）

述评:水利——投资回报率最高的产业之一

　　今年辽宁省遭受了特大洪水袭击。在这次抗洪中,我们既有借助水利工程减轻自然灾害的成功经验,也有不少教训。正反两方面的情况均表明,水利是投资回报率最高的产业之一,水利工程能发挥巨大的防洪减灾兴利作用,需要超前发展。

　　多年来,辽宁省中部地区形成了一个以几大水库为龙头的比较完整的防洪体系,对洪水进行了有效调度,发挥了巨大的减灾作用。地处浑河上游的大伙房水库,在这场洪水中最大入库洪峰接近每秒1.1万立方米,而浑河下游的河堤防洪标准却低于每秒3000立方米,如果没有这一水库的拦蓄,下游的抚顺、沈阳、辽阳、鞍山等重要工业城市将遭受巨大损失。总库容近22亿立方米的大伙房水库将暴虐的洪水拦腰截断,削掉了一半洪峰,下游4个大城市、7个县城无一进水,将灾害损失减轻到了最低程度。据灾后的粗略统计,大伙房水库在这次洪灾中产生的直接防洪减灾效益就达74.8亿元,是其全部投资的十几倍。

　　将于今年9月全部完工的观音阁水库,今年汛期提前发挥作用,拦蓄上游太子河洪水5亿多立方米,两岸的本溪、辽阳等城市安然无恙。清河、柴河、观音阁三大水库这次的防洪减灾效益也近百亿元,而这些水库的总投资不过20亿元左右。

　　因水利工程欠修而造成损失的事例也从反面证明了水利投资的高回报。今年辽宁损失最重的便是浑河南岸的广大农村,由于浑河南大堤多处决口给沿岸造成上百亿元的损失。据有关人士介绍,由于辽河、太子河等河流的水患更为严重、频繁,在资金有限的情况下,浑河整治工程一直没能排上号。一些专家认为,如果投资几亿元的浑河治理计划得以实施,上百亿元损失中的大部分可以避免。

除防洪减灾的效益外,水利工程平时的灌溉、城市供水、发电等兴利效益更是显而易见。辽宁中部有着全国最密集的城市工业群,在雨量较少的北方,这些城市没有一个被划入全国重点缺水城市之列,主要得益于星罗棋布的大中水库的供水。大伙房水库基建投资不足5亿元,但每年都要为重工业城市沈阳和抚顺供应近5亿立方的水,而且还年复一年灌溉着下游200万亩水田,据有关部门的测算,仅它兴利的直接、间接效益,一年就足可赚回一个大伙房水库。其他水库的兴利效益也大体相当。

辽宁省的一位老水利专家中肯地指出,有些同志片面地认为水利建设是一项投入大、周期长、见效慢的公益型事业,没有搞房地产、开发区、大商场等投资见效快、回报率高。但辽宁今年抗洪的经验和教训却清楚地表明:水利投资同样具有超高的回报率。经济越发展,单位水利投资所保护的经济份额就越大,水利投资的经济、社会效益也就越高。因此必须把水利放在优先投资地位,为本地经济的发展制造一个强有力的助推器和坚固的保险箱。要进一步明确水利的基础产业地位,将大兴水利当成一项重要国策来抓。

辽宁省在灾后提出要在全省范围内进一步强化水利的基础产业地位,利用20世纪末到21世纪初的10年时间,切实抓紧以辽河、浑河、太子河、大凌河治理为重点的防洪工程建设;以大型水源建设为重点的蓄水、供水、引水工程建设;以灌溉、排涝为重点的农田水利工程建设;以小流域治理为重点的水土保持工程建设;以加强城市排水能力和海堤建设为重点的城市防洪工程建设;以治理水污染为主的"碧水工程"建设。要全面提高防灾、抗灾和减灾的综合能力和兴农利民的社会效益,今、明两年和整个"九五"期间要进一步加大水利投入的力度,确保水利建设的投入高于经济发展的速度。

(新华社沈阳1995年9月5日电,与夏海龙、张良合撰)

打造全国一流党报

——改版致读者

有资深传媒研究人员称,进入新世纪,党报发展的环境将有很大改善,新闻改革的步伐将进一步加快,主流传媒的地位将进一步巩固。

诚如所言,最近几年,以京、津、沪、粤等发达地区为龙头,各地党报与时俱进,报纸的权威性进一步增强,可读性和贴近性也有了明显改善。

作为中国最年轻直辖市的党报人,我们感到了沉甸甸的压力,一种责任和冲动兼而有之的压力——重庆需要一张与直辖市地位相称的全国一流党报,我们有责任和信心打造一张西部最好、全国一流的党报!

《重庆日报》是一张有着光荣历史的报纸,小平同志亲题报名,几代报人尽忠职守,我们作为继任者怎甘人后? 我们在不断地探索新时期党报发展的规律:党报的性质和定位不能变;坚持正确舆论导向的作用不能变;为广大读者服务的宗旨不能变。但传统的呆板面孔需要变;简单照登文件、讲话,不讲新闻提炼的过时手法需要变;习惯做居高临下的指导者,忽视艺术引导的观念需要变;只注重上情下达,不善于下情上达的做法需要变;轻视报纸服务功能的过时理念也需要变……

变则通,通则久。这几年,我们的报纸正在悄悄地发生着变化,我们提出"高度服务决策"的概念,使报纸的权威性更强了;我们强调要"深度参与生活",一大批来自实际、来自生活、来自群众的新闻越来越多地出现在版面上;我们响亮地发出宣言,要做"最出色的主流新闻",一个朝气蓬勃的新重庆成为我们倾情讴歌的主要对象;我们决心为"决策型、经营型、知识型"读者度身打造一张最实用的报纸,越来越多的公务员、农村基层干部、企业家、高中级管理和专业人士、知识分子,成为我们最忠实的读者;我们提出党报要更加注重反映百姓疾苦,为党和政府与广大人民群众架起一座连心桥,本报的热线电话也开始此起彼伏……

今天,本报又推出了新改版的报纸,奉献给读者。

我们对版式风格进行了调整:报头居中,更醒目、更现代,分栏更清楚,图片更抢眼,报眉更亮丽,标题和正文一律采用清秀的宋体字。

我们对版面结构进行了重新梳理,打破计划经济体制下的以行业划界安排版面的传统,代之以四个全新的开放式的板块——发展版、民生版、三农版、社会版。我们为了建设政治文明的需要,给广大读者提供更多的言论阵地,特地开设了时评版,既坚持正确的舆论导向,又给各种观点提供一个碰撞的论坛。

我们为了建设精神文明的需要,开设了文化娱乐版,并提出要从文化中找娱乐,从娱乐中见文化,要大气、典雅,通俗而不低俗,为读者提供更多的健康向上的文化娱乐新闻。

我们新设立了以记者陶卫红名字命名的新闻工作室,对热点、焦点新闻进行报道和追踪;我们还将本报著名记者罗成友聘为首席记者,培养读者喜爱的名记者;我们将下力气培育一批深入人心的名专栏;我们还将继续办好读者喜欢的特别关注、体育新闻、国际国内新闻、副刊、专刊等比较成熟的版面。

总有一些感动让我们泪流满面,总有一些责任让我们负重前行。我们将按照"三贴近"的原则,发挥市委机关报的独特优势,继续强化政经大报的特色,不断提高信息加工的档次,用独立的见解、独到的思考、独特的视角,做出应有的高度、深度和厚度,为您的思考和判断提供更有方向感的信息空间。

我们有责任做到最好,我们有信心做到最好。

(《重庆日报》2004 年 2 月 10 日)

做一个愉快的分众

记得二十年前,刚学新闻的时候,遇到一个词叫报林。很好奇,想搞清楚,这"林子"到底有多大——中国的"林",世界的"林"。但限于资讯条件,"林",成了一个谜团。

时光如刀,生生刻出了一个中年。现在,那个昔日的"林子"不知大出了多少倍。仅仅列一下品种,便有党报、晚报、都市报,生活服务类报纸,财经、体育等各种专业类报纸……还有新技术催生出的数字报、手机报等等,不一而足。

在即将十岁了的年轻直辖市,从今天开始,又诞生了一张新报纸——新版《时代信报》。她将是上述哪一个家庭的小女儿? 不止一位朋友这样问我。我总是胀紧了腮帮去一一作答:

——她是一个混血儿。既要有党报传播主流价值非常主动的传统,又要很好地学习晚报、都市报新闻性强、服务性强、可读性强的优点,而且还要借鉴专业类报纸分析、思辨、专业的特点。她是主流价值的传播者,而不是权威渠道的简单传声者。她更多地体现出思想、观点、知识、品位,但又必须在每一个版面、每一个栏目、每一篇文章中,都彰显新闻纸的特质。曾有一位新闻学者说,西方的主流传媒,每时每刻都在传播着他们的价值观,但却让你看不出丝毫的刻意,很值得思索。我想,抛却其新闻观不论,我们为何不能办出一张艺术地、潜移默化地传播我们的价值观的主流报纸,办一张中国化了的《泰晤士报》、《费加罗报》呢?

——她不大可能是一个集万千眼球于一身的宠儿。三位资深传媒人对本报的贺信基本说清楚了这一点。南方传媒集团的老总杨兴锋说:在分众化的时代,《时代信报》的问世可谓正逢其时,关键是找准定位,服务目标读者。

中宣部新闻局局长,原新华社资深记者胡孝汉说:报道时代信息,服务信息时代;面向知识精英,传播精英知识。《瞭望》周刊的总编辑姬斌说:改革开放以来,逐步形成了新的社会阶层,他们对高品质、有价值的新闻资讯,表现出特有的且强烈的需求欲望。相信《时代信报》能把中国的核心价值理念渗透到新闻资讯的选择、整合、分析等符合新闻传播规律的有效传播中,在对位满足知识阶层这个目标群体需要的过程中,展现出自身的影响力和聚合力,实现自身的主流价值。

三位传媒大佬用了三个关键词:分众、精英、知识。我们自己也为目标读者划了一个不大不小的圈——决策型、经营型、知识型。我们愿意在充分研究大众心理的前提下,做一个愉快的分众,做好目标读者的资讯管家。

——她有三件色泽不同的晚礼服。黑色——新闻板块,尽可能深入地报道发生在国际国内市内的重大新闻,通过背景的介绍、相关的分析、深度的开掘,对位满足知识人群喜好多问几个为什么的阅读需求;蓝色——财经板块,通过大量即时的财经资讯,做活色生香的财经报道,做阅读有益的财经报道,拒绝将财经报道社会新闻化、娱乐新闻化,力求专业而不生涩,有用而不庸俗;紫色——文化板块,这可能是本地文化新闻品位最高、比例最大的一个板块,其服务指向不言而喻,知识人群,格调人生,不能不做。

——她是一个快节奏的白领。重庆第一张真正的下午报,当天的国际国内市内重大资讯,都有机会及时地传递给读者。

说了这么多,其实仍不如一位始终关注、关怀这个"混血儿"诞生的重要读者说得言简意赅,他就是我们直辖市的市委书记汪洋同志。汪洋书记殷切期望我们:大胆去探索,走出新路子,甘肃能办出全国最好的《读者》,我们也应当能够办好《时代信报》。

《读者》——一份高品位的、红透大江南北的名刊物。轻松中透着睿智,质朴中发散思想,淡淡中含着趣味,墨香中溢出营养。我们理解,汪洋书记是在用《读者》激励我们,办出一份高品位的、轻松耐读的主流价值日报吧!

惭愧!我们还是一个很丑很丑的小丫——稀疏的黄毛,核桃般的小脸,长不盈尺的身材……我们多想能早一点穿上那一件件优雅的晚礼服!我们会一直很努力,长大、长高、长靓!

（《时代信报》2006 年 5 月 6 日）

知识分子有话说

拿到这一叠不算厚的书稿,细细研读,去完成一个任务:写序。

写序是一个很难的差事,尤其是面对着一批文化名家,用自己的苍白,去评述其内容和观点——惶恐。只有带着一颗崇敬的心去拜读,去吸收。

找到了一个讨巧的办法:漫无边际地谈一谈感动吧。

学生时期,断断续续地读过一些文化名人的传记,很为他们那颗主动地、坚强地跳动的心所感动。中国的知识分子很不容易,总感到有一种天然的责任感,为这个国家、这个民族,去思,去忧,去进言。这构成了中国知识分子生存与发展的主线,而且越是生死存亡的关头,越是社会转型的时期,思想越活跃,责任感越强。

两千多年来,之所以儒家学派最壮大,"入世"可能是最重要的原因。宋元时期,几大书院鼎盛一时,多发忧国忧民之言。"文死谏,武死战","苟利国家生死以,岂因祸福趋避之","位卑不敢忘忧国",知识分子的拳拳之心,就差跳出胸腔了。抗日战争和解放战争时期,一大批知识分子,团结在我党周围,为主战反降,为争取民主,不惜抛头颅、洒热血。即使在新中国成立后,在一些特殊时期,发生过一些不愉快,遇到了一些冤屈和不公,知识分子却仍然无怨无悔,没有消减对国家和民族的热爱和责任。一位学者曾说,一个人任劳还容易,但任怨,就需要一些骨气、执著和理想了。中国的知识分子,就真正做到了任劳任怨。

终于遇到了一个政治昌明、经济发展、文化繁荣的时代,知识分子的幸福感更强了,责任感更强了,入世直言的空间更大了,这三十年,一大批知识分子始终活跃在思想的前沿,呼吁呐喊、建言献策,成为社会进步的尖兵、雷达,在经济界、文化界、科技界,发挥着特殊的作用。

重庆是一个有文化底蕴的城市。重庆正致力于在建设经济中心的同时,成为一个有品位的文化之都。这方面的路还很长,需要得到全国各地和重庆本土的文化大家的指点和参与。这本小书,就是一段时间来,文化、艺术、戏剧等方面的有识之士的智慧结晶,哪怕是一点一滴,都是营养;哪怕是一个侧面,都有教益。《时代信报》作为一张"传播主流价值,服务知识人群"的报纸,起了一个记录者的作用,现在结集出版,希望与更多的读者共同品尝、滋补,也祝愿我们的城市、城市中的人们,能拥有一个文化、知识的大大的氧吧。

代为序。

(《知识分子有话说》,重庆大学出版社,2008 年 10 月版)

半垂过后是升腾

2008 年 5 月 19 日—21 日。国家哀悼日。

庄严的中华人民共和国国旗,半垂了整整三天。为了几万平凡的亡灵,十三亿炎黄子孙,集体哀悼。

从今天开始,国旗将重新升起。

这三天的半垂,终将被记入历史。但三天的半垂,又不应仅仅是沉淀成记忆的历史。

这三天的半垂,留给我们的太多太多。半垂过后,需要思考的更多更多。

半垂的国旗,为了巨大的灾难。但半垂过后,升腾的是民族的精神。我们这个有着几千年历史的民族,大灾大难的记载,使得一页页泛黄的纸,都沉重如铁。兵连祸结,生灵涂炭,但中华民族却薪火不灭,代代相传。西班牙《世界报》发表了《一个摧不垮的民族》一文,盛赞中国在抗震救灾中,拥有举国动员的能力、勇往直前的决心和强大的团结互助的精神。认为这个民族表现出的精神与力量将使它在前进的道路上坚不可摧。

看到此,不禁想起曾经看过的一篇史料,日本军国主义时期,曾有一篇论证是否可以发动对华战争的文章,其中详细对比了两国军事和经济实力、两国民众的动员能力。结论是:物质的东西只是胜利的条件,两个民族不同的精神力和凝聚力才是制胜的根本。但论证者,犯了一个极大的错误,他们只看到了中华民族和平时期的温善、以德报怨的品格,没有看到危难急重时的坚韧、咬紧牙关流尽最后一滴血的狠劲。所以,他们最后撞得粉碎。

又不禁想起曾经有过的一些议论和担心,一些麻木,一些冷漠,"80 后"

的自我。但在这次大灾难中，我们却看到迸发的热情、关爱，"80后"的勇敢与无私，那么多的志愿者，那么多的认捐，那么多的牺牲。这一切，聚成一个巨大的"人"字——中国人！

半垂的国旗，为了普通的民众。但半垂过后，升腾的是民本的光辉。我们这个有几千年历史的民族，有着两千多年封建史，"普天之下，莫非王土；率土之滨，莫非王臣"，"国之哀荣，不下平民"，无不透着君权的威仪、庶民的卑微。即使一些先知先觉者，发出的"民为贵，君为轻"的呼喊，也透着很多无奈与绝望。只有到了中国共产党执政的时期，才真正提出了民本的理念，以人为本，执政为民，发展依靠人民，发展为了人民，发展成果与人民共享。当党的总书记亲临重灾区，带领各路铁军奔赴集镇、村庄时；当共和国总理用嘶哑的嗓子喊道："为了十万人的生命，不惜代价挺进，这是命令！"；当一个基层县的民政局局长，强忍失去13个亲人的巨大悲痛，一天天奔波在救灾现场时；当一个十三亿人的大国，做出郑重决定，为灾区死难者设立国家哀悼日，下半旗，举国致哀时，曾经的少许担心，化成了心底的无尽信心。国之大者，民为基石；国之大礼，行于百姓。民享国哀，民族幸甚！

半垂的国旗，为了生者的慰藉。但半垂过后，升腾的是不竭的动力。与发生在32年前的唐山大地震比较，今天的中国已非昔比——公民精神的成长，中国经济的发展，公民财富的积累，社会主义民主的发展。政府发出举全国之力抗震救灾的号召，民间上百亿元的捐赠，崇山峻岭中解放军急速开进，救援在最短的时间内全面展开。新加坡《联合早报》评价说：中国政府对地震做出了最快速的反应，从中央各部委到人民解放军，到各级地方政府，各方面都把他们的动员和协调能力表现得淋漓尽致，中国三十年改革开放的国力大增长也得到充分展示。在这场巨大的灾难面前，中华民族的脊梁挺得很直，中华民族的十几亿分子团结得很紧，中国的国际形象提升了很多。中华民族的旗帜——全世界都看见了，全世界都记住了。

天佑中华！生生不息！让我们以同胞的名义，向半垂的国旗，致意！让我们以公民的名义，向升起的国旗，敬礼！

（《重庆日报》2008年5月22日）

巴蜀:一个拆不开的词

　　到网络上"百度"一下"四川"这个词条,你会发现从先秦时期开始,"巴"和"蜀"这两个字就始终缠绕在一起,首尾相连了两千多年,终于孕育出"巴蜀"这个水乳交融、血肉相连的词。

　　但"巴蜀"又包含着太多复杂的感情。中国有不少一看就很历史的词:齐鲁大地、燕赵大地、荆楚大地、八桂大地等等,但在时间的冲刷下,谁还能说得清何为齐,谁为鲁,哪里是燕,何地是赵? 只有"巴蜀",以重庆为代表的刚硬的巴山,以成都为代表的柔润的蜀水,个性强烈,地域鲜明,山水相连了两千年,同时也"山高"还是"水长"地比较了两千年,"双城记"里演绎了太多的正史和野史的传奇。默契,互爱互助;竞争,各展风流。直至 1997 年 3 月 14 日,巴蜀分置,并肩发展。这其中的筋筋脉脉,复杂情感,一言难尽。

　　2008 年 5 月 12 日,四川汶川,8 级特大地震。"巴蜀"又重新变成了一个很纯粹的词——兄弟!

　　这一个多月,是重庆人最忙碌、最焦心的一个月,从市委书记、市长到各领导机关,几乎所有的政务活动都围绕着四川灾区,开会部署,调运物资,筹集资金,调配队伍;一群群普通重庆人,捐款捐物,当志愿者……大家说得最多的一句话就是:巴山蜀水,手足情深,自家出了事,哪里有什么你我! 重庆市委、市政府还主动向中央请缨,像当年支前一样支持四川救灾,重庆要做四川震区的大后方!

　　也曾有些疑问:为什么四川发生了大地震,我们就要提"举全市之力,支援四川灾区"? 为什么就要"不仅投入感情,还要有的放矢,帮忙帮到点子上"？因为我们是血肉相连的一家人，是打断骨头连着筋的好兄弟！

兄弟——一个让人泪眼模糊的词，一个让人奋不顾身的词！重庆做到了！靠有限的财力，秉承慷慨的特性，重庆在全国支援四川灾区中，做到了"九个第一"，中央肯定，四川感谢，民众响应。"巴蜀"，一个家庭，不分彼此……

我写文章有一个毛病，思绪"散发"就收不住。我想到了"长三角"、"珠三角"、"环渤海"，都是令国人骄傲的经济大板块。成渝经济带，多年来也曾被经济界推崇，但至今仍只是一个略显粗糙的哑铃，期间有推动、有努力，但也有曲折、有分歧，但这无论如何都是一个值得期待的增长极！

震源深度仅33公里的大陆板块的强烈隆起，给人类造成了巨大的灾难，但成渝经济板块的强劲崛起，却将给人们带来极大的福音！一场大地震，将两千多年生死相依的巴人蜀人的心"震"得更近了，将"巴蜀"两个字粘得更紧了。

发展好伙伴，患难好兄弟——"巴蜀"，一群刚柔相济的人，一个永远拆不开的词！

（《重庆日报》2008 年 6 月 18 日）

中国，零距离

今年的"七一"，很平常，按照中国人的习惯，不是整数，不算重要的生日纪念。今年的"七一"又很特别，刚刚经历了汶川大地震，那么多党的优秀儿女，为抗震救灾尽忠职守，征尘未洗，又在这里思考和缅怀。在这个特别的日子，作为党的一员，想在这里，谈谈自己的一点感悟，品味一些难得的精神，与大家分享那些生的坚强与欢乐！

我们生活在一个思维多元化的时代，很多人有热情，有追求，但也有不少困惑和迷惘，甚至担心。相信很多人经过这次洗礼，看到了新的希望，消除了很多曾经的怀疑，我们，我们这个民族，更团结了，更自信了，更成熟了！

曾经有些担心：我们这个国家太大了，政令不够畅通，民心不够凝聚。但这次大地震，我们看到的，却是党和政府的号召与民众的响应之间的零距离！当党的总书记亲临重灾区，带领各路铁军奔赴集镇、村庄时；当共和国总理用嘶哑的嗓子喊道："为了十万人的生命，不惜代价挺进，这是命令！"时；当一个基层县的民政局局长，强忍失去 13 个亲人的巨大悲痛，一天天奔波在救灾现场时；当一个十三亿人的大国，做出郑重决定，为灾区死难者设立全国哀悼日，下半旗，举国致哀时，曾经的担心，化成了越来越多的信心！地震后，西班牙《世界报》发表了《一个摧不垮的民族》一文，盛赞中国在抗震救灾中，拥有举国动员的能力、勇往直前的决心和强大的团结互助的精神。认为这个民族表现出的精神与力量，将使它在前进的道路上坚不可摧。有人曾说，中华民族和平时期很温善，很平和，很散淡，但一旦遇到危难急重，一颗颗沙粒会在瞬间凝聚成一块坚不可摧的钢板！诚如斯言！

　　曾经有些担心:在一个越来越讲求物质发展的时代,人与人之间是不是变得冷漠,英雄情怀是不是没有了市场,人的心里是不是只剩下一个自己。但这次大地震,我们看到的,却是人与人的心的零距离!大地震发生的一个多月里,那方圆10多万平方公里,成了亿兆国民最忧心、最牵挂的地方。从总书记、总理,到军人、警察、医生、市民;从中南海,到上海,到广州,到重庆的大街小巷、医院,到处是嘶哑的声音,到处是匆匆的脚步,快、快、快,比秒针都要快,快得神经变得麻木,快得思维成了直线,快得来不及哭泣与缅怀。当你看到一群群的志愿者,从四面八方赶到灾区,自己带着干粮和水、简陋的工具,有的还因此辞去了来之不易的工作;当你听说一个小学生,把自己1万多元的压岁钱,全部捐给了灾区;当你听到一个从千里之外赶回家乡的士兵,几次经过已成了废墟的家,却强忍泪水和担心,参加集体救援,当他在安置点巧遇自己脱险的母亲,那一声感情复杂的"妈妈"的喊声;当你听说,一个藏族老大妈,用自己最虔诚的礼仪——磕长头,来为灾区的生者和死者祈福的时候,你是否还会感到冷漠与隔阂?你是否感觉到了华夏的血又在融合?你是否看到了至纯至美的人性仍在生长?你是否体会到了大写的人字是个家庭?!

　　曾经有些担心:感到中国与世界隔得太远,外部的障碍被设置得太多。但这次大地震,我们看到的,却是中国与世界的零距离!

　　地震发生后,中国在第一时间,向全世界发布了地震的消息,随着灾情的进展,通过强大的媒体传播,更多情况——震情的惨烈、伤亡的数字、救援的进程……源源不断地向世界发布着真相,这是一个开放的中国的体现,这是一个自信的中国的气度!强烈的大地震牵动着海外侨胞的心,牵动着世界各国人民的心。海外侨胞自发组织了一场场募捐和祈福集会,一批批资金和物资运回祖国。美国、法国、德国、俄罗斯……发慰问电,捐款,派救援队、直升机,建灾区临时医院。海外舆论,包括一些平时对我国有偏见的媒体,都一致赞扬中国政府的亲民举动、高效率的救援、中国民众的互助精神、面对大灾难的开放的国际心态。一场大地震,使中国更加融入世界,使世界更加关心中国!

　　曾经有些担心:川渝分了家,是否也就分了心,曾经你中有我、我中有你了两千年的"巴蜀"这个词,是否从此就成了两个互不相干的字。但这场大地震,我们看到的却是,巴蜀之间的零距离,"巴蜀"又重新变成了一个很纯粹的词——兄弟！我们重庆日报，组织了一个志愿者越野车队，短短一天时间，报名的就有两百多人、一百多辆车。当我们向车主们说明，去灾区的车除了运物资，运伤员，可能还要运遗体时，竟没有一个退缩的。一位司机说："运就运嘛，重庆人、四川人，本就是一家人，是好兄弟，运家里人的尸体，还有什么忌讳的！"

作为一个人，我们讨厌憎恨灾难，希望永远永远远离灾难；但作为一个中国人，我们又傲然笑对灾难！多难兴邦，在每一场巨大的灾难面前，中华民族的脊梁挺得更直，中华民族的十几亿分子团结得很紧！我们自豪，做一个中国人！

（《重庆日报》2008 年 7 月 2 日）

再干三十年

语言学家说，耳熟能详的词是最难解释的。比如改革开放，有人从字面上将其解释为"改弦更张，革故鼎新，开启国门，放眼向洋"，也算中规中矩。但如果与改革开放 30 年中波澜壮阔的实践、活色生香的生活相比，却又显得生硬而苍白。

再过几天时间，就是改革开放 30 周年的重大纪念日子了。对这 30 年，参与者和共享者，每个人都有一个更切近、更具象的"改革开放"。

农民的"改革开放"很朴实。终于能对土地做主了，农产品经销也不再是可笑可怕的"尾巴"，现如今，土地承包权都可以流转了，发展生产的空间更大。

市民的"改革开放"更实惠。改革开放初期，谁有手表、自行车、收音机"三大件"，就很可以光光鲜鲜做人了。后来没有彩电、冰箱、洗衣机新三大件，便很没有面子，媳妇可能都娶不上。风骚领了十几年，汽车、住房、奢侈品又成了新追求，更不用说那些经常挂在普通人嘴边的"网民"、"金融资产"、"出国签证"等流行语了。

学者的"改革开放"更注重精神。那个动不动因言获罪的年代，压抑了多少思想，扭曲了几多人性，现在百花竞放，文化多元，在主流价值观的引领下，精神产品越来越丰富，社会主义民主的空气清新宜人。

官员的"改革开放"很充实。政治体制改革稳步推进，经济体制改革惊心动魄，作为制定者、推动者，保尔的一段话，最能反映他们的心情："当我们回首往事的时候，不因虚度年华而痛悔，不因碌碌无为而羞愧。"

企业家的"改革开放"更具体。"承包制"、"双轨制"、"股份制",民营经济从"有益补充"到"重要组成部分",30 年下来,企业家已从一个稀有群体,成为支撑国家发展的脊梁……

就这么一步一步走下来。在过去 30 年,我们国家的 GDP 增长了 58 倍,比美国实现同样的增长倍数少用了 32 年,比日本少用了 13 年;在过去 30 年,我们国家以高于 9.7% 的平均速度增长了 30 年,自近代史以来,在全世界的主要经济体中,能保持二三十年连续高速增长的国家和地区,只有日本、韩国、新加坡、台湾、香港等;在过去 30 年,我国的进出口总额,从世界第 32 位上升到第 3 位,前些年,一年超过一个西方工业大国,利用外资连续 15 年居发展中国家首位;在过去 30 年,城镇居民人均可支配收入增长了 40 倍,农民人均纯收入增长了 31 倍;在过去 30 年,作为一个 13 亿人口的大国,中国创造了世界经济史上的奇迹,得到了全球经济界的高度肯定!

再看重庆。重庆自古以来就是西部经济的重镇和开放的前沿,且不说历史的几次重大机遇,使重庆奠定了引以为傲的工业基础,通江达海的便利,使重庆成为长江上游的最重要口岸,单说过去的 30 年,我们的"改革开放"也足以自豪,我们一直是一个勇敢的弄潮儿和积极的试验者!

早在 1983 年,重庆就被中央和国务院确定为"全国经济体制综合配套改革试点城市",做了一系列的破冰探索;1991 年,重庆 11 家商业企业,在全国率先进行"经营放开、价格放开、分配放开、用工放开"的"四放开"试验,重庆百货大楼 1300 多名职工,与企业签订了全员劳动合同,一夜之间告别了 40 多年的"铁饭碗",这一改革在全国引起轰动,20 多个省区市来人学习取经,由此拉开了全国流通体制改革的大幕;同年 10 月,重庆又在 33 户市属重点企业中,推行了以转变企业机制为重点的"五自主"改革,为全国搞好国有大中型企业,提供了宝贵的经验,以后的"涪陵现象",更将这一改革推向了高潮;1992 年,重庆又被批准为全国沿江开放城市,使重庆成为名符其实的开放窗口;1997 年,重庆成为中国中西部唯一的直辖市,中央赋予其大城市带大农村的重要试验任务,从行政上,提升了重庆在全国改革发展中的政治经济地位和试验价值……

在直辖 10 年的新起点上,胡总书记又为我们提出了"314"总体部署,国务院给我们挂上了国家级"统筹城乡综合配套改革试验区"的牌子,全市人民翘首以盼的保税港区,在中央和国务院的关心下,也正在积极推进中。市委三届三次全委会做出的"关于进一步扩大开放的决定",对今后 10 年乃至 30 年的发展,做出了战略规划和实施计划,在新的 30 年,重庆必将成为中国地位更高、作用更大的"改革试验田"和西部开放高地。

　　强国梦,近代以来中华民族孜孜以求的理想,那些久远的汉唐气象、开元盛世、康乾盛世,曾让多少中华儿女血脉贲张、朝思暮想、发愤图强!在改革开放的关键时期,邓小平同志提出"改革开放一百年不动摇",使我们明了,强国之梦,路还很长,道还很艰,需要再过一个 30 年,两个 30 年,直至 100 年,一个真正的盛世,一个经济文化强国,才能真正由理想变成现实!

　　千里之行,始于足下。一万年太久,只争朝夕。让我们站在改革开放 30 年的新起点上,以更大的改革决心,更大的开放气魄,再干 30 年!再干一个创造更大奇迹的 30 年!

（《重庆日报》2008 年 12 月 15 日）

不干,半个重庆也没有

　　2008 年重庆市提出建设森林、畅通、健康、平安和宜居重庆,已先后开了五个大会,分别做了五个决定。这"五个重庆"的建设,是重庆人的五个理想境界,是重庆人学习和实践科学发展观的答卷。

　　"五个重庆"都是"以人为本",都是为人民服务,都是实实在在的民生工程。"森林重庆"是要改善环境,让老百姓多吸氧;"畅通重庆"是要改善交通条件,主城不塞车,乡村有油路;"平安重庆"要增强老百姓的安全感;"健康重庆"要让孩子长得壮,老人活得长,全民活得健康;"宜居重庆"则要着力改善百姓的居住条件和环境。总之,"五个重庆"是引领全市人民奔小康的五项重要举措。

　　"五个重庆"也是开放之基,是重庆建设西部开放高地的五块基石。通过打造软硬环境,提高城市品位,增强重庆的吸引力。"五个重庆"还将积聚重庆的发展后劲。它营造发展环境,将使重庆赢得更多的人才、技术和资本,使重庆今后 50 年不落后,100 年后更好。这种后发优势,将使重庆越干越有底气,真正实现可持续的发展。

　　"五个重庆"也是五项艰巨的工程。"森林重庆"是一个可持续发展的理念。重庆雨水条件好,适宜种树、长树,但目前荒山野岭还不少,绿化八万里山川的任务很重。要动员千军万马上山种树,靠简单的宣传发动还不行,靠财政大量买单更不现实,还要将林权改革做好、做实,将"森林重庆"建设变成富民工程,调动全社会的资源和积极性。

　　"畅通重庆"需要科学的规划建设,缺了这一点,钱再多也收不到实效。

单是一个主城不塞车,就涉及到道路、桥梁、隧道的合理搭配,地下交通与地上交通的结合,大公交体系的建设,智能化的管理等等。很多大城市,有不少发展上的大手笔,但对主城不塞车这件看似小的事情,却办法不多,效果不好。重庆主城拥挤,坡陡路窄,农村山川纵横,道路建设成本高,实现畅通,要付出更多的智慧和汗水。

"健康重庆"也不是靠跑跑步,多参加一点体育运动就能实现的。一系列硬指标的背后,需要全方位的措施来支撑,比如,覆盖城乡的医疗保险体系和设施,更多的体育场馆和活动空间,养成良好的饮食和卫生习惯等等。

"平安重庆"更是一个系统工程。平安是福,是人类几千年来的基本需求,但要实现这个"基本",还有太多的事情要做,既要有大量的投入,给"平安"提供物质保障,更需要在各个环节上下功夫,形成完善的安全制度、更强的安全意识。

"宜居重庆"是人类不断提高生活质量的必然要求。安居才能乐业,这个道理古来有之,但现代人已不满足于安居,还要宜居,要住得起、住得好,有更好的环境和活动空间,是否"宜居"也已成为城市竞争力的重要指标。而要做到"宜居",我们还没有多少经验,在城市和乡村的规划和建设上,还需要创新理念;在拆危建绿等硬骨头工程上,还要加大工作力度;在城市和乡村管理上,还要学习国内外先进地区的经验。

总之,境界再高,蓝图再好,要变成现实,都要落脚在一个"干"字上,要苦干、实干,科学地干、持久地干。小平同志说:不干,半点马克思主义也没有。借用这句话,不干,"半个"重庆也没有。

(《重庆日报》2009 年 5 月 7 日)

大众的文化平台　自觉的文化习惯

　　"唱读讲传"作为一种积极向上的文化现象,引起全国关注,并已在重庆蔚为风尚。但要使其具有更强的持续性和广泛性,还需认真研究活动的开展形式和范围,注重参与者的接受习惯,拓宽活动的台基,使"唱读讲传"成为持久的大众文化平台、大众的文化自觉。

　　其实,做任何事情都要处理好最高标准和基本标准之间的关系。最高标准是标杆,决定着事物的高度;基本标准是门槛,决定着事物的宽度,两者均不可取代。就像马克思主义,是真理,是我们党的指针,但不可能十三亿人,人人都掌握,而"八荣八耻",却应成为全体中国人的行为准则。具体到"唱读讲传",它是先进文化的有效载体,但却不是要用精英文化来统一大众,而是用健康文化影响大众,通过先进健康的文化,潜移默化地输入主流价值观和精品文化。

　　比如唱红歌。红是激情,是活力,是蓬勃向上的色彩。几十年大浪淘沙,留存下来的经典革命歌曲,肯定是高标准的红歌精品,要发动大家唱好唱熟,但在此基础上,还要引导大家唱清新向上的民歌,唱国外健康的经典歌曲,这样一组合,就会形成庞大的"红"歌方阵,就足以荡涤那些使人颓废的靡靡之音。

　　比如读经典。中外革命者的经典篇章和格言,在读经典中要受到格外重视,尤其是广大干部,要借此好好补上这一课。同时,古今中外一切通过时间沉淀、实践检验,真正称得上经典的东西,都应进入撷取的范围,百花齐放,千药俱备,万人滋补。在读经典中,还要学以致用,温故知新,要善于用现代人的视角去透视和领悟经典,既滋养身心,又反馈社会。《重庆日报》正在开设一个"专家荐经典"的栏目,我们便要求专家既要析清原意,又要穿过时间隧道,找到"古"与"今"的结合点,读者很欢迎。

比如讲故事。波澜壮阔的革命史,留下了众多可歌可泣的革命故事,通过这一活动,让广大群众,尤其是青少年,通过讲故事这一通俗易懂的形式,了解历史,接受熏陶,意义重大。但也要注意,对革命故事不能简单图解,不能生硬地灌输,要注重用细节和情感打动人、感动人,使人听了心潮澎湃、泪流满面。在讲好革命故事的基础上,还要广泛涉猎古今中外的励志故事,一切能使人变得真善美的故事,尽一切努力丰富我们的故事库。

比如传箴言。目前手机短信泥沙俱下,用先进健康的短信文化占领手机阵地,十分必要。但这一活动虽名之以"传箴言",却不要"箴"成了"象牙之塔"。短信与网络一样,是一个典型的互交平台,互交的特性,决定了它必然是一个大众平台。这一活动成功与否,不仅要看上传短信的数量,更要看互传的频次和数量,互传才有生命力,大众才有影响力。如果说以前的不良短信可以分为黄(低俗)灰(消极)黑(反动)三种,传箴言的"大众之塔"则应由以下三部分组成,一种是红色短信,主要体现核心价值观,组成塔尖;一种是蓝色短信,主要反映主流文化,组成塔中;一种是绿色短信,一切既符合大众口味,又健康、有益、向上的,尽归其中,组成塔基。

传箴言不应是说教,而是人与人的交流。那些生编硬造的东西、空洞的标语口号式的东西,只有一个结局——见光死。只有真正触动了内心,使人感悟、感动、健康、有益的东西,才能在大众拇指的按动下流光溢彩。传箴言如此,唱红歌、读经典、讲故事亦如此,我们有责任通过拓宽其内容,活泼其形式,使激情飞扬的红、高尚雅致的蓝、健康环保的绿,播之更广,传之更远。

(《重庆日报》2009 年 7 月 27 日)

青年中国说

在举国同庆 60 华诞的日子里,想起了一个人——梁启超。1900 年,戊戌变法失败后,眼看清王朝如腐朽之鲁缟、破败之断垣,27 岁的梁启超却写出了《少年中国说》,贬斥封建统治下的"老大帝国",热切希望出现一个朝气蓬勃的"少年中国"!

109 年过去了。无数仁人志士,以少年主人翁的锐气和精神,不惜牺牲,不怕艰难,终于在 60 年前缔造了一个新鲜活泼的少年中国,终于在今天建成了一个朝气蓬勃的青年中国!

这个青年成长之艰难举世罕见!尚在母腹中,便历经磨难,家庭四分五裂,连年纷争不断,甚至流离失所,期间更有恶邻肆虐,强人虎视,几度到了最危险的时候;还在襁褓中,便被蓄意扼杀,与世隔绝,断其粮和奶,剥夺其成长的空间;到了少年,活泼泼生长时,又难免躁动和成长期的烦恼,甚至一度迷失;直至要行成年礼,竟又遇上天崩地裂的大灾难、全球萧条的大磨难!但天将降大任于斯人也,必先苦其心志,劳其筋骨,饿其体肤,这些风吹雨打,竟使他百炼成钢!

这个青年成长之健朗举世无双!穷人的孩子早当家,弱冠少年,勤俭持家,巧谋生计,从一贫如洗到举世第三,是过去 1000 年财富增长最快的时期,是其出生前 100 年财富总和的 100 倍;他的大家庭人才辈出,科技人员的数量居世界第二,各项发明排世界第三,大学生数量居世界第一,还制造出"两弹一星"保平安,到"太空漫步"、学"嫦娥绕月",更是让世人称羡;他的大家庭人口最多,穷人也多,现在绝大多数已摆脱贫困,过上小康的日子;他的先人曾被人轻慢为"东亚病夫",去年在全世界的竞技大擂台上,他却一举拿到了51 块金牌,高居榜首;他的先人曾饱受外人欺辱,现在他却成为世界上最有发言权的 5 个人之一,受到世人的普遍尊重!

这个青年成长之前景举世瞩目!世界格局发生了很多变化,需要他承担更多责任;世界经济出现了很多困难,需要他作出更多贡献;家庭内部还要更富裕、更和谐、更民主,需要他做出更大努力。这一切还需要他继续卧薪尝胆,发愤图强,不能有丝毫自满,不能有丝毫懈怠!还需要时时刻刻唱起那首著名的歌——中华民族到了最危险的时候!借用梁启超的一句话:欧美列邦在今日为壮年国,而我中国在今日为青年国,百业待举!也借用毛主席的一句话:青年如天之初日,必将有夫偌大之世界,任重道远!

与青年中国相比,仅仅 12 岁的重庆直辖市还是一个标准的少年。这个少年还算有出息,大家庭兴修水利,他奉献最多,牺牲最大,使毛主席"截断巫山云雨,高峡出平湖"的诗篇成了现实,孙中山先生百年夙愿一朝得偿;前 10 年,发展比大家庭平均水平高,还新添置了不少家当——1000 公里高速公路、30 多座跨江大桥、西部第一条轻轨,扩建了国际机场;这两年又栽树种草、修道路、保平安、盖房子,而且身体越来越健康,精神头也越来越好了。但与青年相比,这个少年阅历还不丰富,体格还不健硕,家底还不殷实,名头还不响亮。不过正因为少年,便有更多未知之空间,套用梁启超的一句话:天地大矣,前途辽矣,美哉,我少年重庆!

谨以此文献给与天不老的青年中国!谨以此文献给与国同辉的少年重庆!

(《重庆日报》2009 年 10 月 1 日)

躬身为农民兄弟服务

今天,一张全新面孔的《重庆日报》——《重庆日报》农村版与广大读者见面了。从此,有着 58 年历史的《重庆日报》,将分为城区版和农村版两个版本,分别为城区和农村两个目标群体,提供更丰富、更有效、更具针对性的服务。

这不是突发奇想的简单拆分,内含诸多嘱托和期待。重庆正在建设城乡统筹发展的直辖市,这是一个西部大城的理想和追求,但其中有太多困难和挑战:我们的农村人口和面积,比京津沪加起来的总和还要多得多;渝东北、渝东南的发展水平还不高,农村经济发展,农民增收,有大进步,但更有大差距;农村的信息不畅通,文化生活比较单调……如果主城高歌猛进,街市繁荣,农村却徘徊难行,冷清凋敝,就像一个人,大大的脑袋,麻秆儿一样的腿脚,是绝对走不快、走不稳的。

更好地为指导农村工作服务,市委、市政府有期待,并将创办《重庆日报》农村版,写入了市委三届五次全会的决定;办一张农民喜闻乐见,可读、有用的报纸,让农民知晓国家大事,了解市场信息,掌握更多种植、养殖技术,丰富业余文化生活,更是广大农民急渴的需求。作为市委机关报,我们有责任创造性地工作,用出十二分的劲儿,躬身为农民兄弟服务。

目标有了,路径有了,态度也有了,但服务质量如何,还得农民兄弟经常说说长,论论短。一切,都还在路上;好在,我们会一直前行!

(《重庆日报》农村版 2010 年 1 月 2 日)

穷则变　变则通　通则久

写下这个题目,挺担心有故弄玄虚、耸人听闻之嫌,但还是下决心这样说。

《周易》说:"穷则变,变则通,通则久。"这里的"穷",我把它理解成危机;这里的"变",可以解释为变易革新;"通"和"久",自然是"变"的目的和结果了。变易是根本,一切事物莫不在变易之中,而宇宙是一个变易不息的大流。

党报,同样需要这种"穷"的意识、"变"的精神、"通"的勇气、"久"的自信。在新中国的新闻事业中,党报历史最长,作用最特殊:它是党的喉舌,人民利益的诉求渠道,党和人民联系的纽带和桥梁;它是舆论的引导者和重要的风向标;它拥有一批政治坚定、训练有素的采编队伍。

但不得不正视,经过60年发展,在不断涌现的新媒体冲击、分割下,党报面临危机:传播理念陈旧,习惯以宣传的角度做新闻,不擅长用新闻的手法做宣传,传播内容与读者需求严重脱节;传播手段单一,纸上来纸上去,与视音频的融合、网络的互动,都处在幼稚阶段;传播语言生硬,官话、套话、空话多,老百姓喜闻乐见、生动活泼的语言少;传播形式落后,版式不生动,缺乏靓丽养眼的面孔;传播范围萎缩,广播电视、都市报、网络,都在不断蚕食分割党报传统的读者市场。

市委三届五次全会上,薄熙来书记明确提出,要昂起《重庆日报》这个龙头。他还具体分析说:"有人把新闻宣传比作做菜,材料再好、作料再全,厨艺不好,做出来的东西大家还是不愿吃。勉强吃下去,也会倒胃口,难以消化。主旋律、主流文化决不等于呆板、教条和枯燥乏味,它恰恰要更鲜活,更实在,也更有吸引力。无论是报纸、期刊、广播电视，还是网络，都不要板着面孔、打官腔、说套话。要深入下去，了解大众的需要，针对不同的群体，研究设计生动的传播方式，学会运用百姓喜闻乐见的语言，提高传播艺术。"

要变！必须变！变则新生，不变则老死！

要变得更权威，使内容更加贴近读者需求。多提供有重大参考价值的深度报道，多提供来自基层的鲜活报道，尽可能减少一般性的工作宣传，减少新闻性不强、价值不大的报道。为此我们将新设和改造"重报调查"、"特别关注"、"决策参考"、"记者在你身边"等栏目和版面，并常设一个评论板块，使党报成为真正的新闻纸、观点纸。

要变得更专业，为党报读者提供更有用的服务。我们新设了财富周刊、品位周刊、生活周刊、深读周刊、思想周刊、民主法制周刊等，努力杜绝浅尝辄止、雾里看花的做法，摒弃读者看不懂、行家不点头的内容，要用专业的视角和手段处理新闻。

要变得更可读，自觉运用更加贴近群众的文本。说群众喜闻乐见的话，尽最大努力摒弃官腔、官调，空话、套话，解决办报中的"党八股"问题。

要变得更易读，探索贴近读者阅读习惯的形式。在版面包装上下功夫。深入研究"浅阅读"时代的规律，改变传统党报的刻板面孔，大胆运用各种版面语言，重视图片、美术、图表、图示、导读的使用。

任重而道远，只有不断变易革新才能持续前进，才能保持旺盛的生命力。文明史如是，党报亦如是，我们会不断努力！

穷则变

变则通

通则久

（《重庆日报》2010 年 1 月 5 日）

两 地 缘

在重庆,经常会有人问我一个问题:你是哪里人? 难以简洁地回答。山东,生我养我的地方,从出生,到一个求学的儿童、少年、青年,我在那片东临黄海、西谒泰山的土地上,生活学习了整整 20 年,至今乡音难改;重庆,接纳我、拥抱我、爱护我的地方,而立未立之年,未脱青涩的我,经过辽宁 10 年的"见习",迎着年轻直辖市的召唤,又来到了这个山环水绕的江山之城,倏忽已是 14 年。

想想也笑了,这并不是一个必须二选一的题。山东、重庆,同样让我心存依恋、感恩,都是两片放飞过梦想的土地。

而且,山东、重庆,虽"山重"水隔,却源长缘深,两地有太多的故事,太多的交流,甚至有太多交融了鲁渝男人和女人之血的"鲁二代"、"渝二代",成为两地的血肉纽带。

两地有割不断的亲情。刚到重庆时,经常会有一些操着"渝普"或纯正重庆话的朋友,听说我是山东人,就眼前一亮:小老乡啊! 令我诧异。我急切追问:你是山东哪里人? 什么时候来重庆的? 细打听,才知原来是老重庆了,"老"到出生在解放碑附近的哪个医院。后来,有了更多了解,才知道重庆解放时,随大军南下的西南服务团中,一大批山东人留在了重庆,在此奉献青春,在此娶妻生子,成了"新重庆人"。有人还说故事,在刚解放时的万州、涪陵等地,地委班子开会,满屋子硬邦邦的山东腔,几乎成了当地不成文的"官方语言"了。

两地有容易互融的文化。说起山东人往往有一个词:耿直;说起重庆人,也有一个词：爽直。有不同，但更有大同，关键是一个"直"字——直来直去，实实在在，都有山的气魄、海的包容，没有那么多欲说还休，没有那么多弯弯绕。做朋友，哪怕刚认识，对了脾气，几杯酒下肚，出门时已可称兄道弟；做生意，条件摆在桌面上，清清楚楚，互惠互利，合则做，不合则散，不伤和气，颇有古风。而且两地都不排外，不像到有些地方，十几年了，总还有外乡人的感觉。在这两个地方，一声"大兄弟"，一声"兄弟伙"，给你的是一个热乎乎的感觉——家。

两地有互通互补的交流。讲经济，地处沿海的山东，前些年主要面向日韩，搞出口加工区，属于先富起来的地区；工业门类齐全的重庆，也不断开放，进行结构调整，与山东经济的互补性越来越强。记得刚直辖时，重庆还有些门前冷落车马稀，山东人便亮出了大手笔，在当时还十分偏僻的五童路一带，山东鲁能集团拿到了一大片土地搞开发，建成了现在的鲁能星城社区，其超前的眼光，至今仍为业内人士叹服。面相忠厚的山东人，一点也不缺少智慧，他们的目光早已越过山水，穿过时空，瞄上了广袤的西部，这块尚待开发的土地，这个潜力巨大的市场。而重庆作为一个庞大的"桥头堡"，无论是产品西进，还是产业转移，都是最重要的集散地，这一点，精明的广东人、浙江人、上海人看到了，耿直的山东人也照样看到了。

说了这么多，其实也就是两个字：高兴。这份高兴，自打听说山东党政代表团、经贸代表团要来重庆，就压不住地想从胸腔里往外蹦。真的希望在这相隔几千里的第二故乡，能听到越来越多的纯正乡音，能结出越来越多的合作之果。

（《今日重庆》2010 年第 5 期，封面文章）

三、消　息

青藏公路 109 道班被命名为"天下第一道班"

　　洁白的哈达、烫金的铜匾,表达了行路人对养路人的敬意。今天,青藏公路 109 道班赢得了全国数万道班的最高荣誉,被交通部命名为"天下第一道班",交通部部长钱永昌亲自题写了匾辞。

　　109 道班位于青藏公路咽喉唐古拉山口附近。最高处海拔 5231 米,素有"唐古拉,伸手把天抓"之称。

　　自青藏公路 1954 年通车始,109 道班便成立了。36 年来,这个道班换了几茬工人,但以路为家、认真养路的作风没有变,他们提出的口号是:人在路上,路在心上。他们保持青藏公路唐古拉山段 36 年畅通无阻。

　　据介绍,命名 109 道班为"天下第一道班",一是因为这个道班养护段是世界上海拔最高、里程最长的青藏公路的最高点。二是气候最差、最艰苦。这里常年风雪不断,一年中有半年雪封公路,养护任务重。三是养护工作做得最好。这个道班的 20 名工人都是藏族,他们掌握了一套高寒油路养护技术,使平均好路率达到 60% 以上,年年超额完成上级下达的小修保养任务。他们还由于出色的服务被过路人誉为"活雷锋"、"高原修路英雄"。

　　　　　　　　　　　(新华社拉萨 1989 年 12 月 15 日电,与冯晓霞合撰)

藏北文部草原牧民结束游牧历史，实现定居

地处西藏自治区西北部的文部草原牧民结束了搭帐篷逐水草而居的游牧生活，3000多户牧民开始过上了幸福安宁的定居生活。

文部草原平均海拔近5000米，面积12万平方公里。13年前，这里人烟稀少，被称为"无人区"。1976年，一批牧民响应党的号召赶着几十万头（只）牲畜开进了这亘古荒原，使文部草原焕发了生机。现在全办事处（县级）已有1.7万多人、牲畜108万头（只）。

进入文部草原之初，牧民们仍沿袭传统的放牧习惯，带一顶帐篷，赶着牛羊逐水草而居，生活艰苦。自1983年实行的"牲畜归户，私有私养，自主经营，长期不变"政策，调动了广大牧民的生产积极性。1990年，全办事处牧民人均收入已近700元。到目前为止，全处已有50%以上的牧户盖上了新房，南部的申亚、岗龙等7个乡基本实现了定居化。一位干部介绍说，由于牧区划定了每户牧民的草场范围，实行了网围栏的办法，保护草场资源，牧民再也不用到处奔波找水草了，完全具备了定居的条件。卓尼乡牧民丹多说："住房子比一家人挤帐篷又干净、又卫生，方便多了。"目前，全处要求帮助购买建筑材料盖新房的牧民越来越多。

（新华社拉萨1990年1月20日电，与张满文合撰）

西藏农业向现代化大步迈进

记者从日前召开的西藏农业会议获悉,和平解放四十年来,"世界屋脊"已摆脱落后、原始的农业形态,向现代化农业大步迈进。

和平解放前,西藏农业最大的特色是"二牛抬杠",木犁耕地,"牦牛踩场",人畜脱粒,少数地区甚至还采用极原始的刀耕火种方式,全区只有为数极少的几条自流水道,农业科技是一片空白。

经过40年不懈努力,西藏农业取得了跨越世纪的成就。

传统的藏式木犁已被八寸步犁和山地犁等新式铁犁所代替。大批的"铁牛"逐渐代替耕牛,农业生产逐步走向机械化。甚至在墨脱、察隅这样一些40年前还处于刀耕火种的偏远地区,也开始用上了拖拉机。二牛抬杠、牦牛踩场、刀耕火种已成陈迹。现在,西藏自治区农业机械总动力已近50万千瓦,农民人均0.5千瓦,接近内地农村的水平。其中,大中小型拖拉机11000台,平均每15户农民便拥有1台;农用汽车3000多台,扬场机和脱粒机2万多台。到今年为止,西藏自治区的机耕、机播面积分别达到25%和65%,与内地农村水平大致相当。

西藏是一个全民崇佛的地区,过去农民的科技观念十分淡漠。和平解放前,地里有了虫子、庄稼得了病,唯一的办法是请喇嘛念经。现在,西藏自治区已有农业科技人员和农民技术员3万多人,按比例算,不比内地低。通过大力推广运用农业现代实用技术,"世界屋脊"的农业生产达到了一个新的水平。到今年,整个西藏自治区的良种面积已达到210万亩,占全自治区耕地面积的65%。平均每亩地施用化肥近10公斤,接近内地农村的水平。药剂灭虫、灭草和对土壤进行生物和化学处理已普遍运用,农作物得到很好的保护。模式化栽培、规范化栽培、连片丰产示范技术等高层次的现代农业科学技术也在"世界屋脊"得到推广,今年达到50多万亩,获得大面积丰收。

一位老农业专家介绍,和平解放前,整个西藏只有山南、日喀则两地有少量的自流水渠,农业处于望天收的状况,而这"老天"又偏偏十年九旱,农业生产条件极差。经过40年大兴水利,到如今"世界屋脊"已形成一个较完备的水利灌溉网络。全自治区有效灌溉面积达195万亩,约占全区耕地总面积的60%。水库、机井、提灌站星罗棋布,水渠、防洪堤纵横交错。最大的水库冲巴湖水库,库容2.3亿立方米,可灌耕地14万亩,被列为全国大型水库。日益完备的水利设施,为西藏农业生产提供了可靠的保证。

农业生产水平的大幅度提高,促进了西藏农业生产的发展。今年,西藏自治区的平均亩产达到185公斤,粮油总产达到5.7亿公斤,均是和平解放初期的三倍多。

（新华社拉萨1990年12月7日电,与姚艳萍合撰）

"世界屋脊"的独特景观得到有效保护

据西藏自治区林业局负责人介绍,从 1985 年至今,西藏已陆续建成 7 个自然保护区,总面积为 5000 多平方公里。在这些保护区内有我国重点保护野生植物近 40 种,国家重点保护动物 60 余种,另外还有许多具有很高研究价值的气候和植被型态。

墨脱保护区在 42 平方公里范围内存在自热带到寒带的所有气候和植被类型,"一山显四季,十里不同天",是世界上最著名的垂直气候带。

岗乡、江村、察隅、巴结 4 个自然保护区内珍贵植物堪称国宝。岗乡的丰产云杉林举世罕见,喜马拉雅红豆杉为喜马拉雅山地区特有树种,目前已所剩不多;察隅的亚热带常绿阔叶林带为我国现存较大的一片,其中尤以楠木、云南樟、椿树、澜沧黄杉为最珍贵;巴结是西藏最小的一个保护区,其范围仅有 0.1 平方公里,但区内的巨柏树群却堪称世界之冠,多数巨柏已有几百高龄,其中一株巨柏王,据推算至少已活了 2500 年,被称为"活着的古文物"。

聂拉木樟木沟保护区,位于中尼边境,区域内有藏雪鸡、棕尾虹雉、血雉、小熊猫等众多国家一、二类保护动物。

最近中美两国合作在珠峰附近建立了世界上最高的自然保护区——珠峰自然保护区。这个保护区是一个以保护珠峰地区独特的人文景观、自然景观为目的的综合保护区。

据介绍,西藏自开辟自然保护区、根据有关法令实行专门管理以来,一些珍奇的植物和动物得到了妥善的保护,在保护区内盗砍偷猎的现象很少出现。

西藏地域辽阔,地形复杂,珍稀植物和动物繁多,适合建立自然保护区的地方还很多。如有"高原野生动物园"美称的羌塘草原,区内有成群的藏羚羊、藏野驴、野牦牛等,均为国家一类保护动物。横断山脉北部,活跃着与大熊猫一样有名的滇金丝猴、白唇鹿等稀有动物,亟待划区保护。

一位林业专家充满激情地说:"相信在不久的将来,会有众多的自然保护区像繁星一样点缀在西藏高原上。"

（新华社拉萨 1990 年 5 月 21 日电）

开拓农村市场系列报道

农产品加工业大量订单呼唤国产设备

　　农业产业化的发展,催生了大批农产品加工企业,随之伴生出雪片般的机械订单。但来自辽宁的调查却表明,在这些企业中,进口设备唱了主角,国产设备难见踪影。

　　家门口的大批订单白白丢失了。据辽宁省计委农村处处长徐春光介绍,辽宁省仅省级农产品加工龙头企业就有 106 家,设备总投资超过 40 亿元,加上各地不同规模的农产品加工企业,设备总投资可达上百亿元。但这些企业的设备大部分却是从国外进口的,国产设备只在饲料、禽类加工等方面略有作为。果品加工、大牲畜屠宰加工、食品等几乎是进口设备的一统天下。

　　是农产品加工企业偏爱洋设备?大连真爱果汁厂的灌装生产线,原来用的是国产设备,但一试机漏油,只好拆了国产设备另从意大利引进。东太果汁有限公司上的一条水果浓缩汁生产线,原计划用国产设备,但在国内找了一圈,又是资料检索,又是发传真,还派专人从北到南地跑,好不容易在南方找到一家,一打听不光机器漏油,计量也不准。他们的产品全部出口到国外,有统一的国际质量标准,只好忍痛改从法国引进,花了 2700 万元。总经理尹忠诚说,其实国产设备除了榨汁、超滤部分外,其他技术已过关,如果质量能保证,国产设备仍是首选。

　　大牲畜屠宰设备则几乎全部依赖进口。从屠宰分割、升降平台、劈半机,到以合金铝为原料的钩子,国内企业都眼睁睁看着国外企业抢市场份额。

　　1996 年 7 月和 10 月,辽宁省举办了两次农业产业化项目招商会,200 多名外商参加,有的甚至托人走关系挤进会场,几十家公司表示了合作意向。但国内企业却十分冷淡,参加者寥寥。会后,主管项目的省计委有关部门电话不断,多是外商来询问设备情况的,荷兰有个公司听说一个项目要上马,立即搜集信息,将全套设备集中起来报价,终于中标。而国内的企业,至今只有沈阳飞机制造公司一家提出了合作意向。

经济界人士指出,世界上任何企业打牌子、抢市场,最经济的、第一位的选择便是本地市场。面对我国勃起的农产品加工机械市场,民族工业有什么理由不奋起竞争呢?

（新华社沈阳 1992 年 1 月 15 日电,与石庆伟合撰）

开拓农村市场系列报道

乡下集市为何难见国企身影

120 亿元,相当于上百个大中型纺织企业的年产值。但在西柳这个全国最大的服装市场里,国有企业却仅仅占有 1% 的份额。

地处辽宁省海城市的西柳服装市场,俗称西柳大集。它紧靠沈大高速公路,距沈阳、鞍山、营口、辽阳等纺织业发达的城市都不超过 3 个小时的路程,是全国最大的纺织品综合市场,货物一半以上销往农村。如此庞大的市场为纺织企业提供了广阔的用武之地。

但令人遗憾的是,近水楼台不得月。庞大的市场并未给国有纺织企业增加多少订单,这些企业或者认为面向农村的市场利薄,没有兴趣入市;或者因为产品成本高,没有赚头,不敢入市。据西柳服装市场负责人介绍,1996 年这个市场交易额可突破 120 亿元,中档商品占 65%,低档占 30%,很受农民和城市工薪阶层欢迎。但偌大一个市场,国有企业来经营的只有七八家,从国有企业进的货也极少,总量不超过 1%,主要来自乡镇企业和合资企业。

据了解,占有地利的辽宁国有纺织业,几乎完全放弃了这个身边的大市场,反过来多数企业却因为找不到市场,仍在苦苦挣扎,整个行业也连续几年亏损。

但与辽宁国有纺织业的不景气形成鲜明对照的是,距西柳服装市场 7 公里的感王镇,却用不到 5 年时间建成了"东北轻纺之乡"。拥有各类纺织企业 600 多家,无一亏损,年产值 35 亿元,占辽宁全省纺织工业的 1/10 以上,年利润 2 亿元以上,更让国有纺织企业难以企及。

　　用感王镇一领导的说法,这个轻纺之乡其实是西柳服装市场生出来的。市场上需要什么花色、档次的产品,技术员当天就能搞出图样,制成模具,两三天就能形成批量生产,而一些国有企业会议研究、做计划、搞设计、组织生产,一层层下来,近一个月就荒了,俏货早成了甩货。

　　这些企业估摸着农民兜里能掏出多少钱,就生产多少钱的东西。在市场里,记者连着问了几家摊床服装的价格,都是百十来元一件,没有超过200元的,但样式和质量都不错。一位摊主指着85元一件的夹克衫说:"这些衣服都是感王进的货,城里大企业卖这个价得赔死。"

　　乡下的市场生意做不大吗?不是。牡丹江毛毯厂是一个固定资产3亿元的大企业,1995年10月以年租金5万元租了一个摊床,一个摊床一年就销出1000万元的货,占全厂的近1/10。每条毛毯批发价195元,能赚20来元钱。过去这个厂只认大城市,但被大商场拖欠了近亿元,压得企业喘不过气来,而到了西柳,都是现钱交易,货也销得快多了。

（新华社沈阳1992年1月16日电,与石庆伟合撰）

温家宝在铁岭农村考察时指出

发展农村经济　　开拓农村市场

　　中共中央政治局候补委员、中央书记处书记温家宝日前在辽宁铁岭地区考察农业和农村工作时指出,全面发展农村经济,开拓农村市场,培育新的经济增长点,是关系经济发展全局的战略问题。

　　8月30日至9月4日,温家宝在辽宁省委书记顾金池、省长闻世震等陪同下,到铁岭地区调查农业生产和农村经济情况。温家宝对辽宁省这些年来合理调整经济结构,加强农业基础建设,实现粮食自给,农业和农村经济全面发展给予了充分肯定。在考察期间,他就发展农村经济,开拓农村市场发表了意见。

　　温家宝说,解决目前一部分工业企业生产经营中的困难,保持国民经济持续、快速、健康发展,必须调整产品结构,启动市场,培育新的经济增长点。要特别重视研究农村市场问题,把开拓农村市场作为一个重点。我国农村人口多,地域广,市场容量大;目前农村消费水平总体比较低,市场潜力大;农户既是消费者,又是生产经营者,既要购买生活资料,又要购买生产资料;农村市场与城市市场由于消费对象、消费水平和消费习惯不同,对商品的需求有所不同,具有互补性。搞活农村流通,拓展农村市场,可以为工业企业提供更广阔的发展空间。同时,也可以加强城市工业对农业的支持和带动,加快农业现代化的发展进程,实现工农业协调发展,城乡共同繁荣。

　　温家宝指出,开拓农村市场,重点要做好以下工作:第一,发展农村经济,增加农民收入,这是开拓农村市场的基础。要不放松粮食生产,积极发展多种经营,发展乡镇企业和第三产业,拓宽农村集体和农民的收入渠道。要推进农业产业化,提高农业的市场化程度,提高农产品的附加值,提高农业的综合效益。第二,进一步改革农村流通体制,鼓励农民进入流通领域,发展农产品销售和工业品下乡的中介组织,发展集贸市场、批发市场和多种营销方式,加快农村市场体系建设,把整个农村流通真正搞活,达到货畅其流,物尽其用。要认真执行国家关于农产品价格和购销的政策,确保农产品收购,使农民增产增收。第三,企业生产要以市场为导向,调整产品结构,生产符合农民需要的适销对路的产品。要提高质量,降低成本,搞好销售和售后服务,用价格合理、质量优良的产品打开农村市场。

（新华社沈阳 1992 年 9 月 4 日电,与孙玉鹏合撰）

中国国有企业学习外资企业经营管理方式

　　致力于转换经营管理机制的中国国有企业,目前开始大胆吸收西方尤其是境内外资企业的先进管理经验,以期在市场竞争中站稳脚跟。

　　拥有44年历史的沈阳华光灯泡厂在六七十年代是中国的著名企业,但受落后管理模式的束缚,1989年后一度连年亏损。于是,企业决定先划出一条亏损生产线与外商合作经营,由外商直接管理,结果只4个月时间就扭亏为盈。去年3月,该厂又在亏损最严重的五车间试行外企式强化管理,当年试点8个月,比上年同期减亏130万元。

　　"华光"的成功在国有大企业比较集中的沈阳市引起了强烈反响,也受到了政府部门的重视。去年下半年,沈阳市政府将"华光"的经验郑重地向全市国有企业推广。

　　到目前为止,沈阳市以及所在的辽宁省已有50家企业迈进了模拟外企管理方式的行列,主管经济工作的省政府高级官员将此视为转换企业经营机制的主要步骤之一。

　　据了解,凡是进行模拟的企业,都在健全运行机制、强化动力机制和完善约束机制上做文章,并依据外企的管理方式,从严管理、从严考核、从严奖罚。许多企业还制定了《职工守则》和岗位技能工资实施办法,使干部和职工的自我约束能力大大增强。

　　企业的强化管理使职工再不能像过去那样优哉游哉了,但却因给他们带来实惠而受到广泛拥护。华光灯泡厂五车间班长杨树栋说,过去每月十多元的奖金都难兑现,现在每月奖金都过百元,谁也不愿再退回到过去。"华光"

厂的问卷调查显示,去年对试行"外企"式管理持欢迎态度的职工占 75.6% ,而今年则上升到 87.5% 。

为鼓励国有企业模拟"外企"式管理,政府还向试点企业下放了许多权限,受到了企业的热烈欢迎。

今年,华光灯泡厂据此在全厂推开模拟试验,对企业处室机构进行精简,对干部实行聘任制。结果,处室由 29 个减为 18 个,精简干部 57 名,减少 17.4% ;还有 21 名中层干部被解除职务。企业还组建了 19 个经济实体以消化从一线剥离出来的富余人员。对不服从安排调剂和半年内两次推荐仍不上岗的职工,企业坚决实行辞退。

此间的政府官员认为,国有企业引进西方管理方式,模拟外资企业的经营之道,这在中国是一个了不起的进步,也是把企业推向市场,增强企业的活力,提高它们素质的有效手段。

但一些企业界人士认为,外企的管理经验固然要学,但不能照搬。国有企业目前还要负担职工住房、养老等一系列福利,包袱较重。若要像外企那样轻装上阵,还有待于整个社会的配套改革。

据了解,模拟外企管理方式的试验目前已在中国各地铺开。北京、上海、重庆、成都、厦门等市都已纷纷在国有大中型企业中进行试点。

（新华社沈阳 1992 年 12 月 14 日电,与李善远合撰）

国务院选定辽宁为试点，解决
"三角债"前清后欠问题

　　于7月2日结束的东北三省四市清欠会议上传出新信息：国务院已下更大决心，解决"三角债"前清后欠、越欠越多问题，并选定辽宁省为试点，采取五项强硬措施，治本清源，寻根解结。

　　"三角债"、"多角债"，是近几年我国经济生活中出现的新问题、大问题。去年，国家、省、市曾花大力气清理"三角债"，共清理出600亿元，占全部拖欠款的60%。但由于没有从本上治起，从源上清理，到今年二季度止，"三角债"总额反比去年初增加。辽宁省的情况尤为严重，去年共清理"三角债"145亿元，相当于年初"三角债"总额的90.6%，但由于"三角债"前清后欠、边清边欠，到今年5月底，"三角债"总额反增加到260亿元，严重地影响了正常的经济运行。

　　"三角债"之所以出现前清后欠、边清边欠、越欠越多，主要是形成拖欠的源头没有清理，具体表现在：固定资产投资缺口严重，资金不到位；财政欠拨、欠退、欠补影响企业支付货款；企业亏损严重；产品积压，大量资金被占压；信用观念淡薄，商品交易秩序紊乱，结算纪律松弛。

　　李鹏总理最近指出：要把清理"三角债"作为提高企业经济效益的突破口。主抓这项工作的朱镕基副总理指出，要批判那种欠债有理、欠债出效益的观点。本着这一精神，这次以辽宁为试点的清理"三角债"工作，将立足于治本清源，从解决"三角债"源头入手，解开"三角债"的债务链，下大力气防止新的拖欠、防止新的投资缺口、防止新的产品积压、防止新的亏损，具体有五项措施：

一、基建、技改项目要坚持"先落实资金后开工建设"量力而行的原则，严禁背着资金缺口上项目、搞建设。对在建项目要进行清理，凡是产品滞销，没有市场的项目，一律停缓建。

二、千方百计筹集资金，解决财政的"三欠"问题。辽宁省将动员全省过紧日子，全年行政管理费、会议费一律比上年压缩10%，严格控制小汽车的更新和购置，减少支出，做到不新欠。

三、狠抓产品结构调整，压库促销，认真贯彻国家产业、产品政策，坚持以销定产的原则，对边生产、边积压企业，关停整顿。

四、采取措施控制亏损。对一批长期经营管理不善，短期内无望扭转亏损的企业勒令其停产整顿。对一些亏损大户重点帮扶，建立扭亏责任制。创造条件，支持扭亏有望企业搞好转化。

五、切实增补企业自有流动资金，提高企业自有资金水平。所有企业都要严格执行国家规定，将税后留利的10%~15%补充自有流动资金。

为保证落实以上措施，工商部门、企业主管部门和银行要认真整顿商品交易秩序和金融秩序，严格结算纪律。企业要严格履行经济合同，守信用，遵守商业道德。银行要公正办理结算，维护购销双方的合法权益，严格执行结算纪律，监督并支持企业按期承付货款，对应付的逾期货款特别是有意拖欠的货款，银行要主动扣款和强行划款，并扣收滞纳金。

（新华社沈阳1993年7月4日电）

东北企业新现象　转换机制闯市场

辽宁近百亏损企业开始走出"沼泽地"

我国国有大中型企业最集中的辽宁省,前年曾有年亏损 500 万元以上的国有大中型企业 90 多个,总计亏损 10.2 亿元,占全省亏损总额的一半以上。近一年多来,这些亏损大户扎扎实实地进行了转换企业经营机制的工作,企业活力大增。到目前为止,绝大部分企业不同程度地走出了多年亏损的沼泽地,一位经济界人士高兴地称其为"东北新现象"。

这些企业的一个重要转变是普遍重视了新产品的开发工作。产品结构单一、品种老化是导致它们过去严重亏损的重要原因。据有关部门调查,这些企业中长期生产市场不欢迎产品的占 90% 以上,而在过去计划经济的体制下,企业面对巨额亏损却仍始终无开发新产品的主动性。现在企业要生存,就必须接受市场的检验,生产出适应市场口味的新产品。

沈阳拖拉机厂仅 1991 年一年便亏损 4000 多万元,名列亏损大户前茅,过去的几个老产品大都被市场亮了"红灯"。以厂长孙远胜为首的企业新班子经过广泛的市场调查,认为农用运输车市场看好,只用 40 天便完成了 4 个品种 8 台样车的设计、试制、可靠性试验和省级鉴定的全部任务,比一般程序缩短了近一年。这种汽车一面市便大受农民欢迎,当年生产近 5000 辆,加上其他新产品,去年这个厂新产品的销售收入占总额的一半以上。尝到新产品的甜头后,今年这个厂根据市场需要又对产品结构进行了大调整,市场亮"红灯"的坚决停产,市场畅销的产品大力开发、生产,现在受市场欢迎的新产品的销售收入占总收入的 80% 以上,到今年二季度这个厂已扭亏为盈,预计全年可盈利 300 万元以上。

为了适应新的市场机制,这些企业不同程度地进行了劳动分配制度的改革,使职工人人有动力,人人有压力,使企业成为一部转动自如的大机器。曾年亏损 2000 万元的朝阳重型机器厂,选择改革劳动分配制度为扭亏的突破口,全厂中层干部由过去的 240 名精减为 190 名。企业建立了厂内劳务市场,使职工既有失业的压力,又提供了重新就业的机会。劳动制度的改革使这个厂与经济效益联系密切的岗位多了,不能创造效益的闲人少了,劳动力资源得到了充分有效的开发。在分配制度改革上,他们拉大了各岗位之间的收入差距,一线工人的平均收入要比二线多 80 多元,200 多名工人主动要求回到生产一线,工厂的全员劳动生产率比严重亏损时翻了一番多。劳动分配制度改革推动了这个厂开拓市场、开发新产品、加强生产管理的诸多工作,企业效益大增,去年实现利润 500 多万元,今年预计在 1000 万元以上。

近百亏损大户的大幅度扭亏,最关键的因素还是观念上发生了巨大变化,由过去自觉不自觉地将自己视为国家的一个大生产车间,一切唯国家计划是瞻,转变为紧紧追随市场,一切听从市场的指令。

鞍山自行车总厂从 1989 年到 1991 年连续 3 年亏损,总额达 1 亿元。1991 年底,鞍山市计委主任葛亚力兼任了这个厂的厂长。新班子根据市场的需要,对产品销售、新产品设计、人力资源的配置等方面进行了全方位的调整。在这个厂,销售公司是最受重视的部门,产品设计、生产都要服从销售的需要,葛亚力说:"连我这个厂长也要听从销售公司经理的指挥。销售人员带回的信息说哪种款式的自行车好销,我就在厂里组织设计、生产,从某种意义上说,销售员是指挥员,我只是个大调度。"新产品的设计也完全适应市场的需要,标准有两个:一是有市场,二要能赚钱。这个厂每个月都有十几种款式的自行车问世,种种都畅销,样样都赚钱。1992 年,这个被称为"市场之子"的工厂实现利税 3600 多万元,从亏损大户一跃成为全市的利税大户,今年 1 至 7 月份,这个厂已实现利税近 5000 万元,预计全年可达到 8000 万元,如此高的利税水平在全省也名列前茅。

据辽宁省负责扭亏增盈工作的同志介绍,近百亏损大户的大幅度减亏,对辽宁省整个扭亏增盈工作起了决定性的作用。去年这些企业中,已实现扭亏为盈的有 23 户,不同程度减亏的有 62 户,共减少亏损额 6.7 亿元,减亏幅度近70%,占全省扭亏额的30%多。今年这些企业的大部分将跨入盈利企业行列,继续留在亏损大户线上踏步的将寥寥无几。

（新华社沈阳1994年9月18日电）

东北粮仓成为全国最大的"米袋子"

每年可向全国市场提供 250 亿公斤商品粮

东北大粮仓是全国最大的"米袋子"。据有关部门统计,东北大平原每年可向全国粮食市场提供 250 亿公斤商品粮,占全国商品粮总量的 1/3 左右,全国有 1 亿多城市人要依赖这个大粮仓提供的粮食及由此转化来的肉蛋奶。

肥沃的土地、适宜的气候加上 5000 多万东北农民勤劳的耕作,使东北大平原给人们提供出越来越多的粮食。1990 年以来,东北三省粮食产量已连续 4 年超过 500 亿公斤,去年达到创纪录的 600 亿公斤,这其中有一半多成为商品粮,每年有大批粮食源源不断地运往全国各地。昔日"北大荒"、如今"北大仓"的黑龙江省,每年都要向全国提供 100 多亿公斤商品粮,平均每个农民生产商品粮 500 多公斤;耕地只占全国 1/25 的吉林省,每年却能够向国家提供占全国总量 1/10 的商品粮,农民人均提供商品粮数居全国首位;过去每年都需从国家的大粮仓里装走 10 多亿公斤粮食的辽宁省,近两年却反而每年都向国家的大粮仓里净添 10 多亿公斤粮食。

有人曾做过一个有趣的统计:仅近 4 年来东北地区就向全国提供商品粮 1000 亿公斤左右,用 50 吨的车皮装车,可排 3 万多公里,接近绕地球一圈;东北地区每年还要为国家代储 100 多亿公斤粮食,那一个个大粮囤子如果全部排在一起,需要占用一个中等县的面积。

东北这个全国最大的"米袋子"已经成为全国粮食市场的巨大稳压器。一位粮食专家感慨地说:"东北这个大'米袋子'对全国太重要了,我国粮食市场放开后粮价之所以没有大的波动,与东北连续 4 年大丰收有很大关系。要好好发展这个'米袋子',让它始终装得满满的。"

　　东北三省为了这个大"米袋子"付出了艰苦的努力和巨大的牺牲。三省的财政非常紧张,但每年财政增加部分的很大比例都用在这个大"米袋子"上了,三省的干部群众也都为发展粮食生产做出了艰辛努力。

（新华社北京 1995 年 6 月 2 日电,与张广远、王景和合撰）

鞍钢：从计划经济迈向市场经济的钢铁巨人

职工多达40万人的工业企业在世界上并不多见，如此规模的企业要在激烈的市场竞争中取胜更属不易，但中国的鞍山钢铁公司正在走向成功。

作为中国最大的钢铁企业，鞍钢1994年底出现了30多年来第一次亏损令全行业震惊，而短短一年半后的今天，鞍钢的财务平衡表上已没有赤字。

鞍钢1994年底亏损两亿多元之后，去年开始扭亏为盈，当年获利3.3亿元。今年上半年，鞍钢的利润比去年同期又增加了一倍多。

这种变化绝不是简单的数字现象，而是一个长期处于计划经济体制影响下的钢铁巨人通过改革最终迈向市场经济的结果。

位于北京东北方向700多公里的鞍钢是新中国工业建设的辉煌典型之一。多年来，国家给予的重点扶持使它成为拥有200亿元资产、年产钢860万吨的特大型企业。60年代，它以严格的生产管理制度和鼓励技术革新为重点的"鞍钢宪法"，不但被众多国内企业所仿效，而且被不少国外企业所借鉴。

然而，在近十几年中国逐步建立市场经济体制的改革大潮中，鞍钢却仍然固守着多年来根据计划进行生产的老习惯，没能有效地参与竞争，这直接导致了前年出现亏损。

这种情况的部分原因并不在于鞍钢自身，因为直到去年为止，它还必须依据国家指令，以低于市场的价格为京九铁路建设提供钢轨。1994年年底接任鞍钢总经理的刘玠认为，外部环境的影响不是问题的症结。

"鞍钢身上集中了中国国有大中型企业几乎所有的困难和问题，它转向市场的难度很大"，现年52岁的刘玠总经理说。

　　这些问题包括:产品结构与质量跟不上市场需求;管理松懈造成成本上升;人员庞杂而效率低下;债务沉重影响企业发展等。这位总经理认为,更重要的是全体员工都必须具有在市场中竞争的观念并付诸行动。

　　在过去的一年半中,鞍钢是通过连续三次组织员工开展"大讨论"来实现观念转变的。中国改革的大趋势和与国内外同行进行比较以及市场经济知识的普及,使鞍钢上下在对亏损感到震惊的同时,认识到优胜劣汰规律的严酷和加快企业内部改革的紧迫。

　　观念的变化很快带来企业行为的转变。鞍钢销售部门的一位职员说:"过去我们是埋头组织生产,等着用户上门来买。现在我们随时跟踪市场变化,只要有需求、能盈利、又有生产能力的品种,我们就立即干起来。"

　　1994 年,鞍钢产钢 800 多万吨,其中 40% 因品种、质量不对路,无人购买。但从去年至今,其产销率一直保持 100%,没有再出现新的库存积压。

　　与此同时,鞍钢进一步加强了内部管理,从去年 8 月开始实行成本控制工程,将测算出的 1450 个品种的单位成本指标分解落实到各生产部门,对成本超出指标者罚、低于指标者奖。该制度实行后 4 个月,鞍钢就比上年同期降低成本 3 亿 6500 万元,为企业盈利奠定了基础。

　　国家冶金工业部副部长吴溪淳说,相对于较早融入市场的企业来说,鞍钢现在还只是"补了几堂改革课"。仅此,鞍钢已经发生了很大变化,这说明面向市场求发展是当前中国国有企业克服生存危机的必由之路。

　　不过,鞍钢从亏损到重新焕发生机并不意味着所有问题都已解决。相反,刘玠认为,鞍钢进一步的改革将更为棘手。他称,"要对体制动动手术"。

　　目前,鞍钢 40 万职工的人均年产钢量仅相当于国际先进水平的 1/10。要提高劳动生产率,减员势在必行;但作为一个举足轻重的特大型国有企业,减员又不能给社会造成大的就业负担。

　　鞍钢一项着眼于平稳实现"减员增效"的五年规划于今年初出台。根据规划,到 20 世纪末,鞍钢直接从事钢铁生产的职工将减至 5 万人,其余人员都将从钢铁企业中分流出去。

　　为避免对社会产生大的冲击,鞍钢制定了逐步把辅助服务机构改组为独立核算、自负盈亏的子公司或分公司的措施,使它们面向市场自我发展,并消化吸纳分流出来的富余人员。这项计划目前已经开始实施。

　　与许多国有企业一样,鞍钢也背负着巨大的债务。截至去年底,鞍钢总债务达133亿元。

　　为最大限度发挥投资效益,鞍钢决定调整投资策略,变主要依赖银行贷款为以企业自有资金为主。具体措施是一方面提高折旧率,增加自身积累,另一方面加强财务管理,提高资金使用效率。

　　鞍钢财务部门的官员说,"九五"期间(1996年至2000年),公司将进行总投资达210亿元的技术改造,其中60%的资金通过提取折旧来投入。预计5年后,鞍钢的债务负担将大大减轻,资产负债率将从现在的67%降至50%左右。

　　刘玠表示,到20世纪末,鞍钢的主要工艺设备将有60%以上通过改造达到国际先进水平,产品的质量与品种结构将得到改善,从而使鞍钢的市场竞争能力进一步增强。

　　　　　　　　　　　(新华社沈阳1996年9月1日电,与王振宏合撰)

辽河油田靠"无本效益"走出亏损圈

　　企业要发展,是否只有增加资金投入一条路? 辽河油田的实践证明,靠科学管理和技术进步,照样能获得大的经济效益。辽河油田职工称这样的效益为"无本效益"。近年来,这个油田获得的"无本效益"数以亿元计,使企业由此走出了"投资年年增加,亏损越来越多"的怪圈。

　　1994 年,辽河油田结束了 20 多年的亏损历史,盈利 1.4 亿元,而这一年,辽河油田靠降低成本增加效益 3 亿元;1995 年,辽河油田上半年盈利 3 亿元,其中"无本效益"占三成以上。

　　过去有人形容辽河油田"投资年年增,成本年年升"。这个固定资产 200多亿元的特大企业,过去投资每年递增二三十亿元,亏损也始终如影随形。油田领导层经过分析认为,这一现象主要是由不合理的投资加上粗放管理造成的。单一的增量型发展思维,使辽河油田陷入怪圈:一笔笔投资被粗放管理的"黑河"大量鲸吞销蚀,反过来又需要进行新的投资。这个企业的职工深切感到:投资增量型的老路再也走不下去了。

　　找到问题症结后,辽河油田下决心向管理效益型转变。1993 年至今,辽河油田从能耗、材料消耗到质量管理、技术进步,一点一点地节约,一项一项地挖潜。

　　辽河油田过去一年总耗能达 420 万吨标准煤,价值 19 亿元。油田通过一系列控制手段,使能耗降低。仅 1995 年上半年,辽河油田就比上年同期少耗2.6 万吨标准煤,价值 1100 多万元。

　　材料消耗及油气损失是油田以往浪费的大头。如今,这个油田将材料消耗、油气回收等指标层层分解,与职工收入挂钩,增强了职工的责任心。过去每个新井区出油的同时,周围都会冒出一批小土炼油炉,专门拣拾油田的漏油,有些人甚至靠偷油发财。现在每口井都包到班组、个人,昼夜有专人负责漏油回收、看护油井。土炼油炉断了财源,纷纷撤灶熄火了。据不完全统计,每年油田因此要少损失原油三四万吨,价值 2000 多万元。另外,从输油管到螺丝钉,从高压阀到钢丝绳,无论大小贵贱,油田都实行消耗责任制,都与专人挂钩。在这个 12 万人的特大企业里,仅靠职工精打细算、紧紧手,每年就"拣"回五六千万元。

再一项措施是靠提高作业质量增加效益。这个油田作出规定,取消作业队伍的固定奖金,完全与作业质量挂钩。例如修井工,修成一口优质井的收入要比修成一般井高两倍,但如果出现不合格井,就要扣罚 1000 元。1995年,辽河油田的不合格井比上一年减少 1000 多口,平均每口井节省费用 2 万元,为油田间接创效益 2000 万元,职工收入也提高了 1/3。

只管投入不问产出的旧体制,曾使辽河油田下属的很多单位一味争投资,盲目扩大生产,造成很多"死"资产,有的投入几千万元的大项目竟长期不能投产。从 1993 年开始,辽河油田改革无偿投资体制,实行资产有偿使用。年初定计划时,本来各单位纷纷伸手要投资,全油田资金缺口近 10 亿元。新政策刚一公布,各单位纷纷撤回投资计划。到年底一算账,当年基本建设投资反而节余 1 亿元。各单位转而在闲置资源上下功夫,尽量减少新的投资。近几年,辽河油田新增 130 万吨原油产量,若按照旧的投资办法,至少需要新增四五千名职工和十几亿元投资。而此次增产,各采油厂没有新增一个工人,大部分设备也是从企业原有设备中挤出来的,整个投资减少了近 1/3。

在所有"无本效益"中,靠科技进步取得的效益最为明显。辽河油田有2000 多口废井和低效井,通过一系列新技术的推广,这些井陆续出油和增油,每年因此多产 20 多万吨油,可增纯利 1 亿多元。过去,这个油田打的井都是7 寸粗的眼。从去年开始,他们在沈阳采油厂试验,采用新技术和新材料,将其缩为 5 寸。这一革新可使每口井节省材料和施工费 40 万元。去年沈阳采油厂新打 200 口井,仅此一项便节省费用 8000 万元。

据辽河油田党委书记王福成介绍,辽河油田近 3 年通过管理、节约、挖潜、技术进步,共获得 10 亿元"无本效益"。他感慨地说:"没有增长方式的转变,就不会有这 10 亿元的大效益,辽河油田至今仍只能挣扎在亏损的深渊中。"

（新华社沈阳 1996 年 2 月 25 日电,与马义、戴相臣合撰）

领导班子组成　发展战略确定　各界摩拳擦掌

新重庆聚会誓师　领导机构挂牌运转

李鹏总理参加挂牌大会

　　庄严的重庆人民大礼堂,记录下重庆发展史上一个具有里程碑意义的时刻。今天上午重庆市各界3500多名代表在这里举行简朴而庄重的直辖市挂牌揭幕大会,从今天起,重庆直辖市领导机构开始全面运转,3000万重庆人民踏上跨世纪的征程。

　　正在重庆市考察工作的李鹏总理出席了大会。他代表党中央、国务院,代表江泽民总书记,向重庆3000万各族人民表示热烈的祝贺。

　　今年3月14日,全国人大八届五次会议通过了设立重庆直辖市的议案,赋予它进一步发挥中心城市的区位优势、"龙头"作用、"窗口"作用和辐射作用,带动西南地区和长江上游地区经济、社会发展的历史使命。

　　深知任重道远的重庆市党政领导,开始夜以继日地筹备直辖市的成立。分两次从北京请来各方专家,围绕着重庆面临的历史使命、战略任务、关键性难题,进行详细的调研和咨询。多次召开有老同志、市有关部门和43个区(市县)一把手及民主党派参加的座谈会,广泛讨论新重庆的大政方针。先后组织68个考核组,对市级部委办局和43个区(市县)班子进行考核,经过有1万多人参加的民主测评,调整配备了这些单位的党政一把手。从5月下旬起,重庆市第一届党代会、人代会、政协会相继召开,选举产生了重庆直辖市的第一届领导机构,讨论通过了《重庆市国民经济和社会发展第九个五年计划和2010年远景目标纲要》。至此,新重庆领导班子组成,发展战略确定,各界摩拳擦掌,只待一声号令,击鼓出征。

上午 10 时,在雷鸣般的掌声中,5 块象征党和人民神圣权力的牌子——中共重庆市委员会、重庆市人大常委会、重庆市人民政府、重庆市政治协商会议、中共重庆市纪律检查委员会,随着红绸的滑落脱幕而出。

挂牌揭幕大会上,驻渝某集团军军长桂全智代表驻渝部队和武警官兵,市人大常委会副主任、民盟重庆市委主委冯克熙代表各民主党派、工商联,黔江地区行政公署专员叶欣代表重庆市 175 万少数民族群众,团市委书记洪天云代表各界群众先后在大会上发言。

重庆市委书记张德邻在讲话中表示,要在党中央、国务院的坚强领导下,在兄弟省市的支持下,依靠全市 3000 万各族人民,深化改革,扩大开放,自力更生,艰苦奋斗,团结一心,苦干实干,开发三峡,振兴重庆,把重庆建设成为长江上游的经济中心。

（新华社重庆 1997 年 6 月 18 日电,与王安、张宿堂合撰）

重庆将设立"吊脚楼保护区"

吊脚楼曾经是重庆成为现代化大都市的最大障碍之一。现在,这个城市却因为吊脚楼迅速减少而开始考虑为其设立"保护区"。

重庆的吊脚楼集中在市中心区的长江和嘉陵江两岸,是一种以木结构为主的民居,多以圆木为柱、竹席为墙,其高一般不超过两层,室内狭小昏暗。建造在坡地上的这种民居,为尽可能扩大空间,常有一部分空悬在外,仅靠木柱支撑,吊脚楼由此而得名。

重庆是中国历史文化名城之一,境内水系密布,舟楫相连,历来是中国西南的交通枢纽,位于长江和嘉陵江交汇处的主城更是商贾云集,自古繁华。各个年代各具特色的吊脚楼和楼群中静穆的会馆、斑驳的古城墙、曲折迂回的石梯道,是这座城市沧海桑田的最好见证。

抗战"陪都"时期是吊脚楼在重庆大发展的时期之一。车夫、水手、清扫工等蜂拥而至的中低等收入者,纷纷在城郊荒陌或江岸坡地结棚而居,逐渐形成城市贫民集中的吊脚楼片区。吊脚楼区房屋密集,又不通水电,火灾隐患严重。

据渝中区副区长何智亚介绍,在近年来的城市建设中,重庆建设规划部门有计划地分批拆迁了绝大部分吊脚楼。靠近朝天门码头的奎星楼地段,过去是重庆市最大的吊脚楼区,两千多住户迁走后,20多栋高楼正在原地因山就势,拔地而起。小区建成后,将有几个长达数百米的平台沿江一字排开,托起几组飞檐凌空、雕梁画栋的亭台楼榭,构成国内最大的空中花园。空中花园中心则是仿古建筑群簇拥、高百余米的"奎星楼"。届时,雄视两江三岸的

"奎星楼"将成为长江第一楼。

　　重庆市规划部门负责人介绍说,按现在的建设速度,重庆主城区目前尚存的1万余栋吊脚楼,大部分将在近几年内拆除。但对磁器口、红岩村等最具特色的吊脚楼区,将在维持原风貌的前提下进行改造,实现路、水、电、气、闭路电视"五通",让住户生活得更安全舒适,并能有效保护这种充分体现重庆古城风貌和巴渝文化传统的建筑。

　　　　　　　　　　　　(新华社重庆1998年11月14日电,与张国圣合撰)

三峡库区移民进入关键时期

　　据重庆市移民局长刘福银介绍,从现在开始的 1023 天里,重庆市要搬迁移民近 23 万人,复建房屋近 900 万平方米,搬迁企业 460 多个,三峡库区移民工作进入了最关键的二期移民阶段。

　　三峡工程总投资超过 1000 亿元。这其中 400 多亿元将用于百万移民的搬迁和安置,3 年前成为直辖市的重庆市将承担 85% 的移民任务,另外 15% 由湖北省承担的移民工作,一期水位搬迁已基本完成。

　　1993 年三峡工程正式启动以来,重庆库区各区县主要进行城镇迁建,调整土地县内安置移民、向外省市搬迁和淹没区域内的企业搬迁,整个移民工作进展基本顺利。

　　目前正在紧张进行的二期移民在库区移民全过程中任务最重、搬迁难度最大。根据三峡工程建设的时间表,二期水位的搬迁任务要在 2002 年底前全面完成,2003 年的前 5 个月主要用来清库,现在只剩不到两年半的时间。由于种种原因,在重庆的 8 个有二期移民任务的区县中,工作进度存在一定程度上的不平衡,而蓄水发电的硬任务却不允许有任何拖后腿、水赶人的情况发生。

　　近日重庆市的一批主要负责官员到库区各区县进行了 8 天视察。他们与农村和城镇的移民进行了广泛接触,发现了很多问题。特别是对二期移民中的占地移民安置、外迁移民安置、城镇搬迁、城镇建设中的地质灾害等问题做了认真研究。

　　昨日,重庆市政府与 14 个移民重点区县和 5 个有安置农村外迁移民任务的区县签订了移民工作目标责任书,同时与 8 个涉及二期移民任务的区县签订了二期水位倒计时任务责任书。

在责任书签订仪式上,重庆市市长包叙定运用大量数据科学地分析了二期移民的进展、存在的各种问题及能够采取的解决办法。市委书记贺国强强调,各区县务必按照责任书的要求,做到当年任务当年完成,决不能再出现欠账,决不允许拖全市后腿的事情发生,以确保三峡工程按时蓄水发电。在保证移民进度的同时,还要切实抓好农村和企业的经济结构调整、生态建设、工程质量、移民资金管理等重大问题,真正把库区移民作为一次重大的发展机遇,实现库区产业结构的升级和社会功能的再造,最终将千里库区建成经济繁荣、社会稳定的生态经济发展区。

中国历史上最大的工程——三峡水利工程计划于 1993 年 6 月 1 日首批机组蓄水发电。

（新华社重庆 1999 年 8 月 13 日电,与刘刚合撰）

"假如三峡工程已经建成……"

——访国家三峡建设委员会水利专家陶景良

假如三峡工程已经建成,今年中国长江中下游的特大洪水威胁是否可以大大减轻? 日前,记者就这一问题采访了正在重庆的中国三峡建设委员会办公室的水利专家陶景良。

长期分管三峡建设计划与资金工作的水利专家陶景良肯定地说,今年长江中下游的特大洪水,最直观地体现出三峡工程的巨大防洪意义;如果三峡工程已经建成,今年长江中下游的洪水威胁毫无疑问将大大减轻。

三峡工程是中国有史以来的最大工程,也是世界最大的水利工程。建成后除有巨大的发电效益、改善长江上游的通航条件等好处外,还有重大的防洪作用,即可使千百年来危害中国长江中下游地区的严重水患大大缓解。

陶景良分析说,三峡工程成库后,对中下游的防洪作用主要有两个方面:一是巨大的防洪库容,可以把超过中下游安全泄量的洪水拦蓄下来。建成后的三峡水库防洪库容达 221.5 亿立方米,即使长江出现百年一遇的大洪水,有了三峡水库的有效调蓄,中下游也不会出现大的洪涝灾害。

陶景良说,按三峡水库拦蓄每秒 1 万立方米洪峰流量计,每天三峡水库也只需多蓄不到 9 亿立方米水,而长江上游每次洪峰一般只有 5 到 7 天,对于有如此巨大库容的三峡水库来说没有丝毫问题。而这一有效的拦蓄,却可以在相当程度上降低中下游的高水位,对中下游安全度汛的意义难以估量。

二是能有效地提高长江中下游防洪调度的灵活性。陶景良说,三峡工程建成后,可以根据中长期天气预报,自主灵活地调蓄库存水量。如果当年整个长江流域有灾害性的降雨过程,就可赶在雨季来临前将库水尽可能多地排泄出去,以增加防洪库容,达到减免中下游洪涝灾害的目的。

陶景良说,三峡水库建成后,可以大大提高中游洞庭湖的蓄洪能力,并使长江最险的湖北荆江洪水顺利下泄。"万里长江,险在荆江。"由于长江这一河段河道弯曲,下泄不畅,允许安全通过的洪峰流量只有每秒6万立方米左右。从中国明朝初期至民国时期,这一河段已溃堤91次。今年由于长江上游洪水来水过多,加上湖北境内雨量很大,因此出现多次大于荆江河段允许安全通过的流量。三峡工程建成后,通过有效的调蓄,可在百年一遇的大洪水来临时,使荆江河段的洪峰流量基本保持在安全度汛的范围之内。

陶景良最后说,今年的长江大洪水使人们再次认识到建设大型水利设施的重要性,中央政府已决定今后将进一步加大对水利基础设施的投入力度。

（新华社重庆1999年8月8日电,与令伟家合撰）

三峡库区文物保护工作正加紧进行

随着三峡工程进度的推进,三峡库区的文物发掘、保护、搬迁工作正在有序地进行。

据了解,文物的前期试掘成果丰硕,尤其是一些出土的实物对资料缺乏的巴文化研究具有重要意义。专家认为,这有助于解开巴文化的许多谜团。

经文物部门探明,三峡工程淹没区共有文物点 1282 处,其中地面文物 453 处,地下文物 829 处,总埋藏量为 2000 多万平方米。

根据三峡工程进度,国家文物局已确立了"保护为主,抢救第一"的方针,提出对地下文物选择占总面积约 10% 左右的遗址、30% 左右的墓葬进行重点发掘;对地面文物则分三类保护,一是对白鹤梁、弹子石大佛等进行就地保护,二是对张飞庙、屈原祠等进行搬迁保护,三是对栈道、纤道等进行取齐资料保护。

目前,重庆市、湖北省均已制定出淹没区及迁建区地下文物考古发掘管理办法和地面文物保护抢救管理办法。这两个省市与来自全国的 20 余家文物考古、古建筑维修单位和大专院校,就具体支援抢救项目中的地下文物勘探和发掘面积,以及抢救进度、地面文物保护、搬迁设计的方案等,签订了合作协议。文物工作队已在库区全面开展工作。

三峡库区曾是中国古代巴人活动的主要领域,巴文化遗存分布广泛。这次三峡工程文物抢救活动,考古工作者已在湖北的巴东县、重庆的小田溪、镇安和忠县等地清理出土了百余件典型巴式器物和上千件具有巴文化特色的器物标本。在奉节老关庙遗址首次出土的陶片,有着按压波形纹花边口沿,制法相当原始,被专家们认为是巴文化的原始类型。

考古工作者在云阳李家坝遗址发现一处战国巴人墓葬群,经勘探估计有300余座古墓葬,这是目前已发现的最大的巴人墓葬群。现已清理的8座墓中出土了陶豆、罐、盂和巴式剑、矛等实物。此外,在巫山县的双堰塘、琵琶州等地还出土了巴人用过的土镢、鱼钩等铜器和石范、石磬等。据专家介绍,巫山县双堰塘巴文化遗址和云阳县李家坝战国巴人墓地在年代上正好衔接,为巴文化的分期研究和弄清巴人的来龙去脉,提供了不可多得的实物资料。

据有关权威人士介绍,留存着丰富巴文化遗产的三峡库区,也是巴蜀文化、巴楚文化交汇的中间地带,因此出土的文物不仅可揭开巴人之谜,而且对研究长江流域的政治、经济、文化史也具有重要价值。

(新华社重庆1999年10月31日电,与刘亢、令伟家合撰)

三峡水库有望解决泥沙淤积问题

世界在建的最大水利工程——中国三峡水库有望解决令人头痛的泥沙淤积问题。

重庆市一位水土保持专家日前向记者介绍说,目前在水库建设中已规划了可靠的排沙系统,长江三峡库区段泥沙含量比80年代降低了三成多。

三峡水库总投资上千亿元,位于中国第一大河长江中上游的三峡地区。按照工程设计,建成后的三峡水库总长度600公里,其中80%以上位于新设立的重庆直辖市境内。据这位专家介绍,按照这一地区的水土治理规划,到2009年水库完全建成后,库区及其周围地区的水土流失可全部控制在国家规定的中度标准以下。

在大江大河上建水库,由于水的流速变缓、泥沙淤积而很可能造成库容日减甚至完全废弃。为了彻底解决这一问题,除了在水库建设过程中配套先进的排沙系统外,更重要的是从源头抓起,控制水库上游地区的泥沙流失。

过去三峡库区一带由于人口密度大、开发程度高,原始植被遭到严重破坏,水土严重流失。据有关部门统计,在重庆市8万多平方公里的区域内,水土流失面积超过一半,森林覆盖率也远远低于国家规定的山区标准。而且由于传统的治山治水、植树造林方式经济效益不明显,影响了两岸群众的造林积极性,使长江的泥沙含量越来越高。

据重庆市林业主管部门介绍,近年来这一地区普遍增加了经济林木的种植比重,使与农民经济利益挂钩的经济林占到了造林面积的1/3左右。江津市先锋镇农民在山上种植的万亩(15亩合1公顷)花椒林,使农民人均增收

350 多元。重庆农民在房前屋后、田埂地坎种上猕猴桃、花椒、柑橘、油桐、银杏、白柚、桑等林木。全市经济林种植面积在短短的几年内就达到了 300 多万亩。

经济林木的大量种植需要大量的水平地,这又调动了农民治山改土的积极性。据林业部门统计,由于利益驱动的影响,过去严重缺乏资金的林业建设,近几年仅农民自愿投入的资金就达几亿元。

与 1989 年相比,作为三峡库区主体部分的重庆市,森林覆盖率由 17% 上升到 22%,向长江的年输沙量减少了 33%。长江重庆段的水体泥沙含量由过去的每立方米 1.5 公斤下降到 1 公斤,减少了 30% 以上。一度成为长江淤沙大患的支流嘉陵江径流泥沙含量和年输沙量均比过去降低了 60% 以上。

据介绍,从今年开始,重庆市将进一步加大对三峡库区的山水综合治理,其治理的资金已基本落实。

（新华社重庆 1999 年 9 月 7 日电,与令伟家合撰）

重庆七路并举国企攻坚

国有及国有控股企业将减亏百分之五十以上

　　重庆市委市政府近日决定举全市之力,采取 7 大措施,务求年内全市工业企业减亏 50% 以上,国有及国有控股企业减亏 50% 以上,国有及国有大中型企业扭亏为盈,大多数国有大中型骨干企业初步建立现代企业制度。

　　重庆市是我国 6 大老工业基地之一。重庆市市长包叙定认为重庆已成为全国国有企业脱困最为艰难的地区。去年全国国有企业盈亏相抵净亏的有 6 个省区,其余 5 个均为工业总量较小的中西部省区,只有重庆工业总量和亏损额都很大。重庆市提出七条国企脱困的具体措施:

　　一是兼并破产淘汰一批。已确定 71 个企业搞兼并破产,其中破产企业接近 2/3。

　　二是债转股搞活一批。现在已被国家批准债转股的有 24 家企业,其中大型企业四川维尼纶厂和西南铝加工厂的债转股协议已经签订,债转股总额 28 亿元。

　　三是贴息贷款进行技术改造一批。已有 18 个企业列入计划,总投入 48 亿元。

　　四是军工企业军品、民品分设转化一批。重庆市军工企业的总产值已占到全市工业的 23%,目前已确定 9 家企业搞军民品分设,并已得到国家支持。

　　五是中小企业改制解困一批。今年将使中小企业在产权关系、内部经营机制等方面都发生大的转变,亏损的要解困,盈利的要提高。

　　六是加强内部管理转化一批。

七是扶优扶强壮大一批。重庆已确定将 70 家企业列为扩张型企业加以扶持,提高其生产能力。

据了解,去年重庆市工业生产出现多年未见的良好发展趋势,工业总产值增幅在全国列第一,工业增加值完成 500 亿元;全市工业实现利税 58 亿元,增长 47.4%,工业减亏 11.4 亿元,减亏 63%。全市经济效益综合指数 67.4%,比前年增加 9.8%;去年实现的新产品产值已经占到整个工业产值的 14.6%,高新产品的产值为 105 亿元,上升 25%,占整个工业产值的 7.4%。重点企业、重点产业的支撑作用日渐明显,50 个实力最强的企业加在一起的产值为 480 亿元,占全市的 34%,利润占到整个工业盈利企业的近 80%。

(《经济参考报》2000 年 3 月 9 日)

首届"重庆·台湾周"隆重开幕

5月28日,首届"重庆·台湾周"在重庆隆重开幕。中共中央政治局委员、重庆市委书记薄熙来,中共中央台办、国务院台办主任王毅,中国国民党主席吴伯雄分别致辞,海协会会长陈云林、重庆市市长王鸿举为重庆台资信息产业园揭牌。中国国民党副主席林丰正、蒋孝严、吴敦义、曾永权及国民党大陆访问团全体成员出席开幕式。

本届"重庆·台湾周"以"交流、合作、发展、双赢"为主题,由国务院台湾事务办公室、重庆市人民政府主办。活动期间,将开展系列的经贸交流活动、文化学术交流活动和展览展示活动。

中共中央台办主任、国务院台办主任王毅在致辞时概括了两岸关系一年来取得重大进展的主要经验。他强调,事实证明,目前两岸关系的进程符合历史前进潮流,符合两岸同胞愿望,是完全正确的。只要明确两岸关系和平发展方向,汇聚为此努力的积极力量,两岸关系继续向前发展的趋势就不可逆转,不可阻挡。

王毅表示,将认真贯彻胡锦涛总书记关于两岸共同应对国际金融危机的讲话精神,进一步深化两岸互利合作,促进两岸经济共同发展。他还介绍了大陆方面为此采取的一系列具体举措。

王毅说,渝台合作优势明显,潜力巨大,前景看好。国务院台办支持重庆希望成为大陆西部地区对台经贸合作先行先试区,愿会同有关部门认真研究,积极推动。

吴伯雄在致辞时表示,台湾企业界、学术界、文化界、科技界的朋友前来参加首届"重庆·台湾周",与重庆市结缘,"这是好缘"。重庆市近年来发展迅速,有目共睹,重庆已成为大陆开发西部的重镇和先锋,前途不可限量。"重庆·台湾周"将进一步带动两地之间持续的交流,影响是长远的。可以预料,在不久的将来,重庆将会成为继"珠三角"、"长三角"之后,台资投资的第三个重点区域。希望渝台双方抓住契机,追求双赢。

吴伯雄说,两岸经贸关系日益密切,彼此互补双赢的方向很明确。面对国际金融危机造成的全球经济不景,两岸如何加强合作、共同应对,是一个非常迫切的问题。我们已经感受到了彼此的善意和诚意,大陆方面推出赴台采购等一系列举措,对台湾经济的复苏和信心的恢复有重大影响。他说,中国国民党明确主张两岸应该走和平发展的道路,搁置争议、追求双赢。这个方向对台湾人民有利,对子孙有利,我们必须继续努力。

薄熙来代表主办方对国民党大陆访问团表示欢迎。他说,吴伯雄主席一行刚刚结束在北京的行程,就直飞重庆,参加"重庆·台湾周"活动。今天正好是端午节,能在中华民族的传统节日里接待来自宝岛的客人,大家都倍感亲切,十分高兴。

薄熙来说,重庆与台湾有着深厚的历史渊源。如今,血缘亲情、故土乡情,仍然联系着重庆—台湾两地近 8 万个家庭。近年来,渝台交流不断扩大。今年 2 月,重庆经贸团到台参访交流,受到了台湾政经界的热情接待。2008 年,双边贸易额超过 2 亿美元,台湾茂德、联华电子集团、长荣集团、顶新集团等一批知名企业入驻重庆,发展良好。去年底渝台直航常态化,密切了两地的联系。

薄熙来说,重庆经过多年发展,已形成良好的产业基础,有较强的加工能力、丰富的技术人才,又是中西部地区的直辖市,被国家定位于长江上游的经济中心、西部地区重要的增长极。希望发挥渝台之间的交往优势,把重庆作为两岸交流活动的重要基地。重庆将为两岸的展览、论坛、会谈等各类活动提供良好的服务;可利用寸滩保税港区的独特条件,设立台湾商品展销中心;还可将重庆作为两岸空运货物直航航点和海运直航港口,增加航班次数。他相信,在大家的共同努力下,渝台合作必将迈上一个新台阶。

开幕式由王鸿举主持,他说,"重庆·台湾周"今天开幕,吴伯雄主席携四位副主席大驾光临,台湾企业界一批领军人物出席大会,恰逢端午佳节,所有重庆人都非常高兴。重庆重庆,双重喜庆,今天又得一例证。他特别提出,希望重庆成为大陆西部与台湾全面合作的先行先试地区,同时把重庆作为两岸、"两会"(海基会、海协会)的重要平台。

中国国民党副主席吴敦义,重庆市委常委、常务副市长黄奇帆在开幕式上为重庆渝台信用担保有限公司揭牌。全国台联会长梁国扬、台盟中央副主席黄志贤,台企联会长张汉文,台湾工业总会、电机电子同业公会等台湾工商团体负责人,以及两岸有关企业界代表、专家、学者,市领导张轩、范照兵、翁杰明、卢晓钟、刘学普、王孝询,市级有关部门、区县负责人参加了开幕式。

(《重庆日报》2009 年 5 月 29 日,与刘长发合撰)

四、通　讯

抚顺玻璃厂破产冲击波

编者按: 企业"生"与"死"的辩证法正在逐步为人们接受:要搞活绝大多数国营大中型企业,就不可避免地要淘汰掉一些确已病入膏肓、无法抢救的亏损企业。这个"淘汰"就含有一种企业常规的死亡方式——破产。但在实践中,破产企业总不能"安乐死",它在债权、债务双方,在职工安置、社会心理等方方面面尚有许多不易善终的后事。自全国人大 1986 年 12 月正式通过《全民所有制企业破产法》(试行)以来,我国只有为数不多的几家国营企业走上这条末路。但这是不可避免的,甚至可以说是搞活多数企业、搞活经济所不可缺少的。

但是,在目前的情况下,如何处理好"破产"案件,使之有益于社会、有益于经济发展? 似乎还有很多问题尚待解决。

今年 6 月,又传来抚顺玻璃厂破产的消息,让我们对这则事例和它所产生的冲击波进行一些分析,对提高我们的认识不会是无益的。

1992 年 6 月 6 日,随着一声锣响,抚顺玻璃厂的近千名国营职工从此失去了他们原有的工厂,这家宣告破产的企业被公开拍卖给抚顺市劳动服务公司。

死者死矣,但围绕着这一不寻常的破产案所引发的思考、争论,造成的冲击波却仍在继续着……

究竟谁破了产?

抚顺玻璃厂是抚顺市地方预算内全民所有制企业,主要生产日用玻璃制品和保温材料,属于中型国营企业。1985 年以前也曾是抚顺市轻工系统的赢利大户,每年利润都在 100 万元左右。但从 1987 年开始,企业却迅速跌入亏损的深渊而不能自拔,到 1991 年末,已累计亏损 1197 万元,欠各种债务 2500 多万元,而这个厂的固定资产仅值四五百万元,资债已悬殊极大。在此情况下,这个厂于今年初向抚顺市中级人民法院提交了破产申请。

国营中型企业的破产在我国还是希罕事,但更值得回味的是导致这个厂由盛而迅速转衰的事实。

这个厂的主要产品是酒瓶,原有的三台设备属于 30 年代产品,效率很低,急需更换。1985 年这个厂投资 440 万元,从国内某厂家购进了两条制瓶生产线。洽谈之时,提供设备的厂家就提出,这种生产线属于第一代仿制产品,质量还不太过关,建议这个厂先买一条生产线回去试用一下,但这个厂却贪图便宜,坚持买两条。设备进来后,关键部件不合格,生产出的酒瓶合格率只有 40%。记者采访时发现,其中一条生产线被露天放置在破败的厂区里,已完全报废。这项盲目的技改使这个企业败了家。

管理极端混乱。这个厂实际生产时,炉子温度、料道温度都没有控制,不用说自动控制,连个温度计都没有,工人仅靠看火苗凭感觉生产,有的工人甚至从来不检查温度,生产出的瓶子成了大花脸,一半黑,一半蓝,用户气愤地说,抚玻的瓶子白给也不要。这个厂曾经建了一个配料厂房,投资 70 多万元,但这个立柱形的厂房建成之日起就成了"比萨斜塔",经土建专家鉴定,完全报废,不能使用,但这个厂却仍然把基建款大大方方地给了承建单位。

破产清算组到厂内清账时发现,这个厂 1800 多笔账中有 30% 左右轧不平,按照这个厂的账目,工厂在银行还应有 14.9 万元,但到银行一查,只剩下几百元了,这一笔钱到哪里去了,谁也说不清。

记者到工厂采访时,恰好碰上一个老工人在厂区内徘徊,记者问他到工厂干什么,他说,在这个厂干了近 30 年,没想到工厂一下子就"黄"了,在家里呆着心里空落落的,就想来看看。再问他怎么一个好端端的工厂就黄了呢?他说,干部不正儿八经地吃喝,工人又不好好玩活儿,工厂不黄才怪呢!

企业破产了,但是酿造这杯苦酒的直接和间接责任者呢,包括厂长、干部、工人,他们破产了吗?

破产,破的是谁的产? 好死不如赖活着吗?

抚顺玻璃厂是一个早已严重资不抵债的企业,抚顺市政府及主管部门为了使其扭亏为盈,曾想尽了各种办法,帮助其争贷款、找市场、督查生产工艺等,甚至每年还要从市财政的扭亏措施费里拿出约150万元用于工人开工资。这个企业由于欠电钱、水钱,供电公司、自来水公司要拉电闸、断水,市长就赶紧打电话请求支援,婆婆当得是够尽心的,但这个阿斗愣是扶不起来。有一年,市里下令市化工燃料公司赊销几十吨纯碱,支持这个厂生产,事后,化工燃料公司派人到这个厂察看,发现这个厂的大窑炉根本就没点火,但纯碱却不见了,再三逼问下,这个厂的领导才不得不承认,他们已把纯碱卖了,用来开工资。

当记者问到为什么不早一点对这个厂实行破产处理时,市政府及有关部门领导表示,对这个厂的状况都了解,也早已知道这个厂很难扭亏。这个厂从1986年开始走马灯似的换了四任厂长,1989年10月,轻工局决定采取招聘厂长的办法,但却无人敢揭榜,最后由局里任命的这位最后一任厂长上台前就言明:"投标我不敢,但如果组织上派我去,我可以去比划比划,不行别怪我。"即使如此,但破产,谈何容易!

抚顺市副市长冉令发告诉记者,破产遇到的最大障碍是职工的安置问题。根据《破产法》规定,对破产企业的职工要妥善安置,这个厂加上退休人员有1300名职工,在目前缺乏完善的社会保障体系的情况下,这部分职工很难安置。目前市里初步准备在旧厂址重建一个新厂,但也只能安置五六百名职工,其余的职工只好推向社会,由劳动服务公司暂时接收。

冉令发还承认抚顺市像抚顺玻璃厂这样已严重资不抵债、扭亏无望的企业还有几家,如一家机械厂,有职工2000人,已欠债7000多万元,超过这个厂资产的一倍,按道理讲应该破产,但这样的企业要破产动静实在太大。

当记者与这位副市长探讨破产的临界点在哪里时,他坦率地说:"我认为还是要到医治无效的地步才能破产,如果企业的厂房、设备、产品都还好,但已资不抵债,仍不能盲目破产,还是那句话,人员很难安置。"

企业破产在此陷入了两难境地,一方面,对一些已经严重资不抵债的企业不敢轻易让其破产,因为人员难以安置;另一方面如果继续投入,让这些企业好死不如赖活着,则势必又要使国家和相关企业蒙受更大的损失。

倒霉的债权人

在我们目前的破产实践中,债权人的权益被有意无意地轻视了,债权人成了一个十分被动的角色,既决定不了债务企业何时破产,又决定不了自己的赔偿份额,债权人在破产中成了一个无奈的小媳妇。

抚顺玻璃厂的债权人共涉及全国各地 231 个单位和个人,欠债总额达 2566 万元。但这个厂仅拍卖了 270 万元,再扣除偿还拖欠工人的工资、奖金、补贴等费用,债权人仅能得到 162 万元的赔偿,占整个欠债总额的 6.3%。债权人蒙受了 2400 多万元的损失。

这起破产案中最大的债权人中国工商银行抚顺市分行直接损失近 1200 万元。这家银行一位基层负责人直率地说,这种破产方式,企业并不能很好地接受教训,因为企业里的每个人都没有受到太大的损失,厂长如果没有经济问题,顶多被降职,个人并没有倾家荡产,工人还可以领救济金,连欠发的工资、奖金这次都一并还上了,而且政府还要负责安排工作,受损害的只有我们这些债权人。

据记者调查,抚顺玻璃厂被以 270 万元的价格拍卖给市劳动服务公司后,现又被市轻工业局原价买回去,准备在原址重起炉灶,主要安置原企业的工人,这大概就是这起破产案被有些人称为假破产的缘故吧。是耶,非耶?尚待事实回答。

一位主管部门的领导认为,从这起破产案中,债权人也应吸取教训,更慎重地选择自己的经济伙伴。但一位债权单位的领导也提出反诘:在现实情况下,我们债权单位是否有监督债务单位并提出让其及时破产的权利?现行的《破产法》应该怎样明确保护债权人的利益不受损害?

在这起破产案中还有一个奇怪的现象,法院在处理赔偿时,大多数损失较大的债权单位的代表,在拿到法院的破产赔偿认定书后均轻松地回单位交差去了,没有出现大的麻烦。因为按规定,国有企业因牵涉破产而受到的损失,经法律部门认定,可以核销,不算亏损。转了一圈,真正受损失的还是国家这口大锅。但两个最小的债主却闹了个不亦乐乎,这就是本溪和沈阳的两个个体户,分别被欠 4.1 万元和 3.5 万元,这两个个体户多年为这个厂收玻璃碴子。到如今,抚顺玻璃厂宣布破产,而唯一真正破产的却只有这两个倒霉的债主……

　　企业破产制度为何难以真正建立起来? 谁应对企业破产负真正的责任? 怎样使企业破产真正与每个相关人的切身利益挂起钩来? 如何发挥企业破产的真正作用? 这些问题不解决,企业破产便永远只能是一块歉收的试验田,一株经不起风雨的盆景树。

　　　　　　　　　　(《瞭望》1992 年第 32 期,与张眼亮合撰)

纽带　缓冲带　共生带

——记中国私营企业的第一个工会

沈阳浑河桥南端,一个停放着几十台汽车的大院门口,挂着一块大牌子:沈阳市希贵运输公司工会。

工会的牌子,在中国各地随处可见。然而这块牌子与众不同,因为希贵运输公司是一家农民兴办的私营企业。1988年4月26日上午,在鞭炮和鼓掌声中挂起的这块牌子,宣布了我国私营企业的第一个工会的诞生。

在私营企业中成立工会,是私营企业在中国重新兴起后出现的新情况。在旧中国,一些资本家的工厂里曾建立过工会。但今天的私营企业性质与资本家的企业性质已有明显区别,私营业主与雇工的关系也不同于旧社会的劳资关系。希贵运输公司工会的诞生,从酝酿到建立,都是雇工和私营业主共同努力的结果。

希贵公司的业主刘希贵,今年35岁,原是沈阳市东陵区桃仙乡的一个农民。1980年,他靠养猪、做豆腐积蓄了一些资金,承包了本大队两辆汽车。8年过去,如今刘希贵早已"鸟枪换炮"。他的公司拥有各类汽车、推土机、装载机等40余辆(台),固定资产达到440万元,流动资金80万元,下属5个企业,雇工240人。刘希贵本人也成为名闻遐迩的"农民企业家"。

然而,刘希贵也有他的难处。尽管他注意到雇工的婚丧嫁娶和其他福利问题,有些劳保待遇甚至高于国营企业,但他总感到做起这些事情来不那么顺当,雇工的劳动积极性还没充分调动起来,企业的凝聚力还不大。刘希贵坦率地承认,自己整天忙于联系业务,雇工的愿望和要求难以听到,当同雇工发生矛盾时,没有调解的缓冲地带,自己有时十分苦恼。

雇工们呢,也有他们的苦衷:他们大多数是刘希贵的远亲近邻,但又与刘希贵有着雇佣关系;私营企业的资产是业主的,他们不过是卖力气吃饭;干得好,可能在私营企业多干几年,否则,人家也可能手一挥炒你的鱿鱼。然而雇工又绝不是只会干活的机器人,他们的心声需要有人听取,他们的利益需要有人维护。

两厢情愿,一拍即合。雇主与雇工都感觉到,没有工会组织,私营企业的肌体就不健全,许多关系到企业命运的大事就难以管理好,雇主和雇工的共同利益就会遭到侵害。在这种认识的基础上,希贵运输公司工会,便在沈阳市和东陵区工作组的指导帮助下诞生了。

希贵运输公司的工会会员现有 220 人。工会主席和工会委员是会员民主推选出来的。会前刘希贵和他的主要亲属宣布不担任工会干部。这个工会与我国全民企业、集体企业的工会略有不同的是,私营企业工会干部全部是兼职的。作用,已显端倪并势头看好。

希贵运输公司工会成立时间还很短,现在总结它的工作,议论它的作用,显然为时尚早。但这个私营企业工会在短短 60 多天的时间里,确实干了几件漂亮"活儿",受到雇工们的欢迎,也得到雇主的赞许。

一件事是抓了雇工们的吃饭喝水问题。希贵运输公司常年分散作业,有的在丹东大东港搞运输;有的承包沈阳至大连高速公路部分施工任务;还有的在辽化和沈阳桃仙机场干活。在外干活,雇工们最头疼的事就是吃饭,因为没办集体伙食,只能在邻近的个体小饭店去吃,钱没少花,却吃不好,还不应时。有时干活错过了吃饭时间,就只好啃冷面包,喝凉水。工会成立后,了解到大家对此颇有意见,于是提出了在外施工地集体办伙的建议。刘希贵欣然采纳。于是公司很快便在丹东、瓦房店等施工工地办起食堂,受到了大家的欢迎。在沈阳施工的雇工,习惯于从家里带饭,公司就花几百元钱买了烧水蒸饭两用大水壶,保证人人中午能吃上热腾腾的饭菜。

第二件事是组织了一次职工旅游,并借此融洽雇主与雇工的关系。私营企业的雇工们,劳动强度是比较大的。工会成立后不久,为了丰富职工们的业余文化生活,组织大家畅游沈阳近郊的棋盘山风景区。公司出了 6 辆汽车,雇主额外给每个职工加发了 10 元钱,并发了一些旅游食品。刘希贵与雇工们这一天玩得好痛快。在这过程中,彼此之间也少不了感情的交流,关系进一步融洽亲密了。

还有一件事是维护了雇工们的切身利益,及时敦促雇主发放工资。今年5、6月份,因为外单位的欠款收不回来,希贵运输公司资金发生困难,有两个月的工资没能及时发放。当时刘希贵并没有把这件事放在心上,因为他知道,自己手下的雇员们中有50多位是万元户,两个月不发工资不会影响基本生活需要。但是雇工却颇有怨言。经工会组织与雇主对话,刘希贵认识到拖欠工资是不妥当的,立即借了8万多元现金,兑现了拖欠的基本工资,从而缓和了矛盾。

希贵运输公司工会的会员张鸿图原来曾在全民企业的工会做过领导干部,他很实在地对笔者说,刚刚成立的私营企业工会,如何开展具有自己特色的工作,这还在摸索。私营企业工会要维护雇工切身利益,使之成为调解业主与雇工矛盾的缓冲带,成为调动雇工劳动积极性、提高私营企业经济效益,使业主与雇工同时获益的共生带。这或许就是私营企业工会努力实践的方向。

据沈阳市总工会同志介绍,沈阳目前雇工超过8人的私营企业有2400多个,从业人员3万多,注册资本约4800万元。希贵运输公司成立工会之后,在私营企业中产生了一定的反响。不久,许多新的私营企业工会将会陆续诞生。

(《瞭望》1988年第45期,与魏运亨合撰)

勇闯世界的旗舰

——大连造船新厂开拓国际市场纪实

1995 年 6 月 28 日,《日本经济新闻》记者撰文:大连造船新厂是新兴的中国造船业猛追日本、韩国的"旗舰",是中国最具国际竞争力的船厂,是中国国有大企业走向市场的成功范例。

这一来自世界最大造船国家的评论并非溢美之词。大连造船新厂这个仅有 5 年历史的年轻企业,现已成为我国最大造船厂,年造船达 50 万吨,占全国造船总吨位的近四分之一,手持订单 100 万吨,一直排到 1997 年。更为难得的是,这些船全部是为西方航运大国定做的,1994 年创汇达 1 亿美元,1996年将达 2 亿美元以上,是一个完全靠国际市场吃饭的国有大型企业。

与世界造船强国争订单

1990 年,新船厂刚刚成立便开始向国际市场"抢滩",没想到一入海便重重地呛了一口水。新船厂当作敲门砖拿到市场上去的 12 万吨穿梭油轮缺乏竞争力,无人问津,这个 4000 多人的企业成立伊始便面临无船可造的境地,只好零打碎敲地干起了替代产品,第一次"抢滩"失败了。

有志气的新船厂人没有趴下,而是仔细分解了这口"苦水"。他们首先把国际上各个权威船级社的标准翻译过来,组织职工认真学习,取得进入国际市场的"通行证";多方搜集世界经济形势、主要国家的股票市场、汇率、贸易政策,甚至政治、军事等各种信息,培育自己的"千里眼"和"顺风耳"。

此后不久,海湾战争爆发。新船厂在油轮市场仍暂时看好的时候,就得出了油轮市场很快就将萎缩的结论,着手开发新的船型。就在这时,他们得到了一个重要信息:原有的 15 万吨散货轮,因为结构强度差,已发生多起沉没和船体断裂事故,如能解决这一技术难题,开发出新的船型,肯定会大受船东欢迎,赢得宝贵的订单。这个厂立即与挪威 DNV 船级社联合开发,抢先一步占领了市场,1991 年 8 月,新船厂终于拿到了建厂后的第一张订单。

成功增强了新船厂与世界列强争锋的信心,他们又将新的目标定在航运大国挪威,并决心用科技含量颇高的大舱口船来敲开挪威航运市场的大门。经过细致的工作和艰苦的谈判,他们击败了挪威吉玉宝公司的老客户——韩国某大型造船厂,与吉玉宝公司签下了 8 条大舱口船的合同。后来居上的新船厂成了这个跨国航运大公司最重要的合作伙伴。新船厂建厂以来得到的十几条出口船的合同,几乎都是在同世界知名造船企业几经争夺后才到手的。最近两年,他们又成功地挤进了西班牙、希腊、德国、美国等世界航运大国的市场。

再难的船咱中国人也能造好

谈起一年前一件往事,新船厂年轻的工程师孙波至今仍颇为激动。当时他去北京参加中国与一个外国造船界的技术交流会,会议中,一位国外代表说:"我们已开发了 5 万吨左右的大舱口船,如果你们感兴趣,我们可以给予技术指导。"孙波说:"我们大连造船新厂不但已开发出这一船型,而且拿到了订单,正式开始建造了!"

5.2 万吨大舱口多用途散货轮是新船厂人遇到的最难啃的一块骨头,它的技术难度、建造精度堪称当今造船业之最。如 21 米长的舱口面板,其水平误差不得超过 2 毫米,是普通船要求的五六倍。为了解决技术难题,全厂组织了 6 个攻关小组,对几百个难题分头攻关,发动全厂工人献计献策。今年 8 月 28 日,这条堪称世界造船难度之最的 1 号大舱口船胜利出坞。吉玉宝公司副总裁奥萨卡先生在大船出坞时称赞说:"大连造船新厂能在这么短的时间内开发出大舱口船,说明它已成为世界造船界极具威胁力的竞争对手。有了这种不服输的志气,中国人会取得令世人震惊的成就的。"

1992年,新船厂为客户承造一艘9.8万吨油轮。当进入机舱调试的关键阶段时,外籍调试师却扔下船回国过圣诞节去了。船期不等人,一直给"老外"打下手的靳华提出由自己独立调试,结果一次调试成功,为厂里节省了4万元开支,而且保证了交船的工期。"老外"回来后,一头钻进机舱里挑毛病,等从机舱里出来,坦率的"老外"伸着大拇指不停地喊"OK"。现在靳华以及他的同事们已经能够担负起几乎全部的调试任务,每条船能节约10多万美元。

争创世界一流企业

经过5年国际市场洗礼的大连造船新厂,活像一个身强体健、生机勃勃的泳儿。这个刚"出生"时一年仅能生产不到20万吨船的厂子,现在每年可生产出口船舶50万吨以上,利税也由开始的每年三四百万元提高到近6000万元。船厂的装备也在市场竞争中越来越好,有"亚洲第一吊"之称的900吨龙门吊、"神州第一坞"的30万吨船坞已交付使用,这使大连造船新厂成为世界上为数很少的具备生产超大型船舶能力的船厂。

大连造船新厂厂长李占一对记者说了一番颇具雄心的话:"我们厂下一个目标是争创世界一流企业。我们现在已能生产世界一流的产品,但离世界一流企业还有较大差距,我们还必须拥有一流的销售队伍、一流的科研能力,更重要的是还必须要有一流的劳动生产率和一流的市场覆盖率。"

为了适应激烈的市场竞争的需要,新船厂建起了一支精干的"抢滩"小分队——销售队伍。这个厂对经营人员有超高的要求:必须是本科以上学历,还要懂技术、管理、外语、计算机、商务、法律、金融等多方面的知识。这支不到20人的销售队伍,到今年初为止,已拿到了足够工厂生产到1997年的订单。

一流的科研队伍是建设世界一流船厂的发动机。新船厂为进一步提高船舶设计的能力,于今年7月将工厂原来的设计部门与大连船舶研究所合署设计,成立了具有世界一流科研能力的船舶设计中心,现在这个厂已能设计世界上船东要求的任何一种船型。从今年初开始,这个厂还开始了30万吨超大型船舶的设计工作,现已初步完成图纸设计。

新船厂的平均造船周期比先进国家长近一倍,从而导致船厂的劳动生产率较低,竞争能力较弱。从去年开始他们引进现代造船模式,按区域组织造船,使造船周期平均缩短了 3 个月,大大拉近了与世界一流造船厂在劳动生产率上的距离。

充满自信的新船厂人始终将目光盯住世界造船的大市场。厂党委书记王连有的话代表了 4000 名造船工人的心声:"到本世纪末,新船厂要实现年出口船翻一番,达到一百万吨,与全国兄弟厂家一起,全面挑战世界造船市场!"

（新华社 1995 年 7 月 20 日电,与蔡拥军合撰）

他能继续承包这片土地吗？

开荒造田千余亩、10 年向国家交售粮食近 500 万斤的种粮大户周凤鸣，近日却因一场土地承包权纠纷被丹东市中级法院司法拘留，此事在当地引起很大震动，各界人士也纷纷对此发表自己的看法，争论十分激烈。

十年苦耕耘　统包起纠纷

周凤鸣曾是丹东市东港市五四农场的一名职工，1985 年他与农场签订合同，自筹资金开发一块苇塘荒地，经过 10 年的开发，总共投资 6 万多元，将 1100 亩原本荒凉的苇塘变成了亩产水稻近千斤的良田，其中 200 多亩原是一条深近 1 人高的大潮水沟，周凤鸣一家利用 7 年的农闲时间填土 13 万立方米，投资 20 多万元才改造成水田。这 10 年间，周凤鸣悉心管理，共产水稻 800 多万斤，向国家交售近 500 万斤，与市场的差价 100 多万元，他还向农场累计交纳了 30 多万元的承包费。周凤鸣因此被中央和地方多家报刊称为"种粮元帅"、"开荒大王"、"售粮状元"，他也成了东港市人大代表和丹东市劳动模范，一度成为全国知名的开荒种粮大户。在这 10 年中，他也学习和积累了丰富的生产经营管理经验，被人誉为农民企业家，其承包的土地每年的水稻产量达 100 万斤左右，向国家交售定购粮食 50 万斤，昔日的荒凉苇塘变成了一个小米粮川。其他项目依托着这千亩良田也开始运转起来，成了一个颇为兴旺的农事企业。

1994 年底，周凤鸣与五四农场原定的 10 年承包合同期满。按照原合同规定,承包期满后,在同等条件下周凤鸣对这片土地拥有优先承包权,周凤鸣也非常想继续承包这片土地。经双方商定,将承包费由每亩30元提高到150元,据介绍,这样高的承包价格,在丹东市并不多见。但当去年12月8日,周凤鸣与其法律顾问带着承包款去农场续签合同时,五四农场的领导却又通知他,农场决定将这片土地承包给别人,剥夺了周凤鸣的优先承包权。周凤鸣力争未果,不得不诉诸法律,于今年初向丹东市中级法院提请诉讼,要求维护其合法的优先承包权。

丹东市中级法院鉴于此案需一定的审理时间,为了不误今年的农时,再加上周凤鸣具备生产条件,曾几次下裁定,由周凤鸣暂时维持案件判决前的生产。周凤鸣接到裁定后很快到银行签订了贷款合同,开始了耕地和育苗工作。但由于五四农场的领导几次带着一些职工到丹东市有关部门上访,时值丹东市丝绸节,考虑到社会稳定,法院又重新裁定由五四农场进行今年的春耕生产。而这时离插秧只有几天时间,周凤鸣已将地耕好,秧苗也全部育好,化肥、农药等也全部准备齐全,为了减少损失,周凤鸣插了900多亩水田,并精心管理了一年,900多亩水稻长势良好,据有关人员估产,亩产可达800斤以上。水稻成熟前,周凤鸣向法院提出组成估产小组,估产后由其收割这900亩水稻,割后封存,等待法院判决。但法院经研究决定,由五四农场对1100亩水稻全部收割,周凤鸣对此意见很大,情绪很激动,遂组织人力抢割稻子。丹东市中级法院以其违反司法裁定为由,于10月7日对周凤鸣及其妻子和7个雇工实施了司法拘留。

众人评说该谁续承包

刚刚由拘留所出来的周凤鸣,一身疲惫,精神极差,他流着泪对记者诉说道:"其实种粮的风险很大,刚开始承包的几年,粮食价格低,收成又不好,年年都赔本。但我就是喜欢摆弄地,咬着牙挺了几年,终于赶上这两年收成好,市场价格又高。我感激党的农村政策,宁肯自己吃亏,也要向国家多卖粮,即使这样,收入也很可观。我富了后并没有挥霍浪费,而是把近百万元利润几乎全部又投到了扩大再生产上,修建水利设施,购置农业机械。为了提高粮食转化率,我又于1992年在水田边上投资50多万元建起了晒粮坪台、储粮仓库、粮谷加工厂、养猪场、养鸡场等。我的想法是，要把这千亩过去的荒地建成一个种植、加工、养殖齐全的农业生产企业，到那时，我对国家和集体的贡献会更大，我自己的收入也会更高。我就不明白，这样明摆着的对各方面都有好处的事情，为什么就得不到农场的支持？为什么愣要剥夺我的优先承包权？"

丹东市的很多农民对周凤鸣的遭遇也给予同情，认为连周凤鸣这样的对国家作出很大贡献的种粮大户的权益都得不到应有的保障，一般农民更不敢对土地过多投入了，还是只顾眼前，一年一年凑合着种保险。

东港市的两位老干部刘国政和董书山认为，周凤鸣承包这片土地，每年可固定向国家交售 50 万斤粮食，在这 10 年间仅向国家交售粮食与市场价格的差价便达 100 万元，对国家的贡献很大。他还累计向五四农场上缴承包费 30 多万元。他自己通过承包土地，事业也发展得越来越大，已形成了一个很有前途的农事企业，由他承包对国家、集体、个人三者都有好处。从国家政策方面来讲，国家提倡进一步延长土地承包的年限，以有利于农民对土地的长期投入，对"四荒"的开发更是制定了一系列优惠政策，鼓励农民和各界人士搞开发，其承包年限可以搞得更长些，延长 30 至 50 年。从全国来看，为了满足日益增长的人口对粮食的需求，也需要大力增加可耕地资源，这就需要吸引更多的人将资金投入到开荒造田上来，而要做到这一点，没有较长期的承包年限和较优惠的政策是办不到的。

东港市政府主管农业的副市长刘春生持有相反的意见。他认为，周凤鸣借助中央的农村政策，承包开垦了那么多的土地，这 10 年也赚了不少钱，还非要同农场争承包权，这也太不应该了。他最后还特别强调，这是他个人的意见，不代表市政府。

五四农场的有关领导也谈了他们的看法。他们强调之所以要收回土地，是因为这片苇塘原本是属于一个分场的，经农场决定，要将土地权还给分场，这样周凤鸣的土地承包优先权就自然丧失了，因为这片土地已与农场无关了，分场要把土地分给所属职工种，不属于重新承包。但当记者问，为什么这些职工还要每亩上缴 150 元钱时，农场却又解释说是管理费，不是承包费。

稳定和完善迫在眉睫

此间一位农业部门负责人对记者介绍说:"今年 4 月份,国务院下发了关于稳定和完善土地承包关系的文件,其中明确规定,在原承包合同期满后,要在总结经验、完善承包办法的基础上,对原承包合同再延长 30 年。这一政策,是在总结了我国农村改革后实行的土地政策的成功经验后得出的正确结论,是对我国现阶段农业生产实际的科学反映。实践证明,哪个地方对这一政策执行得好,哪里的农业发展得就快,反之就要受挫折。"

另外一位对农业有长期研究的专家也对记者说,粮食生产,尤其是开发性农业,是一种风险性很大的投入。由于自然灾害频繁,而农业基础设施建设又相对滞后,一遇歉年,农民往往要赔本,而在保险公司的各个险种中,唯独没有粮食生产的保险,这就更使粮食生产处于缺乏保障的境地。为了使种粮食的农民有账可算,就需要将土地承包的年限搞得长一些,用丰年补歉年,这一点对种粮大户,尤其是开发荒地的农民更为重要。

其他一些地区的情况也说明了中央制定的土地政策的正确性。据介绍,辽宁省近些年来由于土地政策稳定,涌现出了一万个种粮大户,他们承包的土地不足全省的 1/20,但其提供的商品粮却占全省的近 1/5,成为稳定辽宁省粮食市场的重要力量。辽宁省第一种粮大户、北宁市青堆子镇后陆村农民金令久,从 10 年前开始,带领全家人陆续开垦荒田 4200 亩,他非常感激党的土地政策,虽然没有粮食定购任务,但每年都悉数卖给国家。10 年来,他共向国家交售粮食 1500 万公斤,有人给他计算过,他这样做,累计少收入 160 万元。今年,仅水稻产量就可达 115 万公斤,而水稻的国家收购价格每公斤比市场低一两元钱,金令久却公开表态,宁肯自己少收入 120 万元,也要将水稻卖给国家。他说:"中央的土地政策稳定,给我吃了一颗定心丸,我还要继续扩大投入,多为国家粮食生产作贡献。"

另外一份调查却从反面说明了土地政策不稳定、不完善的害处。大连市从 1989 年至 1991 年曾评选出 18 位粮王,但到今天已有 2/3 改了行,主要原因是土地政策不稳定,调整频繁,农民感到种粮既要承担自然灾害的风险,又要承担政策多变的风险。

周凤鸣土地承包权的纠纷已引起当地各方人士的关注。目前,不少地方包括一些种粮大户,原定的承包期限已经到期或接近到期。能否延长承包期限,直接影响到农民,特别是种粮大户对土地的投入和种粮积极性。这起纠纷也反映出在农村稳定土地承包政策和适当延长承包期限的必要性和紧迫性。

（《瞭望》1995 年第 47 期）

黄柳的品格

——记辽宁省固沙造林研究所的知识分子们

我国东北部的科尔沁沙地,横跨辽宁、吉林、内蒙古三个省区。在八百里瀚海伸向辽宁内陆的黄龙之首,有个十万分之一的地图上都找不到的小镇——章固台。建国初期,这个位于辽宁省阜新市彰武县境内的小镇被沙海包围,每年仅5米/秒以上的起沙风便要刮240多次,流动沙丘有时一晚上便可向前推进几百米。

1952年,一群来自祖国四面八方的年轻知识分子带着征服大漠、改造大自然的美好理想聚到这里,成立了我国第一个治沙实验站,后改称为辽宁省固沙造林研究所。

辽宁省固沙造林研究所的几代知识分子们经过不懈努力,用几十年时间,使这片汹涌的沙海上平添了3.5万亩郁郁葱葱的樟子松林,并为全世界半干旱、半湿润地区的沙地治理提供了宝贵的经验,被世界环境保护组织的官员誉为"人间奇迹"。奇迹是怎样产生的? 我们踏着几代知识分子的足迹,在这片昔日为茫茫沙海的林海里采撷了几朵浪花。

临终前,他手掌里还握着一小瓶科尔沁的黄沙

在新中国的治沙史上,应该写下韩树堂这个名字,他是我国最早的一名固沙造林专家。1952年,年过半百的韩树堂来到章固台,开始了建站的准备工作。

试验站建成后,他成了这里的技术权威。他领着一批刚毕业的年轻知识

分子,经过无数次失败,终于找到一条灌木固沙的新路子。他们从茫茫沙漠的中心找到了锦鸡儿、黄柳、差巴戈蒿等沙漠天敌,终于将章固台一带的流动沙丘固定住了。由韩树堂主持创造的"灌木固沙法"已成为我国三大固沙法之一。沙丘固定住了,韩树堂又带着年轻的技术人员,从寒冷的海拉尔找来了适合沙地种植的樟子松。

　　1962 年,已 65 岁的韩树堂离开了章固台。此后的近 20 年里,这位执著的老人却像候鸟一样,每年都要自费北上来看一看他亲手建成的这片林海,每次来都要与年轻的技术人员一起探讨各种问题,研究各种方案。1989 年,92 岁的韩树堂永远地告别了他的治沙事业,临终前手掌里还握着一小瓶科尔沁的黄沙。

"恋不够"的赵玉章

　　63 岁的赵玉章,刚到章固台时还是一个 20 刚出头的小伙子。1956 年,他跟着韩树堂到冰天雪地的海拉尔将樟子松请到章固台来,从此便与它结下了不解之缘。

　　为了取得在沙地上栽松的成功经验,赵玉章就像长在沙坨子里一样,一遍遍地试验。第一年冬季,他一株株地用沙把树苗埋上,为树苗盖上一床厚厚的沙被,来年春天再一株株地扒出来,让它在阳光下茁壮成长,第二年还得重复一次。他一年四季守护在这些苗木身旁,量根径,画根系剖面图。说不清经过多少次失败,赵玉章终于摸索出了樟子松在沙地上栽植的规律,他与谢浩然、李克合著的《沙地樟子松造林技术》荣获国家科技成果奖,并在全国推广了近百万亩。

　　从 20 多岁的小伙子到 63 岁的白发老翁,赵玉章精心伺候了他的"恋人"大半辈子。前几年赵玉章到退休年龄,他找到所领导说:"再让我干几年,等樟子松成材了,再不会犯毛病了,我再走。"

"我要为祖国效力"

　　我们听说 1982 年毕业于沈阳农学院的邢兆凯已当了副所长,便提出采访他,不巧他出国考察去了,所长朱德华给我们讲了一个故事。

　　1989 年 10 月,34 岁的邢兆凯作为访问学者到西德进修一年。他的研究题目是"植被与大气之间的物质交换"。初到那里,邢兆凯还被课题组的艾瑟教授认为搞不了这个尖端的课题,但一个月下来,艾瑟教授就被这个文静的中国人折服了。他的基本功是那样地扎实,经常熟练地运用气象、物理及数学等多方面知识综合分析问题,艾瑟教授喜欢上了这个中国学生。

转眼一年时间过去了,艾瑟教授竭力挽留邢兆凯,并找到西德生态学会主席利特,为他开了一份非常好的进修鉴定,凭着这份鉴定,邢兆凯可以轻而易举地在那里留学或找到一份很好的工作。但他婉拒说:"我的祖国急需要我的研究成果,我必须按期赶回去为祖国效力。"正直的艾瑟教授向他的中国学生竖起了大拇指。

目前邢兆凯的研究成果,已在章固台乃至全国的治沙建设中发挥着很大作用。他参与的国家"七五"攻关项目——"固沙林地生态效益"研究也已通过国家鉴定,"八五"项目——"固沙林生态系统结构和功能"也正在加紧研究中。

还有谢浩然、王永魁、王泽、姜佩英……几十个年老的和年轻的科研人员,几乎每个人都有感人的故事。经过几代知识分子的共同努力,辽宁省固沙造林研究所创造的"灌木固沙法",已被治沙界正式确认为我国的三大固沙法之一;"沙地樟子松造林"技术荣获全国科学大会奖;全所已有近40项科研成果被国家、省级承认并在全国推广,另外还正承担着8项国家级的科研课题。这个研究所的一系列经验对半干旱、半湿润地区的沙地治理起到重大的示范作用。五大洲近40个国家的元首和专家、学者100多人曾来这里考察,赞叹这些了不起的中国人。

在林地里,我们看到一种灌木,只有人的膝盖高,干干瘦瘦,它就是固沙的头号大功臣黄柳。黄柳的枝干很瘦,但根系却很发达,是大沙漠中最具生命力的一种灌木。黄柳不怕压,沙子越压它长得越旺,最后一丛丛的黄柳就把一个个流动的沙丘严严实实地包住了。等周围的松树长起来后,黄柳就渐渐枯萎了,衰死了,不跟松树争水分、阳光、养分和地盘。

啊,黄柳!普普通通的黄柳,坚韧不拔的黄柳,默默无闻的黄柳,在最困难的环境里,你能担当起大树担当不起的重任;在欢庆胜利的前夕,你却将自己化入了泥土。它,正是辽宁省固沙造林研究所一代又一代知识分子品格的象征。

（新华社 1992 年 6 月 21 日电,与杜振明合撰）

大山深处爱情屋

三排小屋静静地卧在大山的怀里，12 间，都不大，灰色的屋顶，白色的墙壁，中间横着一抹亮丽的绿。

听人说这山是长白山的尾巴，离重工业城市本溪 20 多公里，稀稀拉拉地散着些屯子。过去这里很平静，一条连错车都难的公路通向山外，人们春种秋收，农闲卖山货。然而一条 20 多米宽的从沈阳至丹东的高速公路将搅醒大山的梦。

5 月，施工队伍开进山里，大山最深处的第九标段由辽宁省路桥建设总公司三处第 5 工程队负责施工。这一段 5 公里多一点，大大小小的桥便占了 20 多座，桥连桥，跨山越水，是全路施工难度最大的一段，工人大部分时间都在表演"空中飞人"，其中的细河 3 号桥，1000 多米长，最高处 32 米，是全国最高的桥之一。记者面对脸膛黝黑黝黑的队长王世惠说："苦了你们了！"没想到他却笑道："你们文人就是爱伤感，别净拣这些苦事写，我们也有乐呵事，走，我带你去看看我们的'爱情屋'。"

"爱情屋？"记者迷惑不解地随他走，一边走一边听他解释，原来这个队有 9 对小夫妻，队里为了使他们安心工作，来扎营前特意为他们盖了 9 间"爱情屋"。

说话间，我们来到一个"爱情屋"前，女主人于瑞华迎出来，我们进屋一看，嗬，小屋还挺像样，电视、冰箱、录音机、录放机样样俱全，传达着主人热爱生活的强烈气息。小屋的男主人袁明生是队里的运料司机，正在工地上，女主人是队里的广播员。记者问她生活苦不苦，她很实在地说："咋不苦？但两个人在一块,互相帮扶着,苦也能把它嚼成甜的,就是常想女儿珊珊。"记者问她业余时间做些什么。女主人用手一指满屋的电器说:"喏,就靠这些。"记者发现柜子上还有一台游戏机,便问她:"还玩这个?"女主人不好意思地笑笑:"我们俩打比赛,他总输,他工作比我忙,练的时间少。"

我们又到了另一个"爱情屋"前,门锁着,王队长说:"这可是一对名副其实的比翼鸟,从1986年开始就一同飞在工地上,建沈大高速路、建沈阳外环高速路,一直到这儿,他们参加建的桥有近百座。"我们从窗外向屋里望了望,12平米的小屋很整洁,摆设与上一个"爱情屋"差不多。

在高高的桥墩下,我见到了这对"比翼鸟",两人都在混凝土队,小伙子宁俊清是队长,刘桂花是翻斗车司机,夫妻俩都是全公司的先进职工。宁俊清个子不高,但却是一条硬汉子,一次施工中,他的手指被搅拌机截掉两段,母亲到队里找领导要求给儿子换工作,宁俊清却说死也不换,他说:"我就喜欢这个工作。""傻小子"的执著赢得了姑娘的心。刘桂花羞涩地说:"我就喜欢他这股实在劲。"记者问刘桂花最高兴的事是什么,她笑笑说:"喜欢打毛衣,我最高兴看丈夫和女儿试穿我打的毛衣。"宁俊清幸福地看着妻子说:"等我们老了,我们领着女儿到我们修的所有的桥上都走一趟,我看那时候才是最幸福的。"

（新华社1993年3月4日电）

市场农业，辽东半岛新话题

　　"市场农业"一词，如今成了辽东半岛农民的热门话题。问问市场：今年应该种点啥；探探行情，来年春天咋弄法——农民们正以前所未有的热情关注自己的小生产与大市场的对接。

盯着市场"种、养、加"

　　走访辽东半岛，没有不说海城人商品经济意识浓的。这里的农民在经历了种田为填饱肚子和种田为赚钱的思想观念的碰撞之后，很快学会了从市场着眼，从效益着眼，盯着市场"种、养、加"——

　　温香镇前湖村农民董宾，1990 年水稻收割完后，率先在稻田里扣起了蔬菜大棚，搞起了稻菜轮作，亩收入达 7000 多元；验军镇农民马珏，首创米麦间作法，亩产实现"吨粮"。全家五口人，靠土地一项人均收入 3600 元。

　　而养殖业这块，发达的大市场早已勾着几十万养殖大军直接参与流通了。龙头企业带农户，专业协会带农民，能人大户带农户，千军万马奔市场。活牛，打开了对香港直接出口的大门；肉鸡，拿到了出口日本的订单；蛋鸡，年产鲜蛋总量达 5.62 万吨，居全省之首。现今最大的南台镇鲜货批发市场每个集日的交易量达 10 万多公斤。

　　辽南苹果质好，全国闻名，瓦房店市太阳乡罗沟村 62 岁的罗德连老汉有 6000 多棵富士树，果未下树，新加坡一家公司便来人一气订走 4 万公斤，各级等级平均售价 8.4/公斤，此为"合同生产"；盖州市徐屯乡前松屯村郑维林的

5000 多棵富士树下的果则大多走进了各大城市的大宾馆,平均售价 7 元/公斤,那叫"预约种植"。

跨国越县专业村

中国农民走出国门,到国外种地、出劳务赚外汇,这是时常听到的事;然而,像海城市范家村农民那样不出家门却可挣"洋钱"的新闻却不常有。

范家村,紧靠东北第一大"菜园子"——感王鲜细菜市场。全村 324 户有90% 是种菜专业户,种菜是他们的拿手活,村民们每年种菜的纯收入不下百万元。

1991 年 5 月,日本市场上一种食品小菜——白萝卜脯十分走俏,国内供不应求。日本福冈东农产业加工株式会社很想到国外寻求发展。范家村得知后,立即与他们联系,日本人相中了范家村人的手艺,双方随即达成了在范家村试种白萝卜的协议。当年,2 亩地试种成功。第二年,范家村地上冒出了50 亩"日本田"。投资、经营和管理由日方承担,范家村提供有偿劳力,一年下来,生产 120 万斤白萝卜,加工酱菜 25 万公斤,全部销往日本,一亩菜田的平均纯效益 1200 多元呢! 1993 年,范家村的"日本田"扩大至 500 亩。

范家村的"日本田"从翻地、整地、夏锄到秋收,全部采用日本农业机械进行,种植品种由日本农民在国内选育,对农作物按需供养,整个生产过程都按日本专家的设计来操作。村长李恒辉感慨地说:"咱种了一辈地,精耕细作,觉得是老把式了,可同人家一比才知道,咱种地还没跳出粗放经营的圈子。村民们为此还编了句顺口溜,叫什么'上门的买卖日本田,一学艺来二赚钱'。"

"大王旗"飘田野

从专业化入手,推动生产商品化,进而达到一定程度的规模化,这是日益市场化的辽东半岛农业的突出特点。在辽东半岛 8 市 16 县区,规模农业已成为一面高扬的旗帜,规模生产更是广大农民的自觉行动。

沈阳市郊县,一户承包水田或旱田几百亩的数不胜数。在毗邻关东大集茨榆坨镇的黄北村,我们拜访了去年售粮 33 万公斤、今年包地 1350 亩的"粮王"门永林,他说,他是学"专科"的,别的啥也干不了,就得摆弄地。

这几年市场活,没几个人愿意包地。全村 3000 多口人,眼下种地的不足 400 人,唯有门永林冲着地迎了上去。别人丢一亩他接一亩,前年 400 亩,去年 770 亩,今年则是创纪录的 1350 亩,且一包 10 年。10 年承包费 52.25 万元一次交清。他搭上了这些年种地的收益还借了债。1350 亩地,种的是玉米和大豆,翻、耙、压、种,全部机械作业。他反反复复地算过,最多 3 至 5 年,本全回来,后 5 年是纯收年。他自信自己会成为纯种地的百万富翁。对"粮王"门永林来说,成为百万富翁是他追求的动力,而辽东半岛上更多的先行一步的"大王"们早已成了实实在在的百万富翁。

在鞍山市南台镇柳河村,我们见到了带出东北最大的鲜蛋市场的蛋鸡饲养大户李春涛。李春涛的家庭养鸡场现有蛋鸡 1.3 万只、种鸡 1 万只和 5 台全国一流的年孵鸡雏 10 万只的设备,年产鲜蛋 13 万公斤,资产百万自然不在话下。李春涛说,都说人怕出名猪怕壮,可出名也有出名的好处,起码我的鸡蛋销路不用愁,有的客户自个寻上门来。李春涛还是南台镇养鸡研究会的首脑,旗下会员 1500 多人,养蛋鸡最少者也在千只以上。看来,这个"大王"还有点"领袖"精神呢。

(《半月谈》1995 年第 9 期,与夏海龙合撰)

唯一的选择

——辽河油田转换经营机制纪实

辽河油田,这个中国的第三大油田,今年一开年就遇到了一个大大的障碍:按照以往的经营方式,全年要投资 36 亿元,而国家只能给 30.5 亿元,加上流动资金,缺口总计近 10 亿元。辽河油田这部大机器严重缺"油"了!

更让人挠头的是,这个有 12 万人的大"家庭"越来越没有生气,作为"婆婆"的勘探局为这个"大家"想方设法筹盐找米,甚至连各个"小家"盖个厕所的事都要亲自过问,而几十个"媳妇"(二级单位)却一人一个心眼,"婆婆"指挥乏力,"媳妇"没有干劲,日子越过越窘迫,赤字一大堆。今年以来,辽河油田先后实行了向"媳妇"放权、建立内部市场、转变"婆婆"职能等一系列改革,关系理顺了,日子开始红火起来。

责任、权力、利益一股脑都放下去

1 月 11 日,辽河油田公布了 27 条放权政策,确立二级单位的模拟法人地位,将自有资金支配权、部分物资采购权、机构设置权、干部任用权、劳动用工权、内部分配权等下放给二级单位,使之成为油田内部责权利统一、相对独立的经济实体,既有压力又有积极性。同时,对投资和成本实行包死基数,节约部分 90% 归基层的办法,使各二级单位普遍加强了投资和成本的核算。对超产原油,也制定了相应的奖励政策。

这些政策又被一点不截留地一层层放下去,责任和压力都明确。去年底上报计划时,36亿元的投资规模还都吵吵紧,现在控制在30.5亿元以内,各二级单位反而大都有节余;过去多年直线上升的采油成本,在今年各种原材料大幅度涨价的条件下,反而有所下降;今年辽河油田没有像往年那样总喊"冲出低谷"的口号,也没有组织全局性的突击会战和竞赛活动,多年徘徊的原油产量却实现了日产原油4万吨的历史性突破。

沈阳采油厂今年资金缺口达8000万元,年初预计全年要欠产10万吨。以往早就去找局长叫苦要钱了,新政策公布后,这个厂加强了内部管理,提高了作业质量,一些呆井、闲井和不出油的井,通过攻关都不同程度地出油和增产,厂长王春鹏说:"现在,厂电视台每天晚上播出的生产进度和效益报表,成了职工最关心的节目,按照保守的预测来计算,今年至少可以增产原油5万吨,节约成本3000万元,工人的月收入平均可增加100元。"

油田党委书记王福成形象地说,现在的各级企业头儿们,一个肩上担着原油生产任务——产出,一个肩上担着成本、投资——投入;一只眼睛盯着企业的账本,一只眼睛盯着职工的钱袋子,全油田算盘珠儿噼叭响。

用价值规律配置资源

辽河油田是一个年投资和成本规模70亿元、拥有几十个二级单位的特大型企业,本身便是一个庞大的市场。过去钻井、油建等施工单位与各采油厂只是简单的服务与被服务的关系,这种不含制约与利益机制的"服务",有很大的弊端,使双方对服务质量和成本都漠不关心,浪费极大,据估计每年的损失都有上亿元。从今年开始,亲兄弟开始明算账,变成一种严格的合同关系。

5月21日,欢喜岭采油厂对19口油井的调整在两个钻井公司5个分公司范围内公开招标,6月10日,曙光采油厂又迈出一大步,将总投入为560万元的10项油田开发科研项目公开向全油田内各采油厂、科研单位招标。

6月28日,兴隆台采油厂对180口油井的作业工程,面向全油田的所有作业队伍招标……

辽河油田建立内部市场的大戏愈演愈精彩,这些合作项目无一例外地都详细规定了工期、质量、价格等,用合同来规范一切行为。

　　记者在沈阳采油厂采访时,巧遇了满脸焦虑的作业大队副大队长杜秋生,一问方知原来他们大队因为作业质量出了点问题被按合同扣罚了4000多元。这个大队每个月要按合同维修近200口井,符合合同规定每口井可得500元,如果质量有问题或拖延了工期,不但白干还要被扣罚500元。杜秋生认真地说:"现在搞内部市场了,只认合同不讲人情,质量上不去就会砸了全队的饭碗。"

机关职能的转变是关键

　　改革之初,相对于基层的新气象,局处两级机关却显得有些冷清。一些机关干部始则对手中的权力恋恋不舍,权力下放后又一度找不着自己的"位置",有的人甚至私自把本该下放的权力截留在手中,局机关一个普通科员的一张条子,就足以使下放的权力大打折扣。

　　"机关要加快转变职能!"这成了各二级单位、三级单位的共同呼声。

　　5月1日,辽河油田机关按新体制重新构建机构,重新划分职能,机构、人员各精简三分之一。油田一班人对过去的政策规定进行了认真清理,废止了146个文件,在进行大量调查研究的基础上,专门制定了机关转变职能工作条例,反复强调:放权一定要真放,不能松口不松手,明放暗不放。短短一个月时间,机关处室就由42个减少到30个,处室长减少31个,机关科室减少135个,科室长减少100个,机关干部精简30%,机关职能由300条减少到170条。

　　如今,机关开始强化宏观调控,弱化过程管理。局机关不再去告诉基层某件事该如何如何做,而把主要精力放在全油田长期规划和宏观政策的制定、建立健全市场体系、为基层排忧解难等事情上。油田计划处在将原计划处、规划处、企管处合并后,从以往"分蛋糕"、管"死钱"的管理方式,转变到帮二级单位查"病因"、当参谋、算活账、增效益上来。

　　二级机关也如此。曙光采油厂机关8大科室长走出机关大门到基层,在广泛征求厂内各方面意见的基础上,制定出了《小甲方经营机制方案》,有力地促进了全厂经营机制转换的工作。

　　机关在转换机制的大潮中,找到了自己的坐标。

　　勘探局局长王显聪是一个思想闲不住的人,他说:"这半年多的改革,使我们增加了几亿元的效益,但最大的收获还在于初步建立起一种适应企业发展的全新的机制,使我们懂得了企业要生存要发展,就必须扎扎实实地转换经营机制,舍此,别无选择。"

（新华社 1995 年 9 月 8 日电,与戴相臣合撰）

歌声舞影里的打麦场

又到金秋。千里雅鲁藏布江谷地,到处飘溢着青稞、麦子、油菜籽、黑豌豆的清香。

雅鲁藏布江谷地是西藏最重要的农业区。最近,记者驱车走访了沿江星罗棋布的打麦场。

丰收歌里绽笑靥

在江孜县索坚村,我们信步走进一个场院,一个光着脊梁的小伙子正扛着一袋青稞。

"场打完了?"我们问。

"还没完。"这个叫朗杰的小伙子指指身后的青稞垛说:"场子搁不下,搬一些回家。"他放下袋子,从垛上摘下一颗青稞穗,放在掌心细细地搓着,吹去糠皮摊出满掌子金灿灿的青稞粒,递给我们说:"嚼嚼,保准崩坏您的牙!"

我们好不容易找到被麦垛子淹没了的帕拉村。这里曾是著名的帕拉庄园,村里的人过去都是朗生(家奴)。

头上挂满麦芒子的拉巴诺杰端上两木碗青稞酒,便坐在麦草上与我们聊开了。

拉巴诺杰扬着嗓子说:"能打两万斤呢! 天天都喝酥油茶、青稞酒,去年的余粮还有五千多斤,我要买一个大大的囤子!"

这时,曲桑家的麦子打完了。小姑娘央珍从家拿来一条洁白的哈达,给脱粒机披上。一家人每人端着一碗青稞酒围着麦场虔诚地转了一圈,用手指将酒掸洒在场子里。然后,手拉手跳起果谐(一种集体圆圈舞),唱起丰收歌:

"羊卓雍湖的神马哟,

快快跑,快快跑,

马背上是英武的格萨尔王呦,

他来与我庆丰收……"

在过去,丰收是与朗生无缘的。地里粮食打得再多,也是农奴主的。这就是为什么朗杰对掌中那颗青稞穗那样珍爱的原因。

但闻踩场歌　　不见踩场牛

曾听人描述过牦牛踩场的场面:场里铺满青稞,几个小伙子挥着鞭子,赶得牦牛飞跑,妇女们拢着散开的穗子,唱着清亮的踩场歌……

车到达孜县帮堆五村,踩场歌顺风传来:

"不是踩坝子的骏马,

是踩青稞的牦牛,

铁蹄请往边上踏,

踏到边上快快走!"

我们快步走进打麦场,却见不到踩场的牦牛。一台手扶拖拉机在轰鸣着,带动着脱粒机和扬场机。脱粒机的铁口里吐出一堆堆混着麦糠的麦粒,扬场机又大口大口地吃进去,然后从另一只口中急急地喷出来,金灿灿的麦粒落在地上,麦糠却随风飘向了远处。

39岁的丹巴达杰从麦雨里走出来,拍掉头上的麦粒说:"牦牛踩场,是早年的事,又累又慢,常常要打到藏历新年。用铁牛就省事多了。"

小小的帮堆乡,竟有二三百台铁牛。

如今,整个雅鲁藏布江谷地已很难见到牦牛踩场了,只有那古老的踩场歌仍在打麦场上久久回荡。

打麦场上话"格拉"

"以前要是有人说庄稼人不会侍弄地,说死俺也不信。可也怪,按老办法种地,产量总在二三百斤上晃荡。去年,村里来个技术员,俺喊他格拉(老师)。格拉告诉俺种地要用良种、肥麦、青稞三二零什么的,要灭虫子、深施化肥,嘿,还真灵,今年亩产有 500 多斤呢!"一位叫米玛的小伙子说得脸上放出光。

在机声隆隆的打麦场上,我们常听到农民从请喇嘛念经治虫子到向格拉求教的故事;我们也常听到农民用自编的歌谣赞格拉:

"格拉种地会法术喽,

白白的青稞一颗长百颗,

黑黑的豌豆一粒增千粒,

红红的菜籽一个变万个……"

"我要把第一袋青稞送给格拉,让他酿一坛醇醇的青稞酒",米玛的话代表了一代新农民的心意。

(新华社 1990 年 10 月 4 日电,与姚艳萍合撰)

第三次浪潮

——西藏重点工程建设巡礼

西藏的现代史,是一部经济不断建设文明不断发展的历史。在西藏和平解放以来的短短40年间,世界屋脊上出现了三次建设大潮:1954年,青藏、川藏公路同时通车;1984年,内地援建的43项工程相继竣工;刚刚过去的几年,5项国家重点工程的建设又先后在雅鲁藏布江两岸拉开了帷幕。

浪推潮涌,西藏在建设中发展,又在发展中建设。让我们沿江而下,去寻找这大潮的轨迹吧!

轨迹一:西藏未来的"黄金谷地"

不要以为西藏只有皑皑雪山、漠漠荒原,已经开始的"一江两河"流域开发建设工程,将为西藏建成一个不亚于"八百里秦川"的黄金谷地。

"一江两河"(雅鲁藏布江及其支流拉萨河、年楚河)流域东西长近千公里,是西藏主要的农业区。但由于农业基础设施差,粮食产量多年来一直没有大的增加。这里现有耕地151万亩,占全西藏耕地的45.5%,可垦荒地、宜林地、宜草地百余万亩,开发潜力很大。

中国科学院青藏考察队的50多位专家经过两年多的调查和技术论证,初步安排了水利、种植、能源、交通等40多个开发项目,预计总投资为5.77亿元人民币,这个计划很快得到了国务院的批准和大力支持。

不久的将来,一个现代化的商品粮、副食品、轻纺工业基地将在"世界屋脊"的心脏地带崛起。

轨迹二:高原上的"高速公路"

青藏高原山高谷深,西藏的路便悬在这深谷与高山之间。无论是内地去的人,还是土生土长的当地人都感叹:在西藏行路难。然而,近来一些汽车司机却高兴地说:"我们也快有自己的'高速公路'了。"

这条"高速公路",就是近日就要通车的中尼公路改建段。这条三级柏油路已通车的一段,车速每小时可达到100公里。

改建前的中尼公路已有近30年的路龄,曾被国际旅游界誉为"国际旅游黄金路"。这条公路贯通拉萨、江孜、日喀则、萨迦寺、珠峰等著名历史名城和旅游景点,是西藏经济最发达的地区。由于这条路翻高山越峻岭,加上冬季积雪,从拉萨到日喀则的350公里路,汽车要跑十二三个小时。

1987年,国家投资1亿人民币,改建其中最险的一段。新的路段沿雅鲁藏布江而下,路面平缓,不翻高山,共120公里。这条路通车后,从拉萨到日喀则只需要六七个小时。

轨迹三:圣湖将发光和热

"天上的仙境,人间的羊卓;天上的繁星,湖畔的牛羊。"这是一首赞美西藏四大圣湖之一的羊卓雍湖的藏族歌谣。

羊卓雍湖与雅鲁藏布江仅一山之隔,湖面与江面之间的落差达840米。这里蕴藏着十分丰富的水能资源,是建设水电站的理想场所。电站总装机为9万千瓦,建成后可满足拉萨及附近地区用电的需要。

轨迹四:架起更宽广的空中银桥

拉萨贡嘎机场是世界上最高的民用国际机场。贡嘎机场自1965年建成并投入使用以来,已安全运送旅客150万人次。

由于西藏各项事业的发展,现有的机场规模已远远不够,国家决定投资2.6亿元人民币对机场全面扩建,新修一条长4000米、宽60米的我国目前最长的飞机跑道。建成后,贡嘎机场可起降包括波音747在内的大型民用客、货机,客运量和航班将大大增加。

扩建工程于今年7月开工以后进展顺利,新机场可望在明年八九月启用。

轨迹五:"世界屋脊"第一矿

"世界屋脊"缺煤少油的状况常使当地工业部门的决策者们一筹莫展。而近几年西藏陆续发现的有色金属和稀有金属矿藏又给人们燃起了新的希望。其中,位于雅鲁藏布江下游的罗布萨铬铁矿已由国家正式批准拨款建设,总投资 5400 万元人民币。

铬铁矿主要用于冶炼特种钢,为我国紧缺矿种,每年都需从国外大量进口。罗布萨铬铁矿是我国目前发现的最大铬铁矿。整个矿山预计在 1992 年底投产。

西藏工业部门正把罗布萨铬铁矿的建设作为一个契机,以期大力发展当地的民族工矿业。

在采访过程中,记者曾多次听到国务院一些部委的负责人表示,对西藏的重点工程建设,国家给予特殊照顾,在人力、财力、物力诸方面全力支持。

（新华社 1990 年 8 月 21 日电,与任卫东合撰）

爱绿的拉萨人

都4月了,拉萨的春天还没到。性急的拉萨人便开始一天几次地把花盆捧出来晒太阳,颇有点硬要把羞答答的春姑娘拽出闺房的味道。

说拉萨人爱绿,拉萨人会自豪地告诉你:自有拉萨那一天起,拉萨人便喜欢栽树养花。据传,公元7世纪中叶,拉萨市最早的大型建筑大昭寺建成后,文成公主与松赞干布亲自在庙门外栽插柳树。至今,在拉萨街头还随处可见的那种盘盘绕绕、满身刻满沧桑的老柳树,也许就是"公主柳"的后代吧。

拉萨以日光城闻名;而拉萨也是一座地道的花城却鲜有人知。拉萨养花风盛日久,几乎家家都养花,以至于建房部门在盖楼房时首先要考虑阳台的大小、朝向,满足住户所养盆花的摆放、采光、保暖要求。

养花时间长了,花养多了,家家户户也都有了一本养花经。为了使花期延长些,开小店的卓嘎想出了一个办法:在阳台上装一排落地长窗,利用强烈的阳光,建成一个养花暖房。她高兴地说:"把花养在这个小暖房里,花儿一年要多开好几次呢!"

拉萨人爱绿,也爱创造新绿。今年的植树节,拉萨义务植树的人很多,树苗吃紧,让东郊苗圃的场长直犯愁。现在,拉萨的城区面积比和平解放前增加了11倍,而同样令拉萨人自豪的是,楼房盖到哪里,绿地便会追到哪里。目前,拉萨的绿地面积已有670万平方米,也就是说每个拉萨人拥有55平方米的绿地。负责园林管理的同志对记者说,下一步他们将着重搞一些绿色小街景和象征高原风光的园林雕塑,使拉萨的城区绿化走向立体化。

拉萨人爱绿由来已久,但在和平解放前,大多数拉萨人却不能充分享受那盎然的绿意。那时,很多林卡(林园)是专供三大领主观赏、游玩的。

在昔日达赖夏宫,现在的人民公园——罗布林卡,一位藏族中年汉子对记者说:"我小时候从没进过这个林卡,它是贵族的。再说,饿着肚子也没这份闲心事!"解放后,拉萨所有的林卡都向人民开放,还新建了几个林卡。现在,每年的"五一"至"十一"期间,拉萨市大大小小十几个林卡十分热闹。纯属游园性质的"林卡节"、预祝丰收的"萨噶达瓦节"和"望果节",还有演藏戏的"雪顿节",以及每个星期天,你在罗布林卡等处随便看,一家家在草地上、大树下用围幔围出一片绿色小天地,铺着羊毛毯,喝着酥油茶、青稞酒,度过愉快的一天。

(新华社 1990 年 4 月 6 日电)

杀虫子的人演义

去年 12 月,西藏波密县,一位中年藏民紧紧抓住一个汉族干部的手,用不太流利的汉话说:"种地靠圣水不行,今后我家种地的药你得包了。"

就在几年前,这个当时还是村里保管员的中年人曾激烈地反对过种庄稼使用农药,认为用农药灭虫是杀生,是对神大不敬。

"杀虫子的人"如何又赢得了藏民的心? 记者怀着浓厚的兴趣采访了那位汉族干部、县农牧局长孙安治,扯出了一串故事……

波密县位于藏东南,是西藏十大商品粮基地之一。1984 年,全县小麦发生锈病,科技人员急三火四地到各乡分送农药,不料,农民却拒绝不用。在倾多乡的一个村,农民请来 10 多个喇嘛盘坐在地里抑扬顿挫地念经,农民们围坐四周双手合十虔诚地祷告,另有一些人正往地里洒"圣水",说是可以治百病;在另一个村,地头上插了许多剥了皮的柳树条子,农民们认为这样可以驱邪治病。科技人员背着喷雾器,好不容易才在一些农田里打了药,土地的主人却远远地躲在一边,嘴里念念有词,说这些"杀虫子的人"冒犯了"神明"。到了收获季节,只见打过药的地块小麦棵密密麻麻、籽大粒满,而没打过药的地块却像长了一地稀稀落落的狗尾巴草,每亩产量相差二三百斤。活生生的教材使农民心服口服。

在叶巴村,田里虫害相当严重,有些仅一平方米的地方便有上百只虫子,常常是只能收些瘦瘦的秸秆、瘪瘪的穗子。但这里的农民却说什么也不愿洒农药。1983 年,县里组织几个科技人员到村里选择一亩废弃的地做示范,用药细细地喷洒一遍,当年这块地便收了 500 多斤小麦。第二年,播种季节还没到,县里的几个科技人员便被村民一抢而空了。

　　孙安治自豪地对记者说:"这些掌握了金钥匙的农民能耐大着呢! 从 1987 年开始,这个只有 1 万多人口的小县每年都向国家提供商品粮 200 多万斤。现在我是一门心思招兵买马,只靠现在这几个技术员,还不够一个乡抢的呢!"

　　现在这些科技人员仍被称为"杀虫子的人",只是这称呼里已含了满满的敬意。他们只要一进了村子,不到藏民家里的卡垫上坐一坐,不喝饱喷香的酥油茶,就甭想走出村。

　　　　　　　　(新华社 1990 年 1 月 8 日电,与刘继伍、马平合撰)

加快中西部发展的战略举措

——写在重庆直辖市诞生之际

1997 年 3 月 14 日下午,人民大会堂。

出席八届全国人大五次会议的 2720 位代表经过庄严表决,通过了关于批准设立重庆直辖市的决定。

自此,我国继北京、上海、天津之后,诞生了第四个中央直辖市。

这是我国行政管理体制和机构改革的一件大事,它的意义绝不仅仅是四川省和重庆市区划的调整,更非简单的重庆市行政升格,而是国家为加快中西部地区经济和社会发展所采取的一项重要举措。

发展的选择

把重庆从四川省划出来这一构想,酝酿已久,并随着我国加快发展中西部经济、缩小东西部差距战略的推进而日渐成熟。

重庆在历史上一直是我国大西南的政治、军事和商贸中心。解放初期重庆就是中央直辖市,1954 年才改为四川省的一个地级市。1983 年,中共中央、国务院决定将重庆作为首批经济体制改革的试点城市和计划单列市,赋予省级经济管理权限,并辟为外贸口岸。

重庆在我国的版图上占有极为重要的地理位置,它处在长江大动脉的上游,云、贵、川三省的交界点,是东部经济发达地区和西部资源富集地区的结合部。我国《国民经济和社会发展"九五"计划和 2010 年远景目标纲要》,规划了7个跨省区市的经济区域,其中一个是长江三角洲及沿江地区,还有一个是西南和华南部分省区,重庆则横跨了这两大经济区域。在实施中西部战略中,重庆起着承东启西、左右传递的枢纽作用。

鉴于重庆的特殊地位,加之四川省太大,人口过多,不便管理,早在80年代,一个把重庆从四川省划出来的设想就提了出来。

把重庆从四川省划分出来,无论从整个国家的利益还是从西南地区的发展看,都是十分必要的。对于这一点,上至中央、下至地方的认识是一致的。问题是如何才能使这一举措更好地为经济建设这个中心服务。

近些年来,国务院有关机构与四川省一直在酝酿、寻找较合适的方案。其间有过将原重庆市升格为直辖市的构想,有过建立川东省的提议,还有过设立三峡省的动议等等,但这些方案都一一被否决了。特别是对是否设省的问题,一个基本的看法是,从稳定全国行政区划的大局出发,四川省的格局不宜做大的变动。如果设省,难免要建立一整套省级机构,增加编制,增加非生产性建设和行政、事业经费,势必耗费财力;设省后,重庆不但省和市两级机构重叠,而且也不利于发挥它在长江上游和我国西南地区中心城市的作用。

1995年12月9日,中共四川省委、省政府主要领导给江泽民、李鹏同志写信,正式建议中央将四川一分为二,改重庆为中央直辖市,将三峡库区的涪陵市、黔江地区、万县市等地市划归重庆,负担川东山区经济发展和三峡库区移民工作,新的四川省可着重支持川西少数民族地区的发展。

很快,中央机构编制委员会对这一建议进行了认真研究,认为四川省委、省政府主要领导的建议是可行的,并提出一个方案。方案认为,四川是我国第一大省,人口1.119亿,是英国、法国的总和;面积57万平方公里,大于法国。管理好这样的大省,实属不易。从长远考虑,从全局出发,设立重庆直辖市,从四川划出一部分地市归重庆管辖,是解决四川省人口过多、面积过大、难于管理的最佳办法。

至此,党中央、国务院把设立重庆直辖市列入了工作日程。

我国宪法明确规定,省、自治区、直辖市的建制,由全国人民代表大会批准。主要程序是,先由国务院提出议案,再由全国人大常委会或者是人大主席团向全国人民代表大会提出议案,经过全国人民代表大会审议讨论,最后表决。

1996 年 12 月,国务院就设立重庆直辖市提请全国人大常委会审议。

1997 年 2 月,八届全国人大常委会第二十四次会议审议后决定,将《国务院关于提请审议设立重庆直辖市的议案》提请第八届全国人民代表大会第五次会议审议。

艰巨的使命

新的重庆是个极其特殊的直辖市:面积 8.24 万平方公里,是京、津、沪 3 个直辖市面积的 2.4 倍;人口 3002 万,是前 3 个直辖市总人口的 83%;所管辖 43 个区市县,是前 3 个直辖市所辖区县总数的 75%;农村人口大大超过城市人口,占新重庆总人口的 81%;还有 5 个少数民族自治县。

这是世界上人口最多、面积最大、农民最多的一个直辖市。设立这样一个直辖市,无论是从大城市带大农村的角度,还是从担负三峡库区百万移民的角度看,都是极富挑战性的试验。

党中央一直寄厚望于重庆。江泽民总书记 1994 年提出:"努力把重庆建设成为长江上游的经济中心。"这正是重庆直辖市设立后第一位的任务。

90 年代初,党中央作出了以上海浦东开发为"龙头",推动长江三角洲及沿江地区开发开放的重大决策。作为"龙头"的上海浦东已初具规模,重庆是"龙尾"地区最大的工商业城市。以重庆为依托,建设三峡库区新的产业群,与上海浦东相呼应,将对大西南乃至全国经济产生巨大带动作用。

应该说,重庆具备了建设长江上游经济中心的基础。据有关部门统计,重庆独立核算工业企业的固定资产达 700 多亿元,在全国大中城市中名列前茅;商贸年流通额 800 亿元,超过其国内生产总值;与世界上 110 多个国家和地区建立了经贸关系。重庆直辖市的设立,将进一步发挥重庆在长江上游以及大西南的"窗口"示范作用和辐射作用。

从世界范围看,中心城市带动农村,城乡互补,工农互济,实现城乡共同繁荣,是经济发展的一个普遍规律。设立重庆直辖市,是在更大范围内进行大城市带大农村的探索试验。这个试验的难度也是世界上少有的。因为这个特大型城市,80% 以上是农民,40 多个县市区中,一半左右至今还是国家重点扶贫的贫困县,城镇不发达,农民与城市相隔甚远。正因为如此,这一试验不仅将为我国中西部地区农村的城市化、工业化、现代化探索一条新路子,而且对有类似任务和难题的第三世界国家也有示范作用。这便是重庆直辖市的第二大任务。

举世瞩目的三峡工程投资巨大、技术先进,但其最大的难点在于史无前例的百万移民。李鹏总理说:"三峡工程建设成败的关键在移民。"有关部门介绍,整个三峡工程动态移民120万人,而重庆直辖市占107万。再加上大规模的工矿企业搬迁,其动迁规模之大、时间跨度之长,是中外历史上前所未有的。政治、经济、科技、生态、社会、文化等各种因素相互交织,牵一发而动全身,没有强有力的领导和高效直辖的管理体制,是难以解开这道世界级难题的,这是重庆直辖市的第三大任务。

抓住机遇是关键

不可否认,重庆作为直辖市也具有先天不足的弱点。以1995年全国省区市的经济总量排序比较,重庆直辖市排在20位左右,属中下水平,与京、津、沪相比,差距更大。

但是,重庆的机遇在于国家发展中西部的战略转移,在于长江经济带开发战略的实施,在于三峡工程建设和库区经济开发,在于大西南改革需要突破,在于中央直辖市的种种权益和国家的支持,在于3000多万重庆人民新的积极性。抓住这些机遇,是重庆直辖市发展经济的关键。

重庆直辖市的设立,对东部沿海和长江沿江地带的发展也将带来新的机遇,因为东部正面临着新一轮产业结构调整,而包括重庆直辖区在内的中西部,是劳动密集型等传统产业的最佳转移地带。

重庆过去就是我国西南地区利用外资最多的城市,从去年开始,一些敏感的客商就看中了重庆日益重要的经济地位,做出超乎寻常的反应。日本关西投资协会、新加坡亚太控股公司等大型投资组织,都提出派人来重庆考察。香港中华总商会会长曾宪梓说,他领导的总商会正在制定向重庆等中西部地区重点投资的计划,其中一些企业已开始向重庆的基础设施建设和第三产业投资。在日中投资促进机构中,已设立了"长江中上游流域开发合作委员会",并筹划年内合资建立海运公司,开通由日本直航重庆的江海联运。日本东京银行、美国美洲银行、法国兴业银行等 18 家国际金融机构也相继到渝考察。日本住友银行已在重庆开设了我国中西部第一家代表处,其首席代表川端良岩先生说:"我们看中的是重庆在中国建设中的重要位置和理想的投资回报率。"

　　从 20 世纪末到 21 世纪,东部沿海战略、长江沿江战略、中西部战略的协调发展,将成为我国经济腾飞的三大支点。应运而生的重庆直辖市,在这三大战略中的地位举足轻重,任重道远。人们寄希望于重庆直辖市,集全国改革开放之经验,抓住机遇,以全新的机制、全新的面貌,尽早成为带动中西部加快发展的"火车头"。

　　　　　　　　　　　(新华社 1997 年 3 月 15 日电,与陈芸、王安合撰)

设立重庆直辖市的调查与思考

编者按：重庆的经济实力并不十分突出，发展中的困难和问题依然很多，中央为什么要在此设立我国第四个直辖市？重庆直辖市的设立对我国宏观经济的发展有什么深远的意义和影响？重庆有没有能力完成中央赋予的三大历史性任务？重庆已为设立直辖市做了哪些积极的准备工作？本刊最近派出联合报道组，对这一系列问题进行了深入的调查采访。

调查之一：东中西部协调发展的重要举措

在八届全国人大五次会议上，国务院关于提请审议设立重庆直辖市的议案引起了广泛关注。许多代表认为，在我国西南最大的工商城市重庆设立第4个直辖市，是我国东中西部协调发展的重要的一步棋。

经济格局的重大调整

一位经济专家认为，西部的发展需要汲取和依靠东部先进的管理经验和技术、充足的资金和较为成型的国内、国际市场通道，实现与东部经济的嫁接。但西部由于城市化水平低、市场基础较差，在吸收东部和国外的先进技术和市场经验时容易患不适应症，需要一个转化和连接中心，一个与东部经济的高效对接点。这个对接点将不仅仅是物资、资金、信息、人才的集散地和简单的中转站，而是一个加工器、转化器。重庆是我国西部最大的工商业城市，其经济基础和开放程度与东部同类大城市接近，因而最适合担当这一角色。

　　一位研究战略问题的专家依据东西部发展的不同模式,进一步阐述了设立重庆直辖市的意义。他说,由于西部经济基础差,市场经济意识薄弱,不可能像东部那样很快形成连片发展的格局。西部的发展更适合运用点轴面网络式发展方式,充分发展现有的经济基础较好的"点"(大城市),然后通过这一个个增长点向周围扩散,最终连成一条条增长带和一个个增长块,使西部经济出现倍增效应。

　　重庆市计委副主任马述林认为,设立直辖市后,重庆市可以按照长江上游经济中心城市的定位,重新梳理发展思路,利用行政的强大组织功能,有计划地加强与西南地区的经济合作,在一个更大的空间范围内解决产业结构趋同问题,使其与西南地区的经济具有更强的互补性。

　　从经济发展的全局衡量,设立重庆直辖市也是东部发展的需要。

　　据来自国家权威部门的材料介绍,我国东西部的人均国民生产总值,城市化、工业化比重等主要指标的差距在拉大。以长江上中下游为例,长江下游是我国最富庶的地区之一,而上游则是我国目前最大的贫困地带,共有近2000万贫困人口,沿江人均国民生产总值最大与最小的省区段之比,已由1990年的不到3倍扩大到现在的4倍多,城镇居民收入也相差一倍多。这种差距,是我国东中西部经济发展过度失衡的缩影。重庆市社科院副院长廖元和分析说,长时期的发展失衡将使国家失去持续发展的能力,造成社会动荡。比如西部地区经济不振,大批盲目流动人员涌入东部,这种状况靠行政手段难以控制,将严重影响东部地区的社会稳定。

　　从经济的角度看,东部的持续发展也离不开西部的强力支撑。重庆市委研究室主任何玉柏说,东部的持续发展遇到两大难题:资源紧张、市场狭窄。西部储藏着丰富的能源材料,但要建成稳固的能源和原材料基地,却有赖于西部经济的发展。

构筑经济高地

　　设立直辖市,并不能在一夜之间使重庆市的经济实力和经济地位得到现实的提高。新重庆要真正发挥长江上游经济中心的作用,就必须扎扎实实地构筑经济高地,建设辐射通道。记者在重庆采访时,感到重庆人对此已达成共识。

据重庆市代市长蒲海清介绍，重庆市一方面将立足于现有基础，立足于现有企业的改组改造，立足于存量资产的合理流动和重组；另一方面，利用各项优惠的政策和条件，吸引外部资金，高质量地扩大增量资产，尽快形成长江上游现代化的新兴产业群。

在重点发展支柱产业方面，重庆市最近确定将汽车（摩托车）、冶金、化工作为重庆发展的三大支柱产业，在 10 到 15 年之间，对这三个产业进行大规模的改造和发展，力争使三大支柱产业在全市工业中的比重达到 40%，使重庆成为我国西部极具活力的重化工业基地。

在老工业基地改造方面，中央今后 5 年将每年安排 6 亿元财政专项补助，重庆决定把它主要作为技术改造和结构调整重大项目的资本金。同时对原有的 1000 多个大小技术改造项目进行全面的整理和总结。

重庆市各级政府正在对自己辖区内的企业进行全面摸底，建立一个合作投资库，有目的、有对象地吸引外资，提高外资的质量和水平，使外资重点为结构调整、基础建设服务。据有关部门介绍，自去年 9 月份以来，到重庆洽谈合作的外商明显增多，而且以国际大财团为主。

目前，重庆正根据区域经济中心的定位，有针对性地完善各种城市功能，建设辐射通道。

建设铁路、公路、水路、航空四维交通网，使重庆成为西南地区的交通枢纽。铁路方面，力争建成达万线、渝怀线、川汉线、遂渝线 4 条新线；公路建设到 2005 年前，要建成以重庆市为中心，连结周围各省的高速公路网；对库区沿江重要港口统一布局，重点建设骨干客货码头，发展集装箱和滚装运输，建成一条可通航万吨船队、年货物运输能力 2000 万吨的水上高速公路；按现代化国际空港标准扩建江北机场，并做好万县石桥机场、黔江舟北机场的前期准备工作。

建成技术先进、灵活高效的邮电网络，使重庆成为长江上游和西南地区的通信枢纽，努力扩大枢纽对外通信能力和交换能力，建设对外联系的干线光缆和地区内部环形光缆。

建成区域性的金融中心。重庆市将在注重本地金融机构发展的同时，积极组建各类商业银行，更多地引进外地和国外的金融机构，构建多元化的金融组织体系,努力把重庆建设成为长江上游同业拆借、证券交易、资金清算、金融信息等的中心。

为适应经济中心的需要,重庆市将进一步扩大商品流通规模及辐射范围,构建长江商贸中心。建设一批区域性、全国性的消费品和生产资料批发市场,引进内资和外资,在重庆主城区建立中央商务区和几大中心商业区,并把重庆商品交易所建设成西部最大的期货交易市场。

重庆市政府还将加大对重要科技设施、重大科技攻关等的投入,进一步提高科技进步对经济增长的贡献率,2000年将争取达到45%,把重庆建设成长江上游地区高新技术及其产业的发展基地。

理顺经济关系　树立新的观念

重庆市近几年在全国的经济位次有些后移,经济效益不佳,企业亏损严重,不少经济指标甚至被昔日的"小弟弟"成都超出。

重庆市委书记张德邻指出:重庆经济发展的相对迟缓,最重要的原因是观念陈旧、思想不解放、发展思路不清晰,甚至一些关乎经济工作全局的重大关系也长期得不到理顺,导致认识上的不统一。目前,重庆人正在对五种观念、五大关系进行新的认识和探索。

搞好城乡关系,破除大城市带大包袱的观念,树立城乡共同发展的观念,使大重庆成为一辆具有超强载重能力的"重型汽车"。刚得到重庆要设立直辖市的消息,重庆市内曾有一种看法,认为重庆经济原本就困难,再来几个穷哥们,这辆需要大修的卡车搞不好要熄火。重庆市党政班子及时提出,农村宝贵的自然资源、广阔的市场,正是重庆长期持续发展最需要的东西,只要给区县宽松的发展政策,辅之以城市的带动,暂时落后的农村将变成充满活力的经济实体。

搞好发展大工业与大流通的关系,破除"泡沫经济"和单一工业经济的观念,树立大工贸观念,建设工贸一体化的实力型经济中心城市。对经济中心的城市定位,有人错误地理解为可以主要靠金融、商贸、房地产等服务功能来发展自己、辐射西南,不必费精力搞活国有工业;也有人认为,重庆只要把庞大的工业搞活了,就能确立重庆的经济地位。对此,重庆市领导层反复强调,要确立工业在重庆经济发展中的主导地位,没有大工业的发展,就不可能建立起发达的现代化经济,大重庆就会患上软骨症,缺少带动力量。而没有发达的流通、金融等,重庆就会患上大骨节病,行动困难,更谈不上辐射和带动了。

搞好国有与非国有经济之间的关系,破除国有经济要在比例上占绝对优势的观念,树立正确的国有经济主体观念,使非国有经济成为重庆经济的强力增长点,使"重庆号"变成双引擎飞机。重庆国有经济的比重占70%左右,对发展非国有经济长期思想有疑虑、措施不得力,这种经济结构被人形象地称为"单引擎飞机"。据有关部门比较,重庆比成都主要差在乡镇企业、个体经济和私营经济上。重庆市各界经过艰苦的讨论,才基本形成了共识:在下力气搞活国有企业,使其成为重庆经济的主体的基础上,对非国有经济要在量上扩展,在质上提高,要充分认识非国有经济不可忽视的积极作用,给予非国有经济宽松的政策环境。

搞好环境与发展的关系,破除高速发展不得不以牺牲环境为代价的观念,树立发展生态型经济的新观念,在三峡库区建设全国最大的生态经济示范区。重庆是我国环境污染最严重的城市之一,三峡成库后能否交给世人一库干净水体,举世瞩目。生态环境已成为重庆发展的重要组成部分,必须走环保与发展相结合的可持续发展道路。保护环境,并不是重庆的一件被动任务,而是重庆自身发展的需要。在国际国内,生态环境均成为投资环境的重要组成部分,新重庆要发展,加快利用外部资金的步伐是必然的选择。

搞好支柱产业与非支柱产业的关系,破除"大而全,小而全"的观念,树立有所不为才能有所为的经济发展新观念,建设效益型的新重庆。

调查之二:大城市带大农村
——加速西部城乡一体化的重大试验

3002万人口,80%以上为农民;8.2万平方公里,分布着40多个县区。摇身变为直辖市的重庆,是一个农民最多的城市,一个世界最大的复合型城市。

从这一角度看,重庆直辖市的设立,是针对我国西部城市稀疏、经济基础相对薄弱的特点,为加速西部城乡一体化的进程而进行的大城市带大农村的重大试验。这一试验将为我国中西部地区农村的城市化、工业化、现代化探索一条新路子。

鲜明的西部特点

城市带动农村共同发展,在我国已有较长的实践,即在全国范围内施行的市带县体制。但即将在重庆推行的大城市带大农村的试验却具有鲜明的西部特点。

从第六个五年计划开始,中央就针对经济生活中长期存在的城乡分割、条块分割、互相牵制等问题明确提出,要以经济比较发达的城市为中心,带动周边农村,逐步形成以城市特别是大中城市为依托的不同规模的、开放式、网络型的经济区,即市带县体制。1983 年以来,我国已有 20 个省、自治区在本省、区内比较发达的地区实行了市带县体制,有 100 个以上的市领导着近 600 个县,初步建立起城乡结合、工农结合的新体制。

市带县的行政体制改革,在城镇密集度高的东部沿海地区取得了不凡的成绩,在中西部地区却遇到了很大的阻滞。原因是这一地区城市稀落,农村广大,加上中小城镇网络的不健全,城市的资金、技术、信息很难传到农村,带动农村。

所幸的是由于历史的形成和 60 年代大规模的"三线"建设,在我国中西部地区也建成了一些颇具实力的大城市,有的甚至是我国重要的工业基地,工业、科技基础雄厚,商业发达,具有很强的带动力和辐射力。重庆、成都、兰州、西安、贵阳、昆明等城市,其经济基础和实力并不逊色于东部的同类城市,这给中西部地区城乡结合另辟蹊径,提供良好的条件,其中重庆的实力最为雄厚。中西部的大城市通过承担更重的带动任务,发挥大城市的优势,发挥主增长极的辐射、扩散作用,促进次一级增长极和众多增长点的生成,最终使这一个个增长点连线成片,带动中小城市和广大农村的发展。

优势和困难

即将设立的重庆直辖市,除了原来的 1000 多万人口外,又将涪陵市、万县市和黔江地区划进辖区。新重庆面积 8.24 万平方公里,是京、津、沪 3 个直辖市总面积的 2.4 倍;3002 万人口,是 3 个直辖市总人口的 83%;农村人口占新重庆总人口的 81%；还有 5 个少数民族自治县。新重庆形成了由相对发达的工业特大都市板块和落后的山区农村经济为主的板块组成的二元经济格局：以老重庆市区为中心的片区，已经基本形成了大工业、大流通的格局，1995 年国内生产总值达 742 亿元，仅低于京、津、沪、穗和深圳居第六位；而新划给重庆的"两市一地"，22 个县（市）中，21 个是贫困县（市），尚未解决基本温饱问题。

重庆是我国西部地区最大的工商业城市，国家在这里的投入多，经济实力雄厚。因此，大重庆在带动西部农村地区发展方面有着不可替代的作用。

重庆市代市长蒲海清将此概括为四点：

一是工业基础雄厚。全市工业资产存量 700 多亿元，年工业产值 1400 多亿元，在全国大城市中名列前茅。

二是科技力量较为雄厚。全地区有科研机构 1000 余个，普通高校 21 所，科技人员近 50 万人。

三是立体交通运输网络和邮电通信网络正在形成，可将城市、农村连成一体。

四是有较好的对外开放基础。重庆是西南地区第一个对外开放并设外贸口岸的大城市，可为开发农村提供必要的资金。

大重庆带大农村具备先天的地理优势。新划进的农村地区地处川东，在历史上便与重庆有紧密的经济和文化交流，而且由于这些地区主要处在三峡库区，工程完工后，600 公里库区水面，形成一条极具运输能力的黄金水道，将老重庆与整个库区紧紧地连成一体。这一带的农村是长江经济带矿产资源和水能资源最富集的地区，农林土特产资源也十分丰富。这一切为重庆直辖市预备了广阔的用武之地。

重庆市有着大城市带大农村的初步经验。1983 年，党中央、国务院批准重庆市进行经济体制综合改革试点。同年，永川地区 8 县划归重庆，进行市带县试点。那时的重庆就带了 12 个县、6 个郊区，有农业人口 1075 万人，是全国大城市中带农村最多的城市。

但重庆也面临不少困难。

首先，重庆城市母体这个"发动机"处于带病状态。工业企业"大而全"、"小而全"情况严重，大多数企业还没有形成经济规模，企业数量不少，但真正能够适应市场、具有自我开发能力的企业不多、企业经济效益不高,城市基础设施薄弱,第三产业比重过轻,只占33.3%,造成城市集聚效应不显著。

其次,农村经济大大落后于全国平均水平。600公里库区农村是长江经济带中最贫穷的一段:全国七大连片贫困地区之一的武陵秦巴贫困山区,有21个国家和省级贫困县,几乎占新重庆区县总数的一半;366万贫困人口,占新重庆总人口的12.2%,农民人均收入和产值都大大低于全国平均水平。

第三,大城市与大农村间出现断档,新重庆的城镇布局表现为特大城市孤悬,在它的下面只有5个中等城市、若干小城市和乡村集镇,缺少大城市和相当规模的中等城市辅助支撑。中心城市人、财、物和科技信息向邻近地区扩散,缺少不同层次城镇的吸纳和传递。

第四,重庆大城市带大农村的任务,还与三峡库区百万移民、全国最大贫困地带之一的脱贫工作这两大难题交织在一起,任何一项工作完不成,都将使这一历史性的试验陷入失败。

用行政手牵着市场手

重庆市及所属各县市,经过广泛讨论研究,已经初步形成了一条发展思路,并已做了很多准备和试验工作:将直辖的新体制、健全的市场体系等有利条件用好用足,用行政手牵着市场手,实现城乡各种经济要素的合理配置、经济水平的大幅度提高,并最终实现城乡经济的共同繁荣。

重庆直辖市的设立为充分发挥行政这只手的调控作用,提供了可靠的保证,政府可通过制定和规范各种政策,建设通向农村的市场通道,把大城市的人流、物流、资金流和科技信息流导入农村。

按照规划,重庆母城区的内圈地带将主要以第三产业为主,工业企业将扩向近远郊;城区的外层地带将主要发展能耗低、高附加值的产品,劳动密集型企业将大量向农村扩散,发挥农村优势,降低企业成本;城市大工业的配套零部件生产也将主要移向区县发展,使大企业集中精力搞好技术进步,提高产品档次;区县工业、乡镇企业和个体、私营企业将主要围绕为大工业配套和农副产品深加工来定位和布局,培植有别于城市工业的农村支柱企业和拳头产品。通过一系列产业布局的调整,最终在重庆8万多平方公里的范围内,形成一个区域分工明确的多圈式经济结构。

规划城市布局,加强城镇网络的建设,逐步提高农村的城市化水平。按照"金字塔"型分层次建设城镇体系:第一层是进一步扩大和完善老重庆特大城市的各项功能,形成长江上游经济中心的主体功能区;第二层次是抓住涪陵、万县两市部分淹没迁建机遇,重新规划,形成母城区的重要两翼;第三层次是建设星罗棋布的中小城市,作为推进区域工业化、城市化、现代化的发展极和放大点;第四层次是不具备设市条件的县城和建制镇,要因地制宜发挥它们在各自功能区范围的中心作用,加强它们与高一层次城市的联系,直接带动边远农村城市化的进程。

需求旺盛的城市市场,幅员广阔的农村市场,是重庆大城市带大农村的最大优势,由于强大的利益驱动机制的作用,市场这只手在某种程度上更为活泼,更具裂变能力。

在大城市带动大农村中,要发挥市场在其中的催化剂作用,就必须构建一个较完整的城乡结合的市场体系,重庆将完善城市中心市场,强化进出口贸易、海关、商检、仓储、商场、交易中心、规模成片的商业网点以及为其服务的设施体系;建设一批区域性、全国性的消费品和生产资料批发市场;发展新的流通组织形式和营销形式,培植一批大型现代流通企业。加快农村商品市场建设,在大宗农产品主产区、土特产品主产区和传统商品集散地,培育大中小配套的批发市场。在这两个市场之间,还将大力发展有一定经营规模和经营效益的城乡连锁商店,扶持一批城乡中介贸易组织,将城乡市场衔接起来,形成网络。

调查之三:以高效行政体制破解移民难题

三峡工程举世瞩目,其成败关键之一,在于史无前例的百万工程移民,这是一道世界级的难题,它的彻底破解,需要一个强力、高效的行政体制,在位于库尾的特大城市重庆设立直辖市,便是使移民工程进入科学、有序的良性轨道,实现安居乐业,为库区提供安定的社会环境的最佳行政选择。

工程移民与两大难题

将于 2009 年全面竣工的三峡工程,是一个河道形的巨型水库,从宜昌三斗坪到重庆江津,横跨川鄂两省,绵延600多公里,动态移民超过130多万人。

据重庆移民局介绍,重庆库区水位抬高后将涉及18个区市县,淹没耕地23万亩、园地7.4万亩、集镇113个、工矿企业1380个,5座县城全部被淹,两座城市(涪陵、万县)、两座县城部分被淹。重庆库区静态移民数为71万人,动态移民达107万人,占整个工程移民的80%。

这一浩大的移民工程主要存在两个方面的重大难题:巨量的移民对生存空间的需求与相对狭小的移民环境容量的矛盾;移民的生存发展与保护库区生态环境之间的矛盾。

重庆市新上任的副市长甘宇平,曾在四川省长期担任移民的负责工作,他以自己的切身感受概括三峡库区移民的两大难题。

库区生存空间狭小,移民环境容量不足:三峡库区地处大巴山区,是全国18个连片贫困地区之一,人均耕地不到0.9亩,土地垦殖率为全国平均水平的200%,后备资源贫乏,单靠农业安置农村移民空间不足;当地生产力水平低,靠发展二、三产业安置农村移民的前景也不容乐观,选项难,取得经济效益难;按照原来计划,沿长江两岸就地后靠安置,尚有8万农村移民无法安置,需要异地移民,但农民故土难离的思想很重,黑龙江农垦局和新疆生产建设兵团答应分别接收2万人和6万人,但由于北方和南方的气候、环境差异较大,工作进展不够顺利。

移民的生存发展与库区生态环境保护的矛盾:百万移民就地后靠,需要大量开垦土地进行农业、工业生产和城镇建设,解决不好将严重破坏库区的生态环境,污染库区水源,严重影响水库自身效益的发挥,以及长江下游区域的经济发展和人民生活。

重庆市委书记张德邻说:"百万移民安置和大规模的工矿企业搬迁,涉及面之广,动迁规模之大,时间跨度之长,都是中外历史上前所未有的,政治、经济、科技、生态、社会、文化等各种因素相互交织,牵一发而动全身,移民工作异常艰巨而复杂,没有强有力的领导和高效的管理体制是无法解开这道世界级难题的。"

以高效管理体制破解移民难题

建国后,我国修建水利设施几十万处,移民2100万人,相当数量的水库移民工作留有后遗症,一些水库库区成为有名的贫困区。

总结过去多数工程移民的教训可以发现,过去的工程移民之所以后遗症多、回迁率高,最重要的原因在于走的是一条安置型移民的道路,没有在移民的同时,为其建立一个可持续发展的新机制。新的形势下要从根本上解决移民问题,使移民长居久安,就必须走开发性移民的路子,使移民迁离原来的家园后,可以通过有序科学的移民工程创造一个更好的、具有更大发展能力和潜力的新家园,使移民移得走、稳得住、能致富。

三峡工程百万移民要真正走上开发性移民道路,就必须在一个较大区域内,以一个具有强大实力的大城市为中心,对整个库区经济的发展重新布局、统筹安排。如果没有一个中央直接领导的、具有高度行政效力的领导体制,而是层层领导、逐级下达,势必使中央的指挥效能层层减弱,使三峡移民这一工程难题不能顺利解决。

在重庆设立直辖市,是在一个较大区域内解决三峡移民问题的最佳选择。重庆市委政研室主任何玉柏说,四川的东西两面都是集中连片的贫困带,东面是涪(陵)达(县)万(县),西面是甘(孜)阿(坝)凉(山),而东西两面各有一个对周边地区能够起到辐射、带动作用的特大城市——重庆和成都,发挥好它们的作用,将对这一地区整个经济的发展起到非常积极的影响。

重庆由于其独特的地理位置和经济实力,再加上设立直辖市后的直接有效的行政管理和调控,将为三峡的顺利移民、长期发展起到关键性的作用。重庆位于三峡库区的尾部,设立直辖市后整个三峡库区上游连为一体,就能够更好地将8万多平方公里范围内的各方面力量集中起来,在国家的支持下统筹实施开发性移民工程项目,统一管理,合理使用资金,保证移民安置和库区开发工作有序、高效地进行,重庆可以其特大城市的工业、商贸、金融、交通、科技、信息和口岸等实力与优势,对库区经济进行积极的辐射和优化,而移民库区也可以针对重庆直辖市统一大市场的需求,调整自己的产业方向。特大城市的经济实力与库区丰富的自然资源、巨大的发展潜力相结合,可以在更大的区域内进行生产力和产业的合理布局,加快区域经济的形成和发展,进一步拓宽库区百万移民的安置容量,实现在移民中发展、在发展中移民的开发性移民目标,从而在三峡库区形成与上海浦东产业群遥相呼应的新的产业群,使三峡库区长治久安,移民安居乐业,整个库区经济步入良性循环。

新重庆的发展战略中明确提出,新重庆"成败在移民,兴衰在环保"。整个库区经济的合理布局,移民工作的科学有序,还能够在更大的区域范围内,统一规划,协同防治环境污染,使高污染的工业项目搬离库区,将一些污染较低、劳动密集的工业项目转移到库区,尽可能吸纳移民进厂,离土不离乡;利用重庆大城市的科技力量,增加农业开发中的科技含量,发展科技型、高效益的农业,最大限度地减少由于生存需要对自然植被的破坏。在强有力的组织下实施经济与社会协调和可持续发展战略,将三峡库区建成经济蓬勃发展、生态良性循环、人民安居乐业的生态经济区。

移民迁建是库区区域经济和社会功能的重组和再造,经过多年的试点以及重庆代管两市一地后的积极工作,库区移民工作已基本理清了思路,并探索出多种模式,走出了一条可持续发展的新路子。很多移民已有了自己的很有发展潜力的新家园,一些移民项目也已发挥出效益,并具有较长远的发展能力,整个库区移民工作已开始步入良性轨道。以大城市为中枢的移民组织管理工作,已明确了大的思路,行政管理的力度明显增强,宏观调控的色彩越来越浓。

(《瞭望》1997 年第 11 期,联合报道组撰,作者为报道组成员之一)

重庆直辖一年间

去年春天,八届全国人大五次会议上,人民代表行使神圣权力,把重庆推上直辖市的历史舞台,也将沉重的历史使命赋予她的肩头。

一转眼,又到春天。走进重庆,所见所闻,已经让人感受到这个直辖市一年起步的新变化:三峡工程一期水位移民任务圆满完成;110万农村贫困人口实现脱贫;经济在结构调整中日渐活跃;城市建设更是异彩纷呈——桥多了、路宽了、街亮了,一座座都市广场尽显现代气息……如今,重庆市58位全国人大代表把这些喜人的消息带到北京,向九届全国人大汇报。

令人振奋的消息不仅仅是这些。当我们在采访中了解到重庆人在思维方式、活动方式上的变化,在破解难题中不畏艰难、奋力拼搏的丰富实践,在建设明天时表现出的追求一流的开拓精神,是更为深刻的变化,更让人看到这个新兴直辖市充满生机的未来!

透彻理解中央决策　　全力凝聚党心民心

直辖给重庆带来欣喜和鼓舞。一部分重庆人也幻想上上下下、方方面面的支持,天赐一个一流直辖市;梦想资金如潮而来,高楼拔地而起,弹指间建成一个一流直辖市。但现实打破了幻梦。国家不可能大规模拨钱给重庆;外商没有争先恐后向重庆大笔大笔地投资,而是一次次考察,反反复复论证。重庆并没有一夜之间成为开发的热土。有些人因此心灰气泄。

重庆市市委、市政府领导层十分清醒,明确提出,重庆要健康稳定扎实长期地发展,全市上下就必须透彻理解中央的精神,树立强烈的机遇意识、深刻的责任意识、清醒的差距意识,以此凝聚党心、民心,艰苦奋斗,建设重庆。

在多次市委常委会和市政府常务会上,市领导按照江泽民总书记提出的"努力把重庆建设成为长江上游的经济中心"的要求,认真学习、讨论、全面理解国务院关于设立重庆直辖市的议案及说明。形式多样的报告会以及报纸、电台、电视台等各种新闻媒体,也反复宣传中央设立直辖市的战略思想和重要意义。

冷静战胜浮躁,责任取代喜悦。三大任务——建设长江上游经济中心、完成三峡工程百万移民工作、搞好城市带农村的试验;四大难题——移民、脱贫、老工业基地改造、环境污染,成为全市从上到下谈论最多的话题。重庆人对责任的认识更深刻了:重庆在我国沿海、沿江、中西部地区的交汇点上,理应对 21 世纪全国的发展作出应有的贡献。

纵横比较,差距意识更强了。市党政领导的心头记挂着三个沉甸甸的数字:40 万下岗职工、103 万移民、300 万贫困人口。这是重庆发展道路上必须翻越的三座大山。横向比较,更让重庆人清醒:上海、北京、天津的人均国内生产总值分别比重庆高 5 倍、3 倍、2.9 倍;重庆在直辖市中只有"三个之最"——面积最大、人口最多、经济最穷。重庆人的"软件"差距也很大,思想观念、知识水准、办事能力等与直辖市的要求都有明显差距。

深沉的责任意识、清醒的差距意识,由此铸成的强烈危机感,汇成了冷静下来的重庆人最深刻的机遇意识。重庆的领导者看到了直辖带来的发展机遇:行政升格,重庆可以更自主地调整经济结构和发展布局;经济地位提升,中央和各个方面的政策和投资支持将增加;直辖效应,将吸引外商更多目光;库区移民,将使千里库区扔掉旧的坛坛罐罐,建设新的产业链……但他们担心错失机遇。一位中央领导视察重庆时曾引用邓小平同志在上海叮嘱过他的话:错失机遇的错误无论如何不能犯,错失了机遇就是错过了发展。这番话像一根鞭子,悬在重庆领导者的心头:抓住机遇就赢得发展,错失机遇就永沦落后。对于重庆来说,机遇与失误,发展与落后,只在历史的一瞬间。

认识上的不断升华,使党心凝聚了,民心凝聚了。李鹏总理在重庆直辖市挂牌大会上讲话,代表党中央、国务院要求他们处理好"大重庆"与"小重庆"、"新重庆"与"老重庆"、新建与创造、中央支持及各地支援与自力更生四大关系,使3000万重庆人民进一步统一了思想,踏上新的征程。

决策追求民主科学　政务走向公开透明

　　政权建设的好坏,处理政务水平的高低,决定着一座城市的兴衰。一年来,重庆市的政权建设,有两个鲜明的特点:坚持为人民服务的宗旨,在以"富民为本",按"决策追求民主科学,政务走向公开透明"的原则办事。

　　重庆直辖市第一次党代会、人代会和政协会议将为重庆的起步阶段奠定基石。这三个重要会议之前,市领导反复强调,筹备工作一定要贯彻党的群众路线,认真听取基层意见。为能详细了解民意,从3月30日至4月9日,市委书记张德邻召集各个层面的负责人,分批召开了10次座谈会。针对基层提出的"考虑问题要十分关注重庆贫困面大、人均收入低这一特点"的呼声,重庆市委明确了把"富民为本"作为党代会报告的主题和重庆经济社会发展战略的宗旨。党代会和人代会的主报告初稿出来后,市里立即印发全市43个区市县、市级各部委办局、各民主党派,广泛征求意见。各类反馈意见上千条,报告起草小组逐条研究,其中的真知灼见尽收之中。

　　振兴重庆,关键在党,关键在人。为配备好区市县和市级部门的领导班子,重庆市广泛听取意见,先后请两万多名基层干部参加民主测评,直接听取了一万多名干部的意见。

　　重庆直辖市筹建之初,市委、市政府领导就明确提出,决不能以急于发展为借口,放松对科学决策的追求。重庆曾组织各界力量,开展调查研究,历时3个月,形成了《重庆市经济社会发展战略研究基本思路》以及20个专题报告。但决策者们并不满足,他们担心由于重庆自身的局限,不能把研究置于国际、国内大背景和发展社会主义市场经济的大前提去全面思考,担心搞出一个产业结构趋同、内部联系失调的"新重庆"。因此,市领导又亲赴北京,分3批邀请国内100多位知名各学科专家、学者来渝座谈,借"外脑"进一步理清思路,许多领导倾听专家发言时作了数万字的笔记。

　　在具体工作中同样力求科学、理性。针对扶贫问题,重庆市专门组织30多位专家赴黔江,对其发展重点和难点进行全面调查,形成了"加快黔江发展的基本思路"。科学民主之风鼓舞着社会各界,重庆大学、西南师大等一批高校围绕重庆的发展展开研究,为科学决策提供咨询、论证。

政务是否公开透明,不仅体现行政管理水平,而且直接影响民心的凝聚。在第一次直辖市政府常务会议上,蒲海清市长代表政府全体成员庄严承诺:把心交给 3000 万人民。自那时起,市政府的工作自觉遵循一个原则:遵从人民意愿,让人民清楚,让人民满意。那次会议还当场决定,今后每次政府常务会都邀请记者参加,向社会公开报道,请人民监督。对群众最关心的物价问题,重庆市试行了"价格决策听证会"制度,邀请人大代表、政协委员、群众团体代表、专家、消费者代表、要求调价的单位负责人等多方参加,而且特别强调注意听取低收入阶层的意见。政府公开采购制度、重大项目招投标制度、公司上市专家投票制度等许多制度,也正在实施或制定中。去年底,市里进行交通整顿,少数人抵制甚至闹事。市政府把这件事交给全市人民讨论,赢得市民广泛支持。政府有了"靠山",长了"底气",整顿工作顺利展开。

公开透明得民心。今年初的一项统计表明,重庆市党和政府的威信大大提高。市长公开电话上的投诉比例明显降低,建议、咨询类电话已占一半以上。重庆人的向心力越来越强了。

脚踏实地破解难题　追求卓越力创一流

"新重庆"遇到的难题成堆,只有在破解难题中前进。在起步的一年中,重庆人使出十年磨一剑的韧劲,秉持追求卓越的精神,一步一个脚印,为重庆未来的发展开了个好头。

张德邻一年中三进黔江,考察这块最贫瘠的土地。他组织专家调研形成"加快黔江地区发展的基本思路",牵线搭桥民营企业家"送"进武陵山区,被黔江人民称为开启致富之门的两把"钥匙"。蒲海清亲自联系这个地区的酉阳县,随时了解扶贫工作的进展和存在的问题。

三峡工程大江截流前,重庆市党委、政府、人大、政协的领导纷纷进驻库区,白天,在田间地头与移民拉家常,和搬迁企业负责人谈生产;晚上,召集当地干部研究工作,时常到深夜。在风尘仆仆的领导群体中,市委常委、副市长甘宇平 5 年来 99 次到库区移民第一线。一位投资者担心库区交通不便,市领导当即拍板:拿主城区的地给外来者办厂,税收全部返还库区。重庆市委、市政府去年先后在黔江、万县召开现场办公会,从财税、金融等诸多方面,加大了对贫困山区和库区经济社会发展的扶持力度。

新年伊始,解决职工下岗问题又与移民、脱贫一起,被重庆市列为今年三大攻坚任务。市委书记张德邻饱含深情地说:"工人如果连一个就业岗位都没有,还谈什么富民为本?还谈什么提高人民生活水平?"市委书记掏心窝子的话,引起了干部群众的共鸣。600多名副局级以上领导干部与困难职工结成帮扶对子,教育部门举办了40多个免费技术知识培训班,民营企业也积极吸收下岗职工……正因为有了全市人民的支持,重庆市委、市政府才能充满自信地宣布:今年确保10万下岗职工再就业,力争用3年左右时间将职工下岗比例控制到正常水平。

随着深入基层调研次数的增多,重庆市破解难题的思路逐渐明晰:一方面把支柱产业由原来6个减为汽车摩托车、化工和冶金3个,并重点培育旅游、机电设备、电子信息等6个优势产业;另一面积极探索面向多种所有制开放的新路子,不断优化经济结构,以此增强中心城市综合实力。推进城镇带动战略,把老工业基地改造与库区开发、贫困地区脱贫紧密结合起来,实现城乡各种经济要素的合理配置,加速城乡一体化进程。走开发性移民之路,引导农村移民根据市场需求和自有资源培育主导产业;帮助淹没企业结合搬迁搞好技术改造,使移民"迁得出,安得稳,能致富"。

去年,重庆市国民经济实现了"高增长、低通胀"。全市国内生产总值达到1375亿元,增幅高出全国平均水平2.7个百分点;工业利税总额增长20%以上;长江上游商贸中心建设初见成效,港商李嘉诚投资兴建的大都会广场、法国著名的"家乐福"连锁店去年开张,朝天门市场、重庆钢材市场等成为西南和长江中上游商品集散地。直辖体制加快了边远山区扶贫步伐,龙宝、忠县等5个区市县成建制越过温饱线,110万人口基本解决温饱问题。圆满完成一期水位移民任务后,二期水位移民工作正在紧锣密鼓地开展。

数字托出一个充满活力的新直辖市,身边的变化更真切反映了新直辖市的生机。路宽了,桥多了——滨江路全线贯通,万县、涪陵等5座长江大桥建成通车,黄花园大桥、鹅公岩大桥动工建设,兴建了渝长等3条高速公路,道路交通这个制约重庆的瓶颈正在缓解;城市亮丽了——从造型典雅庄重的人民广场到简明实用的火车站广场,从繁花似锦的珊瑚公园到绿草成茵的沙坪坝艺术广场……

扎扎实实解决眼前难题，事事着眼长远追求一流，直辖后的重庆人，体现出一种大气。

重庆最繁华的解放碑商业区步行街，设计新颖、施工精巧。但很少有人知道，仅铺地面一道工序就有工人自检、工程队检、指挥部检三道关，数万块地砖的铺装合格率达到百分之百。建设者自豪地告诉记者，解放碑的路面 20 年不会"开肠破肚"。一位开发商相中重庆火车站附近一块数百亩的荒地，要出数亿元购买用作修建写字楼，被当地领导婉言谢绝，他们想的是将来建成大都市的重庆，不能只由"水泥森林"组成。记者在这里新落成的珊瑚公园广场上看到，一位老人正带着上小学的孙子，兴致勃勃地指点着那 40 米高的灯柱、3002 颗洁白的水晶球、地上铜钱嵌成的重庆版图以及一览无余、通透亮丽、充满现代意识的花园。

追求一流的重庆人充分展示出全方位开放的心态。不仅向外资开放，还向国内的国有企业和民营企业开放；不仅主城区搞开放，广大的库区更开放。面向多种所有制开放使重庆不断增强发展动力，去年全市社会固定资产投资近 400 亿元，比前一年增长 21.4%。

直辖一年，只是历史的一瞬。破解难题，只是刚刚起步。重庆，我国最年轻的直辖市，依然任重道远！

（新华社 1998 年 3 月 14 日电，与王安、刘亢合撰）

救命药起死　长效药回春

——困难企业蹲点笔记之一

重庆长寿化工总厂 3 年前还是一家亏损 4900 多万元、濒临"死亡"的大型企业。去年企业却奇迹般地实现产品产销量创历史纪录,全年盈利 160 万元。长化厂"起死回生"的秘密在于科学地"服用"两服药:救命药起死,长效药回春。

何为"救命药"? 就是国家的封闭运行贷款政策。长寿化工总厂是我国最早生产合成橡胶的国有企业,全厂共有 8000 多人。主管部门前些年的一项技改决策失误,使企业背上了 4 亿多元的沉重债务。加上改革滞后、管理松散等原因,企业于 1997 年走到了亏损严重、生产资金枯竭、几近停产的边缘。新上任的领导班子全面分析企业的困难和优势后,经多方努力,于 1998年 8 月争取到工商银行重庆市分行的封闭运行贷款。几千万元封闭资金的迅速到位,给极度困难的长化厂注入了一剂"强心针":沉寂的部分机器又隆隆开动起来,企业生产经营很快恢复到原先水平。尝到国家政策扶持甜头的长化厂,目前正积极争取债转股的政策,并已与有关资产管理公司进行了良好的接触。

救命药固然能"起死",但厂长徐增轩另有一番高见:政策扶持只能将企业从死亡边缘拉回来,要使企业真正走出困境,更需要能治本的"长效药"。这就是加快企业改革,加强各项管理,最终建立现代企业制度。

加快企业改革是"长效药"中的"主药"。一是制度创新。近两年来,长化厂先后采取融资租赁、股份制、资产承包等方式,对 13 个二级企业和单位进行改制。电石分厂是长化厂的重要原料生产基地,但产量长期达不到设计能力,亏损较大,职工情绪不稳。总厂在充分论证的基础上,将这个厂的资产租赁承包给分厂职工王顺明经营。曾在电石厂工作了20年的王顺明很快对症下药,进行了一系列改革。两年来,电石厂的电石产量屡创新高,远远超过设计能力,几乎是改革前的两倍,企业一举走出亏损。而总厂为此累计节约开支800多万元。到去年,全厂实行改制的13家二级单位中,已有12家走出困境实现盈利,总厂每年可节约投入上千万元。二是分配改革。从去年开始,全厂将工资总额的40%与企业效益、成本、消耗、质量等挂钩。在销售部门实行以销售利润为基数的工资包干制度,大大提高了销售人员的积极性。三是减人增效。两年来,全厂通过租赁承包、定岗定人等方式,分流了2400多人。长化厂还加强了以"学邯钢,降成本"为核心的企业内部管理,使生产经营成本大幅度下降。

"救命药"和"长效药"的合理搭配,使长寿化工总厂起死回春。实行封闭运行的当年即减亏3010万元。1999年,企业主要产品产销率为105%,在国内市场的份额达40%,全年盈利160万元,企业正逐步走上良性循环的轨道。长寿化工总厂的扭亏实践给人以启示:困难企业在扭亏脱困过程中,既要因厂制宜争取国家政策扶持,更要综合分析自身病因,对症下药,找出治本的长效药方。

（新华社2000年3月20日电,与邱贤成合撰）

困难企业也有"金娃娃"

——困难企业蹲点笔记之二

　　一家负债数亿元、在生死线上挣扎了两三年的困难企业,目前其多种主导产品的市场占有率却在国内市场稳居前茅,产销率达到 105% 。大型困难企业重庆长寿化工总厂的这一有趣现象说明:困难企业也有"金娃娃",关键是看有没有高明的经营者,前去发现和挖掘。

　　没到长寿化工总厂之前,记者已了解到这个厂困难重重:主管部门早年的一项技改决策失误,使企业背上了沉重的包袱,并陷入几近资不抵债的困境,企业千方百计赢来的利润远不够支付银行利息。刚踏上绵延几公里的厂区,也让记者怀疑又见到一条搁浅的"大鲨鱼"。几天下来,当记者在干净的厂区内,在隆隆的机器前,在忙碌的财务室里全面采访后,这家困难企业的独特优势越来越多地展现出来:先看产品,长化厂是 1958 建成投产的生产合成橡胶的厂家,产品包括有机、无机、医药三大类,共 30 多个品种,其中氯丁橡胶、磺胺、氯酸钾等产品的生产能力居全国前茅。再看技术,氯丁橡胶、氯酸盐等的生产技术在全国最先进,有的甚至达到了世界水平。它曾多次与外地一个同类产品生产厂谈判停止价格大战的问题,那个厂提出的条件竟是长化厂的产品每吨必须要比自己高 100 多元,否则两个厂无法公平竞争。再看市场,全国氯丁橡胶年消耗量为 6 万吨左右,而全国仅有两个生产厂家,年总生产能力不到 4 万吨,市场潜力巨大。这个厂的高氯钾、磺胺等产品不仅畅销国内,而且出口 14 个国家和地区。人才优势更为明显,全厂有专业技术职称的人员达 1320 人,其中高中级职称 455 人。

　　最近两年来,长化厂多方努力挖掘"金娃娃",企业也走上了老树生新枝的扭亏脱困历程。去年我国大事喜事多,国内外市场对制作礼花爆竹的原料高氯酸钾需求量大增。长化厂抓住机遇,在半年内即完成两次扩产改造,仅此一项即增加年利润近 200 万元。人才优势的爆发力更是不可估量。长化厂磺胺生产的收成率多年来都属全国落后水平。去年厂里出台技改攻关张榜重奖政策:连续五年将技改新增产值的 15% 奖给攻关科技人员。结果,在科技和生产人员不分昼夜的联合攻关下,磺胺收成率在两个月内一跃达到国内最好水平,每吨磺胺生产成本下降 1000 元。长化厂还充分发挥技术优势,加快用高新技术改造氯丁橡胶等产品的生产工艺,使氯丁橡胶的品种、色泽大为改观,成本也大幅度下降。厂长徐增轩介绍,这两年通过挖掘产品、技术等潜在优势,企业每年增加 3000 万元以上的利润。加上其他综合扭亏脱困措施,这个 1997 年末账面亏损 4900 多万元的企业,去年全年盈利 160 万元。

　　困难企业的潜在"金矿"还有待引起多方关注。长化厂厂长徐增轩告诉记者,由于企业包袱沉重,资金缺乏,长化厂的优势远未发挥出来。有关专家认为,对于富含"金矿"的困难企业,政府部门应该在资金、政策等方面优先扶持。社会资本尤其是民营资本更应关注这类企业,谁能挖掘出这些"富矿",谁就找到了实现"四两拨千斤"的上佳投资途径。

(新华社 2000 年 3 月 21 日电,与邱贤成合撰)

只要人心不散，企业就有希望

——困难企业蹲点笔记之三

　　最近三年，大型国有企业重庆长寿化工总厂一直在困境中挣扎，先后剥离13个二级单位，分流下岗2400多人，最困难时连基本工资也不能按时发放。但全厂没有发生一起工人找厂长"闹事"事件，职工的危机感反而比以前更强，干劲比以前更足。三年前亏损4900多万元的这家企业，去年却盈利100多万元。长化厂普通职工对此的解释是，困难企业只要人心不散，全厂职工同舟共济，就一定能实现扭亏脱困。

　　同舟共济的决心从何而来？一次，记者到磺胺分厂采访他们降成本的经验，不巧厂长生病了，便与一位叫文学明的职工聊了起来。万没想到的是，他居然把全分厂降成本的改革措施、职工的考核标准、工资奖惩政策等等，都讲得头头是道。面对记者的不解，憨厚的文学明告诉我们："随便再拉一个职工来讲，也一样知道这些事。这些也是我们职工应该知道的事。"原来，长化厂坚持在改革中实实在在地发挥职工的主人翁作用，而主人翁作用在这里具体化为四个字：当家理财。

　　先说当家。当家先要知"家底"。长化厂每个职工都有权知道厂里六方面的"家底"：产品营销计划及进度的基本情况；资金运营情况；技术改造及效果；企业发展规划和阶段性目标；工资总额的形成及使用情况；国家的有关政策。这些"家底"不仅在会上传达，有的还印成册子发到职工手上。职工文学明深有体会地说："以前不知厂里的家底，总觉得厂领导在瞎搞。现在对厂里的工作计划和困难都了解后，不仅能理解领导的难处，我们当工人的也知道自己该出什么力了。"

　　长化厂职工"理财"的权力更大。就说职工参与企业算账这事儿吧。一曰算春秋大账。厂里每年的生产计划、物资采购、费用开支及对外投资等,都须经职工代表算账通过后,才能实施。二曰算明细账。大账算定后,各分厂及班组逐级算指标、任务,将细账一直算到个人头上,项项落到实处。三曰算分配收益账。各分厂、班组职工直接参与本单位的成本收益,参与制定分配方案,使每人对干了多少活、创了多少利、该得多少钱,都一清二楚。职工参与理财,直接把厂里降成本等大政方针与职工的积极性结合起来。采访中,记者看到好多分厂的墙上,都写着前一天的产量多少、消耗多少、有哪些工作失误等等。

　　有了同船过渡的决心,工人们的智慧和力量就加倍释放出来。1998 年,几乎山穷水尽的长化厂争取到银行封闭贷款政策,但条件也苛刻得吓人:要求当时亏损 4900 多万元的长化厂,当年封闭运行部分实现盈利。一时间,全厂职工在管理、技术革新方面的合理化建议,堆满了厂长的办公桌。一些职工在签订经营目标责任书时激动地说:"厂长,厂子这条大船沉了,大家就都没了活路。我们死也要扶住这条船。"结果一年下来,长化厂封闭运行部分实现盈利 294 万元。

　　厂长徐增轩说起技术改造的事也感动不已。去年初,厂里准备与一所著名大学签订技术创新合作协议,规定新技术新增产值的 20% 归对方,连续提成 10 年。厂里技术人员一听不同意,要求自己干,只提成新增产值的 15% ,时间是 5 年。君子无戏言,磺胺分厂接到提高磺胺收成率这一攻关课题后,从厂长到职工连续一个月吃睡在车间,硬是将磺胺收成率从国内落后水平提高到全国最好水平,每吨节约成本 40% 。全厂职工的"同船过渡",使长化厂在去年一年里完成技术改造 10 多项,氯丁橡胶、电石、氯酸钾等产量都创历史最高水平,全厂经营初步迈入良性循环。

　　　　　　　　　　　　(新华社 2000 年 3 月 22 日电,与邱贤成合撰)

设立直辖市给重庆发展带来重大机遇

——访重庆市委书记贺国强

4 个月前还是改革开放前沿的福建省省长,而今又成了全国最大的直辖市重庆的市委书记。具有较丰富从政经验的贺国强,在经过一系列调查研究之后,对这个最大、最年轻、困难也最多的直辖市已有了一定的认识。建国 50 周年前夕,贺国强针对重庆直辖市的任务、机遇和挑战接受了记者的采访。

1997 年,在八届全国人大五次会议上,重庆被推上了直辖市的历史舞台。对此,曾经投过庄严一票的贺国强,如今作为实践者有了更清醒的认识。

贺国强稍显激动地说,重庆直辖市的设立不是一种简单的行政区划调整,而是我国中西部发展战略的直接产物,是我国改革开放向纵深延伸的结果。这个地理位置特殊、组织结构新颖的大直辖市,是我国政府解决中西部问题的一种探索,它承担着三大任务:建设长江上游经济中心、完成三峡工程百万移民工作、搞好大城市带大农村的试验。

设立直辖给重庆带来了前所未有的发展机遇:行政升格,重庆可以从更高层次上调整经济结构和发展布局;经济地位提升,中央和各个方面的政策和投资支持将增加;直辖效应,将吸引国内及外商更多目光;库区移民,将使千里库区扔掉旧的坛坛罐罐,建设新的产业链条。

但说到这里,贺国强的语调又变得沉重起来。他说,重庆一身兼有"两个现象"和两大独特难题,既有国有企业活力不足的"东北现象",又有以贫困为特征的"西部现象",再加上个独特的库区移民和长江上游生态环境保护问题。

　　贺国强说,在党中央、国务院的正确领导和全国人民的支持下,通过全市人民的共同努力,直辖效应已初步显现出来,国内生产总值连续两年增幅高于全国平均水平,最困难的工业经济出现了恢复性增长的好势头,直辖当年,工业利税总额增长20%以上,今年上半年工业增长12.6%,高出全国3个百分点,以嘉陵摩托为代表的一批名优产品市场占有率大幅度提高,尤其是企业新产品的产值增长23.4%,成为重庆工业的一大亮点。城市面貌发生巨大变化,长江和嘉陵江两岸大片吊脚楼已被具有现代风格的高楼大厦所取代,横跨两江的一座座大桥正在加紧建设,往日狭窄的城市道路也正在拓宽。长江上游商贸中心建设初见成效,一批由国际资本和著名连锁企业开办的大商场陆续开业,解放碑地区已成为西南最大的一条商业街,朝天门市场、重庆钢材市场等成为西南和长江中上游商品集散地。直辖体制加快了边远山区扶贫步伐,已有近两百万农村人口基本解决温饱问题。圆满完成一期水位移民任务后,二期水位移民工作已全面展开。

　　谈及重庆市今后的工作,贺国强谈了三个方面的打算。首先要进一步解放思想、更新观念,抓住一切机遇搞发展,在这方面,地处西部的重庆与东部沿海的发达省份还有相当大的差距,在将"三个有利于"的思想和十五大精神贯穿工作始终方面还做得很不够,在努力扩大对外开放和多种经济形式共同发展上还有很多禁锢。他略带焦虑地说:"邓小平同志曾经说过,丧失机遇的错误无论如何不能犯。而重庆直辖市就面临着这样一个关头,机遇稍纵即逝,抓住了就能乘势而上,抓不住就可能进一步拉大与东部地区及先进省市的差距。当前要以贯彻刚刚闭幕的中共十五届四中全会精神为契机,举全市之力打一场国企改革与发展的攻坚战。"

　　其次要积极探索一条高效的行政管理体制。重庆是一个特殊的直辖市,3000万人口,8万多平方公里,既有大城市又有大农村,既有大工业又有大农业,农村人口占80%,人口、面积和结构都接近于一个中等省份,同省建制比又缺少一个中间管理层,这就给我们的领导方法、工作方法、工作思路带来了新课题,也是中央交给重庆这个独特直辖市的试验内容之一,我们一定要创造性地完成这个课题。

　　第三要大力提高重庆的干部队伍素质,除了对本市的干部要从思想、业务上进行一系列培训,选拔任命更优秀的干部到重要的岗位上来之外,还要加大引进人才的力度,从国内外引进高精尖的人才到重庆来发展。目前尤其要在全市形成高举团结的旗帜、埋头苦干、知难而进、振奋精神抓工作的良好氛围。

展望新世纪,贺国强充满信心地说:"诞生于世纪之交的重庆直辖市,理应为 21 世纪的中国发展作出更大的贡献。"

（新华社 1999 年 9 月 27 日电,与王安合撰）

巴渝有棵梧桐树　引得孔雀西南飞

——"重庆新视点"之一

东南沿海的率先开放,曾引得各地的"孔雀"纷纷飞向东南。但随着我国中西部战略的实施和直辖市的设立,8.2万平方公里的新重庆成了孔雀新的栖息地。

作为我国西南地区最大的工商业重镇,重庆市曾有过人才济济的辉煌历史。但近年来重庆因为经济落后,不仅外地人才不愿来,就连本地原有的人才也纷纷流向东南沿海。到直辖前,3000多万人口中,中专以上的人才只有87万,而各类高精尖人才更是凤毛麟角。

1997年7月,直辖市刚刚挂牌成立,重庆市委书记张德邻就带队赴京招贤纳士,此举得到了团中央、全国青联和中国社科院的积极支持,组织了39人的赴渝"博士生服务团",帮助制定新重庆的各项发展规划。经过一年的实践,翁杰明、杨海波等13名博士主动要求留在了缺乏人才、充满机会的重庆工作。

在西南制药厂工作的黄勇是兰州大学化学系97届毕业生。他告诉记者,原先根本没打算到重庆工作。重庆直辖后,看了重庆把医药化工列为支柱产业,才试着向厂里寄去了一份材料。"没想到厂里非常热情。几次联系后,我也就放弃了去深圳工作的念头,跑到重庆来了。"黄勇说,重庆的条件并不怎么好,但这里需要人才,我能够实现自己的价值。据重庆市教委介绍,重庆市直辖后,和黄勇一样奔着重庆这个大舞台而来的大学毕业生,每年达1万多人,成为重庆市人才流入的主渠道。

去年重庆市委下发了《重庆市引进人才优惠政策的规定》,放开手脚挖掘各种高级人才。据重庆市人事局调配处处长李祖常介绍,尽管财政十分紧张,但市政府每年还是拿出 800 多万元用于高层人才的引进费用,政府每年拨给高级人才的科研经费超过 1000 万元,高层次人才的个人科研成果如果被转化利用可以占有 35% 的股份,并在住房、户口等方面给予特殊优待。重庆市还通过每周两次的人才市场广罗人才,每周进入人才市场的单位达 150 多家,并通过因特网发布人才信息,面向海内外招聘人才。仅市人事局每年就引进高级人才 150 人,相当于直辖前的 4 倍。人事局的工作人员听说在加拿大读博士后的周国庆毕业于西南农业大学,就通过留学人员联谊会,硬是把这位生物工程博士后"挖"了回来,他一人就带来了 9 个项目。

重庆市人事局副局长杜再文说:"重庆的经济条件和东南沿海还有差距,但我们要创造出比东南沿海更好的发展条件,直辖的重庆将敞开大门,为海内外的人才施展抱负、实现价值提供舞台。"

(新华社 1999 年 10 月 2 日电,与令伟家、刘卫宏合撰)

一口"锅"托起一个大产业

——"重庆新视点"之二

一方水土养育出一方独具味道的饮食,潮湿的重庆养育出的是遍布山城的麻辣辣的火锅。而且这一口辣气腾腾的火锅,已开始走向全国,成了一个大产业。

火锅是山城一道永远的风景线。不论严冬酷暑,每到傍晚,很多火锅店都满得背贴背。下班的人们一圈坐定后,叫上些毛肚、血块、青菜等,就着啤酒、饮料,就优哉游哉地"烫"开了。遇上实在挤不过来的时候,他们干脆用铁片将锅汤隔成几份,几伙素不相识的人便在一个锅里烫开了。

重庆是火锅的发源地,但最初只是"船夫街女"的御寒食物。据考证,最原始的火锅出现在 20 世纪初。当时长江和嘉陵江上的船夫,因冬日江风凛冽,露重霜寒,于是就将宰房里的牛羊下水在卤汁中自烫自食。到抗战时期,重庆火锅已出现了"一声长喝,生张熟魏,呼啸而至,开怀大嚼,鼓腹而饮"的盛况。

经过近一个世纪的发展,尤其是到了 80 年代,随着市场多元化和私营经济的崛起,火锅店不仅在数量上遍地开花,而且其品种、器具、口味等方面日臻完善。昔日的"下里巴人"步入了大雅之堂,甚至翻山渡水,成了一味"火"遍全国的美食。

重庆火锅"火"久不衰,除了"百味尽在麻辣中"的独特风味外,更多的是其发展和革新。据重庆市商委的同志介绍,目前重庆火锅的底料已由开始的花椒、辣椒增加到生姜、八角等十几味,菜品从"八大下水"发展到"海陆空"

齐全的上百个菜种,汤汁也适应各地口味,从单一的麻辣味扩大到清汤、红汤以及清红相配的鸳鸯汤等。此外,鱼头火锅、鲜兔火锅、啤酒火锅及自助火锅等"专业火锅"也层出不穷。现在随意走进一家火锅店,东西南北的人都能根据自己的口味"烫"出自己中意的重庆火锅。

虽然在炎炎夏日里光着膀子烫火锅被称为山城一绝,且美其名曰"以火攻火得余凉",但在店家把空调引进火锅店的今天,已经很少有人愿意在街头"得余凉"了。据了解,由于空调、不锈钢餐具等现代设备的介入,重庆火锅档次明显提高,营业额大幅上涨。目前全市火锅店近4万家,从业人员超过10万,年营业额达到20多亿元,占据了全市餐饮业的大半江山。

重庆火锅一把料,但它托起的却是一个大产业。目前火锅底料已实现了农户、基地和企业三位一体的产业化生产,出现了江津花椒、壁山辣椒等近10个生产基地,一年的产值上亿元。重庆江北区一家火锅店的经理给记者算了一笔账:10个人一桌火锅,一般需要50盘肉菜、20瓶水酒,加上餐巾纸和各种调味品,涉及到种植、养殖、加工等近10个产业。据介绍,这家不大的火锅店每年仅辣椒、花椒就要用两大汽车,另外还需要大量的生姜、大蒜、油料等。

重庆火锅香飘全国。目前以"小天鹅"为代表的火锅连锁店已在全国开设了30多家分店,月营业额上百万元。

(新华社1999年10月3日电,与令伟家、刘卫宏合撰)

商厦雄起解放碑

——"重庆新视点"之三

　　解放碑一直是重庆市的象征,但近年解放碑变得越来越"矮"了。在解放碑地区生活了 34 年的余明德老人说:"不是解放碑矮了,而是周围的建筑长得越来越高了。"的确,成为直辖市以后短短两年时间,如雨后春笋般拔地而起的几十家商业大厦,几乎要淹没了这座昔日一柱擎天的解放碑。

　　解放碑原是国民政府修建的"抗战胜利记功碑",1950 年由刘伯承题名定为"人民解放纪念碑"。记者在 1952 年拍摄的一组老照片上看到,当时的解放碑周围建筑凌乱,夹杂着众多的吊脚楼,最高的楼房只有 5 层,解放碑就像擎天柱似的高出一大截。据照片上的文字记载,这座高 27 米的八棱柱建筑,是当时重庆市的"最高建筑"。

　　解放碑地区历来是重庆市的商业中心。余明德老人回忆说:"当时重庆市的主城区只有解放碑这一片,几乎所有的商店都集中在这里。除了友谊、群鹰商场外,农村来的小商小贩和各种地摊挤满了整条街道。那时觉得这里繁华得不得了,如果不来解放碑就等于没进重庆城。"

　　1982 年,重庆市政府当年的头号工程——第一栋高出解放碑的 31 层"商业大厦"破土动工,解放碑"独树一帜"的地位开始松动。

　　1997 年,重庆成为我国第四个直辖市后,解放碑广场作为山城的"客厅",向国人伸出了热情的双臂。当年 12 月 27 日,解放碑中心购物广场竣工,使这一地区原有的商业格局成为历史,一批超级市场、金融大厦、连锁店、写字楼等具有现代气氛的楼宇相继落成。据统计,仅直辖后两年时间,解放碑地区建成和在建的 25 层以上的高层建筑就有 20 多幢。

重庆百货大楼是解放碑地区的"老字号"企业。副总经理郭仁模说,以前解放碑周围的商业,几乎是"重百"一家的天下,但现在却有几十家商场竞争。今天的解放碑地区,除了解放碑还屹立在广场的中心之外,几乎找不出老照片上的一点痕迹:东有中国银行、农业银行、光大银行、外汇管理局、华夏证券公司、阳光证券公司等,西有大都会广场、重庆百货大楼、商业大厦、新世纪百货、友谊商店等,还有正在兴建的时代广场、民族广场、都市广场、世贸中心等商业建筑。在这块仅 2.5 万平方米的土地上,衍生着 200 多家金融和商业单位,年经营额超过 200 亿元。山城人民期待着重庆从这里走向世界,参与世界经济的循环。

（新华社 1999 年 10 月 4 日电,与令伟家、刘卫宏合撰）

乘势扬帆的重庆港

——"重庆新视点"之四

这是一张多么令人激动的水上地图：到 2009 年三峡工程建成后，航道狭窄的川江将变得江阔水深，万吨船队可从上海直达重庆，通江达海的新重庆将真正成为大西南的特大水上枢纽。

重庆朝天门码头在唐代时就是"蜀麻吴盐自古通，万斛之舟行若风"的交通枢纽；此后重庆作为抗日战争的陪都、"三线"建设的大后方，所有这一切都和港口密不可分。重庆港务管理局局长王国光说："重庆 2000 多年的历史就是一部'因舟楫之利'而'兴城建市'的历史。"

但重庆水上航运最大的发展还是在改革开放、尤其是重庆成为直辖市以后。80 年代中期，这个控制着西南地区水上交通枢纽的港口，所用的趸船、吊车，人都是三四十年代国民政府的遗产，装卸货物全靠工人肩挑背磨。与南京、武汉等现代化港口相比显得落后而寒酸。

1983 年，国务院批准重庆为全国经济综合体制改革试点的同时，批准长江航运体制实行"港航分管"改革。重庆港抓住这一机遇，首先开放港口，将服务对象由原来的两家扩大到所有航运公司，并在发展主体业务的同时，向旅游、食宿、客运等多元发展。同时投巨资改善港口设施，从 1985 年至今，重庆港的建设投资达 5 亿多元，接近前 40 年投资的 2 倍。

重庆直辖后，重庆港的旅客每天数以千计，货运直线上升。为充分发挥"门户"和"窗口"作用，重庆市对所辖的 6 大港区，按各自功能进行了全面改造：投资 2 亿多元，将朝天门建成我国内河港口一流的客运旅游售票中心；九龙坡港是西南地区唯一的集装箱码头,目前投资 2 亿多元的二期工程和为三峡工程服务专用码头正在加紧建设;已改造完毕的猫儿沱港区成了云、贵两省出入长江的重要通道;汽车是重庆的三大支柱产业之一,年通过 10 万辆汽车的佛耳岩汽车滚装码头将成为重庆汽车走向全国的大门;为保证万吨级船队可常年到达重庆港,重庆市还规划建设长寿万吨船队编解队、锚泊、后勤基地……

重庆港的客货运量通过能力 10 年间翻了 1 番,客运能力达到 1000 万人次,货运通过能力达到 800 多万吨,港口收入连续 12 年增盈,正朝 2 亿元进军,总资产 10 年增长了 10 倍,现已达到 10 亿元左右。重庆水路可达沿江 7 个省市的 25 个港口,陆路与成渝、襄渝、川黔 3 条铁路干线和四通八达的公路网相连,加上西南最大的航空港呼应,重庆港已真正成了长江上游立体交通的主枢纽。

王国光说,三峡工程建成后,重庆港将成为长江上游最大的优良内河深水港。重庆港将按"长途客运旅游化,短途客运高速化,货物运输大宗化"的方向,迎接新一轮机遇的到来。

（新华社 1999 年 10 月 5 日电,与令伟家、刘卫宏合撰）

山城有支"棒棒军"

——"重庆新视点"之五

在重庆一出火车站,经常会有一群手握竹棒的人围上来,操着重庆方言问你"要不要"。这时你千万别怕,他们是问你要不要服务——帮送行李。他们大多是些进城打工的农民,重庆人称其为"棒棒"。

泰山山高,就有了"挑夫",重庆坡多,自然就需要"棒棒"。手拿一根竹棒,肩搭一团麻绳,眼睛机警地搜寻着服务目标,满街的"棒棒"成了山城重庆的活动招牌。

据重庆市劳动部门介绍,因为山城不能骑自行车,公路又绕着大圈走,直上直下的路虽然近些,但坡却太陡。于是这些进城的农民便成了替市民们"爬坡坡,上坎坎"搬家送东西的好帮手,"棒棒"也因此成了市民日常生活中不可或缺的组成部分。搬运大件,自然离不了口喊整齐号子的"棒棒",就连苗条的山城年轻媳妇们上街买菜,也喜欢叫上一个年轻力壮的"棒棒"紧跟在后面,背筐拎兜送货到门。据估计,目前重庆市区的"棒棒"至少在20万人以上,他们大多来自四川和重庆的郊县,农忙时回家务农,闲下来就进城当"棒棒"。

一些有市场眼光的"棒棒"还赶潮流成立了一个"重庆棒棒军服务有限公司",服务内容包括搬家搬运、装饰装修、货运出租、家电维修、水电安装、管道疏通、家政服务、信息咨询等8大项。这个公司的负责人介绍说,重庆的"棒棒"虽多,但由于整个城市的服务行业水平低,用户与"棒棒"之间缺乏一条有效的联系渠道。棒棒公司的目标是上联千家万户居民,收集他们的用工信息;下接 20 多万"棒棒",给他们提供劳务对象。目前这个公司已与 10 多家单位和 200 多名"棒棒"建立了稳定的业务联系。进入公司的"棒棒",月收入最低 600 元,而且公司还定期对他们进行培训。

有关人士认为,随着重庆立体交通的发展,"棒棒"最终会退出历史舞台。但资深的"棒棒"张元顺却自信地说:"只要棒棒的素质提高了,退到哪个舞台上,都能演出精彩的段子来。"

（新华社 1999 年 10 月 6 日电,与令伟家、刘卫宏合撰）

"长大"的重庆追求"变小"

——"重庆新视点"之六

"蜀道难,难于上青天"。李白 1000 年前写的蜀道,其实更多指的是过去的川东地区,也就是如今的重庆直辖市辖区。直辖后的重庆人,面对着中梁山、大巴山、武陵山和纵横的河川,逢山开路,遇河架桥,执著地追求着自己的"高速"梦。

重庆直辖后,原来的万县、涪陵和黔江纳入直辖市的版图,面积由 2.3 万平方公里扩大到 8.2 万平方公里。从重庆到东北的城口和东南的秀山要 3 天时间,冬季下雪时车辆还无法通行。重庆的空间面积扩大了,但是重庆人想从时间上让它缩小:路修好了,来往的时间短了,"长大"的重庆就能"变小"。

这是一项艰苦卓绝的工程。重庆直辖之初,还有 57 个乡不通公路,很多公路路况差,二级以上的公路仅有 500 多公里。就连很有名气的渝黔路,交通部的一位领导看了之后也半开玩笑地说:"原来竟是一条羊肠小道。"

重庆人在用愚公移山的精神开山修路。直辖两年间,一条条路延伸出去,一座座桥拔地而起。重庆的骨架公路网络规划在直辖后市委常委第一次会议上通过后,立即开始实施。在这个规划中,一条外环路把重庆围起来,放射出 6 条高等级公路,把重庆各个区县连接起来,并与四川、陕西、湖北、湖南、贵州相连。

两年来,重庆到长寿、长寿到涪陵、重庆到合川、万州到梁平、巫山到巴东、重庆到贵州的渝黔路一期工程等公路陆续开工。34 个没有公路的乡通了公路。彭水到涪陵的三级路改造二级路已经完成。投资 45 亿元、全长 75 公里的外环线已具雏形,六车道的北段外环已经建成通车。现在重庆已经在道路建设上投入资金 430 亿元,全市有了近 4000 公里的等级公路、824 公里的水泥路。地处内陆的重庆人渴望大海的心情是很难用语言表达的,但等到渝黔高速公路建成后,可直通广西的北海,"朝发重庆,夕看海潮"已不再是一个梦想。

重庆是著名的山城,道路建设离不开跨江大桥和立交桥的建设。在外环路上,已建、在建或计划修建的立交桥就有 16 座,预计 2002 年之前全部建成通车。高速路上计划修建的立交桥总共有 40 座。去年长江重庆境内又建起 5 座大桥,已经开工的还有 4 座。8 年内重庆将在长江和嘉陵江上建成 22 座大桥。

从重庆市计划会议传来消息说,今年重庆的基本建设投资将达到 272 亿元,而交通建设被列在首位。其中包括 3 条铁路、7 段高速公路、3 个港区改建扩建、6 条城市道路和长江、嘉陵江上的 8 座大桥。

交通局的人士说,重庆的交通将实现"五年变样,八年变畅"。重庆投入 20 亿元在库区长江两岸建设 1700 公里的移民公路,把重庆的 43 个区县全部连接起来。在 2020 年之前,所有的区县将至少有一条二级以上的公路和骨架公路网相连。

(新华社 1999 年 10 月 7 日电,与令伟家、刘卫宏合撰)

大街小巷"渝普"声

——"重庆新视点"之七

早年到过重庆的客人,最近重返山城,最令他们惊讶的不是鳞次栉比的高楼,也不是穿梭如织的车流,而是公共汽车、宾馆和商场的服务员流利的普通话,以及用生硬的"渝普"兜揽生意的街头小贩。

54岁的李明峰是河南平顶山人,他前些年曾在重庆摆过小摊,但因听不懂方言,只好把摊挪回了老家。李明峰说:"那时候,重庆人根本不讲普通话,还嘲笑说普通话的人是'贵州骡子学马叫'。因为听不懂重庆人的'四'和'十',经常在生意场上闹别扭、出洋相。"

1995年,新世纪百货率先实行普通话服务,其后重庆百货也开始推行,然而这一"形象工程"很快就在顾客的嘲讽和反对声中"夭折"了。

重庆人缘何难说普通话,重庆市语言学会副会长李绬仁认为,除了庞大的川东话群体外,长期的盆地意识使重庆人与外界交流很少,导致群众没有讲普通话的需要。

重庆直辖,吸引了越来越多的中外客商,老百姓说普通话的场合越来越多了。一位出租车司机告诉记者,打车的外地人越来越多,再不学普通话要丢掉不少生意。尽管夹杂着不少的重庆方言,但这位司机现在已基本能用普通话与记者交谈。记者发现,目前重庆的港口、车站、宾馆和大型商场里,都能听到略显生硬的"渝普",满口标准重庆话的服务人员已感受到来自单位和顾客的越来越大的压力。新世纪商场有专人负责检查普通话服务情况,并设了顾客监督岗,一经发现服务人员说方言,立即下岗培训。

　　讲普通话对直辖后的公务员来说压力最大。许多领导干部是上了年纪的"老重庆",学普通话的难度更大。但面对众多的外来投资者和经常性的外出考察,讲普通话成了和"一站式办公"同等重要的事情。市人事局等许多机关、部门还给语委打电话,希望加办普通话培训班。教委、团市委等单位在办公室门上贴了醒目的标语:"请讲普通话。"

　　重庆大学材料学院朱子宗博士说,两年前,重庆高校 90% 的老师用四川话讲课,外地新生为此吃尽了苦头,西南政法大学的一位研究生还因此转学离校。现在学校已成了重庆市推广普通话的先行者。从北京来的工商管理学院新生张文禹虽然觉得重庆话说起来新奇好玩,但他还是认为在公共场合说方言是一种不礼貌的行为,满校园的重庆话与一所名牌大学的形象相去甚远。

　　李缵仁说,是否说普通话,体现的是一个地区的文明和开放意识。现在的重庆大街小巷到处都能听到磕磕绊绊的"渝普"声,随着重庆的更大开放,这生硬的"渝普"最终会变成流利的普通话。

（新华社 1999 年 10 月 8 日电,与令伟家、刘卫宏合撰）

山城人的绿色梦

——"重庆新视点"之八

流光溢彩的夜晚,为山城重庆赢得了"睡美人"的芳名,然而在白天,这位美人过去却只有一件钢筋混凝土的灰衣裳,单调、没有生机。但随着重庆的直辖,这位昔日灰头土脸的"山姑娘"一年一个样,开始穿上嫩绿欲滴的外套,攒足劲儿要把自己打扮得像夜晚一样美丽迷人了。

重庆是个老工业城,再加上山城地域狭窄、寸土寸金,规划时几乎没有留下绿化空间。直辖前,重庆的绿地覆盖率只有22%,人均绿地2平方米,几项指标都低于国家城市绿化标准。

重庆直辖后,市政府确定了三年内绿化主城区的目标。5亿多元的投资,画出了重庆市区的绿化轮廓。现在由市中区向沙坪坝、红旗河沟、南坪、杨家坪、石桥铺五个转盘辐射的主干道已像5条绿色飘带,环绕在市区周围。另外15条干道绿化工作也全面展开,7000多株行道树调整、15万平方米绿地整治,珊瑚公园、石门公园、人民广场、沙坪坝广场、嘉陵江广场等数十个公园、广场,把山城装扮得草坪如茵、花团锦簇。

山城百姓是绿化山城的主力军。坡坡坎坎的生活环境,激发出山城百姓的绿化智慧。从两路口到石桥铺,从大坪到袁家岗,佛图关的护坡,临江门的堡坎,凡是想得到的地方,都被爱绿的山城百姓像绣花一样装点了起来。上面是迎春、蔷薇等垂吊植物,下面是常春藤、爬山虎等攀援植物,中间的坡面则全种上绿油油的草皮。重庆市园林处的负责人说,这种乔、灌、草结合、"上垂下吊"的立体绿化网带,是山城百姓的独创,它们能最大限度地发挥有限绿地的生态和景观作用。

　　缺地少绿的重庆市民不断拓展可绿化空间,屋顶也成为山城绿化家族中的新成员。重庆的房屋大多依山而建,层层叠叠、错落有致,山底的楼顶对山腰住户来说就像一片平地,是种花绿化不可多得的好地方。据重庆园林局的同志介绍,屋顶花园建设从今年开始,以后新建的楼房,都要规划屋顶绿化,这将构成山城一道新的绿色风景线。

　　山城人对绿色的渴求,使精明的房地产开发商也意识到了绿化的商业价值。南方花园、龙湖花园、锦绣山庄、加州花园,一个个铺满新绿的住宅小区,成了重庆各个消费档次的人争相入住的好去处。生活好起来的重庆人已把拥有绿地的多少,作为衡量生活质量的主要标志。

　　城绿了,原先不愿出门的重庆人越来越多地走向公园、广场,因为那里少了灰色和灰尘,而多了绿色、花香。

　　园林局的同志还向记者描述了新年的重庆“绿图”:100个花园建成,80万盆时令鲜花上街,主城区的绿化逐步完成并向郊区辐射……

　　　　　　　　　　　　（新华社1999年10月9日电,与令伟家、刘卫宏合撰）

最后的老船长

——"重庆新视点"之九

正是乍暖还寒季节,从滨江路往下一步一个台阶地走上 60 多米,终于靠上了这条孤寂的趸船的边。这是重庆市轮渡公司客运站仅存的一条横渡长江的航线。雾很重,江风有点冷。在轰鸣的马达声中,50 岁的老船长金声像往常一样,握着他摸了 30 年的方向盘,熟练而沉稳地驾驶着 232 号渡轮从市中区的望龙门向南岸区缓缓驶去。

船上只有 14 名乘客,都带着大包小包的货物。家在南岸的丁伟说:"今天买了一台彩电,坐车不方便,就改乘渡船了。"他说,平时都坐车,既快又方便,"现在除了靠近码头附近的人和搬运一些笨重的货物外,已经很少有人再坐船了"。

6 分钟后船靠码头。金声望着稀稀拉拉下船离岸的乘客,眼里流露出深深的怀旧情绪。他心情颇为复杂地说:"20 年前,我开的船还要带上两个小驳船,每班船都不下 1000 人,浩浩荡荡横渡长江。江边比足球场还大的一片沙滩上,等船的人像蚂蚁一样密密麻麻,而在马路边等着坐缆车下到江边的人还排成又宽又长的队伍。"

轮渡在 80 年代以前是重庆公交行业的"老大"。那时连接两江三岸的只有 1966 年修建的一座嘉陵江大桥,大部分居民到市中区都得坐船过江。金声回忆说,当时轮渡客运站有 14 条横渡线,5 分钟发一班船,每年的客运量接近 2000 万人次。客运站副站长郑建华笑着补充说:"那时我们的职工比现在多一倍,年轻职工一说起是轮渡公司的,谈女朋友便俏得很。"

老船长对自己事业的"衰落历程"历历在目：1980 年，长江大桥建成通车；1982 年，我国第一条空中载客索道在嘉陵江上空投入使用，5 年后，长江索道开通；1989 年，嘉陵江上的石门大桥建成通车；1996 年，长江二桥又告竣工……交通结构的改变，使轮渡公司的客运量连年下跌，到现在客船每半小时才渡航一次，而客人往往比船务人员还少，一年下来客运量只有 20 多万，相当于 20 年前的 1%。

"这怪不得谁，桥起来了，坐车比船快，又不拖泥带水，现在连我的妻子都不愿坐船了，更何况别人呢。"一直注意重庆公交状况的老金向我们透了个数字：目前重庆市每天乘车过桥的市民达到 40 万人次，相当于轮渡一年客运量的近两倍。

浓雾在消散，老船长也渐渐地平静了下来，他还和记者开了个玩笑："书上说人类的祖先最早生活在水里，后来才发展到陆地上。轮渡就像人类的原始阶段，这个行当虽然在重庆很快就要消亡了，但这是对一种落后东西的淘汰。我既是轮渡船长，更是重庆市民，重庆的桥多了，所有市民心里都高兴。"

两江环抱的山城重庆需要更多的大桥。令老船长高兴的是在市区和环城线上，又有 5 座大桥正在修建，按照发展规划，主城区两江将在近几年内有 16 座公路桥飞架两岸。

轮渡已不可挽回地走向消亡，但老船长金声还是舍不下他的水上生活。现在重庆轮渡公司已开始规划环城旅游方案，老船长也对未来充满了信心："三峡工程建成后，我们可以大力发展江上旅游。那时我们的老手艺又能派上新用场了。"

（新华社 1999 年 10 月 10 日电，与令伟家、刘卫宏合撰）

一城山水满城灯　数尽夜景看重庆

——"重庆新视点"之十

　　有朋夜临重庆,驱车去机场时便盘算好了接待路线:先去江边渔舫吃鱼,再乘酒兴登楼观景,把一个国色天香的"睡美人"送给他看。一城山水满城灯,数尽夜景看重庆——直辖后的重庆人在外地亲朋面前对此充满了骄傲。

　　重庆群山围抱,长江、嘉陵江碧带缠绕。市中区高耸在两江汇合的小巴山之上,隔江相望的江北区和南岸区也依山而建,高楼大厦错落有致。城在山上,山在水中,两江四岸,山环水绕,在绒绒的黑色夜幕下,天上星、江中水、山上灯交相辉映,美不胜收。

　　山城夜景甲天下。但过去的重庆却仅有单调的"万家灯火"映照夜空,在山城层层叠叠的地势衬托下显得有些特点。直辖前后,重庆从市政照明为主的"光彩工程"到美化市容的"灯饰工程",先后投资4亿多元,启动了1260多个工程,对夜景进行大规模的"美容"。现在当你登上北山的鹅岭瞰胜楼时,只见城市倒映在两江之中:江北、江南是一片灯的汪洋,长江、嘉陵两桥如彩虹横江,江边的珊瑚公园如挂在彩虹上的一个玲珑剔透的玉坠,而远处的石门斜拉桥则像"美人"怀中的巨大竖琴,弹唱着一首不夜城的交响曲……

　　今年63岁的何文学是一位"老重庆",说起旧景点,从观音岩到解放碑,从枇杷山到大礼堂,老人如数家珍。但对于江南江北的大片新亮点,他则显得有些生疏,"发展太快了,我也认不出来了"。老人指着南坪说:"那里5年前还是一片黑灯瞎火,但几年间突突突地冒出了这么多楼房。渔洞那一片,去年还是两眼一抹黑,现在却亮堂堂的。"据重庆市城建局的负责同志介绍,近年来重庆市的发展一天一个样,城市建到哪里,夜景就延伸到哪里。南坪已由几年前的"农村"发展成了重庆市的高新技术开发区,扬子江大酒楼、制药七厂等现代化建筑拔地而起;江北城的夜景也随着这一地区成为重庆"浦东",由星星点灯发展到光山灯海。

巨幅灯饰广告不仅是重庆夜景的大家族,也是各单位争相表演的大舞台。据工商部门介绍,直辖后重庆市的灯饰广告翻了一番,达到 2 亿多元。这些电脑喷绘、装饰精美的广告,构成了夜景中最亮丽也最有活力的一道风景线。

美丽的夜景现在成了重庆旅游业的一张"王牌"、三峡景观的第一道风景线。重庆直辖后,国外游客增加了 10% 以上,国内组团的游客翻了近一番,其中一半多的客人专门看了夜景。据重庆市市政管理局介绍,重庆看夜景的人数两年间增加了近三成,有时一天就近万人,仅门票收入就在 5 万元左右,加上饮食、住宿和娱乐,收入不下 50 万。一些精于此道的旅游公司还在长江上开通了"满江红"游船,每晚载客绕长江和嘉陵江赏景,让客人感受"光移车在路,星动水行舟"的山城夜景。距市中心较远的南岸区政府把"远"也当成了一笔资源来开发,利用南山俯瞰市区的地势,在一个名为"一棵树"的山顶上开辟了新的观景点。在这里,只见 14 公里的长江北岸滨江路就像镶嵌在长江墨绿色衣裙上的花边;刚刚竣工的巨轮型朝天门广场灯火阑珊如起锚待发的"航空母舰";最繁华的解放碑购物广场灯火通明,仿佛能听见喧闹的人声。仅这"一棵树"每年便有上千万元的收益。

重庆的夜市也在明亮的夜晚里日益红火起来。以前的重庆晚 8 点钟左右,街头只有星星点点的路灯,而现在晚 10 点多各商场还灯火辉煌,经营各种小吃、零食的夜市更是热闹非凡。沙坪坝区的王芳小姐告诉记者,许多市民都愿意在晚上边逛街边购物。而据重庆百货公司北碚分公司的统计,晚上 7—10 点之间的营业额与白天营业额基本持平,主城区的一些商场晚间的营业额甚至有超过白天的势头。

（新华社 1999 年 10 月 11 日,与令伟家、刘卫宏合撰）

涪陵搞好企业的政府职能观

——"涪陵现象"调查

地处三峡库区腹心地带的涪陵市,90 年代初期只有一堆破铜烂铁式的企业:弃之可惜,搞活无望。但仅仅经过 5 年时间,这里却迅速涌现出一批机制灵活、成长良好的企业。14 户前身多为作坊式小生产的重点企业,销售收入、利税水平的年均增长率在 30% 以上,其销售收入和税收均占乡以上工业的80% 左右,利润更占到 90% 以上。涪陵市工业企业发展呈现的好势头,其中关键的一条是政府管理部门按照市场规律办事,切实转变职能,变直接干预型为调控型、服务型、监管型,为企业发展创造宽松的外部环境。涪陵大面积搞好国有企业的经验,被业界称为"涪陵现象"。

理性决策——政府的第一职能

一个拥有庞大组织架构的地方政府,其运转的方向和效率如何,是一个地区发展的最重要的软环境。涪陵市政府几年来却有一条始终未变,这就是不断探索政府职能转变的有效途径,逐渐由直接干预型转向调控型、服务型、监管型,在市场经济这个竞技场上,退出球场,当好"裁判"。

重复建设和扩大外延式的投入,既省力又容易出"政绩",对一些地方领导干部而言,往往有很大的诱惑力。相反,转变经济增长方式,走内涵发展的道路,地方政府要有锲而不舍的精神。三峡工程的上马,为涪陵市的经济发展带来了千载难逢的发展机遇。延误了几十年的涪陵市需要一个较快的增长速度,这一点在涪陵市领导层达成了共识。但在增长方式上,政府内部有不同的看法。有的人认为,国家多年来对库区的投入很少,工业基础薄弱,库区不存在重复建设问题,应走大规模的外延式发展道路,依靠国家的巨额投资,发展新的工业项目,在较短时间内实现库区的工业化。但涪陵市的决策者们经过对国际国内市场的认真分析,得出一个清醒的结论:在国家财政有限的今天不可能对一个地区进行无限度的投资,同时如果不提高涪陵市的工业技术水平、管理能力也难以建成一个全新工业体系。涪陵市要发展,仍须将眼睛主要盯在现有工业存量上,通过改革、改组、改造,走内涵发展的道路。这一理性发展思路的确立,使涪陵市一大批曾被视为包袱的企业成了亟待开掘的金山。

1992 年以前,涪陵市基本没有产品上档次、经济成规模的大企业。涪陵市根据自身的资源特点,从 1993 年开始,选择了 11 个重点企业"胚胎",实施以发展重点行业、重点企业、重点产品为方向的"三重"战略,目标是通过三年时间把这些企业改造成为销售收入过亿元、利税超千万元的重点企业集群。1996 年在初步形成了一个小集群的基础上,该市扩大到 19 户企业加以重点扶持,力争到 2000 年有 5 户企业销售收入过 5 亿元,利税超亿元,14 户企业销售收入过 3 亿元,利税超 5000 万元。经过几年的努力,现在这些企业已为涪陵提供了 80% 以上的工业销售收入和税收,还兼并了 16 户困难企业,盘活呆滞资产 3 亿元,吸收债务 2.4 亿元,起到了抓好一批、带动一片的效应。

几年来,涪陵市政府不铺新摊子、上新项目,而是从抓重点企业、发展前景好的企业入手,鼓励优势企业利用库区搬迁的契机进行资产重组,并从资金、政策等方面给予集中支持、倾斜,从众多的小企业中抓出快速扩张的大企业来。起步较晚的涪陵市已经成为我国最大的建筑陶瓷、中药、苎麻、磷铵生产基地之一,烟草业成为涪陵市财政的重要支柱,榨菜生产更是一枝独秀。

协调服务——政府的重要职能

政府不再直接干预企业具体经营,使企业能够根据市场变化自主发展。从具体事务中解脱出来的政府,除了制定宏观发展政策外,另外一项重要的职能便是尽心尽力地为企业发展排忧解难、搞好服务,涪陵市将政府的这一服务职能形象地归纳为"重点企业无小事"。

涪陵市委书记聂卫国在解释时说:涪陵卷烟厂停电一天,就要损失利税100多万元,相当于一个小企业的工人忙乎一年;娃哈哈涪陵有限公司停一天电,就要少生产60万瓶纯净水。

涪陵市政府对重点企业的服务质量到底如何,作为重点企业的老总们最有发言权。娃哈哈涪陵有限公司总经理杨锋对我们讲了这样一个故事:涪陵是个老城区,电网陈旧,有一天在我们任务最紧张的时候,停了两个小时电,客户的货车就堵在厂大院里,不能按时交货。像我们这样的名牌企业信誉损失不起,我们反映到市里,聂书记、胡副市长亲自指示解决,很快就通了电。

涪陵卷烟厂与云南玉溪卷烟厂的成功联营,则更多地折射出涪陵市历届领导抓国有企业的实与诚。1992年时,涪陵卷烟厂还是一个年亏损1240万元的大户,当时玉溪卷烟厂准备在全国10多个企业中选择一个作为联营厂,涪陵市的领导一听说这一信息,便拿出了库区人民的韧劲,死死盯住这一难得的发展机会。当时还是涪陵行署专员的王鸿举带一行官员一年之中五下云南,其中有一次一蹲就是二十多天,千方百计寻找机会与玉烟厂洽谈。玉烟厂派代表到涪烟考察时,涪陵又由政府出面给予其最高礼遇。正是凭着这股子韧劲、这一腔诚心,劣势的涪烟厂最终争到了市场"入场券"。现在涪烟已成为涪陵市的第一利税大户,年创利税4亿多元。

为了让企业家安心地为企业的发展贡献心力,市政府全心全意地服务于企业家们。涪陵的企业起步晚,直到1992年时,全市能真正称得上企业家的经营者还几乎没有,因此,对这几年从激烈的市场竞争中冲杀出来的一批中青年企业家,涪陵市上上下下都爱护备至。为了将保护企业家的利益、调动企业家积极性的措施真正落到实处,涪陵市规定:调查企业家的问题必须经市委常委会批准,对优秀企业家实行重奖,奖金由市财政支付,不给企业家造成与职工的对立。并制定一条纪律性规定,任何一个企业家必须独自领取奖金,不准搞奖金大锅饭。正是由于政府创造了激励优秀企业的氛围,到目前为止,这十几个企业家没有一个因改革而中箭落马,半途而废,没有一个心思不用在如何使企业进一步发展上。涪陵建陶总经理薛中建,因性格耿直得罪了一些人,社会上曾传出一些流言蜚语,代市长姚健全一句平常的话便让他又将一颗心扑到了厂子里:"老薛,市里相信你,建陶离不开你。"现在涪陵建陶的国家股已全部出售,成为全国第一个国家股全部退出的上市公司,已受聘为新股份公司总经理的薛中建动情地说:我现在的"老板"变了,但我仍是涪陵的企业家,仍要为涪陵市的财政多作贡献。涪陵苎麻厂厂长徐道生的爱人车祸受伤,市里一位主要领导亲自赶到重庆联系最好的脑外科医生,并下"令"徐道生放下厂里工作专心照顾爱人。这位祖籍山东的大汉感激地说:"有这样的领导,我徐道生不把苎麻厂搞成全国第一,我就不是条山东汉子!"现在这个曾在全国同行业位居40多位的企业,已被徐道生与他的一班人建成了排全国同行业第2位的生机勃勃的大型企业。

　　到涪陵采访,最深的感触是,几届政府搞国企的主要招法,几乎同出一辙,没有什么"新闻"。几届班子一个调,不贪图政绩花哨,不追求轰动效应,一步一个脚印,扎扎实实为重点企业搞好服务、出谋划策。

严格监管——政府的特殊职能

　　企业进入市场,政府转变职能,但这并不意味着政府对国有企业撒手不管。保证国有资产的保值增值,建立一套适合市场经济需要的国有企业监管体制,是涪陵市作为政府职能转变的又一新探索。

　　为了加强对重点企业的监管,市经贸委深入到各重点企业中,总结典型经验,在全市企业中推广。涪烟厂的"立体管理"模式,太极集团的"依靠科技、强化销售、壮大发展"对其他重点企业起到了重要的借鉴作用。经贸委还组织各方面专家及时对重点企业进行会诊,帮助重点企业的负责人找到发展中的隐患,并对重点企业的发展、效益、管理和安全状况进行严格考核。在此基础上,经过几年摸索,涪陵市已形成了有上千个条目的评价企业指标体系和《涪陵市工业企业管理规范》,使政府对企业的管理有了规范性的操作办法。

　　1996年,涪陵市政府第二号令将对优秀企业家的市长奖励基金作了调整,奖金最低3万元,根据经营业绩按档次奖励,上不封顶,奖金当年只兑现70%,其余30%作为风险抵押金,企业管理水平下降和效益下滑,要扣掉风险抵押金。这一制度的执行相当严格,去年便有几名在当地赫赫有名的企业家,因管理不到位被扣掉了部分奖金。实行重奖制的同时,涪陵还从1994年开始在重点企业试行了厂长经理年薪制。年薪收入由基薪和风险收入两部分组成,年薪标准由企业董事会或政府授权的部门依据企业经营规模、经营效益提高程度和资产保值增值状况确定,其中特别强调要将国有资产的保值增值作为重要的考核内容。

自涪陵市实行重点发展战略以来,全市国有资产年平均增值率达到10%以上,19户重点企业达到30%左右。对一些有利于国有资产保值增值的新事物,涪陵市均本着改革的精神予以积极支持。如市里为了支持优势企业对劣势企业的兼并,专门划出2000万元专项基金用于政策支持,使大批低质量的国有资产"加盟"优势企业,发挥更大效益。

有效的监管使涪陵国有资产的蛋糕越做越大,质量也越来越高。

编后:搞活国有经济,深化国有企业改革,其中一个核心的问题就是转变政府职能,实现政企分开,使企业真正成为市场主体和法人实体。按照这个原则目前一些地方政府正在重新审视自己扮演的角色,规范自己的行为,遵循市场法规,退出球场,当好"裁判"。

本篇文章介绍了涪陵市政府在市场经济转型中的有益尝试。它们把对企业的控制权还给企业,把工作重点放在服务上,集中精力为企业的改革和发展分忧排难,创造宽松的外部环境;它们正确把握放与管的辩证法,不是一放了之,而是积极采用参与式管理,帮助企业建立一套适合市场经济需要的监管体制;它们关注的中心不仅仅是提供简单的服务,而是向企业提供催化剂。

涪陵市政府的行动不是来自规章条文,而是来自自己的目标和使命。我们应该像涪陵市政府一样明确,企业是市场活动的主体,政府只是经济发展的指导者、推进者。如果说,现代企业是现代中国的事业,服务于企业,则是现代政府的事业。

(《瞭望》1998年第16期,与王安、刘亢合撰)

机遇再次降临重庆

——关于重庆参与西部大开发的调查与思考

拥有 3000 万人口的重庆,在世纪之交面临着发展的又一个重大机遇:在成立直辖市三年以后,现在又迎来了西部开发的大潮。

1997 年 3 月,作为西部开发前奏的重庆直辖市正式成立。江泽民总书记对其寄予厚望:"努力把重庆建设成为长江上游的经济中心。"江总书记多次强调,实施西部大开发是全国发展的一个大战略,从现在起要作为党和国家的一项重大战略任务,摆到更加突出的位置,要以过去办经济特区的精神,推动西部大开发。深深的期盼,重重的嘱托。可以预见,重庆这个我国新兴的直辖市,在西部大开发中必将发挥更特殊的作用。

明确区域合作开发思想　建设长江上游经济中心

市委书记贺国强谈到重庆参与西部开发的思路时言简意赅:坚持区域合作思想,打通东西南北通道,建设长江上游经济中心,在积极参与西部大开发的过程中,把中央交给重庆直辖市的四件大事办好。

重庆有建成长江上游经济中心的各种条件。从地理位置上看,重庆与湖北、湖南、贵州、四川、陕西五省接壤,区位优势十分突出。经济学家将中国区域发展战略构想分为两种:一为"弯弓搭箭型",弓为东部,弦为西部,箭为长江,箭头是上海,而重庆是箭与弦的交点;二为"H"型,东部和西部为两翼,长江为连接两翼的桥梁,两交点一为上海,一为重庆。独特的地理位置使重庆成为我国沿海战略、长江战略、西部战略的三大战略协调融合的支撑点。

从经济基础上看,重庆是西部工业基础最雄厚、门类最齐全,综合配套能力最强的城市,大中型企业数量和固定资产规模均居全国城市前列。

但重庆并没有把眼睛仅仅盯在自己的优势上。他们在考虑自己的西部发展战略时,响亮地提出了提倡合作性、反对排他性、增强服务性的口号,提出要站在全局的高度、服务西部的高度促进西部联动开发。贺国强认为,西部大开发是中央第三代领导集体在世纪之交作出的战略决策,作为西部唯一的直辖市,重庆应从全国及西部的大局来认识自身的地位、作用和发展道路。

为了更好地发挥重庆直辖市通江达海、带动四方的辐射作用,重庆市正在加紧策划一批具有区域关联度和带动性的大项目,构建一个陆水空立体交通网络。其中总投资 450 亿元,以主城区外环高速为轴心,东出湖北至上海,西连成都,南下贵州、湖南至北海,北经邻水至陕西的"一环四射"高速公路网,格外令人心动。重庆现有成渝、襄渝、川黔三条铁路,即将开工建设渝怀线、遂渝线两条铁路,远期规划还要建设兰渝线,届时重庆枢纽将引出六条铁路干线,在西部绝无仅有。三峡成库后,随着一批汽车滚装码头、集装箱码头和沿江港口的兴建,险峻的川江便成了西南广大地区通江达海的"黄金水道"。重庆江北国际机场二期扩建、万州五桥机场、黔江舟北机场的建设和动工,将使这个世界最大的"城市",拥有布局合理的"空中走廊"。

重庆还致力于强化重庆在西部地区的通信枢纽地位。重点是加快重庆信息港的规划建设,构建重庆与西部及全国主要城市间的信息传输网络,加强重庆与西部的信息联系、与东部的信息沟通,提升重庆信息交换平台的级次,提高信息交换频率。

在西部大开发中,重庆人的目标是争取成为西部地区市场化程度最高、集聚能力最强的城市。为此,重庆一方面加快建立和完善城市交通运输、通信信息、市场中介服务、会务展示服务、休闲娱乐服务等六大现代化服务体系,强化"三中心两枢纽一基地"的综合服务功能,使重庆成为西部地区资金、商品、技术、人才、信息等生产要素的集散中心。另一方面加大城市建设的力度,增强城市的吸引力。规划用 15 年时间,投资近千亿元建设包括十大标志性建筑、十大市政工程在内的几百个项目,将重庆建设成为世界独有的特大型山水园林城市。

拥有大半个三峡库区的重庆,其环保水平的高低,将对占我国国民生产总值40%左右的长江经济带起到制约作用。重庆在自身财力紧张、国家扶持尚未落实的情况下,便向全国人民承诺:给长江沿岸人民一个清洁的三峡水库。为此,他们提出了一个宏大的库区生态重建计划:以大规模营造生态林和治理水土流失为中心,加强库区水利工程建设,加大坡耕地改造、退耕还林和生态农业建设力度,控制水土流失。对主城区和沿江城镇,实施包括污水治理和垃圾处理、主城区大气污染整治等在内的三峡库区环境立体治理系统工程。

利用西部大开发的机遇　解放思想　调整结构

西部的落后,除了历史原因,更重要的原因还在于西部的思想不如东部解放、改革开放的力度不如东部大,从而导致西部各省市区出现一系列结构性的矛盾。

一组数字让重庆人看到了差距。几项主要经济指标均在西部名列前茅的重庆市,人均 GDP 却分别只有天津、北京、上海的 1/3、1/4、1/6;利用外资长期高居西部第一,但一年区区 4 亿多美元,只相当广东的 1/30;农民人均收入大大低于全国平均水平;国有亏损企业亏损面高达 60% 以上,成了全国国企三年脱困最艰难的地区。

差距让人警醒。市长包叙定在多次会议上强调,要用改革推动西部大开发,用改革提高西部大开发的效益。他认为重庆现阶段改革的重要标准就是看是否适应西部大开发的要求,各市级部门要下决心简政放权,把不该管、管不好、管不了的权责放到区县去,推动区县经济的大发展。他还具体指出当前重庆改革的重点是,实施制度创新战略,完善符合重庆市情的高效的直辖市行政管理体制、经济调控体制;实施多元化发展战略,实现经济成分、投资主体、经济增长多元化。

重庆市新任副市长赵公卿对记者详细介绍了重庆结合西部大开发加快改革步伐、调整经济结构的主要思路。他认为重庆改革要抓"三新",用"三新"打通阻碍西部开发的各个关节。首先是探索体制创新。政府应积极探索适应市场经济的运行机制,着力调整政府职能,提高行政和调控经济运行的效能。二是实施技术创新工程,全力推进国有企业技术进步。实施以项目为依托、技术资源共享的产学研相结合的技术创新工程,逐步建立起以企业为主体、社会各方力量积极参与、以技术开发中心为核心的技术创新体系,并建立按市场机制运作的科技担保基金、风险投资基金、中小企业创新基金和风险投资公司。三是政策创新。在遵循国家大政策的前提下,探索一切适合重庆发展的配套政策。重庆对金融政策创新尤为重视,将致力于建设西部资本的流动中心,促进金融资本与重庆巨大的工业存量资本的优化配置,并请求国家支持设立西部发展银行或西部开发基金,专为西部建设提供融资服务。

事实上,重庆人的行动已经开始,长期困扰重庆发展的经济结构问题正在逐步得到解决。重庆三次产业结构不断优化,第三产业所占比重增加较快,至今已达到40%左右,位居西部第二;第三产业从业人员比重位居西部第一。在这个国有经济曾占据绝对优势地位的老工业基地,近几年非国有经济也有了长足发展,较大地激发了经济的活力。

构筑西部开放的制高点　　用大开放促大开发

落后的西部要实现跨越式发展,捷径在哪里?谁占领了西部开放的制高点,谁就将成为西部开发中的经济高地。全方位的开放观念已成为重庆人的共识。

1983年重庆正式被辟为有直接对外进出口权的内陆口岸区,重庆还是西部唯一拥有两个国家级开发区的城市,随着重庆经济不断发展,投资环境逐渐改善,利用外资规模逐渐增大,速度明显加快。列世界500强的企业已有26家来渝投资办厂。

改为直辖市后的重庆更成为外商瞩目的投资热点。重庆近几年利用外资直接投资总额一直名列西部前茅,1998年达到4.31亿美元,居西部第一。今年6月8日至10日,重庆将举办"重庆·中国西部开发国际研讨会",请柬发出后,国际反响热烈。联合国经发组织、世界银行、世界货币基金组织、世界粮农组织等对此表现出浓厚兴趣。

重庆还加强与世界跨国公司的对接,使重庆成为跨国公司进军中国西部市场的桥头堡。诺基亚、ABB、爱立信、施格兰、美标等跨国公司相继来渝投资。英国石油公司(BPAMCO)与中国石化集团和重庆市合资的扬子江乙酰化工有限公司,总投资 2.5 亿美元,是英国在中国西部的最大投资。近日,台湾最大的民族企业台塑集团的高层管理人员表示,台塑将在重庆建设新材料工业园区,项目总投资估计将高达 1 亿多美元。

在对内开放方面,重庆已先期做了有益的探索。在三峡库区,由于支援方和受援方遵循市场经济互利互惠的规律,吸引了越来越多的东部沿海优势企业进入三峡库区发展。1992 年至 1998 年,重庆库区共实施对口支援项目 785 个,引入各类资金 45 亿多元。一大批名优企业到重庆库区开展经济技术合作,其中,杭州娃哈哈集团在库区的投资被企业界誉为奇迹。1994 年底,娃哈哈集团兼并重庆涪陵区三家困难小企业,到 1999 年企业已跻身重庆工业企业 50 强,年实现利润超过 4000 万元,职工人均年收入超过 12000 元。四方凤凰栖库区,名优产品荟三峡。现在三峡重庆库区已"娶"来了"娃哈哈"、"常柴"、"格力"、"白猫"、"博华"、"夏利"、"敖东"等几十个名牌产品。吉林西洋参、梅花鹿养殖、天津王朝葡萄、浙江嘉兴银杏等农业产业化项目也相继落户库区。

百业待举的直辖市城区建设也吸引了越来越多的沿海企业巨头。山东鲁能集团提出了"立足重庆,面向西南"的发展战略,他们在重庆挥出的大手笔震惊了整个西南地产界,投资 35 亿元,对地处重庆北部城区 4 平方公里的土地整体开发。重庆鲁能开发(集团)有限公司总经理王鲁铭对记者说,将东部优势企业的品牌、技术、人才、管理等优势与西部地区的市场、政策、资源与劳动力等优势结合起来,就会给双方带来巨大的效益。重庆的北部新城像当年的上海浦东那样充满魅力,鲁能要把重庆作为开发西部的永久性基地来建设,今后还将参与重庆电子信息、生物工程等领域的发展。

上海华谊(集团)公司、上海胶带股份有限公司、康佳集团、三九企业集团等沿海知名企业也都开始在渝兼并办厂。

(《瞭望》2000 年第 11 期,与王安合撰)

"十里长街"安移民

——"三峡重庆库区见闻"之一

库区安置移民,各有各的高招。奉节县安坪乡依长江开公路,充分发挥水陆两运的交通优势,走出了"沿江一条路"的移民安置模式。位于长江南岸的安坪乡,曾是奉节县南部及湖北恩施市出入长江的口岸,在历史上有过商贾云集的繁华,号称"安坪驿站"。后来周边地区纷纷发展快捷灵活的公路运输,安坪人却固守着长江水道,逐渐衰落下去。

三峡移民给安坪提出了一个大难题:这个开发较早的集镇,可供开垦的土地已所剩无几。乡领导认为,安坪的优势和潜力在于交通,农村移民也要紧紧抓住交通不放。乡里决定利用300多万元移民补偿资金,在长江沿岸修建一条公路,实行"江边一条路,路边一排房,房前搞经商,房后种果粮",利用水陆交通的优势来安置移民。

从1994年起,安坪乡就开始修建沿江移民公路。新公路规划修建42公里,串联全乡16个行政村,其中干道30公里,上通云阳县境,下达奉节新县城,联结全乡9个移民村,全乡移民将全部安置在公路两边。

路通财通,沿江公路为当地移民致富创造了好条件。脐橙是当地农民的"摇钱树",但长期以来,脐橙外运主要靠农民肩挑背扛。落后的交通,常使当地农民增产不增收。随着公路的开通,一批批外地客商走进了大山,一车车优质脐橙从大山深处运到安坪,再乘船走向全国各地。从此,这里的脐橙种植面积迅速扩大,成了当地移民的主要产业。

昔日冷落的"安坪驿站"又繁华起来了。过去安坪仅靠长江航运,交通方式单一,缺乏灵活快捷的公路运输相配套,致使沿江而来的外地货物运不进,境内丰富的农产品运不出,"黄金水道"并没有发挥多大作用。如今移民出了家门,只要一招手,就可以坐上汽车。来来往往的车辆和旅客,成了居住在公路两边的移民的财源。年轻人买来了汽车,在奉节、云阳之间搞运输,妇女老人开起了一间间饭店、商店,没本钱搞买卖的移民也到码头当上了搬运工。

目前已有 90 户移民在沿江公路旁安家落户。安坪乡乡长自信地说:"三峡成库后,长江'黄金水道'的地位将更加突出,再加上机动灵活的公路,未来的安坪一定会重新成为奉节南部的商品集散地。"

（新华社 1999 年 10 月 20 日电,与刘亢、令伟家合撰）

"神龙见尾不见首"

——"三峡重庆库区见闻"之二

过去只顾生产不问市场的库区农民,如今也开始尝试着搞起产业化经营来,设公司,建基地,带农户。云阳县的羊农们更叫绝,竟把"龙头"伸到了几千里外的广东省。

云阳多山,有221万亩草场,加上温和湿润的气候,很早以前就赢得了"要看牡丹上洛阳,要品羊肉下云阳"的美誉。但过去云阳人养羊,无非是搞点油盐钱,攒上一圈粪而已。

为了使山羊养殖成为云阳县的支柱产业,从1989年起,县里在龙坝镇云峰山开发出2万亩草场,建立了全县第一个山羊科学养殖试验基地;接着又投入支农周转金和扶贫贷款250万元,相继开发出票草、桑坪、黄石、云峰、龙角等15个山羊养殖基地。全县2万多个养羊户归到各基地"旗下",由基地向农户提供羊种和技术服务。

羊越养越多,但靠羊农一群群地赶到城里去卖显然不现实。为此,从1993年起,各个山羊基地先后成立了养羊协会,县里又成立了统一的"云阳县畜牧总公司",总公司下连票草乡畜禽发展有限公司、桑坪镇川陕鄂羊业交易中心等近10个经营实体,统一销售全县的山羊。

去年,云阳县得到一条信息:广东对山羊肉和山羊板皮的需求很大,价格也比云阳高得多。县委书记黄波亲自带队去广东考察,并于同年7月在广东花都市建起了占地400多亩的"云阳山羊销售基地"。基地集山羊暂养、异地育肥、屠宰加工和销售于一体,成了云阳县山羊产业的最大"龙头"。

　　云阳县代县长唐林谈起他们的山羊产业来如数家珍:"这条'龙'可算得神出鬼没,'龙身'、'龙尾'留在秦巴山,'龙头'却伸到了广州、深圳、珠海等繁华的大城市,'播'信息,'布'市场,舞弄得越来越欢实。今年全县有7万多只活羊下广东,'身价'超过2000万元。"

　　　　　　　　　　　　　(新华社1999年10月20日电,与刘亢、令伟家合撰)

"两栖"移民兴集镇

——"三峡重庆库区见闻"之三

移民苏万林几十年的梦想实现了:家里有块地,集上有个店,吃饭花钱两不误。在奉节县万盛乡,还有300多农民同苏万林一样当了"两栖"移民,原本破败的小集镇开始兴旺起来,政府的移民压力也减轻了一半。

三峡成库后,将有大片土地被淹。按国家规定,要保证每个移民有一亩左右新土地,使移民生活水平不下降,但有些地区可垦荒地不足,达不到最低标准,这成了当地政府和移民最头疼的事。万盛乡就碰上了这个难题:移民总数达5500人,能补偿的新土地只有一半多。乡里经过反复摸底,发现不少移民愿意到集镇上做买卖,但又不愿意完全放弃土地,希望搞个"双保险"。乡领导与县移民部门一核计,决定探索一条"两栖"移民的路子:每人只补半亩地做口粮田,同时在集镇商业街划一块地,让移民建房搞商铺。这种安置方案一亮相,立即得到众多移民的欢迎。到今年9月底,清水村已有300多移民同乡政府签订了合同,另外还有朱家、口前等村的800多人也向乡政府提出了申请。乡政府为了方便"两栖"移民的生产经商,还为他们在靠近集镇的地方调好了土地。

"两栖"移民的涌入,为万盛乡由小场子发展成小集镇提供了机会。原来的万盛乡所在地属二期水位淹没区,除了一个行政村,就只有"两个院子一个社"(乡党委、政府大院和乡供销社);街道又窄又短,逢集赶场,四邻八乡的山货挤破了街,找不到个像样的门面。迁建后的万盛新集镇增加了很多居民,街上的商业味道越来越浓了。新镇面积由过去的40亩扩大到300亩,居住人口由300多人规划到3000人。镇上除一条行政街外,还专门辟出两条15米宽的移民商业街,修建两个各占地1000平方米的大型农贸市场。乡党委书记马发诚说:"农民要致富,必须编一张以城带乡的大网。小城镇就是这张网上的纽结,它能把大市场搬到农民身边。"

（新华社1999年10月22日电,与刘亢、令伟家合撰）

给库区援建一条"高速公路"

——"三峡重庆库区见闻"之四

眼下对三峡库区的对口支援,已越来越被各地所重视。但给库区支援些什么,各地招数不同,有的赠送汽车,有的援建学校,有的直接送钱。广东对口支援巫山的招数是给巫山援建一条促进经济快速发展的"高速公路"。

巫山人说自己是"穷财主",守着"金碗"饿肚子。虽然境内富有龙须草、蚕桑、中药材、烤烟、旅游景点和各类建筑材料,但由于没有便利的交通、快捷的通信、足够的能源,这些资源一直"养在深闺人未识"。

1993 年,国务院决定由广东省对口支援巫山县。广东省省长朱森林带领有关人员对巫山进行了为期 3 天的全面考察,认为巫山发展工业的条件尚不成熟,决定将支援的重点放在改善巫山的路、信、电等基础设施上,为将来经济的发展打好基础。

巫山县绝大多数农村深居大巴山地,除了长江航运之外,陆上行路难于上青天。广东省交通厅决定投资 1000 万元,打通上达奉节、下至湖北巴东的 93 公里出境道路,目前已投入资金 200 万元,修通道路 30 公里。从 1994 年起至今,广东省每年投入资金 100 万元、低息贷款 500 万元,用于巫山县的邮电设施建设,短短 3 年时间使巫山的装机容量达到 1 万多门,用户超过 8000 户。广东省还先后投入 1000 多万元,为巫山建起了新县城绿豆包变电站、大昌输变电站、静坛峰水电站,把新县城用电纳入了全国大电网,同时解决了巫山县南北两片的农村用电,结束了当地农民点煤油灯的历史。基础设施的改观,将一条经济腾飞的跑道展现在巫山县人的面前。

　　"高速公路"的建成,使巫山丰富的资源迅速畅通起来。广东省先后投入2000万元,与巫山县合作建成了年产8.8万吨的水泥生产线;投入600万元建成了两个页岩砖厂,年生产能力达到1亿坯,产值达1亿元。名牌企业广东"佛陶集团"也与巫山鉴定了投资协议,可望在近期内动工建厂。去年10月,巫山县在广州市召开了"三峡之秋招商会",签订了2亿多元的意向投资项目,目前已有6个项目约1亿元到位实施。

　　"高速公路"的开通,使越来越多的人走进了巫山,人们对这块"风水宝地"有了新的认识。为了开发这里的旅游资源,广东支援巫山400万元,开通了小小三峡环形漂流线。巫山人又在广州召开了巫山旅游景点推荐发布会,吸引沿海及海外的游客纷纷涌向巫山,旅游人数以每年20%的速度递增,今年已超过了120万。目前旅游业已成为巫山县的支柱产业之一,占了全县财政收入的一半以上。

　　为了更好地支援巫山,广东省拿出9000万元作为滚动发展资金,建立了全国第一家对口支援基金会。

　　　　　　　　　　（新华社1999年10月23日电,与刘亢、令伟家合撰）

这里的"首长工程"是移民

——"三峡重庆库区见闻"之五

"移民之事比天大,七个县长六个抓。还有一个在干啥? 修建公路也为它。"当记者在云阳县新县城工地上采访时,一位姓王的工人顺口"吟"出了这首打油诗。同行的县移民局局长杨刚解释道:县政府 7 名正副县长,6 名分担着不同的移民任务,剩下的一位在指挥着移民的配套工程——从新县城到万县市的"云万路"。

"云阳的困难在移民,潜力在移民,优势在移民,出路也在移民。"云阳县代县长唐林对记者详细介绍了这个县的移民工作:"云阳位于三峡库区的腹地,各项淹没指标占了全库区的 13%。为了确保完成这项跨世纪的任务,云阳县决定把移民工作列为县里的'首长工程',从领导班子抓起。"

县委书记黄波、代县长唐林向重庆市立下"军令状":完不成移民任务,就带着辞职报告去见市领导。县里也进行了明确的分工,各个县长如完不成分管的移民任务,也将就地免职。一个由书记和县长挂帅的移民工程"指挥部"就这样产生了,5 名副县长分别负责工交企业、财贸企业、农村移民、科教文卫及新县城建设 5 条线的移民工作。

采访中,记者经常为一些移民故事所感动:今年 6 月起,三峡工程一期水位移民伴随着"火炉城"的炎炎烈日进入攻坚阶段,既挂帅又亲征的书记、县长们冒着 40 多度的酷暑,昼夜奋战,每天工作在 14 个小时以上。书记黄波深入一线水位的乡镇、企业督查移民迁建,在不到一个月的时间里,跑烂了两双皮鞋;代县长唐林父亲病危,家属、医院 5 次来电催促,他才绕道回家,在父亲的病床前看望不到 3 个小时,就含着眼泪又下乡,指导移民工作;7 月,正值长江汛期,副县长刘海清冒着大雨,乘一叶小船在洪峰涌动的长江上来回督查集镇迁建,移民心疼地称他为"只顾移民不顾命"的县长。

上下一心共抓移民,到 9 月底,云阳县已经完成移民投资 1.28 亿元,比去年同期增加 72.4%,超额完成全年投资计划。当月,重庆市移民局局长刘福银带领大批专家验收云阳县一期水位移民工作后说:"这么抓下去一定能保质保量按期完成移民任务。"

（新华社 1999 年 10 月 24 日电,与刘亢、令伟家合撰）

云阳农民有了"第二气象台"

——"三峡重庆库区见闻"之六

农村有句古谚:"金子看成色,种田看天色。"现在改"看天"为收听天气预报的云阳县农民,又有了自己的"第二气象台"——县农村经济信息部。农民通过"收听"市场的"阴晴风雨"安排自己的生产计划,走出了"一种就多,多了就砍"的怪圈。

云阳县是重庆库区的移民大县。过去这个县的农民尝过信息不灵给农民造成巨大损失的苦头。80年代初,全国刮起了一股"兔毛风",县委、政府跟着风向走,号召全县农民大养其兔,结果不到一年,兔毛价格惨跌,农民亏了老本。没隔几年,苎麻价格看好,县上又发动农民拿出良田种苎麻,苎麻长成了却赶上个"熊市",由上一年的七八元一斤跌到几毛钱,蚀本的农民直说得了"麻疯病"。

县农委主任唐树生说:"我们以前也搞市场信息,但坏就坏在一不及时,二不具体分析。所以我们现在不只是搜集信息,更重要的是对信息的分析和整理,不能再跟着感觉走。"

这个思想一确立,市场信息马上显示了它的威力。近年来烟草价格看好,云阳县的农民纷纷大种烟叶。今年初,县农村经济信息部经过对全国市场的调查分析后,得出结论:全国的烟叶市场供大于求,价格将大幅度下跌。他们把这个信息及时传递给农民,乡镇干部、农技人员还跑到一些重点产烟乡镇、种烟大户的家里,给他们详细地讲解"烟草市场气象图",农民信服了,全县的烟叶种植面积锐减。今年秋季烟叶收购价大跌,由于信息准确,云阳县农民减少了损失。

现在收听"农村市场气象预报"成了云阳县多数农民安排生产计划的重要参考。云阳县的田间地坎、荒坡陡谷到处可见龙须草,过去农民只是用它来编草鞋。县农业部门经过对湖北、江西的市场调查后,得知龙须草是高级铜版纸的最好原料,各家纸厂想方设法求购原料。县里立即派人与几家纸厂取得联系,签下了供货意向。回到县里又及时把这发财信息"播放"给农民,现在云阳县农民已利用荒山、地堰等种植了50万亩龙须草,为农民额外增加了一大笔收入。

龙坝镇农民散居在从河滩到几百米高的大山上,山上山下气候差异很大,过去只靠单一种粮糊口养家。信息部帮助这个镇分析了城里的蔬菜市场行情后,确定要抓住城里蔬菜供应的春淡和秋淡做文章,河滩地的菜上市早,正好赶上"春淡",山顶上的菜成熟晚,正好赶上"秋淡",都能卖上好价钱,空下的季节还不耽误种粮食。

从今年起云阳县农村经济信息部又创办了《市场信息》,订了江苏、山东、湖北、四川等省的农村报刊,对各地的信息整理、分析,把得出的结论登在《市场信息》上,推荐给农民。唐树生还准备"搞一台电脑,与权威的信息机构联上网,让农民的劳动得到更高的回报"。

（新华社1999年10月25日电,与刘亢、令伟家合撰）

"镶边"农业一举两得

——"三峡重庆库区见闻"之七

"吃饭找中间,花钱找边边。"由于三峡工程的建设,云阳县的沿江河滩地将被淹没,移民便将一片片荒山和漫坡地改成梯田,并把原先在河滩、荒山上的桑树、龙须草、柚桐等"请"到了田边地埂上,给粮田镶上了一道道"产金吐银"的花边。这里的农民对记者说:"可别小瞧了这些边边坎坎,它可是咱农民的活存折。"

位于三峡库区腹心的云阳县,山多地少。但山多货也多,爬满山坡的龙须草、崖坎沟畔的柚桐和桑树,与云阳农民相伴了上千年。随着现代工业的发展,这些昔日不值什么钱的草木,成了山区农民的"摇钱树、生财草"。

但是,作为三峡工程的库区移民大县,云阳县担负着12万静态移民的重任,过去的荒山荒坡将被大面积开垦成耕地,草木的生存环境越来越小了,农民只好把这些"财神"们请到田边地埂。

秋收后的水平梯田显得有些单调,但地边的"财神"却给它镶上了一围绿色的花边。说起镶边农业的好处来,正在翻地的王永福老汉眉飞色舞:"原先这块田,是一片荒坡,长的都是野生的龙须草,参差不齐。改成梯田后,龙须草栽到了地埂上,还在田边种上了桑树和柚桐,加上地中间的粮食作物,一亩地能顶上原先的两三亩。"同行的工作人员告诉记者,老人这块地的地边、地埂,去年的收入有300多元,今年比这个数字还要高。

对于镶边农业,县农业局长姚海军有着更深一层的见解:"坡地改梯田,农田镶花边,不仅可以节约土地,增加收入,更主要的是它改善了农业生态环境,增强了农业发展后劲。水平梯田的蓄水性能比原先的坡耕地强得多,再用龙须草、柚桐等草木一锁边,原先跑土、跑水、跑肥的'三跑田'变成了保土、保水、保肥的'三保田'。中间粮食有保障,农民收入又增加,一举两得。"

　　据有关部门统计,经过发展"镶边"农业,云阳县的水土流失面积减少了四成,森林覆盖率达到30%以上,去冬今春坡改梯的4万多亩土地,每年可增产粮食370多万公斤,农民增收634万元。

　　　　　　（新华社1999年10月26日电,与刘亢、令伟家合撰）

给生地铺上一层"四色土"

——"三峡重庆库区见闻"之八

一个月前还曾望着那片新开的生地发愁的移民向太沛,可望在即将到来的小春种植前分到 4 亩经过培肥改造的耕地。

记者在三峡重庆库区的巫山县七星山看到,汽车、拖拉机、毛驴和骡子来往运送肥土,这里的移民正在给一片片生地铺上富含多种营养成分的"四色土"。

七星山位于长江支流大宁河流域,山势相对平缓。巫山县决定在这七个山包中进行农业综合开发,开地 5000 亩,造林、栽植优良果木,并集中建三个移民居住点,用来安置周围几个乡镇的 450 户移民。到目前为止,七星山上已开出了 1000 多亩新梯田,但这些生地普遍土层薄、肥力差。从今年 6 月开始,巫山县移民部门又带领七星新村的移民开始"喂地"。

"喂"什么才能使生地在短时间内肥起来?经过农业专家分析,七星村决定把筛选后的煤灰及生活垃圾、细沙、红土与农家肥拌成"四色土",制成喂养土地的"饲料添加剂"。

在工地上,一辆辆汽车来回从巫山县新城运来红土、煤灰,从河边拉来细沙堆在路边;农民赶着毛驴和骡子,把这些肥料一箩筐一箩筐地运到地里。同行的巫山县移民局局长刘道生对记者讲解了这四种土各自的作用:用红土来培厚土层,然后用河沙使土质疏松些,煤灰、生活垃圾富含钾、磷等各种有机质,再加上农家肥,可以改变新开土地的土壤结构,加快土地的熟化过程。今年 11 月 15 日小春作物播种前,要先改出 200 多亩地,分给已迁到移民点定居的 50 户移民，今后几年要将开出的生地全铺上这样的"四色土"。正在培肥的望霞乡望霞村村民钱书龙找来一把铁锨，挖开新铺的"四色土"，记者量了一下，大约有一尺多厚。

移民向太沛对记者说："这地可以种麦子、点豌豆、栽红苕，开始两年的收成比过去的熟地还是要差些，但现在老地还没淹，可以两头种，生活水平不会下降。过几年地会越种越肥，等水一淹上来，也就能接上茬了。"

站在七星山头，只见一些动作快的移民已在新地上栽了桃、李、杏等果木。刘道生告诉记者：七星村已被国家确定为库区第一个采用滴灌发展高效农业的示范点。好土加滴灌，昔日荒芜的七星山不久将会变成库区的米粮川、花果山。

（新华社 1999 年 10 月 27 日电，与刘亢、令伟家合撰）

脐橙树登上"177"高地

——"三峡重庆库区见闻"之九

优质脐橙是奉节县农民致富的"黄金果"。随着三峡工程的不断推进,如今这里沿江的大片脐橙树已登上"177"高地,再为移民创财富。

以奉节为中心的几百里沿江地带,其潮湿温和的气候和略带酸性的土壤,为富含多种营养成分的脐橙提供了最好的栖息地,仅奉节一个县便有20万农民靠脐橙致了富。由于建成后的三峡水库水位线为175米,再加上2米的风浪浸没影响,很多处在河坝和低山的脐橙将要被淹。三峡工程开工建设以来,各移民村的农民便开始将一株株"摇钱树"搬上177米以上的高地。目前,全县一期水位的移民已在高地上移栽和新植了1800多亩脐橙树,随着二、三期移民工作的开展,奉节县还将有更多的脐橙树上山。

万盛乡清水村是长江支流朱衣河的淹没区。记者在半山腰遇到正张罗盖新房的农民苏万金,他指着从河边到山坡上的一大片脐橙树说:"我们村是二期水位,全村要淹七八百亩耕地,大部分是脐橙树。过去有人说脐橙树'晕高'上不了山,后来在农技人员的指导下,我们在山上试栽了百八十亩,已经挂果了。现在村里已用移民资金新开了400多亩地,今年将全部新栽上脐橙树。以后还要开地,把低坡上的脐橙树都搬上山。"

谈到为什么要让脐橙树与移民一起搬家,这位58岁的农民给记者算了一笔账:"脐橙虽然比普通柑橘难侍候,但价格要高出1倍多,每斤能卖一元三四。到了丰产期,每亩能产四五千斤,就是五六千元。怎能只顾自己搬家,却把摇钱树抛到水里不管?"

县委书记刘本荣对记者说:"农民搬迁开出新土地后,不能算万事大吉,还要解决一个种什么、栽什么的问题。脐橙作为一种高效农业品种,一亩地的收入能赶上几亩普通作物,既可使移民致富,又可以扩大移民的安置容量。我们县准备用几年时间,把江边淹没区除老树以外的脐橙树全部搬到177米水位线以上。"

（新华社1999年10月28日电,与刘亢、令伟家合撰）

移民村里的康居工程

——"三峡重庆库区见闻"之十

重庆市巫山县洋河村,人均收入不过2000元出头,但这里的很多农民盖起了一楼一底的砖混楼。一问才知道,这都是新盖的移民房,而且整个"小区"还是请县建委的专家规划设计的。

洋河村是一个有341户农民的大村,其中134户农民的房屋处在三峡水库175米水位线以下,总计需要拆迁1.7万平方米。过去这个村子布局很乱,房子都是随坝就坡,这里挤一栋那里塞一栋,缺乏完整的规划。这次有三分之一以上的户需要搬迁,村里人就核计要好好规划一下,为子孙后代留下个漂漂亮亮的村子。经过村民公议,最后村党支部决定,根据洋河村生产与生活的需要,采取"一片一线"的规划,即在村里选择一块较平的地方,集中建设一个居民小区,方便生活;沿着新修的平湖路,一字排开修建沿江移民房,方便生产。

记者参观了位于胡家湾的移民小区。这个小区共安置67户农民,建筑面积规划1.7万平方米,相当于全村的淹没房屋面积。这里除了有一栋栋规划整齐、风格各异的二层小楼外,最显眼的还是中间预留的一大块空地。村支书郑昌省介绍说,这是将来的公共绿地和运动场,共有1600平方米。整个居民点是按照50年不落后的标准设计的。在离小区较远的地方还专门规划了工业一条街和旅游一条街。

另外67户农民新居则沿着新修的平湖路一字展开。这些房子一方面紧靠公路,可以开设门点,另一方面距耕地较近,便于生产。

　　记者随意走进一栋移民楼。这栋楼上下共有 10 间,主人介绍说,这些包括卧室、客厅、厨房、储藏室等。记者注意到楼房室内楼梯很宽,这是为了方便农民挑东西上下的。

　　谈起房子的造价,移民吴文福说,国家给一部分补偿金,再加上家里的积蓄,基本够用。农民把建房子看作几代人的事,极为重视,因此盖的标准稍高些,相当于城里人的康居工程吧!

　　（新华社 1999 年 10 月 29 日电,与刘元、令伟家合撰）

坚定不移地走开发性移民之路

——三峡重庆库区 5 年移民工作的调查

移民量占三峡库区 85% 以上的渝东山区,百万移民需要重建家园。广大库区正借此良机调整经济结构,完善基础设施,努力建设一个高起点的新经济区。

经过 5 年的艰苦工作,重庆库区共开发土地 8 万多亩,安置农村移民 21000 多人。迁建工矿企业 339 家,一批高起点的搬迁企业已经投产。新建城市的道路网络基本形成,公共设施基本配套。外地的对口支援企业在库区已开花结果,双方互惠互利,道路越走越宽。事实表明,只要坚定地走开发性移民之路,就可以保证三峡工程的顺利实施,千里库区也一定能够建成一个充满活力的新经济区。

给农村移民创造一个不断富裕和进步的发展条件

要使农村移民真正"迁得出,安得稳,能致富",关键是要给移民创造一个不断富裕和进步的发展条件。重庆库区的广大农村,沿着生活安置和生产安置并举,农业开发为主、兼业安置为辅的道路,已经建起了许多可与城市小区媲美的移民新村;围绕荒山开出一片片带状梯田,脐橙、李子、黄桃等经济林木纷纷上山;乡镇企业、个体商业星罗棋布。先期移民的库区,生产条件逐步改善,经济结构初步调整,呈现出一片喜人景象。

重庆库区的一些农业综合开发小区已初见规模。巫山县七星移民新村规划开发面积 5000 亩,拟安置周围 3 个乡镇 450 户移民。现在这个小区已开发土地 1250 亩,植树造林 2000 亩,种植桃、李、梨等优质果树 500 亩。为了改善新开发土地的水利条件,这个小区正在配套建设三峡库区第一个滴灌试点。奉节县欧营移民新村,将安置草堂镇三个村的移民。现已开发梯田 900 亩,改造低产田 400 多亩,建起了一座 1 万方的大蓄水池和大大小小的抗旱池,20 万株红橘幼苗长势良好。

巫山县大昌镇洋河村,属三期水位搬迁村。村党支部发动群众算细账,讲清早搬迁早抓机遇早发展的道理。现在他们已利用移民补偿费,新建康居标准住房两万多平方米,修起了近 7 公里的村级公路,开垦了 300 多亩土地,其中一半以上已栽上了柑橘和桑树。同时,他们还利用移民资金吸引外来资金,正在合作建设一个页岩砖厂。

云阳县故陵村的"三有兼业"安置模式令人耳目一新。这个村有 2000 多名移民,淹没后人均土地只有两分多,而且没有土地开发资源。他们发挥地处交通干道、水码头和乡镇企业基础较好的优势,实施"三有"移民:即一家有一人搞高效农业,一人经商开店,一人进厂做工。现在这个村新建的水泥厂、预制件厂、建筑公司等已吸纳移民 200 多人;移民户住房大都建在公路两边,两层小楼的底层已开起各种各样的门点。村党支部书记谭和平说,移民搬迁使故陵村的经济结构更加合理了。

技改搬迁 + 改组改制 + 对口支援
重庆库区初呈高新工业区形态

重庆库区通过技改搬迁、改组改制和全国各地的对口支援,彻底改造原有企业,建设一批市场适应性强、技术起点高、机制灵活、成长性好的全新企业。现在,重庆库区已有 80 家搬迁新企业正式建成投产,库区的工业结构正在发生巨大变化。

涪陵建筑陶瓷股份有限公司是三峡库区首批移民搬迁企业之一,原来只是一个生产榨菜坛子的小企业。1993 年,企业利用 1380 万元移民补偿资金启动,筹建水晶釉面砖生产线。现在这个项目已正式投产,每年可给厂里带来七八百万元的利润。今年 1 月份,这个公司又改组为上市公司,从股市募集到的资金继续投入技术改造。这个靠移民搬迁振兴的企业,还跨地域兼并了丰都县的 4 个库区搬迁企业,组合建成一个新的陶瓷公司。现在涪陵建陶已成为同行业很有竞争力的生力军。

涪陵太极制药厂、涪陵水泥厂、万州水泥厂、万县飞亚公司、重庆三峡制药厂等大批企业,通过技改搬迁,技术、管理都上了新档次,企业迅速发展,成为当地的支柱企业。

通过全国各地的对口支援,通过与外地名牌企业的嫁接,使重庆库区成了一个新兴的"名牌库",春都、娃哈哈、格力、万家乐、东宝空调、贵州铝厂、江苏维桑等大批名牌企业和产品在重庆库区开花、结果。由于在对口支援中运用了市场手段,互利互惠,这些嫁接企业具备了强大的生命力与扩张力,投资不断增加,新技术、新机制不断引入库区,企业高速成长。

上海白猫有限公司与万县五一日化总公司双方出资成立的白猫(四川)有限公司,以资本为纽带,不搞超出自身能力的兼并;采用现代企业制度和现代企业经营方式,不讲情面;以市场为导向,决不生产积压产品。企业因此得到迅速成长,扩张力越来越强。今年 8 月 29 日,双方再次签约,增资扩股,成立新的白猫(重庆)有限公司,注册资金 7400 万元,总投资将达 1.4 亿元。

编织一张连城结村的大网

实施城市带动农村的发展战略,是重庆直辖市的三大战略任务之一。但这种带动仅靠重庆一个城市是远远不够的,它需要一张由大城市、中等城市、小城镇组成的连城结村的大网。重庆库区正抓住三峡建设这一莫大机遇,搞好城镇网络的搬迁新建工作。

万县、涪陵两个中等城市,老城区的基础设施差,城市功能差,远不能起到以城带乡枢纽站的作用。现在这两个城市均开始了大规模的新城建设。城市道路拓宽,与各区(市、县)的联系干道陆续打通。涪陵、万县、丰都长江大桥相继建成通车,缩短了这两个地区性中心城市与周围地区的距离。加大通讯建设的力度,以最短的时间实现了程控化。水、电、气等市政建设的速度也明显加快。

一期淹没的三个县的新县城,基础设施建设已全面启动。云阳新县城已完成路、水、电、通讯等配套工程,现已开始大规模的房屋搬迁,一批企业和单位已搬进新县城。巫山新县城的主干道已基本建成,正在进行更大范围的基础平整工作。奉节县的新县城也已完成0.8平方公里的小区建设。

　　一批小城镇也将随着移民搬迁而崛起。巫山县培石集镇是重庆库区的首淹集镇。这个过去被称为"十米长街"的破烂集镇,现在已建成有宽阔的道路、有自来水、有电、有程控电话、有闭路电视的新兴集镇。奉节县万盛乡为了扩大新集镇的规模,鼓励移民进集镇落户,增加移民安置容量,创造性地提出了"两栖"移民的新思路。对愿意到集镇经商的移民,可以在集镇中无偿划拨一块土地给其建商住楼,另外就近给每人5分土地用于种植业。

　　从明年开始,三峡重庆库区的移民任务更加繁重。为了这举世瞩目的伟大工程,年轻的直辖市将义不容辞地负起这既沉重又光荣的责任。

（新华社 1999 年 10 月 30 日电,与刘亢、令伟家合撰）

正气·正义·天理

——渝湘鄂系列持枪杀人抢劫案主谋张君落网记

曾经纠集数十人,拥枪数十条,作恶数省市,历时8年犯案十余起,杀死、杀伤近50人,抢劫现金、首饰价值600多万元;曾经自命不凡,定期拉着团伙成员苦练各种犯罪技能,公然叫嚣与警方斗狠;曾经狡诈如狐,屡屡逃脱警方追捕的渝湘鄂系列持枪杀人抢劫案主谋张君,于9月19日,在其曾犯下5起重案的重庆市,被警方一举擒获。

在抓捕现场,长期狂妄的张君终于低下了头:"重庆警方太厉害了,连0.1秒自杀的时间也不给我。"

其实,张君只说对了一点,他的确输给了警方,但他更是输给了6个亘古不变的大字:正气、正义、天理!

正 气

不少犯罪分子认为:好人怕坏人,守法公民怕犯罪团伙。这也成为他们疯狂作案时的心理支柱。但在警方破获张君犯罪团伙的过程中,却始终伴随着刚烈的重庆市民如雷的呼声:"怕他个龟儿子!与警察一起抓他!"

从1994年11月23日,张君及其同伙在重庆犯下第一件命案开始,重庆警方就成立了专案组开始侦查。近6年的时间里,各界群众通过信访、打电话、向110和当地派出所报警等方式,主动向警方提供线索上万条,有的线索直接为破案提供了关键性的帮助。警方还利用大量的线索连带破获了若干起刑事案件。

今年6月19日,张君一伙抢劫重庆某银行储蓄所运款员后,打死两人、打伤两人,抢走14万多元,酿成"6·19"血案,更进一步激起了人民群众的愤恨。专案组也加大了群访的力度,通过对驾驶员的调查访问,以及走访普通市民或群众主动提供,获悉了688条线索,其中重点线索163条。

一个市民深夜发现两个类似张君犯罪团伙成员的人,主动带路去抓捕。有一个目击证人在公安局做完笔录出来时,看到一个可疑的人,便跟踪到其落脚点,然后马上向警方报告。警方考虑其安全,让其秘密指认,但他却毫无惧色地直接带人到现场指认。有一天凌晨4点多,一中年市民觉得他认识的几个人行踪诡秘,还回想起他们曾隐隐约约说过要抢银行,于是便冒着暴雨到专案组报案。渝中区副区长王福清听到一个市民谈到一个线索,便马上将其带到专案组反映。排查出租车时,为了防止遗漏,一辆车有时会屡次受到盘查,但司机们毫无怨言。他们说,只要能抓住案犯,我们无条件支持。

"6·19"案发地附近一小食店女老板最勇敢、最令人感动。当时她曾受到暴虐歹徒的持枪威胁,将歹徒看了个真切。后来,这个女老板放下店里的生意,连续数次到专案组指挥部协助刻画歹徒的模拟画像,使警方得以尽快发出有案犯画像的通缉令。此后,公安机关每抓获一个嫌疑人员,她都要放下生意去帮助辨认。有一天,她在渝中区观音岩发现一个头戴棒球帽的人很像歹徒陈世清,这个曾受过死亡威胁的弱女子毅然暗中跟踪,并在寻机给公安机关打电话后继续跟踪。

"6·19"案发时,重庆市商业储运公司几名司机正在附近,目睹了张君等歹徒枪杀出租车司机的暴行。公司领导得知这一情况,便决定,只要公安机关需要,随时配合,并相应调整这几名司机的工作。这几名司机提供了案犯形象,协助分析现场案犯人数、枪支情况和出租车司机与案犯的关系,公安机关据此得出的结论与张君被捕后的交代完全吻合。

一些在外地工作的重庆籍人或者到重庆的外地人也积极提供线索。有一个广州客商在重庆火车站准备返回时,发现两个人有点像张君和陈世清,他马上把电话打到了重庆市公安局。

人间正气,大道行之!警民共同编织了一张捕捉张君等恶魔的罗网,他们注定是插翅难飞。

正　义

一切邪恶的力量总是心存侥幸,高估自己与正义力量对抗的实力。以张君为首的这一破坏力极强的暴力犯罪团伙,也正是在使出浑身解数,与我专政力量经过数载较量后,最终碰得头破血流,输得心服口服的。

张君团伙是名副其实的江洋大盗。张君对其团伙的自我吹嘘是:团伙规模一流,综合犯罪能力、尤其是主犯的个人犯罪能力在全国数一数二。公安部门评价说,张君团伙是新中国成立以来,犯罪手段最老辣、对社会造成危害最大的暴力犯罪团伙。

先说其狡诈。据警方介绍,张君自己办有 7 张假身份证,在所活动的几个城市都发展有多个死心塌地任其驱使的情妇,还发展有不少同伙和关系人。他说自己总是谋定而后动,每次作案要花七成以上精力用在踩点、研究撤退计划、制定对付警方事后追捕的方案上,作案后,立即星散各地。这些都使他们屡屡逃脱法网。

再说其凶悍。张君及其同伙买了大量枪支弹药,犯下的均是涉枪大案。他每年都要定期将骨干成员拉到深山老林搞训练,对新入伙的成员,他也要逼其杀人,背上命案,使其死心塌地卖命。对产生异心的同伙,他更是心狠手辣,立即铲除。

然而,再狡猾的狐狸、再凶残的豺狼,也照样斗不过好猎手。

近 6 年来,重庆警方专案组进行了大量深入细致的基础和技术工作。他们下四川、赴湖南寻找线索,几次到云南、广西、福建等地查找枪支的购买通道和黄金的销售渠道。仅今年"6·19"案发后,重庆警方便在短短的几个月时间内,在全市排查常住和暂住人口 150 多万人,在 6263 台出租车驾驶员中进行了拉网式调查。他们还利用全自动指纹识别系统,比对指纹 230 多万组。

从"茫茫大海"中,警方"捞"出了一条条极其重要的线索。"6·19"案前,侦察已指向案犯:一正在服刑的犯人供述,其前妻严敏曾与一个叫江平的湖南人姘居,这个湖南人身上可能有枪。而这个湖南人后来又抛弃了严敏,与另外一个女人结了婚。警方经过周密的分析,认为这个湖南人可能与此前的一系列重大持枪杀人抢劫案有关。遂决定周密布控。湖南常德"9·1"大案发生后，重庆警方马上判断这是渝湘鄂系列案的继续，重庆刑警第二天中午即赶到常德，经过分析，决定并案侦查。通过大量的信息沟通，两地警方确认，"9·1"案与此前重庆的5起大案均为一伙人所为，涪陵的江平有重大嫌疑！

9月13日，李泽军交代有一叫"娟子"的女子跟张君关系好，且已怀孕，在涪陵见过一次。在此基础上，重庆警方又经过两天时间，确认"娟子"即是重庆涪陵区福利院职工杨明燕，化名江平的湖南人又化名龙海力已与其结婚。龙海力就是张君！根据这条重要线索，重庆警方又展开了进一步排查，陆续发现了张君在重庆的其余关系人，并对其进行了全面布控。

警方分析，重庆是张君成立团伙以来重点经营的据点，有着多处窝点，便于其躲藏，狡猾又敢于冒险的张君很可能再来重庆。督办这一大案的公安部领导根据案侦工作进展情况的分析，当即做出决策，将围捕匪首张君的主战场转移到重庆，并且派出两个局的领导亲临重庆，与重庆市公安负责人共同指挥。

至此，一张密不透风的正义之网已在重庆张开，只等张君自投罗网！

张君仓皇逃出湖南，在广州短暂停留几个小时后，果然冒险来到了重庆，并直扑其在涪陵的"家"。重庆市委常委、市公安局局长陈邦国等几十人从9月13日起神秘"失踪"了6天，将指挥部摆到了离重庆主城区100多公里的涪陵区。布控几天后，仍不见张君踪影，指挥部决定秘捕杨明燕及张君在涪陵的其他关系人，敲山震虎，引蛇出洞，逼张君与其他关系人联系。张君果然中计，与在主城区的关系人联系，准备钱、物、武器预谋逃离重庆。指挥部准确掌握了其行踪，迅即决定，指挥部移回主城区，张网以待张君。

9月19日晚上8时，正在向重庆市委书记贺国强、市委副书记王鸿举汇报案情的公安部门负责人，又得到一条极其重要的线索：张君即将与其情妇全泓燕在"上次下雨的地方"见面。警方经过对掌握信息的分析，果断决定在渝中区观音岩、南纪门等两个地点严密布控，一举捕获匪首张君及其在重庆的同伙和关系人。

天网恢恢，疏而不漏！被捕后的张君在记者采访时不得不哀叹："我们斗不过警方。"

天　理

　　和平与发展是人类矢志不渝的追求,安居与乐业是百姓亘古不变的向往。与此天理相悖的败类,最终都难逃毁如齑粉的命运!

　　张君一伙一桩桩令人发指的罪行,种种反人性的观念和行为,均极大地违背了文明这个人类共有的天理。且不算其在全国其他地方犯下的罪行,仅在重庆市作下的 5 桩血案,便令人义愤填膺!

　　1994 年 11 月 23 日,张君在江北区农贸市场一公厕内枪杀 1 名进城卖挂面的男子,抢走现金约 6000 元;1995 年 1 月 25 日,与其同伙在渝中区尾随一名从储蓄所取款的包工头,将其打死后抢走现金 5 万元;1995 年 12 月 22 日,在沙坪坝区友谊商店抢走价值 60 多万元的黄金首饰,并向拥挤的人群开了 6 枪,当场打死商场员工 1 人,打伤顾客两人;1996 年 12 月 25 日,在上海第一百货商店重庆分店抢劫价值 70 万元黄金首饰,枪伤 3 人;2000 年 6 月 19 日,在渝中区陕西路抢劫某银行运款员,当场打死 1 名女出纳和 1 名出租车司机,打伤两名押款保安,抢得 14 万元……

　　以张君为首的持枪杀人抢劫团伙,其人性的泯灭还表现在极端的利己主义、残忍与道德沦丧上。张君 1994 年在云南边境买到了第一支枪,这个杀人恶魔仅仅为了试一下手中的枪是否灵验,便信手枪杀了两个无辜的青年妇女,他对此的解释是:有时候为了实现自己的计划,杀人是不可避免的。1994 年 11 月,他在重庆作的第一件重案,就是枪杀了一个进城卖面,身上的 6000 元钱每一分都浸着汗水的农民。他对此的解释是:人跟动物一样,我身上没钱了,我要生存,我手上又有枪,就这么简单。他曾经亲手杀死过一个被他误伤的同伙,只因为怕他连累自己,他的解释是:我这个人不讲义气,只讲生存原则,对我有利的我就要做,对我不利的我就要除掉。他在几个地方的多处窝点都有自己的情妇,他的解释是:我每到一个城市都有女人,我对她们没有爱,只是利用,我选她们都是为了我的生存。

　　这就是张君一伙的生存哲学,一种反人类、反道德的生存哲学。然而天理不容,死期至矣!

　　最后的较量只是一个兵不血刃的瞬间——2000 年 9 月 19 日晚 21 时 50

分,山城重庆灯火辉煌。地处观音岩的市外科医院附近路口,一个身着蓝色圆领衫的男子慢慢走过来,确定没人注意后,闪身走向暗处,与在此等候的一个女人小声说了几句话,接过对方手中的旅行包,转身欲走。说时迟那时快,三名便衣刑警闪电一般从暗处飞出,眨眼之间将这名男子扑倒在地。这名男子,正是狡猾狠毒的张君!

此时,张君的右手已抓到腋下子弹上膛的手枪,他身上还携带一枚手榴弹和178发子弹……

当晚,其在重庆的团伙成员和重要关系人共13人也一网归案。警方还缴获了大量枪支弹药。整个抓捕过程,警方未费一枪一弹,未伤一兵一卒。

天理昭昭,逆之者亡!

（新华社2000年9月22日电,与王安、张国圣合撰）

在中国，犯罪团伙早晚要翻船

——重庆日报记者独家采访匪首张君实录

○我承认我失败了

○我这人只讲生存"原则"

○我对杀害了那么多人感到羞愧

时间:2000年9月23日中午11时25分至下午2时20分

地点:市第一看守所讯问室

经过特别允许,记者进入看管森严的市公安局看守所。长时间耐心提问,终于使渝湘鄂系列持枪抢劫杀人案匪首张君开始配合我们的采访,在接受人民审判前,讲述了他的一番不为人知、极端自私、人性泯灭的张君"哲学"。

匪首长达半小时的哭泣

黑白相间条纹短裤、白色无领无袖汗衫,手上、脚上带着镣铐,表情有些呆滞,全没了以往可以想象的匪首"神采"。

在张君的沉默中,我们开始了采访。

记者(以下简称记):张君,我们都出生于农家,有相似的童年和少年经历。我相信在你犯罪初期时,你就是想通过这种犯罪手段过上好的日子,并没有你狡辩的那些所谓想法。你开始犯罪的胆子也没这么大。你是怎么走上今天这条不归路的?

久久不语。突然,张君埋下头,双手抱着脑袋,竟低声哭泣起来。

审讯室里只听得到匪首痛哭的声音。约两分钟后，抽泣声渐渐停止。但转瞬之间，张君继续哭泣，并不时撩起白背心擦眼泪、鼻涕。

审讯警官给他递上纸巾。

记：在破获你的案件的过程中，很多群众积极举报、提供线索，现在重庆老百姓都要求在重庆公审你，你如何看待？

张君停止抽泣。用手擦擦脸，仍未抬头。他接过警官递过的矿泉水，喝了一口，又低头抽泣。

久久等待。时间已过去10多分钟。

记：张君，你能不能像条汉子一样开口说话？

不答。

记：这次栽在重庆警方手中，你认为是你偶然失手还是必然结果？

沉默。

又是15分钟过去，张君在时断时续的抽泣中未说一句话。

警官点上一支烟递给张君。抽了半支后，张君抬起头说：你现在可以问了。

此时，已近中午1时。

"我这人只讲生存'原则'"

张君（以下简称张）：我也不是不想说，你一上来就抓住了我的弱点，讲我小时候的事情，让我一下子想起了很多事。

记：你小时候有什么事？

张：我小时候想参军，当将军领兵百万。

记：我赞赏你小时候的理想。但现在的张君却是一个领着众多匪徒到处滥杀无辜的魔头。

张：我杀人有选择、有目的。

记：你能告诉我你到重庆犯的第一件大案，杀害一个卖面的农民，抢了他6000元钱，你的目的是什么，选择是什么吗？他的每一分钱可都是浸着汗水的！

张：当时我身上没有多少钱，只有一支枪，我要生活，就杀了他，就这么简单。

记：你的意思是为了你自己的所谓生存，就可以任意剥夺别人的生存权？

张：（无言以对）。

记：你连被你误伤的同伙都要杀，你这又是怎么选择的？

张：我杀了他，可以延续我的生命，这不是很简单的道理吗？我这人只讲生存，不讲义气。

记：你在那么多地方有情妇，你对她们是有感情，还是利用？

张：我每到一个城市都有女人，有几个。因为住宾馆开支大，又要查房，不安全。女人嘛，可以给自己提供保护。我对她们没有爱，只是利用。

记：让我来总结一下你的"张君哲学"：凡是有利于张君的就要不择手段地去做，哪怕抢劫、杀人；凡是不利于张君的，就要坚决除掉，哪怕是同伙。

"在中国，任何犯罪团伙早晚都是要翻船的"

记：你们的案子被公安部列为挂牌督办的头号刑事案件。你们这么多年躲过一次又一次搜捕，但现在你和你的同伙纷纷被捉。你认为，这是偶然的计划不周密，还是必然要被抓？

张：如果我带的这帮人继续做下去肯定要出事，我很清楚。我手下的那些人做事能力、反刑侦手段都不够高明，他们没有这些知识。

记：有没有想到这么快就被抓住？

张：有预感，在常德作案时就有一种担心。想离开常德躲一段时间，于是从广州跑到了重庆。

记：想没想过重庆警方会抓到你？

张：我想他们可能知道我在重庆，但我在上清寺、外科医院、中兴路一带都有落脚点，她们身上都有重案、命案。我想先躲在她们家中几个月不出来，等风声松一点再说。反正我已被全国通缉，走到东北，哪怕逃到国外都会被抓了送回来。我怕警方会查到我。我也想到公安可能有我的照片，可能从常德、安乡找了熟人来大街小巷指认我，我很少上街。我想得够细了，但他们（指警方）还是找到了我。其实他们早就把我的关系人布控了。

记：你感觉在中国，以现在的治安状况，还会不会有比你们更高明的犯罪团伙会逃脱法网？

张：在中国，即使再职业化的犯罪团伙，要"做事"，又想长期生存，几乎都是不可能的。可能会一时得手,但最终会被打掉。因素有很多。首先全国公安是一家,信息传递很快,这里出了事,那里几秒钟就知道了。再说警方的技术越来越先进,很多东西我们连想也想不到,我们斗不过警方。我们的人素质水平也不行。

记:你认为在你们这个所谓的"行当"里,还有没有超过你们的水平和能量的? 也就是还有没有破坏力比你们还大的团伙?

张:按团伙论,不好比较。但要用你们说的个人综合犯罪能力比,超过我的不会有几个。

记:你不想对他们劝告几句,让那些像你一样正在犯罪的人尽快收手,向警方投案自首吗?

张:劝不劝告是另一回事。但我要说,在中国的地盘上,任何犯罪团伙早晚都是要翻船的。

记:你们抢劫杀人,那么凶狠,但仍有那么多老百姓不怕你们,积极向警方举报,你怎么看这个问题?

张:可能有人是为了 20 万元的赏金,但肯定也有不少人是真恨我们。无法偿还的一笔笔血债。

记:听说你在被抓前梦见去世的父亲。

张:我知道你的意思,你会说我九泉下的父亲也不原谅我,在召唤我。

记:我想知道你是不是在犯罪的道路上走到一定程度会感到恐惧?

张:被抓那天早晨做了一个很清晰的梦。我梦见去世多年的父亲,音容笑貌很清楚,他喊我"幺娃",我喊他"爹呀"。我走过去跪在他的脚下,哭起来。按常德的风俗,梦见去世的亲人不吉利,果然当晚我就被抓到这里来了。但我不认为我的梦和我被抓有任何联系。

记:我是唯物主义者,我也不相信这个梦就意味着你要被抓。但这个梦至少可以说明两点:一是在人民政权的强大压力下,在警方的层层围堵下,你实际上已经恐惧了,心虚了;二也昭示着你们真的是恶贯满盈,死到临头了。

张:(无言)。

记:你也有孩子,你希望他们将来选择什么样的路子呢?

张:我想我的孩子长大成人后不一定有我这样的想法。他们自己的路自己选择,但我希望他们不管怎样,都要对社会作一点贡献,珍惜自己的生命。

记：走到今天，你是否承认你彻底失败了？

张：（无言点头）。

记：张君，你其实可以输得心服口服。我认为，你主要输给了三个方面：第一个叫正气。单个的群众遇到拿枪的团伙歹徒，也可能会有些害怕，但群众只要真正团结起来对付你们，又岂是你们这些匪徒敢于面对的？你面对着那上万条群众举报线索难道不心惊胆战吗？第二个叫正义。公安是人民政权的柱石，是社会正义的化身，他们的铁拳又岂是你们所能抵挡的？第三个叫天理。任何社会都是崇尚文明和进步、追求安居和乐业的，你们却用极端暴力的手段，以剥夺别人的生命为代价，去满足个人的私欲，这就违背了天理，是注定要灭亡的。

张君凝视着记者久久无言。采访结束时张君说，我对杀了那么多普通老百姓感到羞愧，希望你们在报上给我写一笔。

但无论如何，张君及其同伙，已经对被他们杀害的无辜群众欠下了一笔笔永远也无法偿还的血债。

（《重庆日报》2000 年 9 月 25 日，与陶卫红共同采写）

一个色厉内荏的张君

——来自高墙内的采访报告

公安部挂牌督办的一号大案,纠集十多个亡命徒,横行渝湘鄂等省市长达9年,拥枪38支,子弹近5000发,作案20多起,致死28人,伤人数十,劫得财物价值500多万元,多次在光天化日之下持枪抢劫银行等重地……以暴力犯罪论,张君团伙称得上新中国有史以来之最了。他们犯罪的疯狂,已被全国人民了解和痛恨,但在其疯狂外表下的虚弱和恐惧,却还没有得到充分的揭露。记者为此曾两次进入戒备森严的重庆第一看守所,对恶魔张君及有关干警,进行了长时间的独家采访。

被抓第4天,恶魔曾哀哭半个多小时
让我们先看一段采访笔记。
时间:2000年9月23日11时25分至14时20分
地点:市第一看守所讯问室
干警(简称警):张君,记者想提几个问题,你老实回答。
记者(简称记):张君,今天来采访你,希望你能配合。听说你很喜欢接受采访?
张君(简称张):(穿黑白相间条纹短裤,白色无领无袖汗衫,戴手铐、脚镣,坐在椅子上,看着地下不做声)。
警:张君,听不听得懂?
张:等一会儿。(弄了弄脚镣,低头看了看左右的地面,大约两三分钟后,趴在椅子上开始抽泣)。

记:你哭什么?在想自己这可能不会太长的一生吗?

张:(继续抽泣,擤鼻涕,用汗衫擦鼻涕,低头看左下方,大声抽泣)。

记:现在社会上有一种说法,似乎守法的人怕犯罪的人。但在这一系列案件的侦破过程中,群众纷纷提供线索,很多人还冒着生命危险指认你们,在你被抓后,重庆群众纷纷要求在重庆公审你,你现在是否还认为群众怕你们?

张:(继续抽泣)。

记:栽在重庆警方手里,你服不服气?

张:(重复前面的动作,头靠着双手趴在椅子上)。

记:张君,你作了那么多案,杀了那么多人,还经常吹嘘是一条汉子,为什么连几个问题都不敢面对!

张:(终于抬头)我想抽支烟,我的脑子太乱。

警:(给张君递了一支烟)。

记:如果让你重新选择,你还会不会走上这条反社会、反人类的罪恶道路?

张:(后仰,左右手分拍左右脸,打哈欠,微闭眼睛,低头吐唾沫。稍过片刻,又开始抽泣,鼻头发红,大声抽泣,全身颤抖,泪一直流到下巴)。

记:希望你能平静一下。

张:(用汗衫擤鼻涕)。

警:把问题谈了,想也想不了这么久嘛。

张:(望了警察一眼,叹气,吐唾沫,用警察递过的餐巾纸擦眼睛,微闭眼睛,又叹气。然后开口说话。时间已过去了近40分钟)我流眼泪,是因为我就要死了,我早就知道会有这一天。

记:你想没想到会这么快就被抓住?

张:我有预感。我知道重庆布控严密。而我只能到重庆来,一来因为我们上了公安部的名单,到处都在抓我们,哪里都是警察;二来,我在重庆有不少窝点,可能反而安全些。我准备在这几个人家里住很长一段时间,等事情过了之后再行动。我很谨慎,很少露面,但没想到还是被抓了。

记:你认为你们斗得过警方吗?

张:全国公安是一家,信息交流快,这里的事,那里几分钟就知道了。很多技术,我们连想也想不到。在中国,无论什么性质的暴力犯罪,包括黑社会,可能在一段时间内得逞,但要想长期生存,是不可能的……

开庭前,魔头已经惶惶不可终日

4月15日,张君团伙犯罪案开庭审理第二天,记者又来到第一看守所,采访了市刑侦总队和监管总队的几位领导和监管民警,得到了张君半年来在看守所的详细情况。

实际上,张君是一个既怕死,又要装"好汉",两面性极强的罪犯。

强烈的虚荣心促使他要掩饰自己的本性。他最怕被人瞧不起,在法庭上,还要强打起精神,极力想留下一个"犯罪枭雄"的形象。

但在这次开庭前,魔头虚弱的内心世界已经暴露无遗。

4月13日晚,张君案件开庭前的一夜,张君不无担心地问监管民警:"让我出庭能不能保证我的安全? 围观的人肯定都想打我,他们一人吐一口口水就能把我淹死了。"一句话暴露了张君色厉内荏的内心世界。

14日开庭时,张君面对旁听席上的人群,虚荣心驱使他竭力表现得"镇定自如"。不过他一回到监舍即判若两人,连看守所刘泽伦所长问他吃过饭没有,张君都神思恍惚地想了半天,说:"记不清了。"

事实上,死亡的恐惧一直缠绕着他。从元旦前开始,张君意识到自己的日子不长了,一遇到提审嫌疑犯时,他就会紧张地问:"我是不是要'遭'了?"今年2月,湖南省办案单位前来提讯,张君又陷入将死的悲哀,经常一个人躲在角落里叹气。这个双手沾满血迹的恶魔怕死的丑态暴露无遗。

3月30日,张君接到了起诉书的副本。从那一刻起,他虚弱的本性就表现得淋漓尽致了。监管民警发现,被关押后一直饭量不大的张君吃得更少了。他夜里睡不着觉,整个人变得沉默寡言,往往会出人意料地喘粗气,或是突然说出一句谁都听不懂的话。所里为了不让他胡思乱想,就让他跟别的犯人下象棋,没想到自诩棋艺不低的他,却常常走神,变得不堪一击,惹得下棋对手都嗤笑他。此时的张君已成惊弓之鸟,对末日充满了恐惧。

看守所里,魔头已经服管服教

在长达近半年的监管日子里,张君这个魔头已经彻底脱下了伪装,在监管民警的严格控制之下,服管服教。

在一次次较量中,警方已经看透了张君的本性。监管民警们针对张君的心理特点,专门制订方案,对他进行严格管理,严格依法教育,同时从不说任何侮辱性的话。在这里,张君必须遵守监管的规章制度和在押人员的行为规范,不敢有任何撒野的言行。

面对文明规范的监管,一向标榜不怕死的张君怕了。他怕监规、怕监管民警,甚至在说话时也学会了字斟句酌,生怕自己说错了会遭到监规的惩戒。

14 日庭审时,张君一度在法庭上"表现不好"。当晚,监管总队和看守所领导马上对他进行批评教育,要求张君在整个庭审过程中必须遵守法庭纪律,尊重法官、检察官、辩护人、证人和旁听群众,听从法警的指挥,不得有过分的语言、动作。张君无可奈何地说:"我错了,我没有控制住自己。"说完,他又拿出看家本领,趴在被子上哭起来。

匪首的嚣张、狂妄、自大也在严格的监管中日渐收敛。

刚进看守所时,张君狡辩说自己是迫于生存而犯罪。经过半年多的管教,他承认自己作恶多端,给受害者家庭带来了不幸;承认与国家和人民对抗没有好下场。

4 月 13 日下午,监管总队领导在与张君谈话时问他,你这辈子自认最失败的是什么,张君说,我走错了路,我这个人太贪了,太自私了,只想自己过得好,不管别人活不活。

2000 年 9 月 6 日晚,张君在女儿的一份《儿童计划免疫保险合同书》的背面写下了这样的文字:爸爸最后有二句话,长大后绝不要违法犯罪,要用合法的手段生活。

这个犯下滔天罪行的巨盗,将死之时竟也流露出一点人情。

但自作孽,不得活。正像威严的检察官代表人民发出的控诉所说:不严惩不足以告慰死去的生灵,不严惩不足以匡扶人间的正义,不严惩不足以维护神圣的法律,不严惩不足以保证社会的稳定!

天理不容,死期至矣!

（《重庆日报》2001 年 4 月 22 日,与陶卫红、高琪合撰）

发展体制环境的重大变化

——重庆市初步建立社会主义市场经济体制综述

一个千年的背影渐渐远去,又一个千年的面孔日渐凸现。面向新世纪,回顾即将过去的"九五",再理智的人也免不了内心阵阵激动。

况且对重庆市来说,"九五"又是这样一个不平凡的、决定性的五年! 1996—2000……

直辖、改革、开放、西部开发……重庆在机遇中奋进,在奋进中转变,在转变中创新,在创新中实现新的跨越。

让我们骄傲地盘点这个美好的、令人目眩心醉的五年! 让我们细细地体味那些深刻地影响着我们的生活和工作的重大转变!

体 制 篇

变化种种,体制为先。"九五"的重庆在体制上经历了两个方面的关键转变。

1997年3月14日,在全国人大八届五次会议上,如林的手臂托起了西部唯一的直辖市。重庆这个西部工业重镇,从此拥有了高效直辖、自主发展的全新的行政体制。经过三年多的探索,一种既有直辖的共性,同时又有别于京津沪的新的直辖模式逐渐建立和完善起来,大城市带动大农村共同发展的政治、经济新格局基本形成。

直辖体制提高了重庆的行政层次,为重庆提供了更为广阔的发展空间,强化了重庆中心城市的功能地位,给重庆经济社会发展带来了巨大的动力。直辖三年多来,是重庆有史以来发展最好的一个时期,这一点恐怕已是一个人人认同的事实。从市级对区县的直辖管理来看,行政效率明显提高,一种既有利于宏观调控,又给予区县充分发展自主权的管理格局开始形成。中心城市的辐射作用越来越强了,区县发展经济的积极性越来越高了。

"九五"期间,围绕建立社会主义市场经济体制,我市以国有企业改革为中心,各项改革积极推进,部分重点领域改革取得重大进展。

通过实施"抓大放小"的战略性调整,以及鼓励兼并、规范破产、下岗分流、减员增效、实施再就业工程和债转股等重大战略性举措,国有企业改革取得新的进展。截至2000年8月底,全市80%的大中型骨干企业完成公司制改造;组建了化工医药、机械电子和轻工纺织三个控股集团公司,基本理顺国有资产管理和行业管理体制。国有企业下岗职工基本生活保障、失业保险和城市居民最低生活保障"三条保险线"制度初步建立,以城镇职工基本养老保险、失业保险、城镇职工医疗保险为主要内容的社会保险制度初步确立。与此同时,顺利完成市级政府机构改革,政府职能转变进一步加快,运作效率明显提高。住房制度改革全面启动,投融资体制改革进一步深化,科技、教育、粮食流通、社会保障等各项改革继续推进。资本、技术、劳动力等要素市场加快培育,国民经济市场化程度较大提高。

增 长 篇

邓小平同志高瞻远瞩地提出了"三步走"的战略发展目标,这一目标的前两步已在全国范围内顺利实现。从新世纪开始,我国将进入全面建设小康社会、加快推进现代化的新的发展阶段,更为壮阔的"第三步"正蓄势待发。拥有了良好发展体制的重庆,"九五"期间开始大步追赶全国的发展水平。增长始终是"九五"期间重庆昂扬的主旋律,增长也必将成为重庆跨世纪的更高追求。

1999年国庆前夕,在举世瞩目的上海《财富》论坛上,重庆被列为中国第二大有投资潜力的城市。这既是中外嘉宾对现实重庆的由衷承认,更是对未来重庆的高度期望。

"九五"期间,我市国内生产总值预计年均增长9.2%,高于全国平均水平;人均国内生产总值今年将达到5150元,年均增长8.5%,提前实现翻两番的目标。不仅经济较快增长,总量不断提高,而且质量和效益也不断改善。投资成为我市经济增长的主导力量,预计五年共可完成投资2430亿元,是历史上完成投资最多的一个五年,对GDP增长贡献率达到4.7个百分点,增速为我市历史最高水平,也高出全国平均水平10个百分点。地方预算内财政收入累计完成401亿元,年均增长15.9%。社会消费品零售总额"九五"年均增长11.5%,2000年将达到644亿元。

更为可喜的是,"九五"期间,我市交通、通信、能源、农林水利、市政等基础设施建设力度空前增强,共投入530亿元重点建设资金。基础设施对全市经济和社会发展的支撑作用明显增强,为我市在新世纪的发展中后发先至积累了强大的动力。

我们的城市变美了。一个个美丽的广场成为我们这座山水城市的大客厅,大桥飞架着两江的未来,道路拓展着我们的视线,住宅新区改善着我们的生活。

我们与世界的距离更近了。我市成为西南地区邮电通讯业务辅助指挥调度中心,全国六大邮电通讯交换中心之一,现已形成光纤通信、微波通信、载波通信和卫星通信相结合的现代化通信网络。

我们的空气越来越清新了。长江上游防护林工程、中德合作造林工程、生态林工程、水土保持工程、生态环境示范县建设项目、城市水污染治理世界银行贷款项目等加快实施。生态建设初见成效,生态恶化趋势开始减缓。

移民、扶贫这些牵动全国上下的政治任务,在"九五"伴随经济的发展而满盘皆活。百万移民是一道世界级难题,完成好移民任务,将为重庆、为中国带来良好的国际声誉。目前,我市一期移民任务已全面完成,二期移民正全面展开,至2000年底将累计完成三峡库区22万移民任务。

1995年,我市有贫困人口366万,占总人口的12.2%,大大超过全国5.58%的贫困人口比例。这五年中,全市共投入扶贫资金30.4亿元,通过集团扶贫、对口扶贫,到今年底,20个贫困区县可全部实现成建制脱贫,90%以上贫困农民解决温饱问题。脱贫难度超出全国一倍多的重庆,没有拖全国"八七"扶贫攻坚的后腿。

　　直辖之初,市委、市政府便提出了"富民为本"的战略目标,并在三年多时间内被各级党委和政府忠实地实践着。"九五"期间,我市城镇居民人均可支配收入预计年均增长 6.9%,农民人均纯收入年均增长 9.05%,2000 年将分别达到 6130 元和 1800 元。社会保障体系逐步完善,最低生活保障制度逐步健全,低收入居民基本生活需求得到保障。这五年,教育事业快速发展,基本普及九年义务教育,基本实现扫除青壮年文盲目标。高等教育健康发展,职业教育、成人教育、远程教育和实用技术培训加快推进,劳动者素质明显提高。

　　五年只是历史的一瞬,但高速优质增长的"九五"将注定成为我市发展史上最值得纪念的五年。

结　构　篇

　　一个城市,没有良好的经济结构,就不会有持久的发展后劲。我市一方面是老工业基地,长期受计划经济的影响,国有经济比重过高,且体制不顺、机制不活、市场不畅;一方面城乡二元结构又十分突出,第三产业增长缓慢。"九五"期间,我市励精图治,高起点地运用市场经济机制,对经济结构进行战略性调整,按照有所为有所不为的思路,取得良好效果。

　　"九五"期间,我市三次产业结构将由 25.9:42.3:31.8 演变为 18.1:41:40.9,第一产业逐渐下降,第二产业相对稳定,第三产业不断上升。

　　所有制结构调整和完善进展明显,非公有制经济占国内生产总值的比重由 1996 年的 24.9% 提高到 1999 年的 33.3%,占社会消费品零售总额比重由 1996 年的 62% 提高到 73%。

　　城乡结构进一步改善,城市化水平由 1995 年的 18.6% 提高到 1999 年的 20.7%。

　　农村经济结构调整明显,农业产业化经营成效初显,现代农业快步发展。乡镇企业成为农村经济的主体和国民经济的重要支撑,较快地推进了农村工业化和城镇化进程,农村经济实力明显增强。

　　我市结构调整中最难啃的一块骨头——工业结构调整取得明显进展,资产重组和布局调整迈出重要步伐,老工业基地渐露生机。以汽车摩托车为主体的机械工业,以天然气化工和医药化工为重点的化学工业,以优质铝材和钢材为代表的冶金工业,调整和升级进程加快,电子信息、食品、建材、日用化工等优势行业加快培育和扩张,重点行业、重点企业和重点产品支撑作用趋强。庆铃、长安、太极、力帆、隆鑫等工业50强成为全市工业的重要经济增长点。产权清晰、权责明确、政企分开、管理科学的现代企业制度使企业成为参与竞争的主体。

以国家级高新技术产业开发区和经济技术开发区为主体,以电子信息、生物工程、环保和新材料为技术领航的高新技术产业加快崛起,成为我市新的经济增长点。高新技术产品产值占工业总产值的比重由1995年的5.6%将提高到2000年的11.4%。

经济结构的重大变化,使我市拥有了一副较高质量的经济体格。

人　气　篇

重庆的历史是开放的,重庆的人民是包容的。重庆也因此成为数次人才大荟萃的地区,并直接带来了重庆的几度辉煌。

直辖的重庆更是以一种前所未有的大气,重塑重庆的开放形象。这种人文的变化,对我市的影响将是更为深远的。

直辖之初,我市便从北京请来了两院院士、国务院发展研究中心、中国社科院的专家学者及首都博士团,给新重庆出谋划策,帮助我市确定发展战略和思路。博士团的一部分杰出的年轻人才还在我市扎下根来,与一批批外来人才一起成为我市的新移民。今年,市委、市政府又采取更具远见、更有现代意识的措施,拿出19个副局级领导岗位,在北京和我市主城区设立考场,面向海内外公开选拔。据介绍,海内外共有500多人才应招,最年轻的只有30岁,高学历、高职称的人才比比皆是。市委已决定,在进行公开选拔的同时,将这些人才输入人才库,尽最大努力将其揽入重庆参加建设。

我市的广大干部群众也开始更多地用直辖市人的标准来要求和提高自己。直辖前后的一个显著变化是,我市走出去搞招商和请进来办展销的活动越来越多了。重庆人说得好,搞市场经济就是要让海内外更多的人了解重庆。另一个显著变化是各大专院校举办的在职培训班一浪热过一浪。广大中青年干部根据自己的岗位需求纷纷参加政治、经济、法律等各种学习班,仅涪陵区自费到主城区参加各种不脱产学习班的就有 100 多人。普通职工也在各种技能培训班找到了"充电"的场所。以各种窗口单位为代表,说着一口还带有丝丝乡音的普通话的重庆人也越来越多了。面对日趋激烈的市场竞争,直辖后的重庆人变得更自信、适应性更强了。

如此地大气、如此地包容、如此地渴求、如此地超越……重庆在变,重庆的人民在变。

行政环境是否改变是人气能否聚集的关键中的关键。当今社会,人流、物流、信息流、资金流,哪里阻力小就往哪里流。面临着世界一体化、西部大开发的大机遇、大竞争,我市的领导者们也以更大的气魄陆续出台了一系列改善"环境"的重大举措。

超越的理念,开放的心态,一流的环境,重庆正逐渐融入世界。

转变刚刚开始。让我们期待"十五",期待新世纪。

(《重庆日报》2000 年 10 月 30 日,与张进原合撰)

"八步工作"政通人和

　　5年前,重庆市开县麻柳乡数百名群众以铳为号,围攻、打砸乡政府,抵制干部乱罚款、乱收费,麻柳乡党委、政府痛定思痛,在实践基础上总结出"农村八步工作法",建立起"该办什么、怎么来办,由群众说了算"的民主管理机制,群众可以参与重大事项的民意调查、项目决策、资金管理、清算公示的全过程。

　　"问计于民,还权于民,造福于民"的八步工作法聚合了民力和民智,把"群众想办的"和"政府要办的"拧成了一股劲。5年后,麻柳乡奇迹般地解决了山区群众盼了几十年的行路难、缺水难、通话难、照明难、看病难,全乡已连续3年零上访,群众自发给乡党委、政府送来19面锦旗,立下两块德政碑。

　　"决策前的论证制、决策中的票决制、决策后的监督制",八步工作法处处体现出农村民主政治精神

　　1998年,麻柳乡农民冲击打砸乡政府。干部、群众叹息:党的旗帜在麻柳乡倒了!乡干部走家串户,查找原因,认为症结在于:干部工作的出发点主要是为个人政绩,办法是催交各种税费罚款,结果干部想的与人民群众盼望的根本不合拍,加之干部作风粗暴,必然引发矛盾。

　　"病灶"找准了,"药方"就是听民声、解民忧。1998年12月,乡党委、政府发出近万份征求民意表,为民办实事的突破口选在了修双河口大桥。当时4个村的几千名群众进出都要经过这里,由于没有桥,群众行路难,曾有5个学生因趟水淹死。

万万想不到的是,不少群众有顾虑:"修桥是假,干部想捞油水是真。"负责组织修桥的干部泄了气。乡党委、政府果断决策:一是调整建桥领导小组,每村推荐 1 名群众代表加入,3 名群众代表分别担任会计、出纳、保管;二是将建桥方案交群众讨论公决。结果人均集资 65 元的预算修正为 35 元。顾虑打消了,95% 的群众同意这一方案。大桥竣工后,修桥领导小组将结余的 34695 元按人平均 9.4 元如数退给了群众。群众说:"过去是收钱不办事,现在是该收的收,该退的退,该办的办好。9 块 4 买回了民心。"

修双河口大桥的经验给了麻柳乡干部很大启示,总结出在兴办农村公益事业和发展经济等重大事项时实施"八步工作法":第一步:深入调查收集民意,弄清大多数群众需要办什么。第二步:召开会议初定方案(召开党员干部和村民代表会议,初步讨论具体怎么办)。第三步:宣传发动统一思想和认识。第四步:民主讨论确定方案(多次召开党员干部和村民代表会议,在初步方案的基础上,根据群众的意见修正完善,形成最终方案;并在会上推选工程建设领导小组人选,普通群众必须达到 50% 以上;为避免干部财务上的拎不清,成立群众财务管理委员会,所有钱物均由群众代表管理,村组干部管事不管钱)。第五步:户户签字进行公决(赞同的达到 85% 才予以实施,否则暂缓)。第六步:分解工程落实到户。第七步:各村民小组组织实施。第八步:竣工结算张榜公布(由群众财务管理委员会清算财务)。

乡党委书记李红彬告诉记者:"八步工作法的实质在于民主决策,让群众自己决定自己的事情;民主管理,让群众自己管理自己的事情;民主监督,让群众自己监督自己的事情。其间处处细节体现了基层民主政治精神。"

八步工作法"问计于民,还权于民,造福于民",把政府与百姓的意愿"粘"在了一起

麻柳乡百废待兴,需要办的事情很多,群众承受能力有限。乡党委、政府清醒地认识到:现在不抓发展混日子容易,但是错失机遇会更加落后;抓发展一定要运用八步工作法"问计于民",尽心竭力为群众办多年来想办而没有办成的实事。

麻柳乡"九沟十梁全是坡,沟深坡陡悬崖多",1999 年前没有 1 公里三级公路,许多地方进村要走"手扒岩"。1999 年 10 月,乡党委、政府提出"全民

动手,苦干三年,村村通路",乡干部和群众一起出钱出力,夜宿岩洞,餐风饮露,改造山河。"大会战"第一年平均每个乡干部穿破了6双胶鞋,创造了"3年修路306.8公里,架桥8座,村村通公路"的奇迹。麻柳乡十年九旱,90%的农户缺水,大旱年景,买一挑水低的要5元,高的达10元。公路完工后,2002年乡党委、政府又顺应民意,兴建"万人解渴工程",目前已有7万多人用上了自来水。

新建乡初级中学,解决"上学难";改建卫生院,解决"看病难";15个村农网改造,解决"看电视难";程控电话由5门发展到426门,解决"通信难";发展长毛兔、山羊养殖,引导群众致富……近几年并不富裕的麻柳乡共投资投劳折计1200多万元(其中现金240万元)兴办公益事业,群众自愿出力出钱,没有一个告状的,其关键是尊重民意,还权于民。丰元村地势险峻,乡里决定修路24.8公里,是全乡最长的村路。但公路路线的走向如何,各小组争执不下。为此,乡里组织召开了7次群众大会,拿出初步方案。第一方案由于受益面不平均,近70%的群众不同意,大家重新讨论,可第二方案由于走向分散,仍有超过50%的群众不同意;直至第三方案"两头赶中间,26个转盘转上山",所有村民在公决书上签字同意后,才开始施工。公路通车后,村民们自发地立了一块德政碑:排忧解难公仆显身手,劈山斩隘人民立头功。

另据三元村村支书向以东介绍,三元村的20多公里村路通车后,村民们也自发立了一块德政碑。

乡人大主席团主席王中福说:"修桥、修路这些事,政府想了多少年都由于矛盾重重,没有搞成,原因在于没有走群众路线。而八步工作法从组织方式、管理方式上进行了民主创新,受到了老百姓的拥护。"

八步工作法赢得了民心,群众成为最大的受益者。曾与政府"闹对立"的大碧村六组村民赵乐均通过算账,算出了今昔对比,算出了民心所向。

"为啥现在的干部大家都喜欢,把他们当成自家人?因为靠八步工作法,件件事都办到了老百姓的心坎上。"赵乐均快人快语,"拿修桥来说,以前由于没有桥,一块预制板从河边抬到村口,不到3公里路要花55元雇4个人抬。1999年,大桥一修好,我家马上盖了3层楼,用了210块预制板,省了1万多元。以前庄户人的日子扛在肩上。我养了40头猪。养猪本就不容易,可卖猪也是件难事,要花10元钱雇两个人抬到河口,路上走一两个小时,一路上猪屙屎又屙尿,少说也要少卖10斤,有时候遇到脾气大的猪,抬一路叫一路,还没到河边,猪已经死了,死猪人家根本就不收"。

以前村民也找到村干部,希望组织修桥,可村干部回答:不要说空话。上面让交税费你们不积极,修桥倒有积极性。赵乐均说:"以前老百姓认为是大事的事,干部却认为是鸡毛蒜皮的小事。现在在干部眼里,只要群众真心想办的事,再小的事也是大事。1995年8月,我们村民一合计,就给乡政府送了一面锦旗'实心为人民,苦战通路桥'。"

作为基层民主的生动实践,八步工作法使立党为公、执政为民有了切实有效的实现形式

在麻柳乡修路架桥、改造山河的热潮中,有的百姓献出了宝贵的生命,有的捐出了"棺材钱";而干部也表现出执政为民的热情,他们与群众一起住岩洞、打钢钎、讨论发展大计……

是什么感染着全乡的几万名干部、群众?开县县委书记佘明哲告诉记者:"麻柳乡党委、政府在实践中总结出的农村八步工作法,是基层民主政治的生动体现;而民主政治作为一种手段,能够有效地配置各种资源特别是政治资源,调动广大群众和干部的积极性、创造性。八步工作法使立党为公、执政为民有了切实有效的实现形式。"

八步工作法实施后,乡党委、政府找准了为民办实事的切入点,执政为民的热情空前高涨。大山深沟的晨风夜露记录着麻柳乡干部们的忙碌身影,他们爬最高的山,钻最深的沟,冲在一线凝聚民心。在"公路建设大会战"3年中,乡党委的领导班子成员和20余名机关干部组成突击队,哪里艰苦就赶到哪里,吃住在农家,挥大锤、打钢钎、抬石头。2001年临近年关,为了兑现丰元村年底车子开上山的承诺,党委书记李红彬等13位干部带着方便面,上山连续奋战了7天。

"支部是堡垒,党员是面旗。"仁美村九组的公路定于2000年12月27日通车,可到了12月24日,仍有一块30多立方米的石头没有搬掉。年近50岁的乡驻村干部陈远涛认定:不能给群众"打白条"。他自己掏钱买来炸药,然后与村支委成员组成突击小组,在纷飞大雪中奋战了三天两晚。当群众欢天喜地放鞭炮庆贺第一辆满载着黑煤、化肥的运输车进村时,陈远涛抱了床棉絮在岩洞里酣酣地睡着了。朝鲜战场上的老兵、73 岁的聂吉培，人称"永不褪色的老党员"，在村里组织修路时，不但自己坚守工地，还主动配合村、社干部统一群众思想。女共产党员李柳英，75 岁了还坚持上工地修路，乡亲们亲切地叫她"修路佘太君"。

麻柳乡干部执政为民，群众看在眼里，感激在心里，战天斗地、改造山河的积极性空前高涨。郭家村六组的个体眼科医生王学凤，甘愿舍弃每月上千元的收入，一家三口连续 40 天不下修路火线；单身残疾人李学开，把平时打草鞋卖积存下来的 1200 元捐献了出来，而一双草鞋还卖不到两元钱；有着"编外村干部"之称的王传相拿钱请人修自家包工的路段，自己却与乡村干部一道不分昼夜地战斗在别人的工地上；麻柳乡山大沟深，往返路途远，黄家村二组和八组的 25 个民工，数九寒冬在山洞里住了 32 天；尹家村六组的老年突击队，在岩洞中住了 18 天，直至路修通了……

丰元村村民李学升和杨前华在公路施工时，由于岩层被雨水浸泡后突然滑坡，被巨石压在了下面，献出了宝贵的生命。在处理后事时，杨前华的母亲提出了一个小小的要求：人埋在公路进山的地段，将来让他们能听到汽车到家的声音！

曾与政府"闹对立"的兴坪村五组村民廖华山把养老的两万元借给学校修宿舍。他告诉记者："乡里的干部为了麻柳人民的事业，把办法想尽了。这钱我二儿子买货车做生意我没借，三儿子建房子我没借，可我愿借给乡里，和干部一起尽力！"

在麻柳乡群众与干部矛盾最尖锐的时候，乡党委书记李红彬、乡人大主席团主席王中福等都担任着主要领导职务，为什么同一批干部产生了与群众的两种不同的感情？佘明哲的一番话让人深受启发："麻柳乡的经验并不仅仅在于出了一个勤政为民的好班子，更在于建立了八步工作法这样一套实践基层民主、提高执政能力的制度。只要遵守了这个制度，即使是这届班子换了，麻柳乡干部与百姓的鱼水深情也会世世代代延续下去！"

（《重庆日报》2003 年 12 月 19 日，与任卫东、刘健合撰）

生死时速

——川东北气矿"12·23"特大井喷事故抢险救灾纪实

题　记

　　人的一生都在与时间打交道。换言之,人生本身就是一段时间的链条,在这段或长或短的链条上,有的人毕其一生展示着自己的真善美——为社会,为他人,为家人;有的人却时不时地暴露出自己的假恶丑——利自己,损他人,害社会。

　　但有的时候,这段链条又浓缩成了几个小时、几十个小时。在重大的生死关头,在重大的利益选择关口,只需要一个小小的链扣,就能使有的人生熠熠发光,有的人生黯然失色。

　　这时候,一段链条、一个链扣又成了一把标尺,一把衡量人生的最冰冷、公正的标尺。

　　时间到底是什么?是金钱?是生命?是选择?是一个与生俱来的命题?

　　时间——一个让哲学家们苦思冥想了不知多少个世纪的命题,太深奥了。这群祖祖辈辈生活在大巴山中的农民,普通的基层干部,普通的农民党员,普通的中国农民,可能从来没有通过这样的路径思考过。

　　但,公元 2003 年 12 月 23 日,一个漆黑的、浓雾蔽月的夜晚;一个恐怖的、毒烟锁天的夜晚,这群大巴山的汉子、婆娘们却无可回避地遇上这个古老的命题。川东北气矿罗家 16 号气井井喷了! 是逃生,还是救生?是利己,还是为人？

选择！

我们在悲剧落幕的时候走近了这一群人,一群普普通通的人,一群接受过时间考验的人:在大难临头的时候,用最快的速度,携妻带子,逃离绝境,这是人之常情,我们不能对他们有丝毫的指责;在危险像浓雾一样迅速弥漫的时候,用最快的速度,用一切或原始、或现代的手段,一次次与死神抢夺生命,没有豪言壮语,不求任何回报,他们只有一个纯朴的希望,多救一个人,多活一条命!

一个月黑雾高的夜晚!一群生死抉择的英雄!一段惊天地、泣鬼神的故事——

灾难大事回放

2003 年 12 月 23 日晚 9 时 15 分,地处重庆市开县高桥镇的中石油川东北气矿罗家 16 号气井井喷。

当晚 11 时,警戒线锁定井场周围 300 米。

24 日凌晨 2 时许,警戒线退到距离井场 1.2 公里的范围。整个高桥镇处于危险区域。

24 日凌晨 6 时许,距离井场 5 公里外的正坝镇硫化氢浓度达到 20PPM,全镇人员必须撤离。

24 日下午 3 时,井场点火,硫化氢浓度不再增加。

25 日凌晨,大搜救开始。

27 日上午 11 时,压井成功……

抢险救灾工作惊动了中南海,牵动了全世界、全中国,3100 万巴渝儿女更是忧心如焚,倾力相助。

灾难过去已经整整 20 天了。核心受灾区高桥镇的山坡上、沟沟岔岔中几天内堆出了 243 座铺满花圈、扎纸的新坟,凄婉的唢呐裹着丝丝冷雨抽得人心一阵阵发紧。这一场突如其来的灾难啊!

雨后的阳光却仍然是那样暖洋洋的,几万劫后返乡的农民,在送走了唢呐声后,正紧张而又忙碌地收拾着灾后的家园,市里的、县里的、乡里的、村里的干部,那些曾与他们共抗劫难的人们,正与他们一起商量着理赔、买种子、购化肥……

悲痛的心还需要一点点地平复,但生活的心又在顽强地生长。这一群大巴山坚韧的儿女啊!

灾难的肇事者正在得到积极而又认真的查处,惩前毖后,亡羊补牢,大巴山人深信,党和政府会给出一个负责任的说法的。

但记者仍在破解另外一个谜团。那样的一场罩天笼地的毒雾,不发达的通信条件,崎岖难行的山路,沉睡的梦乡,劫后余生的几万山民是如何逃离的?曾经发生在某个国家的一场毒气泄漏事故,造成数千人丧生,一些海外媒体因此对这次井喷事故的死亡人数产生了诸多猜测、怀疑。

真相到底是什么?

在大巴山的深处,从纯朴的山民口中,记者听到了一个个动人心魄的讲述。

第一幕　廖明中的 42 小时

这就是惹祸的罗家 16 号气井。

地点:高桥镇

主角:农技干部廖明中

这是 2003 年 12 月 23 日晚上,岁末普通的一个夜晚,天很冷。

大巴山麓里,一切都是静悄悄的,开县高桥镇的村民们大多早早钻进了被窝,四周是那样的静谧,如同他们以前在这里生活过的所有日子。

时间:晚上 11 时左右。

镇政府的灯光还亮着,镇党委书记王洪开和一部分干部在讨论当天接受县委、县政府的目标考核情况,28 岁的镇农技干部廖明中也还没有睡。

突然,罗家 16 号气井方向传来巨大的声响,镇干部们迅速冲到阳台上,远处是忽明忽暗的火光。

“你赶紧去看看,是不是出了什么事?”王洪开话音刚落,廖明中已冲下楼,经过家门的时候,他匆匆跟爱人邓芬说了句:“井场好像出了事,我要去看看。”

从镇政府到井场骑摩托车不到 10 分钟,离现场越近,一种臭鸡蛋味越浓。井场周围 300 米已经设立警戒线,不许人靠近。廖明中得到了一个准确的消息——"井喷了!"

摩托车飞快驶回镇上,此时,镇里也接到了县里的紧急通知。一场灾难已经降临,情况万分危急!

临时指挥部迅速成立,廖明中被分到了抢险救援组。高桥镇有 3 万多人,仅仅场镇上就有 3000 多老百姓,第一要务是通知群众转移!

干部们扑了出去。转眼,冷清的场镇上响起了此起彼伏的急促敲门声:"快起来呀,天然气井喷了! 快跑啊!"

令人胆战心惊的敲门声,把老百姓逼出了家门。

直线距离 1 公里外,从地底下钻出来的硫化氢,冲上 30 米高空后,体积急速膨胀着,犹如一个张牙舞爪的巨大恶魔,恶狠狠地直向场镇上扑来。

"快走啊,快走啊!"廖明中呼喊着,声音有些歇斯底里,他感觉到自己从来没有这样紧张过,这样的声音在场镇上此起彼伏。

孩子的哭叫、大人们的呼喊、惊慌的面孔、火把、电筒……人们开始向齐力工作站方向撤退,扶老携幼,一场悲壮的大撤离开始了。

时间:24 日凌晨 1 时许。

警戒线退到了镇上,毒魔在步步紧逼!"快跑啊!"120 多名干部挨家挨户清查,疯狂地搜寻着剩下的群众。他们清楚,这是在和死神争夺时间,哪怕早一分钟离开,就会多一分生存的希望。

时间:24 日凌晨 2 时许。

嗓子已经嘶哑了,腿也早已发软,空气令人窒息,胸口怎么开始发闷了?还好,抬眼看过去,场镇上已经看不到人影,王洪开和镇长杨庆友带着廖明中撤出高桥。

转移途中他们发现,还有老百姓没有离家! 这些山里的村民呀,不知道从空中一步步逼来的恶魔,就快要了他们的命!

王洪开他们拼命喊着,近乎粗暴地推着老百姓走,来不及做什么思想工作了! 一个高升二社的老人,说什么也不想离家,廖明中一急之下把老人硬拉上摩托车,直送齐力工作站。

眼前的场景让他震惊,齐力场上已经拥挤着 1 万多名群众,一种强烈的不安和恐惧情绪弥漫在夜空中,镇上的干部们在人群中来回奔走,极力安抚村民的情绪:"大家镇定,不要怕,不要慌,不要乱!""其实,哪能不怕,我都怕了,只是希望不要乱,乱跑一气,会送命的!"廖明中事后老老实实地说。

廖明中奔走着,说着安慰的话。可是嗓子越来越干,说话越来越费力,心里好难受,有东西从胃里直翻出来,他开始呕吐。

时间:24 日凌晨 3 时。

县领导赶过来了,已经到了高桥镇(从开县县城到高桥镇正在修路,不到100 公里路需要三四个小时。能把人急死)。回去! 廖明中用车拉着王洪开又向镇上驶去,在高高低低的山路上,他们听到恶魔在狞笑。

此时,除了还不能撤离的卫生院和信用社外,镇上见不到其他人,硫化氢的气味无处不在,死亡的阴影正在降临。

廖明中已经什么也吐不出来了,他感觉到胸闷、头昏,王洪开则已昏厥一次,在卫生院打了一针后。他又站了起来。

汇报,商量对策,紧急撤离……

时间:24 日凌晨 4 时许。

黑漆漆的夜空掩饰了恶魔的脚印,空气中的臭鸡蛋味却越来越强烈,魔爪伸到了齐力! 县指挥部立即决定再次向后转移 5 公里!

各种车辆被征集和调用,场镇和沿线群众继续转移。随后,指挥部在对硫化氢的 PPM 浓度进行科学检测后,采取果断措施:将气井周边 5 公里范围内的群众全部转移。

廖明中骑上摩托,又开始挨家挨户通知,人们再次逃命,几公里长的路上,人流涌动。

廖明中穿梭在人群里,碰上走不动的,他就载上一段,不能坐车的,他就背。脑子里已经没有意识了,他不停地说:快走! 快走! 快走!

时间:24 日凌晨 6 时许。

廖明中终于离开了齐力。此时,全镇 24 个村的老百姓已经向井场的反方向转移:开县城、天和乡、麻柳乡、宣汉县……所有的人必须撤到距离井场 5公里以外。

天快要亮的时候,大部队终于转移到了高升煤矿,这里距离井场大约七八公里。

负责殿后的廖明中感到筋疲力尽。

这个时候,他才想起老婆和不到3岁的儿子,她们转移出来了吗? 她们在哪? 廖明中有些失魂落魄,可他连愧疚的时间都没有了。

时间:24日上午8时。

齐力还有人! 廖明中再次返回了齐力工作站。

齐力一带的天灰蒙蒙的,在高桥和齐力两地间又涌出了许多群众,廖明中的眼睛不断流泪,难受! 可是他不敢停下,他要催村民们快走,别管猪了,别管牛了,先逃命吧! 他不停地说着。

老的、小的、已经出现中毒症状的,他干脆用摩托车一趟趟运送,50多人被送出了虎口。

时间:24日上午11时。

齐力场上监测的硫化氢浓度已经达到45PPM。

一个群众突然说,黄坡村还有一对老夫妻由于丈夫卧病在床没有转移出来,廖明中一听就急了,那里距离恶魔老巢的直线距离还不到500米呀,老两口凶多吉少,可要去救人也多半有去无回!

廖明中来不及多想,和井队两名同志赶往老人家中。没有任何防护设备,呼吸已经非常困难,"可是我还年轻,我能挺过! 我不能死,不会死!"年轻的廖明中还有很多生活的梦想。

万幸! 尽管已经口吐白沫,可老人都还活着。视线模糊了,怎么看不清前面的东西? 别管它。廖明中把老人背出来,转移到安全地带。

头重脚轻,恍惚之间听说距离井场1000米处的高升村三组还有10多人没有转移,廖明中又赶去了。

时间:下午1时许。

齐力场镇上的硫化氢浓度为80PPM,又有7名滞留群众离开了,廖明中和另外一名同志再次撤离。

时间:下午3时—7时。

在大宝村组织群众向天和乡转移。

时间:晚上8时。

包括廖明中在内的高桥镇7名应急分队队员返回高桥,负责安全巡逻,防止群众盲目返乡。

时间：晚上 8 时 10 分。

在大旺村救出 85 岁的老人阳发菊。

时间：25 日凌晨 2 时。

返回高桥镇巡逻。当他发现从井场方向又走出来一个老太太，立即意识到可能还有活人，廖明中立刻向指挥部请示，要求去重灾区晓阳村搜救。

随后，他和两名井队工人以及应急分队队员一起赶到晓阳村。

此时，天已经开始下雨。在晓阳村二、三、五社，他们逐户砸开门搜索，当搜索到村民廖代田家时，已经发现尸体 21 具，廖明中的眼泪从红肿的眼睛里流出。但是，在这家楼上，他意外地发现了还有一个小男孩，孩子得救了……

搜救！搜救！搜救！

时间：下午 5 时。

离开晓阳村，廖明中拖着沉重的脚步走到齐力场上，向市里指挥中心汇报情况。

左眼已经看不见了，这几天好像就吃了两顿饭，还有最后一点力气。可是拉救援物资的车到了，那么多人等着吃东西呢。廖明中又当起了搬运工，一包、两包、三包……他一头栽倒在地，昏了过去……

时间：27 日下午。

眼前是晃动的泪眼，好熟悉的眼神啊，是妻子！苏醒后的廖明中终于看到了妻儿，尽管一句话说不出来，他心里的石头落地了。苍天有眼！

儿子哇哇地哭了。

时间：30 日早上。

镇上肯定在忙呢，出了这么大的事，书记昏了几次都没住院，要是继续躺在床上太没有道理了。

"你出去要是死了，我们不负责！"医生威胁道。

"没事，我年轻，死不了。我还要养活老婆儿子。"阳光青年廖明中悄悄溜出了医院，返回高桥镇。

……

画外音：2004 年 1 月 6 日下午，我们在高桥镇到正坝镇的路上，找到了廖明中的妻子邓芬，一个戴着眼镜、非常瘦弱的年轻女子。她高一脚低一脚地趟过泥泞的山路，从附近的农家抱来了儿子——一个同样瘦弱，长着一双大眼睛的可爱的小男孩。

记者：廖明中那天晚上没有叫你跑吗？

邓芬：没有，他出去后就再也没有见过。

记者：你什么时候离开的？

邓芬：听见周围的人闹得很厉害，喊快跑，我赶紧把娃儿从床上拉起来，衣服也顾不上穿好，用毯子把他包上抱着，就跑出去了。

记者：你带着孩子走了多久？

邓芬（眼圈红了）：一整夜，孩子不肯走路，我就一直抱着。路上到处是逃难的人群，我就这样走啊走啊，在路上有时碰见摩托车，人家看我一人拖着一个孩子，好心拉我一段，但是烂路就没人敢拉了。天快要亮的时候，实在累得不行，胃也痛得不得了。我想廖明中也不知道在哪里，想着想着眼泪就忍不住流出来，娃儿看到我哭，他也哭，他说，妈妈莫哭，我个人走。我就背一段，拉一段。就这样一直走到天和乡，搭上了去县城的车。

记者：你现在埋怨廖明中吗？

邓芬（摇头）：他就是这样的人，我习惯了。

记者：你觉得他这样冒着生命危险去救别人，应该吗？

邓芬：他是个党员，不这样做他会觉得对不起自己的心，憋屈。

第二幕　晓阳村的挣扎

晓阳村支书周克安一夜敲醒了几十户村民，自己的妻子和孙女却不幸死亡。

地点：晓阳村

晓阳村是这场悲剧的核心区，原有村民1200余人，死亡180余人。

主角一：高桥镇初级中学代课教师谭世明

（我们要采访的这位主角年仅23岁，因为通知村民撤离耽误了时间，已经长眠在家乡的土地里。他死前所经历的一切，如今已经无法一一知晓。当人们找到他的尸体的时候，这位代课老师倒在离家不远的路上，眼睛大大地睁着，一手拿着手机，一手拿着捂嘴的毛巾。在死前10分钟，这位年仅23岁的老师打出去了7个电话。第一个是给500米外的学校，其他的给自己的邻居和亲人。在这场灾难中,他和父母还有外婆、4个表兄妹一起离开了人世。)

时间:2004年1月6日晨。

晓阳村,谭世明的家。

冷冷的大山里,不时可以听见零零星星的鞭炮声,山坡上,新起的坟冢一个个撞入眼帘,一种沉重感压得人喘不过气。

戴孝的村民们在以最古老而又原始的方式,祭奠他们一夜之间死去的亲人们,花花绿绿的花圈和招魂幡给冷清的山坳平添了几分凄凉。

在一户农家的院坝里,唢呐吹着,几堆炭火边聚集着谭世明的亲人们。尸体已经火化了,骨灰盒前摆着牌位,有的牌位前还摆着死者的黑白遗像,还有的牌位前是空的,死者在这个世上还没有来得及留下一张可以纪念的相片。今天,亲属们要为在灾难中死去的8个亲人"坐夜"(守夜)。

16岁的妹妹跪在哥哥的骨灰前烧纸,小姑娘头埋得很低很低。照片上是一个清秀的男孩,一张年轻而生气勃勃的脸。

没有哭泣声,亲人们已经没有眼泪。

谭世明的二爸谭祖科把我们让到了炭火旁。谭祖科在广东打工,听到噩耗后赶了回来。

"村里人告诉我,那天晚上,谭世明11点过知道这个消息后,马上给学校的阳副校长打了电话,然后叫醒了屋头的人,自己又向后山跑去喊人。"

谭祖科把我们带到了屋后:"瞧,就是那里。"隔着一条山沟,几百米外,竹林里散落着一些农舍,那里住着谭世明的外公还有一部分村民。

"他去敲门,让他们出来赶紧走。这一去一来要花不少的时间,他去的地方和他应该跑的方向是反方向啊。后来还听说他把一些人送到了通往齐力的主公路上。"

谭祖科的眼圈突然红了,脸上的肌肉抽搐着:"我丢了3个孩子,俩女儿一个儿子,还不是最怄气的,因为他们还没有长大,不知道将来有没有出息,可是我这个侄子丢了,我最怄气。"

"死前几天,他还跟我打电话说,二爸,我要借钱,我要拿大学文凭。我侄子是我们家里唯一的一个中专生,虽然只是代课老师,可是好歹是个文化人。过去我们家很穷,为了他念这点书,我们借了不少钱。我侄子到现在也不谈朋友,就想着还要读书。"

"要说,他有文化,也知道这玩意有毒,可他还是去了。"谭祖科低头看着脚下的土地。

"你觉得他该不该这样做呢?"

"人死不能复生,他能多救活一个人,我们也多见一个亲人。"

主角二:晓阳村支书周克安。

在这场灾难中,57岁的周克安失去了妻子和1岁半的孙女。

时间:2003年12月23日晚上11时许。

周克安在高桥镇上儿子的家中看门,睡下不久,突然听到有人跑来敲门:"井场出事了!"

周克安第一个反应,是赶紧用儿子家里的电话向镇上作了汇报,随后,他撒腿向晓阳村跑去,作为支书,他必须通知村民们逃命。

天黑,路滑,看不见一点亮光,熟悉道路的周克安抄小路直奔村子。

时间:23日夜近12时。

"三社人多些。"跑的时候,周克安心里已盘算好得先喊三社的人。爬上坡,周克安见门就敲,扯着嗓子喊村民起床。

他当时不知道,空气中难闻的臭鸡蛋味是一种叫做硫化氢的玩意,更不清楚这东西就是杀人的凶手。但他清楚地记得镇领导告诉他,这里危险!

越靠近村子,他越发清楚地听见气井那边发出的巨大声响,窗户在动、门在响!

一种前所未有的恐怖抓住了老支书,他担心会爆炸,会燃烧,会造成人员伤亡。

迎着风口,老支书跑着,叫着,声音渐渐嘶哑。当他把三社村民叫起来后,又转身跑向一社、十一社。

通知了一社,老支书赶紧又向十一社奔去,老妻和孙女就在十一社,出来了没有?

快到十一社时,老支书的头开始发昏,也不知道怎么回事,走着走着就一屁股坐到了地上,然后人就迷糊了。等清醒过来,他摇摇头,又开始喊人,快跑! 这时,他感觉到这东西的厉害了。

家里已经没有人了,来不及多想,老支书又跑向二社。

　　时间在一分分过去,老支书处在已逐渐下沉的硫化氢的包围中。喷出井口的硫化氢浓度越来越高了。老支书的头越来越沉,这时候,他已经清楚地知道这种气体的可怕,又晕了,醒了,又喊……

　　那个夜里,老支书敲醒了几十户村民。

　　但是,老妻和孙女却因为在撤离时走错了方向,永远离开了他。

　　画外音:1月7日上午,天刚下过雨,地上一片泥泞。一早,周克安把老妻和孙女下了葬,随后赶到五社配合民警了解情况。

　　出现在眼前的是一个地地道道的老农民,脸上是刀刻一般的皱纹,旧棉袄裹在身上。周克安蹲在地上,神色黯然,背后是那天夜里狂奔过的山路。

　　记者:如果您那天先到十一社通知你的家人,可能她们不会死?

　　周克安:三社那边人多些。

　　记者:可是那里毕竟有您的亲人。

　　周克安:我不能撂下人多的社不管。

　　记者:您的儿子怪您吗?

　　周克安(摇摇头,低下眼睛):没有。

　　记者:现在有没有感到后悔呢?

　　周克安(抬起头看着前方):要是我会骑摩托车就好了,可以通知更多的人。那些人为什么不听劝呢,把他们喊出来了,又跑回去,要不也不会死那么多人。

　　主角三:四社村民张世亮。

　　(因为这位普普通通村民的舍命相助,32条人命得到了挽救。)

　　时间:23日晚11时许。

　　急促的电话铃声惊醒了张世亮,"井场出事了! 快跑!"亲友在电话里的声音让他的心一下提到了嗓子眼。

　　抓起衣服,张世亮骑上摩托冲到五社——他6岁的儿子在一个亲戚家里借宿,他叫醒了这家人,把儿子转移到安全地带,随后又返回村里接妻子和另外一个孩子。

　　把家人安置在齐力工作站,他想起一路上没看见几个乡亲,张世亮索性骑车返回小阳村。

　　时间:24日凌晨1时许。

　　路上一片漆黑,车不好骑了,张世亮干脆走路,脚下的土地在气浪中颤抖,好吓人啊!可他还是壮起胆子,摸黑前进。

　　空气中到处是臭鸡蛋味,太难闻了,越走人越难受,胸闷,想吐。张世亮活到33岁从没发现身体这么难受过。

　　这地方确实不能久呆,张世亮想。他碰上人家就把门敲得山响。

　　路上走来了一个70多岁的村民,老人已经出现中毒的症状,走不动了,开始呕吐的张世亮二话不说背起了老人。

　　时间:24日凌晨2时许。

　　山路上的雾很大。

　　张世亮发现自己张着嘴就是喊不出声来,走着走着脚发软,要倒。

　　危险!他清楚地感觉到一种威胁。

　　迷迷糊糊中,他不断拍门。

　　邓承兵一家6口、廖百科一家5口、廖百学一家8口,加上自己二哥、三哥的家人醒了、转移了。

　　迷迷糊糊中,他记得自己又骑上了摩托车送人,再后来,方向握不住了,张世亮就带着大家从小路上逃跑。

　　迷迷糊糊中,他觉得自己好像倒下了几次,最后什么也不知道了。

　　昏迷中的张世亮被乡亲们送进了医院。

　　画外音:1月7日清晨,在晓阳村五社,我们找到了张世亮。出现在眼前的是一个矮小、并不结实的村民,话不多,显得有些局促。

　　记者:你这样返回去叫人知道有危险吗?

　　张世亮:知道一些。

　　记者:那你为什么要这样做?

　　张世亮:都是一个村的,我不想他们死。

　　记者:你是党员吗?

　　张世亮:我是预备党员。

第三幕　　这里无人死亡

　　转移及时,老少平安。

地点:大旺村

主角:村支书吴帮万

大旺村共 12 个社,1113 人。在灾难中,这个村只是被毒死了 100 多头猪、几千只兔子和一些家禽。这是一个距离井喷地点直线距离不到半公里的村子,因为组织疏散及时,没有因此死亡一个人。

时间:23 日晚上 11 时 20 分。

吴帮万清楚地记得这个时间,因为从这一刻开始,他度过了这辈子最令人恐怖的一段时光,他衷心希望,这样的日子永远不要再来。

11 时 20 分,镇政府的电话来了:"你们要赶紧通知村民,把他们全部撵走!"

吴帮万立刻给村主任彭祚录通了电话,两人商定分头通知各个社。转瞬,电话铃声惊醒了山村。

时间:23 日晚 12 时。

村里所有家里装了电话的社长、社员代表、村民都分别被村支书和村主任的电话敲了起来,他们接受了紧急任务,转告附近的村民,赶紧跑!

电话本上的人都通知完了,可是还有一家人老不接电话。吴帮万来不及喝口水,一口气跑到屋外地势较高的一个垭口上,喊对面坡上的一家人。

空气非常难闻。吴帮万用摩托车把妻子送出两公里外,让她赶紧跑,自己转身又返回村里,他担心村民们还有没接到通知的,还有在睡的。

果然,不少村民在家磨蹭,吴帮万急了,他索性高声喊:"要爆炸了,赶快跑啊!"这一招果然奏效,不少人跑出了家门。

边喊村民,边打手机,吴帮万反复通知着他的村民。

在山坡上呆的时间越长,头越昏,而每当用摩托送了人,风一吹,又感到人会清醒一些。

时间:24 日凌晨 3 时许。

坡下还有一家人紧闭着门户,他赶过去一看,两口子都还在睡觉,他马上把他们拉起来,用摩托送出 10 里外。

就在这时,他发现了四社的人竟然还全部没有撤离,原来社长等人觉得:就是气味难闻点,不会出什么事。

吴帮万急得火直往上冲,一连 4 个电话打过去,最后他吼了起来:"要是死了个社员,我找你算账!我把你送到法庭!"

四社110多人开始撤离。

时间:24日下午2时。

吴帮万又一次返回大旺村。此时,他感觉头昏昏沉沉,神志不太清醒。但是他还是坚持一家家清人,又用车送走了一个16岁的孩子。

在离家不远的一棵树下,村民刘道菊夫妇带着9个月的小孙女躺着,脸色已经非常难看,小孙女呼吸微弱。吴帮万慌忙推醒他们,强迫他们带着孩子马上离开。

时间:24日上午11时。

彭次安的老婆在家里昏过去了,吴帮万马上赶过去带走了她……

时间:24日下午2时。

确信自己的村民安全转移后,吴帮万离开了村子。

25日,吴帮万参加了搜救行动。

画外音:我们的采访在大旺村风景如画的山坡上进行,过路的女人们不断插话:那天晚上多亏了我们支书呢。

远处,惹祸的井架隐隐约约。

记者:那天晚上你为什么要几次返回来?

吴帮万:我是个村支书,要尽到我的责任。政府也在不断打电话来,我们得确保村民的安全。

记者:村里人一个没少,你有什么感受?

吴帮万:开会的时候这么多人坐在一起,一个没缺,我高兴得不得了。

第四幕　固执老头

一对因井喷而眼睛受伤的母女正相互搀扶着撤离事故现场。

重返家园的向春玖与家人在一起。

地点:平阳村

主角:三社村民向春玖

我们的主角已经75岁了,一个曾经参加过抗美援朝的老共产党员,在村里,老人德高望重。

时间:23 日晚上 11 时许。

屋外传来惊慌失措的呼叫:工地上的天然气井穿了!

向春玖做的第一件事情:是把家里人全部叫起来,让他们分头去通知社里的其他人。

很快,不少村民们聚集到了村外的公路边,大家围着篝火过了一晚。

时间:24 日早上 8 时。

三社一个社员告诉向春玖:"不远处有两个孩子倒下了。"老人立刻赶到那里,找到孩子的亲属,帮着把孩子转移到了相对安全的地带。

随后,老人打电话给镇卫生院和镇政府汇报情况。并按照指示,组织大伙向地势较高的八社转移。

顾不上自己年事已高,老人让大伙先走,自己则挨家挨户敲门,通知还没有撤离的群众转移。

这时候,村里的硫化氢浓度已经很高,一些村民走着走着就倒下了,老人的双眼开始模糊,出现了胸闷头晕的症状,但是他仍然坚持走在最后。

时间:24 日下午 2 点。

两辆救援车到了,逃生的本能让村民们拼命往车上挤,场面混乱起来。老人大声说:"现在大伙还安全,救援车马上还要来,大家不要慌。"

危急关头,老人的镇定自若让村民的情绪平静了许多。在他的指挥下,老人、孩子和中毒较深的村民得以先行离开。

又一批救援车来了。这时候,向春玖的双眼几乎什么也看不见了。救援人员过来拉他上车,但是老人非常固执,执意要让其他人先走。

时间:25 日。

武警官兵开始对平阳村实行清户搜救,向春玖仍然坚守在临时集合地,直到当天下午 6 时才离开。

第五幕　3 万人安全大转移

人民群众危难时刻,总有子弟兵的身影。

地点:正坝镇

主角:镇里全体干部

从开始接收高桥镇的灾民到组织镇里群众大规模转移,面对灾难,正坝镇的干部们忘记了自己的安危:危险地带他们去,不愿离家的人他们耐心劝说,老年人他们背,孕妇他们搀扶,撤离他们走在最后……

从事情发生到 25 日,正坝镇安全转移包括逃过来的高桥镇群众在内的 3 万人,无一人死亡。

时间:23 日晚 10 时多。

高音喇叭的声音划破了夜空:"请群众注意,高桥镇天然气井发生事故,你们马上起床,赶快转移!"

夜色中,一辆警车从正坝镇急速往三喜村方向驶去,车上的喇叭一遍遍响起。车上,正坝镇党委书记谭晓均、人大代主席周先军和 7 名机关干部神色凝重。

几分钟前,镇政府接到了靠近高桥镇的三喜村村主任邓朝伟的电话:"井架漏气了,高桥镇的人已经开始转移。"

这个消息,让谭晓均立刻感到一种危险,他知道,井场出事,弄不好就是大事故。

简短的碰头会后,干部们进行了分工,谭晓均带人直奔三喜。

时间:24 日零时许。

一到三喜,干部们立刻兵分几路敲醒村民,疏散群众,帮助他们安全转移。

这个村有 1600 多人,整整 5 个小时,谭晓均他们不敢休息,不断疏散群众,一直到大部队转移。

此时,毒气已经冲到正坝场上,镇长肖波等人挨家挨户做工作、讲道理,调配车辆,组织居民有序转移。

时间:24 日凌晨 6 时 38 分。

监测显示,正坝镇场上的硫化氢浓度已经达到 20PPM,需要立即组织群众转移。

党委会紧急召开,几分钟后,5 个疏散组直奔各自的目的地。纪委书记张建国(张建国是抢险过程中涌现出的突出典型,《重庆日报》已刊载其长篇通讯,因此,本文对其事迹予以简略叙述)再次带人奔赴三喜村。

时间:24 日下午 1 时许。

救出十几个群众后,张建国的双眼已经看不见了,这时他又接到消息,村里还有两个人没有出来,心急如焚的张建国立刻打电话请求增援!

副书记张伟立马带人赶了过去。

车子刚到三喜村凉风垭,他们就被告之,这里的硫化氢浓度已经达到了50PPM,不能再前进!

车窗一打开,张伟等立刻感到胸闷、头晕,越往前走,一种类似飞机起飞的轰鸣声越响,眼睛也越来越难受。

十几分钟后,他们到了三岔湾,碰上了已处于半昏迷状态,但仍坚持指挥搜索的张建国,随即找到了两个没有离开的老人,并帮助他们转移。

一下午,"长安之星"拉了四车人出来。浓浓的毒气中,山坳里回响着他们的声音:"还有人吗?"

时间:24 日晚上 7 时。

搜救人员回到正坝,大部队已经转移,他们随即向 6 公里以外的安全地带撤离。

正坝场上已经空无一人,可是匆匆撤离的居民们担心着自己的家。一整晚,镇干部们轮流执勤,每两个小时一班,开着警车回到空无一人的镇上进行巡逻。

警报器的声音打破了死寂。

时间:25 日清晨。

压井前,转移人员绝对不允许回去,干部们几人一组,轮流值守在路口,确保村民不盲目返回。

国土监察员明华值班的时候,碰上几个妇女带着孩子,非要回去看看家里的猪,明华好说歹说,总算是把她们劝了回去。

一直在一线奔波的机关干部廖娅,在得知失去了高桥镇的 7 位亲人后,含着眼泪继续工作⋯⋯

3 天 3 夜,正坝镇的 40 名机关干部没能睡上一觉,靠着方便面和饼干支撑着身体。最后,包括张建国在内的 6 名干部重伤住院。

第六幕　危急时刻我们心心相连

正阳镇纪委书记张建国躺在病床仍牵挂着受灾群众。

地点:灾区

主角:所有在灾难中临危不惧的人们

时间:23日晚11时—25日

镜头一:

深夜,在学校广播声和校长、学生宿舍管理员急促的呼喊声中,高桥镇初级中学1000多名师生在操场上紧急集合。

简短地讲话、规定纪律后,一次有序的大撤离开始了。

路上,大车、小车、农用车、摩托车一片混乱,而这支1000多人的队伍在老师的组织下,两人一排有序地移动着。

1时许,队伍到达齐力,家长签字接走了部分孩子;

4时,剩下的500多名学生向天和乡方向转移;

7时,到达白岩村小学;

11时,学生们再次向天和小学撤退,13时到达目的地。

整个过程中,无人掉队,无人受伤。

学生们不会忘记:52岁的校工张先书最后离开学校,锁上了学校的每一道门,毫不犹豫地跟随大部队转移,帮助照看学生。

就是这位校工,在灾难中失去了包括4个哥哥、4个嫂嫂、3个侄儿媳妇在内的亲人,他的家族总共死了20人。

校长邓延祥把70多岁的老父亲拜托给亲戚后,寸步不离学生,带着大部队安全转移20多公里。

教务主任黎鹏,发现一个学生肚子痛,马上把6岁的女儿从摩托车上抱下来交给妻子,用车带着学生走……

灾难面前,这所山村学校的师生们共同创造了一个奇迹——没有一名在校学生死亡。

镜头二:

12月24日清晨5时左右,晓阳村六社的村民们纷纷向齐力方向撤离。

村民廖百固夫妇和儿子廖平安拿着两支手电筒也奔跑着,廖家是单家独户,跑出了好几百米也没有碰上一个人。正当他们感觉周围的空气稍稍好点,远处传来了喊叫声:"我家鹏程不见了,哪个去帮我喊一下啊?"

廖百固一听,是住在离他家300米左右的廖玉百的声音,为人厚道的廖百固马上应声,他以为那个 7 岁的孩子还在家里,立刻答应去帮他们看看。

没想到 16 岁的儿子接过了父亲的话头:"我去,我跑得快一点,我把鹏程背出来。"

廖百固之前已经失去了第一个孩子,这个孩子取名平安就是希望他能够平平安安地长大,他爱平安胜过爱自己,廖百固坚持要自己去,没想到平安二话不说,拔腿向山上跑去。

半个小时过去了,还不见平安的影子,一种不祥的预感让夫妻俩万分焦急,他们顾不得危险,马上向廖玉百家跑去,可是毒气很快让他们昏了过去……

一直到 29 日上午,脱离危险的廖百固终于得到爱子的消息:还没有跑到廖玉百家门口,平安已经牺牲了,死的时候,孩子的嘴张开着,好像在呼喊……

平安生前最爱吹笛子,《疼爱妈妈》是他最喜欢的曲子,而今,笛子还在,53 岁的父母却永远听不见笛声了……

镜头三:

井喷消息传来后,高桥镇上人们纷纷撤离。

此时,卫生院的两名进修医生阳书勇和吴江勇,顾不上照顾家人,毫不犹豫地抬起刚刚做了手术的一名女孩,向齐力方向转移。

快 12 时,两名医生安置好了病人,立刻又返回卫生院。正好碰上一辆货车翻下公路,车上 30 多人有 2 人重伤、8 人轻伤。他俩立刻拿出急救包,现场为伤员紧急处置,并迅速将病人送到开县医院。

次日上午 9 时,他们再次返回高桥,参加救治工作。

卫生院防疫医生廖和平在事故发生后,让妻子自行逃命,自己留在医院协助转移病人、处置伤员,并及时向上级通报情况。

24 日上午 9 时,已经撤离的廖和平听说救治病人需要一种药物,而这种药放在卫生院,他毫不犹豫返回高桥取药……

镜头四:

23 日晚,在向外转移的途中,正坝镇预备役民兵张平听说有两个老人没人照料,立刻返回三喜村,找到两个老人,将他们平安送到场镇。

此时,张平的眼睛已开始红肿。而当他看见搜救的警车准备去三喜村,立刻拦住车子,对警察说:"同志,请带上我吧,让我和你们一起去救人! 我对地形熟悉。"

经过一家房屋时,他们发现还有3个老人和4个孩子竟然还在吃饭。张平冲过去劝说,不要吃饭了,这里危险。但是老人不愿离开,眼看危险一步步逼近,张平夺下老人的碗筷大声说:"危险就来了,政府派车来接你们,你们还不走,对得起政府吗?"他不由分说背起一个老年人,牵上一个孩子向警车跑去,在其他人的帮助下,这一家人顺利转移。

随后,他又主动请命,摸黑赶到离公路500米的乡间小路上,救出了又一个老人和孩子……

最后,张平因为双眼失明被送进了医院。

镜头五、六、七……

后　记

当我们不得不停止敲打键盘时,却发现这些文字根本不足以表达我们的心情,根本不足以再现当时的场景。但是有一种感动却执著地留在了我们心中:在灾难降临时,淳朴的山民首先想到的不是自己;在这场与死神的赛跑中,这些大山深处的中国老百姓,心甘情愿地用自己的时间换来别人的活命;在这场生死考验面前,我们的基层干部,没有贪生怕死,他们战斗在最前面,把危险留给了自己。因为这些无私的付出,大巴山的灾难才没有扩大,没有延续……这样的一种组织,这样的一种制度,这样的一种精神,是巍巍的大巴山之魂,也是历经几千年磨难的中华民族,生生不息、自强自励的不朽的支柱!

我们无法记录下所有感人的故事,写下所有人的姓名,但是,我们还是含着眼泪写下上面的文字。

谨以此文,告祭那些不幸的死难者;谨以此文,慰藉那几万幸运的逃生者;谨以此文献给那些无畏的救生者。

(《重庆日报》2004年1月13日,与陶卫红合撰)

重庆发展的历史方位

——写在重庆直辖十周年之际

最近热播的一部大型纪实片《大国崛起》给人很多启示。大国崛起,原因种种,其中有一个共同特点:总是伴随着一些重大的事件和机遇。

国家如斯,城市和地区亦如斯。重庆,中国最年轻的直辖市,中西部唯一的直辖市,中国政治和经济版图上的重镇,十年的发展便充分证明了这一点。

十年前,一位研究战略问题的专家,曾经意味深长地说,重庆直辖,是高层精心设计的一局棋,其中妙处,会随着棋局的演绎,一步步精彩地展现!

十年,只是短暂的一瞬! 当我们站在这个硕大的棋盘的交叉点上时,追忆起点,回望十年,畅想未来,心中有万般激动、无限遐想!

重庆直辖:动议之初　颇多问号

世上很多事,经过了才能明白,论证了才能清楚。

譬如重庆直辖。还清楚地记得 1997 年 3 月 14 日,人民大会堂上那个硕大的电子屏幕。两次定格——通过关于批准设立重庆直辖市的决定;出席 2720 人,赞成 2403 票,反对 148 票,弃权 133 票,未按 36 人。绝对的大事件! 但在那个年代,这个结果,又确实谈不上高票。为什么? 原因很简单——疑惑。

职业的原因,记者曾在重庆直辖市设立之前,受命与新华社的一些同事做过一个多月的"关于设立重庆直辖市的调查",耳闻目睹了很多疑惑的声音和眼睛,也了解和聆听了一些伟人和智者的决策和观点。今日回忆,更觉重庆直辖,天降大任,任重道远!

那是一次很特殊的调查性采访。1996 年的 10 月份,记者突然接到新华社总社指令,组成一个采访小分队速赴北京和重庆市,进行一个特殊题目的调研采访。有关负责同志专门传达了采访要求:中央拟在重庆设立直辖市,调查小组的任务是对各个层面的领导、专家、学者进行采访,调研地处大西南的重庆市设立直辖市的可行性及新直辖市的定位、作用、运行模式等。一位领导进一步阐释,调查主要回答两方面的疑问:在中央沿海开发战略方兴未艾之际,却又倏忽向西,用围棋作比,这究竟是一步脱离主战场的信手闲棋,还是一步可能带活全局的妙手好棋? 直辖是一种特殊的体制,多年来也只有京、津、沪 3 个直辖市,为什么不采用曾经设计过的川东省或三峡省的体制,而要设立直辖市? 他还特别要求,采访的层次要高,面要宽,对采访内容不准随意传播,不准公开发稿,写成稿件供一定层面读者参考。

突然、茫然。重庆,虽然是我国重要的工业基地,但与当时经济快速发展的沿海几大典范城市相比,又有一定的差距,为什么要设立直辖市? 有必要吗? 有意义吗? 有实力吗? 能搞好吗? 一个个扯不直的问号。我们几个受命调查者恰好来自不同的沿海发达省份,听说此事,当地的一些关键人物,也心存疑问。

布局西南:看似闲着 实为妙手

不得不佩服一些伟人和智者的思想和前瞻性。

通过对高层的采访得知,其实中央早就有了设立重庆直辖市的设想。早在 20 世纪 80 年代中期,邓小平同志就曾讲过,四川太大,不易管理,可以考虑把四川一分为二,分别以成都和重庆为中心。随着我国改革开放的不断深入和三峡工程的上马,中央又考虑可以设立重庆直辖市,既能统一规划管理三峡移民,又有利于带动西南地区和长江上游地区的发展。

我们一点点地展开了调查采访,从北京,到重庆。

北京的一位经济专家的观点让人眼前一亮:在我国西南最大的工商业城市重庆设立第 4 个直辖市,是我国东中西部协调发展的重要的一步棋。他认为,西部的发展需要汲取和依靠东部先进的管理经验和技术、充足的资金和较为成型的国内、国际市场通道,实现与东部经济的嫁接。但西部由于城市化水平低、市场基础较差,在吸收东部和国外的先进技术和市场经验时容易患不适应症,需要一个转化和连接中心,一个与东部经济的高效对接点。这个对接点将不仅仅是物资、资金、信息、人才的集散地和简单的中转站,而是一个加工器、转化器。重庆是我国西部最大的工商业城市,其经济基础和开放程度与东部同类大城市接近,因而最适合担当这一角色。

一位研究战略问题的专家依据东西部发展的不同模式,进一步阐述了设立重庆直辖市的意义。他说,由于西部经济基础差,市场经济意识薄弱,不可能像东部那样很快形成连片发展的格局。西部的发展更适合运用点轴面网络式发展方式,充分发展现有的经济基础较好的"点"(大城市),然后通过这一个个增长点向周围扩散,最终连成一条条增长带和一个个增长块,使西部经济出现倍增效应。重庆是西部最成熟的一个"点",是区位优势最好的一个"点",是最有可能,也最具价值发展成为区域经济中心的一个"点"。

他还进而打了一个让记者十年都没有丝毫淡忘的比喻:在我国的发展总战略中,沿海就像一张弓的弓背,处在最前沿;西部就像一条绷紧的弓弦,这条弦没有韧劲和张力,就拉不成弓;而长江就像一支蓄势待发的箭,有着足够的穿透力;重庆呢,重庆就是这箭尾与弓弦相接的地方! 通江达海,连东接西,这么好的条件,这么好的位置,这么好的基础,重庆不直辖,谁能直辖?

一位研究可持续发展的专家的视角也深深地吸引了我们:他引用国家权威部门的材料分析说,长江下游是我国最富庶的地区之一,而上游则是我国目前最大的贫困地带,共有近2000万贫困人口,沿江人均国民生产总值最大与最小的省区段之比,已由1990年的不到3倍扩大到4倍多,城镇居民收入也相差1倍多。

这种差距,是我国东中西部经济发展过度失衡的缩影。长时期的发展失衡将使国家失去持续发展的能力,造成社会动荡。

重庆市的专家也很有见地。当时的市计委副主任马述林认为,设立直辖市后,重庆市可以按照长江上游经济中心城市的定位,重新梳理发展思路,利用行政的强大组织功能,有计划地加强与西南地区的经济合作,在一个更大的空间范围内解决产业结构趋同问题,使其与西南地区的经济具有更强的互补性。

高瞻远瞩的设计,充满智慧的思想。我们豁然开朗:天降大任,重庆!

几年后,中央明确提出了西部大开发的战略。从此,重庆直辖,这一颗看似闲棋实为妙手的棋子,在中国协调发展的大棋盘上开始熠熠生辉!

特殊体制:城乡统筹　先锋试验

仍有疑问。为什么不设省而设直辖市?在这之前,海南脱离广东自成一个行政区域,不也是采取建省的体制吗?当时不少人的认识是:其实都一样,都是行政区划升格,叫省叫市都一样。有的解释更通俗,都是正省级。

一点不奇怪。当时还没有城乡统筹、协调发展的明确概念。

又是中央的一个指导方针初步破除了思想的迷雾:大城市带动大农村共同发展!这也是当时中央交给正在孕育中的新直辖市的三大任务之一。

一些专家也从理论上予以诠释。

重庆直辖市的设立,是针对我国西部城市稀疏、经济基础相对薄弱的特点,为加速西部城乡一体化的进程而进行的大城市带大农村的重大试验。这一试验将为我国中西部地区农村的城市化、工业化、现代化探索一条新路子,具有鲜明的西部特点。有专家说。

中西部的特大城市如能通过特殊的行政设置,用行政的手牵着市场的手,实现城乡各种经济要素的合理配置,充分发挥主增长极的辐射、扩散作用,促进次一级增长极和众多增长点的生成,将最终使这一个个增长点连线成片,带动中小城市和广大农村的发展。有专家进一步分析。

世界难题:直辖高效　开发移民

移民是世界级的难题。但是否只有划定专门的行政区域,而且采用中央直辖市的体制才能搞好?以重庆市的组织带动能力,能否消除中外历史上普遍存在的移民后遗症?仍是一个普遍存在的疑问。

这一问题的确尖锐而又现实。新中国成立后,我国修建水利设施几十万处,移民2100万人,相当数量的水库移民工作留有后遗症,一些水库库区成为有名的贫困区。

总结过去多数工程移民的教训可以发现,过去的工程移民之所以后遗症多、回迁率高,最重要的原因在于走的是一条安置型移民的道路,没有在移民的同时,为其建立一个可持续发展的新机制。

我们采访过的一位水利专家分析说,三峡工程百万移民要真正走上开发性移民道路,就必须在一个较大区域内,以一个具有强大实力的大城市为中心,对整个库区经济的发展重新布局、统筹安排。如果没有一个中央直接领导的、具有高度行政效力的领导体制,而是层层领导、逐级下达,势必使中央的指挥效能层层减弱,使三峡移民这一工程难题不能顺利解决。

他还特别强调,新的形势下要从根本上解决移民问题,使移民长居久安,就必须走开发性移民的路子,使移民迁离原来的家园后,可以通过有序科学的移民工程创造一个更好的、具有更大发展能力和潜力的新家园,使移民移得走、稳得住、能致富。

序盘十年:不拘定式　精彩演绎

棋局正式展开。高手下棋,既要师承一些被实践证明了的定式,以取得最佳效果,又不拘泥于定式,不被定式所束缚,此之谓棋无常势,以变应变。

直辖十年,重庆就是在这样一条不拘定式、以变应变的路子上,抢抓出现的一切机遇,走过了极富创造性的十年。

重庆直辖之初,中央便明确向重庆交办了"三大任务"和"四件大事"。

建设长江上游经济中心,完成三峡工程百万移民任务、探索大城市带动大农村共同发展的试验之路,三大任务既是重庆立市的理论依据,同时也为重庆直辖市勾勒出了初步的定位。

移民、扶贫、老工业基地改造、环境保护,既是中央交办的四件大事,也是重庆在科学发展道路上,必须解决好的极具重庆特色的四大问题。

与此同时,重庆市几届党委和政府领导班子始终保持强烈的机遇意识,用王鸿举市长在今年的北京记者招待会上所说:始终牢记小平同志当年所告诫的,什么错误都可以犯,丧失机遇的错误不能犯。紧紧抓住了大气候赋予重庆的各种机遇,比如说西部大开发的机遇、重庆直辖本身的机遇、三峡库区搬迁中中央政策几次大调整的机遇。当中央提出城乡统筹、协调发展的新思路后，重庆这个拥有3100万人口的全世界最大复合型城市，具有最好的城乡统筹、协调发展条件的年轻直辖市，又将此看作一个天大的机遇，市委书记汪洋、市长王鸿举及全市上下积极推动，力争国家同意在重庆设立国家级的城乡统筹发展试验区。

当枯燥的数字，与发展、与民生紧密相连时，便变成了活生生的房子、汽车、高速公路、桥梁，变成了繁华的商场、身边的菜市，变成了学校、医院、保障网络，变成了越来越绿的城市、日渐清澈的河流，变成了城乡居民越来越鼓的钱包……

让我们看一看这一组组让人激动、使人遐想的数字吧!

主城区建成面积400平方公里，集中人口500万，一个引人注目的特大型城市。

1996年，重庆工业销售值只有1000亿元，去年达到4200亿元，十年翻了两番。十年前重庆工业总效益是亏损的，2006年工业总利润155亿元。

通过直辖十年的快速建设，重庆正在成为我国为数不多的交通大枢纽。9条铁路向东西南北四个方向延伸，全部建成后，至少有4条高速铁路经过重庆;重庆向每个方向都有两条高速公路;去年重庆空港吞吐800多万人，增长幅度达到23%，增长幅度列全国前茅;一条长江黄金水道的通航能力相当于四条高速铁路，三峡工程完工后，能力还会大幅提升。

城乡居民的收入，均翻了一番。直辖之初，农民人均居住面积24平方米，现在已经达到33平方米;直辖之初城市居民的人均居住面积是7.65平方米，去年已经达到了24平方米。

2000年，有187天空气质量优良，2006年达到287天。城市人均拥有绿地，十年翻了一番。

所有县都建了污水处理厂和标准化的无害垃圾处理场。污水处理率已经达到了75%，垃圾无害化处理率已经接近90%。而在直辖之初这两个数据都是零。

113万移民已经动迁了102万。每一个移民家庭至少有一个人从事二、三产业。

教育方面，全面完成了普九。全部消除了中小学危房，尤其是过去大量存在于农村的危房。

牢记使命、不拘定式,创新发展、精彩演绎。重庆,序盘十年,起势不俗!

决战中盘:快稳有度　力争先手

棋到中盘,局势最微妙,头绪最繁乱,算度最复杂,有时争得一个"先手",即会对整个对局的胜负起到决定性的作用。十年后的重庆,也进入了"中盘",进入了"黄金发展期和矛盾凸显期"。既与全国一样,处于全面建设小康社会的关键时期,又与全国不同,是重庆是否能在西南乃至整个西部真正起到战略支撑点和中心辐射作用的特殊时期。

棋要如何下? 取势还是取地? 是下强马硬弓的快棋还是下徐徐图之的细棋?

重庆如何发展? GDP 与生态保护之间的关系,经济发展与社会事业之间的关系,较发达的"一圈"和较落后的"两翼"之间的关系,较富裕的居民与较贫困的农民之间的关系,建设经济中心与携手周边省区之间的关系……

在重庆又一个发展的关键时期,胡锦涛总书记亲自为重庆今后十年、二十年,甚至更长时期的发展"导航定向"——把重庆加快建成西部地区的重要增长极、长江上游地区的经济中心、城乡统筹发展的直辖市,在西部地区率先实现全面建设小康社会的目标!

幸哉! 重庆!

增长极、经济中心、统筹发展,是重庆要实现直辖市战略定位要求的三个必须占领的重要支点。在西部率先实现全面建设小康社会的目标,是给正在快速发展的重庆提出的更高要求。用市委书记汪洋同志的话说,"胡锦涛总书记的讲话,标志着重庆一个新时期的开始,揭开了重庆求发展、上台阶、增实力的序幕,昭示着重庆的未来会更加辉煌"。令人振奋,催人奋进,但又感到沉甸甸的。还是用汪洋同志的话说,一个"加快"、一个"率先",四个字始则让人兴奋得睡不着觉,继则压力大得睡不着觉!

我市的各级领导干部和群众也正从喜悦中走出来,思考并准备行动。

客观地说,"加快"建设的三大支点,在我市已具备了一定基础,今后的任务主要是抓得更细、更实。

比如，增长极的建设，直辖十年已取得了阶段性的成果。我们的经济能级实现跃升，GDP 由 1000 亿级跃上 3000 亿级，十年翻了一番半；人均 GDP 从 750 美元跃过 1500 美元，地方财政收入由不到 100 亿元跃过 500 亿元，固定资产投资完成额是直辖前十年的 8.2 倍。

比如，长江上游经济中心的建设，基础基本夯实，已开始迈向成框架的新阶段，"三中心两枢纽一基地"的思路也越来越清晰。重庆近些年也加紧了与四川、贵州、云南、广西等省自治区的合作与互动，并主动上门洽谈，签署了一系列协议。

再比如城乡统筹的直辖市建设，与大城市带大农村的试验有异曲同工之妙。重庆也因此既具备最好的统筹体制，又进行了较早的探索，从直辖之初的向各区县大幅度放权，到后来的三大经济圈建设，再到现在统筹发展思路更加明晰、统筹力度更大的"一圈两翼"建设。为了使两个市场尽快互动和融合，我市还正在着手构筑统筹城乡发展的制度框架，并争取成为国家级城乡统筹发展试验区。

但一个"率先"的压力却让人有透不过气来的感觉！

让我们先看一看"全面小康"的概念和一些重要目标要求。

全面小康社会的概念在十六大报告中已有完整阐述，它包括了社会主义政治建设、经济建设、法制建设、文化建设等方方面面。

我们在此主要从一些具体的指标中找一找差距。据中国科学院可持续发展战略研究组提供的情况："全面小康"的指标共分"经济目标"、"社会目标"、"生态环境目标"等三大类 33 个小项，经济目标只有 6 项，但项项都是硬指标，其中人均 GDP 达到或超过 3000 美元；城镇居民可支配收入达到 1.8 万元；农村居民可支配收入接近 8000 元 3 项，已成为沿海发达省份制定"全面小康"目标时的通用标准。社会目标和生态环境目标非常细致，从人均寿命、恩格尔系数、城乡居民收入差距、千人拥有医生数到万元产值能耗及水耗、工业废水达标率、森林覆盖率等等，非常详尽，非常具体，不仅仅是一个经济的小康，而是一个全面发展的小康。

反观我市，在西部"率先"实现全面建设小康社会目标的路途上，却有着一个个需要拼尽全力才能越过的障碍。

经济目标。用人均 GDP 和城市、乡村居民人均收入这三大来不得虚假和水分的硬指标来衡量,还相差甚远。

社会目标。二元结构导致的城乡差距,社会保障体系仍有待于进一步完善,社会共同事业,尤其是面向农村的部分,仍处于较基础的阶段……任务仍相当繁重,一个1000万人的小康,一个贫富差距过大的小康,一个物质丰富、精神苍白的小康,绝不能算是一个全面小康。

生态环境目标。这更是我市要面对的一大难题,一方面是传统的经济结构仍有待调整,一方面是生态基础仍十分脆弱,矛盾交织,不容轻视。

横向比较。仍据中国科学院课题研究组的报告,他们在综合了几十项指标进行加权分析后,对2001年我国各省市区全面小康社会的实现程度做了一个排序,重庆列17位,在西部居陕西、山西之后,与内蒙古、四川为近邻。在西部也是前有标兵,后有追兵,更遑论已经将2010年前全面实现小康社会目标作为基本追求的江苏、广东等省了。

机会多,但困难更多;压力大,但动力更大。

直辖十年,仅仅是序盘,仅仅是开始。今天的重庆,像极了一盘起势还不错的围棋,中盘如出错乱,整局都会翻盘;也像极了一艘溯江而上的大船,不进则退,甚至在百舸争流的形势下,慢进都是退!

重庆号,加油!

(《重庆日报》2007 年 3 月 14 日)

殷殷问疾苦　细细听民声

——薄熙来等与出租车司机座谈

3日凌晨至4日中午,我市主城区出租车因受阻大量停运,使重庆成为全国舆论的焦点。经过艰苦细致的努力,停运事件已经得到妥善有效的处置,截至5日早晨,主城出租车已全面恢复正常营运,一切重归平静。但这一事件发生的原因是什么? 广大司机的诉求有哪些合理的地方? 应该如何从体制和机制、管理和政策各方面真正去解决? 我们应从此事件上吸取哪些经验教训? 在满足广大司机的合理诉求基础上,如何进一步树立好这一重要窗口的形象? 这一个个问号,让市委、市政府的决策者们感到沉甸甸的,放心不下。

6日上午,市委书记薄熙来以及市委、市政府的其他几位领导,邀请40名的哥的姐、20位市民代表、5名出租车企业代表和2名加气站代表座谈,倾听各方意见,探寻事件缘由,市交委四楼会议室坐得满满当当。为了使市内外群众更真切、及时地了解这一事件的进程,电视台和网站还对座谈会进行了现场直播。

"今天,我与市里的一些领导邀请出租车司机朋友来,就是想坐下来聊一聊,亲耳听听你们的意见。"9点57分,薄熙来一行一走进会场,就亲切地同大家打招呼,并跟到会代表一一握手。"我们有机会向市领导直接反映关心的问题了!"现场涌动着一股激动的情绪。

要解决好影响出租车司机收入的突出问题

"出租车行业关系千家万户,这次的士停运,大家肯定有很多话想说,今天就畅所欲言,把话都说开,一块儿把原因分析透,把问题搞清楚,这样才能互相理解,真正解决问题。"招呼大家坐下后,薄熙来作了个简单的开场白。

"我先发个言吧!"来自高博公司的司机王少龙,第一个拿到了话筒,他说:"我开了十多年的出租车了,前些年月工资平均有3000多块钱,现在却只有2000块钱了,而且劳动强度比以前还大多了!"

"现在车的运价并没有降低,市场也在发育,是什么原因低了这么多?"薄熙来说。

"一个堵车严重,再就是加气难,还有一个就是运价偏低了。"王少龙颇显无奈。

"你说加气难,到底难到什么程度,会影响你们多久的运营时间?"薄熙来问道。

"一般每天要加1—2次,气压不够要加2—3次。"

"加一次要多长时间?"薄熙来追问。

"顺利的话10多分钟,不正常的则要一两个小时,气压不够的话,还只能加到一半,每天要在加气站耽误很多时间,再加上堵车严重,空耗的时间多,对我们找钱的影响大!"王少龙回答。

座谈中,一位加气站的工作人员为加气难作了一番解释,薄熙来打断他的话说:"今天主要是听司机们讲,工作中的困难以后再说,把时间多留给司机同志们。"引来司机一片掌声。

"我们的运价是低了,多少年都没有调整。我小孩在成都,我也到成都专门去坐过出租车,他们比我们好得多。"一位司机接着说。

"成都比咱们好得多?"薄熙来问。

"他们的起步价是5块钱,跟我们一样,但是跑了1公里以后就开始跳表,我们是跑3公里才开始跳表,一天下来,差不少。"

"还有什么原因?大家都说说。"薄熙来鼓励说。

"'板板钱'(驾驶员向公司上交的使用费)太高了,每天百分之七八十的钱都交公司了!"高博汽车公司的肖先明说。他的话音刚落,司机们纷纷附和。

"我已从几个渠道听说了这个问题,但说法不一样,你们能不能给我一个大致的概念或数字,每个月能有多少营业收入,其中多少交了'板板钱'?"薄熙来问。

现场的司机各自报起了数字，大多数人给出的数字是月营业收入七八千元，其中4500元左右交了"板板钱"。

薄熙来蹙紧了眉头说："这个'板板钱'是高了，我手头有一些资料，和其他城市相比，这个'板板钱'的比例也偏高了，确实不合理，应该解决。"

要下决心解决黑车问题

来自嘉阳公司的司机何涛说，市场上黑车猖獗，占了全市出租车的五分之一，特别是龙头寺火车站等地方，黑车不仅与正规的出租车抢生意，甚至围攻和殴打出租车驾驶员。"这个问题很普遍，希望政府能够给我们解决，把黑车打下去。"

薄熙来说："政府多次打击黑车，但屡禁不绝，这是什么原因？大家有什么好建议？"

高博公司的肖先明师傅说："政府部门虽然一直在打，但方式单一，要发动社会力量，其实，是不是黑车，我们在路上一看就清楚，要让大家参与，提供线索。"

薄熙来问："黑车不是也得去加气吗？为什么不能在加气站这个环节把他卡住呢？如果全市都行动起来，各个环节严格管理，黑车就没地儿去了。"他的这番话，激起了现场司机们的热烈掌声。

薄熙来接着说，这次要下决心把黑车的问题解决掉。我代表市委、市政府表个态，我看黑车司机听到这个话，最好争取主动，别开黑车了，免得成为打击对象。市委、市政府有能力把出租车市场整治好。

在利益分配方面首先要顾及大多数人的利益

是否调整出租车价格，成为座谈会上的一个焦点。

在听取大家的意见后，薄熙来说："调价问题，涉及到方方面面的利益，一定要慎重考虑。"他具体分析说，与北京、上海等城市比，重庆的定价是低了些，但重庆市民的收入水平也与人家有差距，我们的价格与同等城市差不多，还普遍加上了返空费。出租车得让普通市民坐得起，才有市场。两头要合适，市民能承受、能适应，出租车司机有活儿干，就会有更多的收入。

薄熙来说,我们要认真研究,调整好出租公司和司机的利益关系,将"板板钱"降下来。在出租车管理的利益分配上,要顾及大多数人的利益,这就要做到两个"为民":一是要为老百姓、消费者考虑,将整体运营成本降下来,让消费者坐上价格合理的出租车;二是维护出租车司机的利益,这是一个很大的群体,有2万多人,2万多人身后又是2万多个家庭,影响到重庆相当多市民的生活,让这部分人的生活稳定,并逐年有所改善,在重庆市经济发展的过程中,他们的生活水平也水涨船高,这是我们政府执政的一个重要方面。

重庆的形象,需要全市人民一起来维护

座谈现场,许多市民代表也踊跃发言,发表对这次出租车停运事件的看法。一方面他们对出租车行业的整体形象给予充分肯定,另一方面对他们采取集体停运方式解决利益诉求的办法不赞成。

来自市急救中心妇产科的护士曹久兴说:"这次出租车停运,使市民出行不方便,也会让外地的人感觉不好。"同时,她也对出租车司机的工作表示了理解,呼吁要通过这次座谈,为出租车驾驶员、出租车行业创造良好的经营环境和空间。

重庆京剧团退休老人冀汇仁,头发已经花白,她说:"为了养家糊口,出租车司机起早贪黑,非常辛苦,的确很不容易。而且他们中很多同志还拾金不昧,乐于助人,表现出良好的素养,说明重庆的出租车驾驶员是一个优秀的群体。"冀老又说道:"但是不能一遇到问题,就采取停运的办法,这对重庆的影响不好。有问题可以向政府提出来,通过协商的办法来解决。"

还有一位市民代表在发言中,肯定了市委、市政府邀请的哥的姐座谈、畅通利益诉求的方式。他说,薄书记到重庆以后出台的政策措施,让老百姓从心里觉得重庆大有希望。他还特别说到,建立一个和谐的重庆,无论是市民,还是政府,大家都有这个共同的心愿,每个人都必须为此付出努力。

薄熙来仔细听取大家的发言,并说,今天咱们的市民代表多次在表扬的哥的姐,夸奖大家做了不少好事,还常常见义勇为,不少同志是给重庆添了光彩的。他说,重庆是我们共同的家园,胡锦涛总书记对我们重庆很关心,提出了"314"总体部署,还希望我们成为长江上游的经济中心,这是多大的责任啊!我希望全市人民一起使劲,出租车司机也要使劲,咱们共同来维护重庆

的形象,使重庆发展得更好。希望通过这次座谈会,市委、市政府改进工作,出租车司机也改进工作,争取外地人一到重庆,上了出租车就有一种新鲜的感受。

从改进管理体制和方式入手,总体解决出租车问题

座谈会上,来自互邦公司、高博、工贸、嘉阳等多家出租车公司的13位代表纷纷发言,薄熙来不时插话了解情况,对一些深层次的矛盾"追根溯源"。

在认真听取大家发言后,薄熙来说,出租车行业是一个城市的窗口,一方面关系市民的出行,涉及千家万户,另一方面又关乎重庆的城市形象。

他说,今天出租车司机在座谈中反映的问题,主要集中在"一难两少三多"上:"一难"即加气难;"两少"是停车站点少、厕所少;"三多"是黑车多、罚款多、管理费多。这反映了我们管理体制、工作方式上还存在问题,有待改进。

他说,运价问题既涉及到市民利益,也涉及到出租车司机的利益,政府要加强研究,既要让普通市民"坐得起",也要让出租车司机"有收入"。在治理"板板钱"方面,政府已经作出决定,立即取消各公司擅自提高的那部分"板板钱",而且还要降低。在缓解堵车方面,我们也要将这一问题纳入畅通工程予以解决。为打击黑车,公安和交通部门要联合起来,集中开展整治行动,加大打击力度,彻底解决这一问题,以维护正常的营运秩序。他强调,要在改进管理体制方面,认真调查研究,使其科学合理。要学习借鉴其他城市的先进经验,结合重庆自身的实际,研究出一套可行的办法。

薄熙来说,对这次出租车停运所反映出的问题,政府有关部门应该闻过则喜,反躬自问,认真反思;要认真吸取教训,努力改进工作。同时,出租车司机也要不断提高自身素质,提高服务水平,为重庆市争光。

政府将向广大司机作个很好的交代

常务副市长黄奇帆在会上代表市政府,对出租车司机关心的问题作了回应。

关于加气难的问题,他说,这是重庆市政府为降低出租车、公交车的燃料成本,想办好事办出来的问题。在我国大部分城市,都是只有加油站,没有加

气站。由于天然气成本比汽油的成本低了一半多,所以市政府在 2004 年以后就努力推进这件事,由主城开始只有几个加气站,到去年主城增加到 40 个,今年又加了 6 个。这 46 个站理论上每天的供气能力有 130 万立方米,但仍存在供气不平衡、高低峰不平衡、布局不平衡三个问题,使得加气拥挤,对此,市政府将采取措施,切实解决。

说到出租车司机的收入问题,黄奇帆说,当前,重庆出租车司机收入是低了,而且这几年基本没有上升。解决这一问题,就要认真分析出租车行业的利润分配情况,找到解决的办法。通过已经掌握的资料和大家的座谈发言,可以发现,在出租车司机各种各样的费用支出中,"板板钱"交掉了 70% 左右,是影响出租车司机收入的最大原因。对于政府收取的税费,可以降下来的,我们要采取措施把它降下来,属于公司承包者收取的费用,该降的也一定要降下来。关于出租车是不是要提价,黄奇帆说,这要举行听证会,在听取方方面面意见后再作出结论。但政府将会很认真地把价格和收费的事情协调好,向广大司机同志作个很好的交代。

开明坦诚务实,是有担当有勇气的体现

收看了电视和网络直播的出租车司机和市民,对座谈会给予了积极评价。渝 AT4075 出租车驾驶员鄢代平激动地表示,薄书记和市领导们对出租车驾驶员切身利益的关心,说明了老百姓在党和政府心中的分量。市领导还谈到了政府管理体制上的一些问题,也坦陈了不足的地方,这是很有勇气的,作为重庆的普通老百姓,我坚决拥护这样有担当的政府;作为出租车驾驶员,我将加强自律,起好模范带头作用,让出租车成为我们城市的一道流动风景线。

渝 AT2351 出租车司机冉启华说,市领导和大家的沟通,让我非常感动。在这次停运事件中,有些人的过激行为,是极不理智,也不应该的。当我们遇到困难时,应该在法律允许的范围,以合理合法的手段进行解决,每个市民都有责任维护社会稳定和社会秩序。渝 AT2039 出租车司机周后俊说,薄书记表扬重庆也有很多优秀的"的哥",如见义勇为、拾金不昧等,这让我很受鼓舞,说明出租车司机的优秀事迹也记在了书记脑子里。你为重庆做了什么,领导和老百姓都是看得到的,我们要多向好司机、优秀司机学习,为重庆

争光。

市民刘潇潇说,这次座谈会是重庆决策层开明、开放、从容、负责任的一种体现。每一个重庆人都应该更加拥戴、信赖这样的政府,对建设新重庆充满热情和责任,从小事做起,集中百姓智慧,为重庆的发展、重庆的形象共同努力。市民杜术林谈道:今天可喜地看到,重庆在应对公共危机中展示了政治智慧和民主思维,事实证明,公众不但对市委、市政府直面困难和解决困难的政治勇气和政治态度给予热烈回应和赞扬,也加深了对城市出租车营运情况的了解,对城市建设有了全新的期待,我相信,这种高层公开透明直面民众的政府公共危机处理方式,将成为信息时代地方政府公开处理重大民生问题和突发事件的典范,相信重庆的政治将更加开明,经济将更加开放。

市领导范照兵、刘学普、凌月明参加了座谈。

（《重庆日报》2008 年 11 月 7 日,与刘长发合撰）

中外媒体聚焦重庆

　　近日,重庆代表团全团会议对外开放,来自境内外的 111 家媒体的记者赶到人民大会堂重庆厅,集中采访报道重庆,其中境外媒体 47 家。多数记者看好重庆这个中国西部直辖市的发展,并对移民、农民工就业、扶贫等民生问题格外关注。薄熙来、王鸿举、黄奇帆等一一回答了记者们的提问。

在困境下,重庆如何逆势而上?

　　台湾中天电视台记者:今年重庆提出 12% 的增长目标,请问薄熙来书记,在金融危机下,重庆如何实现这一目标? 有报道说重庆是逆势而上,而且创造了"重庆模式",不知您能否围绕这谈一谈? 另外,在吸引台商投资方面,重庆有什么优惠政策? 也想请问黄市长,台湾非常关心茂德在重庆设立子公司的事,不知道重庆将如何支持这个台资企业?

　　薄熙来:讲到"逆势而上",重庆市政府一直在认真研究具体措施。去年年初我们就注意到国内外经济形势的变化,有针对性地启动了一些措施,是有成效的。至于说"重庆模式",还谈不上。全国那么多省市自治区,八仙过海,各显其能,重庆只是其中之一,我们也借鉴了不少兄弟省市的经验。这两个问题,还是请黄奇帆常务副市长给大家重点谈一谈。

　　黄奇帆:我们今年的确确定了一个保 12% 的增长目标。估计在今年一季度,重庆的 GDP 能够实现 6% 的增长,上半年会实现 8% 左右的增长,全年争取 12% 的增长。为了实现这个目标,我们有几个方面的重点措施:一是落实中央保增长的各种优惠政策,扶持企业的具体措施,帮助企业解决金融危机带来的融资难问题。二是抓投资、保增长，今年有 5000 亿的固定资产投资计划，其中 1500 亿是基础设施投资，1600 亿是工业产业的投资，1000 亿是关于房地产业的投资，还有几百亿是教育、卫生、环保等公共服务、社会投资方面的投资。通过这些投资，能够拉动重庆经济 7 到 8 个百分点。三是通过在逆势下扩大开放，并以此调整我们的产业结构，不仅解决当前问题，而且与重庆建设内陆开放高地的目标结合起来。

重庆的台资企业比较多，共有 800 多家，总体发展很好。但也有一部分中小企业存在困难，比如融资的困难。市政府已经出台了一些专门针对台资企业的融资措施，比如说，流动资金出现困难，担保公司可以专门为台资企业做担保，让商业银行给予贷款。

茂德是台湾的一个很重要的集成电路企业。最近整个世界的集成电路企业都处在比较困难的状态，市场订单少了 50% 以上，已有一批欧美的集成电路厂商倒闭。目前，台湾的集成电路企业正在进行重组，重组后，重庆的这个项目，就成为一个新的台资集团的全资子公司，我们乐见其成，并会积极支持茂德在重庆的发展。

薄熙来：我补充两句。你提到，为什么在经济里里外外面临困境的情况下，重庆有条件逆势而上。我认为关键之点，在于我们知道自己该做什么，如何投资，投向什么方向。中央政府坚决反对低水平的重复建设，国内外市场目前也是供大于求，盲目扩大产能很难有销路。重庆在去年早些时候，就确定了五个发展目标，即建设宜居重庆、森林重庆、畅通重庆、平安重庆、健康重庆。这是重庆未来希望达到的五个境界，均与老百姓的生活要素和居住环境息息相关，是以人为本，相关投资都是民生工程，都是可持续发展的要求。

这"五个重庆"的项目，和中央确定的拉动内需、促消费、保民生的大政方针连在一起。市政府规划在今后 3 年投 5000 多个亿，既可以改善百姓生活，又可以提振经济，逆势上扬。

美国全国公共广播电台记者：为了应对全球金融危机，中国提出了 40000 亿的投资计划，我想请问这个计划中，重庆能拿到多少？有多少能给重庆的国有企业？

王鸿举：到目前为止，中央的 40000 亿投资，已经分配了 2300 亿，其中重庆分到了 74 亿，比我们的人口在全国占比 2.4% 要多一些。这一方面因为我们的项目准备比较充分,另外,中央希望重庆能够在中国的中西部地区发挥更大的带动作用,承担更多的责任。因此,在铁路交通、公路交通以及航运等方面的规划建设,给了我们大力支持。今年,我们要按照科学发展观的要求,按照总理报告中提到的目标,联系我们重庆的实际,组织好重庆的建设。对国有企业的发展,我们也将给予更多关注。

重庆以哪些优势吸引投资者?

日本时事社记者:日本企业目前在重庆的投资规模比较小,但是它们非常看好重庆,重庆可以利用哪些优势将它们吸引过来?

薄熙来:这是个好机会,你可以写一篇详细的报道,向日本工商界介绍重庆的特点。重庆地域广阔,是一个投资环境比较优越、潜力巨大的城市,有吸引外来资本的优势。

重庆在过去就享受了国家许多政策,包括三峡库区、西部开发、少数民族地区的多项优惠。前不久,国务院又专门出台3号文件,为重庆设计了一整套政策。有人说,重庆虽然穷,但是讲到优惠政策,称得上有个"合订本",各种政策都有。

重庆虽然地处中国内陆,但有几个突出优势。比如紧靠长江黄金水道。从重庆到上海,有2400多公里。20英尺的标准集装箱,通过长江航运,只需要3600块钱;如果走铁路,得花6000块;走高速公路,更要20000多块;水路运输的优势显而易见。

此外,重庆连接周边的铁路建设也在加快,今后几年铁道部对重庆有个"12345678"的建设规划,即1小时到成都,2小时到贵阳,3小时到西安,4小时到武汉,5小时到兰州,6小时到广州,7小时到北京,8小时到上海,都是高等级的铁路。高速公路已由直辖之初的100多公里,发展到现在的1000多公里,在建的还有1000公里,又规划了1000多公里。前不久,中央批准在重庆设立了内陆地区第一个保税港区,这对发展现代物流,承接加工贸易的转移大有帮助。在用地政策方面,重庆也有优势,所辖面积较大,有条件在城市发展的过程中实现占补平衡。重庆现有70多万在校大学生,人才的供给充分。综合以上条件,重庆有条件实现又好又快的发展,我们欢迎各国企业到重庆来发展。

王鸿举:我在这里补充一个情况,希望你带句话回去。现在,日本企业在重庆的投资主要在制造业,包括汽车摩托车、仪器仪表和医药化工,在当前的经济背景下,到目前为止,无一亏损。

承接东部产业转移,三类产业不受欢迎

人民日报记者:黄奇帆副市长,国际金融危机对我国经济带来了影响,同时也蕴含了产业转移的机遇。迎接产业转移机遇,重庆做了哪些准备? 如何在承接中兼顾环保问题?

黄奇帆:任何一个产业集群的梯度转移都不是盲目的,必定要考虑各种因素。比如要看承接地区是否是交通枢纽,物流成本是否具备优势,油、电、煤等生产要素的供应是否充分,财政、税收等政策是否更优惠,劳动力的供给和素质是否有保证,以及金融生态是否健康。"这些要素重庆完全具备,足以成为承接东部沿海地区加工贸易和产业集群转移最好的地区之一。"

重庆对于产业承接绝非来者不拒,有三类产业不受欢迎:一是污染严重、处理工艺落后的产业;二是资源消耗大、产出率低的产业;三是重庆本身产能过剩的产业。比如,虽然四川灾后重建需要大量水泥,但我市明令所有区县不能再引进水泥类项目,重庆在该行业的产能已经达到六千万吨,不宜再重复建设。

第一财经日报记者:请问黄奇帆副市长,重庆如何解决中小企业融资难的问题?

黄奇帆:这是全国范围内的一个普遍现象,尤其在金融危机影响下更加明显,需要从体制机制层面加以改进完善。目前重庆采取了以下措施:一是成立了84家担保公司,总担保金达到85亿。中小企业多半面临流动资金趋紧的问题,去银行质押也很难凑够质押品。担保公司便可帮助其解决这个难题。按1亿担保金可担保8亿银行贷款计算,可以盘活600亿资金流。二是针对中小企业长远发展缺乏资金的问题,重庆根据国务院3号文件的政策,出台了私募股权基金条例。即通过整合民间资本成立产业发展基金。目前重庆已经批准了1家50亿元的相关企业,年内规模实现100亿,最终达到300—500亿。按照中小企业每投资10元,基金投入3元的比例,最终将形成上千亿元的资金补充,有效解决中小企业融资难问题。

"西三角经济圈"是个有意义的话题

中新社记者：请问薄熙来书记，今年两会，有代表提出"西三角经济圈"，你是否认同这一概念？重庆在这个经济圈里将有什么作为？第二个问题，你曾经主政大连，现在又主政西南的重庆，在城市规划和建设方面，你认为这两个城市有什么不同？

薄熙来：提到"西三角经济圈"，这是一个有意义的话题，经济界不少朋友对此有兴趣，有研究。我国西部大开发战略从 1999 年开始到现在已有 10 年了。10 年来西部有了很大变化，人们还希望有更大的发展。中央政府已明确要求重庆成为"西部重要的增长极"，但这个"增长极"还比较单薄，经济总量不过 5000 多亿。"西三角经济圈"位于川陕渝三省市，由成都经济圈、西安关中经济圈、重庆经济圈构成。这是西部地区比较发达的几个城市，人才资源比较集中，科研能力比较强。如果这三个经济圈能更好地融合，经济总量就大了，辐射带动作用也会大大增强。现在 3 家的 GDP 已经占到整个西部的 33%，而且占比还在增长。下一步，如果能在交通运输和产业合作上下更大的功夫，形成公路、铁路、航运的网络，辐射和带动能力会更强。

大连和重庆这两个城市都是山城，都依山傍水，都很美。在体量上，重庆比大连要大许多；在区位上，一个在沿海，一个在内地。重庆不临海，但临江，处在长江嘉陵江的交汇处，亦有航运之利。

重庆既是山城，又是江城，这让我们联想到毛主席的《沁园春·雪》，"江山如此多娇"，好像就在讲重庆。重庆在城市建设上，直辖以来发生了很大变化。现在正大力推进危旧房改造，增加绿地，让老百姓享受更多的空间，好好建设下去，相信重庆会成为一个江山如画的山水之城。

让人操心的四件事

中央电视台记者：面对今年的经济形势，您作为重庆市委书记，每天考虑最多的事情是什么？当前重庆发展面临哪些困难和问题？

薄熙来：每天考虑最多的，当然就是如何学习和实践科学发展观。

直辖十多年，重庆经济社会平稳较快发展，取得很大成绩。同时，依然面临四个方面的困难：

一是三峡库区的问题。三峡工程是新中国建国以来经过全国人大表决的工程,举世瞩目。三峡移民80%以上在重庆。现在,整个工作进展顺利,175米试验性蓄水如期完成。毛主席描绘的"高峡出平湖,神女应无恙",已经成为现实,库区变得很漂亮,视野也很开阔,但移民安稳致富还任重道远。库区尚有11万城镇移民没有实现就业,后靠移民人均耕地偏少,6.3万后靠移民人均耕地不足0.5亩,人均不足0.3亩的还有2.8万人。175米试验性蓄水后,防治地质灾害压力加大,市政府正组织专门力量,密切监控,防止发生意外。

二是渝东南问题。渝东南地处武陵山区,山高沟深,与湖南、贵州接壤,而且是少数民族聚居区。大面积的高山深沟,给老百姓的生产生活带来很多困难。渝东南地区76%的面积是山地;有效灌溉面积不足30%。要脱贫致富,完成中央交办的任务,还要下很大的功夫。

三是农民工就业问题。重庆有800余万农民工,他们外出打工,为家乡,也为重庆的改革发展作出了贡献。在当前形势下,如何通过有效的培训提高他们的就业能力,如何引导他们充分就业、回乡创业,对重庆来说仍是挑战。

四是如何解决主城建筑密集的问题。改革开放30年,重庆城市面貌发生了很大变化。重庆是个山城,空间有限,主城建筑依山而建,看起来很壮观,但楼宇密集,绿地较少,还有一些危旧房需要改造。去年,市政府下决心改造1000万平方米的危旧房,使原住民人均居住面积提高50%,彻底改善他们的居住条件。这是个很大的民生工程,也是改造重庆主城的大动作,不仅需要投入大量资金,还要统筹兼顾,任务十分艰巨。

国务院出台3号文件,就是为重庆做实三大定位

香港文汇报记者:我有一个问题提给薄书记。国务院目前出台了推进重庆城乡统筹发展的指导意见,请问重庆未来怎么落实这个意见?在城乡统筹发展过程中,香港和重庆有怎样的合作机会?

薄熙来:2007年,胡锦涛总书记为重庆作出了"314"总体部署,给重庆提出了三大定位,即建成长江上游的经济中心、西部地区的重要增长极和统筹城乡发展的直辖市。今年,国务院出台3号文件,就是为重庆做实这三大定位。目前,市委、市政府正在认真与国家有关部门对接,努力将3号文件的各

项举措落到实处。

与香港的合作,重庆历来非常重视。去年年底,鸿举市长还专门到香港,与当地的工商界人士广泛交流。从地势上看,香港与重庆很有相似之处,都有山有水。在城市规划建设方面,香港的经验很值得重庆学习借鉴。目前,两地在高新科技、旅游服务、房地产开发等方面,已经开展了不少合作。比如,重庆主城嘉陵江边一个最显眼的地方,香港投资商就准备做一个"嘉陵帆影"的大厦,很有气势,建成后将是重庆的标志性建筑。还有多家大企业,有的搞科技,有的搞制造,也有的搞旅游,看发展的势头,两地合作会迎来一个高峰期。

新华社记者:薄书记您好!重庆作为全国统筹城乡综合配套改革试验区,开展了哪些有益的探索和尝试,还面临哪些困难?此外,温总理在政府工作报告中指出,要加大监管力度,把4万亿投资用在刀刃上,同时要进一步抓好反腐败工作,您如何看待这些问题?

薄熙来:重庆是中国西部唯一的直辖市,幅员8万多平方公里,但95%以上是农村,统筹城乡发展还是"小马拉大车"。在京津沪渝4个直辖市中,重庆城乡差距最大,统筹难度也最大。重庆财政收入比天津少100个亿,农村人口却比天津多1000万。把统筹城乡发展试验的任务交给重庆,显示了中央抓住主要矛盾,攻坚克难的魄力和决心。

当年,辽宁下岗职工人数在全国占比是最大的,但中央就是把全国的社保试点摆在辽宁,下决心解决老大难,而且精心策划,终于打赢了这场新时期的"辽沈战役"。这次统筹城乡的改革试验,温总理专程到重庆调研,中央做出重大决策,国务院下发了3号文件,就是决心在最困难的地方组织一场大"战役",把城乡统筹试验的任务拿下来。

就具体工作而言,重庆统筹城乡发展面临很大难度。比如,按1196元的新标准,重庆农村尚有146万贫困人口。城乡低保人口有156万,比京津沪三市的总和还要多,且低保标准比较低。统筹城乡发展任务艰巨,意义重大,完成好这个任务,重庆就能真正实现社会和谐,会有一个大进步。

市政府已经拿出了硬碰硬的措施。比如正在推进整村脱贫计划,还准备在农村建980所寄宿制学校,在全市建1000个拥有400米标准跑道的运动场,在全市农村普遍建立农村文化室,还要筹集资金,搞好农村的养老保险和医疗保险。参考全国对口支援四川地震灾区的做法,重庆还规定,处于经济较好的"主城一圈"的区县,每年要拿出财政收入的1%,对口支援经济困难的"两翼"区县。

关于反腐败,市委、市政府态度坚决,这几年已处理了几起大要案,涉及到区长和政府主要部门的负责人。如果宽容放纵腐败分子,就是对全市百姓不负责任,对廉洁自律的好干部也不公平。对徇私舞弊、收受贿赂、贪赃枉法的害群之马,必须严惩不贷,在哪里发现就在哪里查处,发现一个查处一个。

唱红歌、读经典

中国青年报记者:去年重庆发生了出租车停运事件,当时您把出租车司机请到一起,进行面对面的座谈,很快平息了这个事件,这件事给您带来了哪些思考? 今后政府面对这样的群体突发事件该怎样对待? 第二个问题,我们在报道上看到重庆正在申请恢复五一长假的试点,不知道有没有具体打算? 如果您作为普通老百姓,是否愿意恢复五一长假? 最后一个问题,您在重庆倡导唱红色革命歌曲,请问您为什么要倡导?

薄熙来:关于去年出租车停运这个事,当时王鸿举市长正在国外出访。事情发生后,他马上从国外打来电话,市委、市政府也进行了认真研究。我感觉出租车司机提出的意见是有道理的,尽管他们中一些人情绪比较激动。我认为,对老百姓提出的诉求,要理解,要正确对待,而且要认真研究解决。通过大家的坦诚交流,把这个问题敞开,很快就找到了解决问题的办法。说到底,老百姓是通情达理的,只要我们心平气和,开诚布公,就一定可以找到解决问题的办法。

谈到"五一"长假,作为一个重庆市民来说,我是赞成的。而且从当前拉动内需、启动消费来讲,"五一"如果多有几天假期也蛮好。

说到唱红歌,我始终认为,一个城市的发展需要有精气神。现在重庆人唱红歌,并不是只有市委、市政府的"一头热",绝不是行政命令,而是有着丰厚的群众基础,有老百姓的自觉自愿。重庆本身就是个英雄的城市,现在大街小巷、各个社区都在唱红歌,唱得很带劲。很多大学生在唱了红歌之后,感叹说,原来还有这么好听的歌呀! 这些红歌,都是过去几十年大浪淘沙后留下来的,很有生命力。不仅是共和国六十年以来的歌,还有抗战、解放战争时期的歌,如游击队歌、抗大校歌、解放军进行曲等等,都很带劲,很有意义,深受群众的欢迎。年轻人不能光唱谈情说爱的歌,也要唱振奋精神的歌。现在年轻人,很努力,很上进,每天都接受大量的信息,但要注意多读些经典,为自己一辈子的健康成长和事业有成打下精神基础和文化基础。最近重庆搞了几场读经典的朗诵会,广大干部还人手一本《读点经典》的小册子,以便提高思想水平和鉴赏能力,效果不错。现在重庆人不仅唱红歌、读经典,还跳坝坝舞,很有感染力。

农民工就业,搞好培训很关键

美国纽约国际新闻社世界华人记者:我是第一次参加重庆代表团的开放日,觉得重庆代表很务实。重庆人一向以能吃苦闻名,重庆籍的保姆在全国各地都受到欢迎,这也是解决农民工的新兴产业,请问王鸿举市长,对振兴重庆保姆产业有何见解?

王鸿举:好像把保姆产业作为一个新兴的产业来说不是特别合适,但需要重视。农村人进城找工作,搞好培训很重要,尤其是职业教育一定要抓好。现在重庆的100万高中阶段的学生,50万在接受职业教育,50万在普通高中学习,重庆有300多所职业学校,很多学生接受了职业教育后,就业能力大大增强。包括护理业、保姆业,培训好了,技能提高了,不再是传统意义上的小保姆,收入也会很高的。

(《重庆日报》2009年3月11日,与刘长发、张雪峰、罗静雯共同整理)

开放的重庆　充分的交流

——薄熙来、黄奇帆在媒体开放日上回答中外记者提问

2010年3月6日，重庆代表团全团会议对外开放。下午3点，境内外113家媒体的180多名记者云集人民大会堂重庆厅，其中包括47家海外媒体。记者们对这个中国中西部直辖市的发展，对重庆"唱红打黑"、西部大开发、内陆开放高地建设、公租房建设、干部作风等问题格外关注。近两个小时里，薄熙来、黄奇帆和记者们进行了充分交流。

当天下午3点10分，代表团开始审议。马正其、刘光磊、崔坚、盛娅农等近十名代表发言，为了给中外记者留出更多时间提问，大家都自觉把时间控制到5分钟之内。4点整，主持会议的陈光国代表说："我有一个提议，今天的审议发言到此为止，下面就请记者朋友们提问，我们很乐意回答大家的问题。"

话音未落，上百只手同时举起，争先恐后"抢"话筒。重庆声音，从这里传向世界。

西部大开发政策，相当于当年特区和浦东新区的优惠政策，未来10年重庆要在三个方面加倍努力

人民日报记者：西部大开发10年来，重庆最大变化是什么？

黄奇帆：西部大开发以来，国家给予西部地区的优惠政策，相当于当年的特区政策和上海浦东新区的政策。10年来，重庆基础设施上了一个台阶，建成高速公路2000公里，铁路通车里程增加1000公里；经济实力和结构明显提

升,GDP 达到 6500 多亿元,财政收入突破千亿大关,工业产值超过 8000 亿元;重庆还完成百万移民搬迁,进入了推动移民安稳致富新阶段。今后 10年,重庆将重点做好三项工作:努力建成长江上游的经济中心、西部地区的重要增长极;加快建设城乡统筹发展的直辖市,在西部率先实现全面小康;践行科学发展观,转变经济发展方式。

经济中心一般都是"开放中心"。上海是长江下游的经济中心,重庆要建成长江上游的经济中心,也要靠对外开放的拉动

中央电视台记者:惠普、富士康等 IT 行业巨头先后入驻重庆,重庆的吸引力体现在哪里? 建设内陆开放高地的内涵是什么?

薄熙来:重庆有个目标,就是建设内陆开放高地。在中国的四个直辖市中,只有重庆处于中西部,底子比较薄,发展困难大,赶不上京津沪,但重庆也有自身的特点。中国发展到今天,不仅要发展东部,也要发展中部和西部。科学发展观要求统筹兼顾、全面协调可持续,这就要尽快把西部发展起来。今年是西部大开发 10 周年,有心人会发现,过去 10 年西部有很大发展,自己和自己比,确实是高歌猛进,但和东部比,差距不是在缩小,而是在拉大,中央对此高度关切。江泽民同志曾提出,要努力把重庆建成长江上游的经济中心。3 年前,锦涛总书记又对重庆作出"314"总体部署,要求重庆加快建成长江上游地区的经济中心。长江是中国经济的黄金水道,上海是长江下游的经济中心,现在中央要把重庆建成长江上游的经济中心,这在很大程度上要靠对外开放的拉动。因为一般来讲,经济中心又都是"开放中心"。

这两年,我们采取一系列措施扩大对外开放,国务院给予了很大支持,比如批准重庆设立综合保税区。你提到的惠普项目,就有好几家大公司联合起来,每年可生产 8000 多万台笔记本电脑。改革开放 30 年来,汽车、摩托车一直是重庆的产业支柱,但这一项目达产后,就将超过汽摩的产值,并将使我市出口总额翻番,同时有效地调整重庆的产业结构。下一步,重庆还将在对外开放方面迈出更大步伐。

新华社记者:重庆提出要建设内陆开放高地,如何来实现这一目标?

黄奇帆:重庆提出建设内陆开放高地的目标两年来,已初见成效。2007年,重庆利用外资仅 10 亿美元,2008 年达 27 亿美元,2009 年 40 亿美元,增速连续两年居全国第一。今年计划利用外资 50 亿美元,对此,我们有信心,因为重庆利用外资的方式转变了,是全方位、宽领域、多渠道利用外资。进出口也将有个大的跃升,通过加工贸易、服务贸易、一般贸易齐头并进,可由现在的 100 亿美元,到 2015 年发展到 1000 亿美元以上。总之,如果我们只是闭门造车,不考虑开放高地建设,就成不了长江上游的经济中心。

重庆有两道门非常有名,一是"夔门天下雄",二是朝天门,伟大的邓小平就是从这里走向世界的

凤凰卫视和凤凰网记者:薄书记、黄市长,总理在昨天的报告中,提到要全面推进改革。请问,重庆具体如何去推进? 请问薄书记,去年,广东省的汪洋书记访问重庆时引起很大关注,请问您如何定位重庆和广东的关系? 另外,今年您是否有访问台湾的计划?

黄奇帆:重庆是城乡统筹综合配套改革试验区,今年有几项重要的制度改革:一是启动公租房改革,居民住房保障变"单轨制"为"双轨制",做到"低端有保障,中端有市场,高端有约束"。二是推动林权改革和要素市场改革,落实"两翼"农民万元增收计划。三是,推动城乡土地的合理流转。改革是解放生产力的过程,体制机制变革,几乎不用财政投入,但能大幅推动发展。我们十分重视改革的作用,将积极投身改革进程。

薄熙来:我补充两句。改革与开放是发展的两大动力,中国的改革开放已经搞了 30 年,但仍有巨大潜力。重庆人不仅勤劳,而且智慧,要通过改革与开放这两大动力,把重庆发展得更好。

讲到广东和重庆的关系,两地的经济联系很密切。去年汪洋书记率队到重庆,引来 500 多亿投资,今年广东的同志还会来。我们密切合作,互利双赢,产生了很好的效果。汪洋是咱重庆的老书记,历任市委、市政府的领导同志,包括德邻、海清、国强、叙定、镇东、鸿举等同志,调离重庆后,都对这里的山山水水时刻牵挂,对重庆人民怀有深厚感情,这是重庆发展的宝贵资源。

至于你提到的去台湾,可以说,大家都向往我们的宝岛台湾,都期盼着祖国的统一,都想去看一看。

南方都市报记者:刚才您谈到渝粤合作,请问您会去广东访问吗? 您的夫人是律师,她的专业知识对您的工作是否有帮助?

薄熙来:广东我当然想去,不仅因为我的前任汪洋同志在广东主政,而且广东还有很多重庆的农民工兄弟,我很想去看看他们。我的母亲也是广东人。广东有光荣的革命传统,有著名的黄花岗七十二烈士,当年为了参加广州起义,很多留学生专门赶回来,还写了绝命书,慷慨英勇。重庆电视台拍了《复兴之路》,讲孙中山先生搞革命,记录了那段历史,很感人。今天,我们也希望到广东学习改革开放的经验。

讲到我夫人开来,她的知识对我确实很有帮助,而且她是改革开放后第一批律师,不仅是法律知识,国际知识也很丰富。而且为了我,她做出了巨大的牺牲,十几年前当律师,开了律师所,办得正红火的时候急流勇退,以后专心做学问,这令我很感动。

法国电视二台记者:重庆是一个3000万人口的直辖市,但名头还不够响亮,怎样才能把她变成一座国际知名城市?

薄熙来:法国人对重庆的了解应该多一些。我们中国伟大的邓小平就是从重庆的朝天门码头赴法勤工俭学的。重庆有两道门非常有名,一个就是刚才提到的朝天门,这是邓小平走向世界的地方;另一个是三峡的夔门,万里长江上,有"夔门天下雄"!希望向法国人民好好报道一下。谢谢。

对"打黑除恶"是不是满意,应该由广大群众来评价

京华时报记者:薄书记,重庆"打黑"引起海内外媒体的关注。您对当前重庆"打黑"成果是否满意?有什么感想?下一步有何打算?

薄熙来:对"打黑"是否满意,这要看人民群众是不是满意,这个评价应该留给广大群众来做。两年前我刚到重庆,就注意到人民群众的大量投诉。通过"打黑除恶",确是吃了一惊,原来有这么多问题,比想象的要严重。过去一年,全市光命案就破了500多起,有的已经积压七八年了。试想,一个家庭死了人,多少年破不了案,是一种什么心情?人民政府理应为这些家庭伸张正义。

刚才这位记者问"是不是满意",其实想到死了这么多人,哪还有心情来说满意不满意?好在还是破了不少命案,为这些家庭消除了多年压在心头的疑案,也算稍稍安定一些吧!但还有五六百起命案没有破,还远不能松劲,要继续努力奋斗。随着经济社会形势的变化,黑恶势力还会千方百计地钻空

子,我们要有充分的思想准备。

如果说满意,我倒是对重庆公检法这支队伍在这次斗争中的表现很满意,他们直面黑恶势力,很勇敢,很有战斗力,也很有智慧,而且依法办事。在一年时间里就破了这么多命案,平均一天1起多,而且件件证据落实,件件符合程序。人民群众发自内心叫好,好多老百姓拿着锦旗,到公检法门前表示感谢。如果说感想,那就是人越正派就会越有才干。通过这场斗争,锻炼了队伍,也培养了一批人才。

英国金融时报记者:重庆"打黑除恶"备受关注,力度之大全国罕有,重庆的黑恶势力是否比中国其他地方更严重,到了非打不可的地步?重庆经验能否为中国其他省市借鉴?

薄熙来:讲黑恶势力,全世界大同小异,像美国、意大利,黑手党之类有的是。中国一些地方也有黑恶势力,多多少少,程度不同。据我所知,不少省份打黑除恶的力度很大,取得的成效也很大。按照中央的统一部署,我们要坚持"露头就打"、"打早打小"。"打黑除恶"是为了维护社会治安,保障人民的基本利益,必须认真抓好。

全国各界哪一个界别,都没有超越法律的特权,谁触犯了法律都应被依法追究

京华时报记者:您怎样评价李庄案?

薄熙来:讲到李庄案,经过一审、二审,并已经宣判,结案了。《重庆日报》发了一篇报道,从头到尾讲得很详尽了,是实事求是的,是负责任的。"李庄案"只是"打黑除恶"中的一个插曲,我注意到了,网上报道很多,评论也不少。为什么会引起这么大关注,倒值得静下心来好好思考。

我觉得有几点:第一,事实清楚。李庄教唆黑恶势力头目龚刚模翻供,而且编造事实,说公安机关把他吊了八天八夜,大小便都失禁了。龚刚模举报了,连细节都讲得清清楚楚,还有6个证人当庭作证,李庄本人在庭上也供认不讳。第二,程序合法。按照我国法律,包括欧美国家,书证也是合法有效的。而李庄案,6个证人出庭作证,回答律师提问100多次。审理也很开放,媒体、各界代表,包括李庄的家属都参加了。第三,重庆"打黑除恶"是敞开大门的,外来的律师比重庆本地的还多,那么多律师到重庆,不也就是一个李庄出了问题吗？

重庆是善待律师的。但如果辩护律师教唆当事人作伪证，触犯了法律，我们却装聋作哑，不闻不问，只要涉及到律师的事，一概不管，一概豁免，那不就成无政府主义了吗？那不就无法无天了吗？中国的法律又何在呢？我们毕竟还有这条法律啊！我们按中国的法律，处理了一个违法的律师，怎么就引起这么多人大惊小怪呢？我也感觉很纳闷。我们已把全部事实公诸于众了，愿意洗耳聆听全国各界的评价。我认为，全国各界哪一个界别都没有超越法律的特权，谁触犯了法律都应该被依法追究，这就是我们的态度。

远在兰州、乌鲁木齐、呼和浩特和哈尔滨的网友都关心山城重庆的打黑斗争，感谢你们的理解和支持

中国青年网记者：薄书记，您说重庆打黑，您在网上也看过很多评论。请问，您对网络民意有何看法？

薄熙来：我有时候也看看网络上的民意，我注意到，95%以上的网友都支持重庆"打黑"，远在兰州的、乌鲁木齐的、呼和浩特的、哈尔滨的，那么远的地方，都在关心山城重庆，鼓励我们把"打黑"进行下去，我很感动，感谢大家。

当然，也有极少数人提出质疑，从数量上说，因为不足5%，一般就叫"杂音"，任何事情都不可能是百分之百的支持。这其中，有的是善意的，但不了解情况；有的是触及了他本身的利益，踩到疼处了；极个别的，和打击对象有联系，所以对这些"质疑"，我们并不介意。在"打黑除恶"的过程中，确实有人在造舆论，比如"程序出了毛病"啦，"你们打'黑'是不是'黑打'"啊，"是不是又在搞运动，搞'左'的一套"，等等。面对这些言论，重庆的同志是清醒的。从一开始，我们就提出一个大原则：在定性上，不压低也绝不拔高；在范围上，不缩小也绝不扩大，一定要实事求是，依法办案。打黑是有压力的，我很赞赏同志们，包括咱们公安局、检察院、法院一些女同志，像公诉人么宁、贺贝贝等，还很年轻，就敢于直面那些黑恶势力，义正辞严地提起公诉，后来立了功，大照片登在报纸上，也不怕报复。这就像鲁迅先生讲的，我们的民族需要一批拼命硬干的人，舍身求法的人，这就是中国的脊梁。中国过去需要这么一批人，现在强盛起来了，仍然需要这么一批人，一批对国家和民族负责的人。

你代表网络界提出这个问题，让我也想起，有那么多有激情、有正义感的同志,讲了很多富有感情的话,我感谢广大网友,感谢你们的理解和支持。

那些腐败分子贪了那么多财产,如果我们一无所知,还让他们在台面上摆来摆去,老百姓能不遭殃吗?

南方都市报记者:重庆已经启动财产申报制度,为什么首先在司法系统开展这一试点?

薄熙来:这是重庆司法系统主动提出来的,市委支持。这次"打黑除恶",重庆司法系统出了不少问题,教训是深刻的,文强、彭长健、乌小青、陈洪刚等,不少都是公检法司重要岗位上的人。有些犯罪数额巨大,乌小青与他的情妇胡燕瑜两个人"做鬼",搞了几千万;文强、陈洪刚竟贪占了十几、二十几套房子,老百姓买一套房子都困难,他们却贪了这么多,执法犯法,胡作非为,岂有此理! 这些人贪占了这么多财产,如果我们一无所知,还让他们在台面上摆来摆去,老百姓能不遭殃吗? 我们起码要"耳聪目明",应该了解他们到底有多少财产。申报财产是个办法,因此市委支持。

"唱红"就是扶正,"打黑"就是祛邪。一个人,一个城市,有了精气神,才有旺盛的生命力

新京报记者:重庆开展"唱读讲传"活动,反响非常大。请问薄书记,推动红色文化有何感想和收获? 您是否了解重庆市民在这次活动中有什么收获?

薄熙来:关于"唱读讲传",跟大家说明一下,"唱"就是唱红歌,"读"就是读经典,"讲"就是讲故事,"传"就是传箴言,"唱读讲传"是精神文明领域中的一整套建设方针,很有必要。

一个城市的发展既要物质文明,也要精神文明,需要有精气神。中医讲究扶正祛邪,一个人得了病,不管是急性病还是慢性病,如果不及时治疗、恢复元气,就没有精神,干活效率就不高。一个城市如果萎靡不振,没有精气神,也不会有大出息。而"唱红"就是扶正,"打黑"就是祛邪,重庆就是通过"唱红打黑",扶正祛邪,振奋了全市人民的精神状态,从而效率大增。

大家想一想,50年代、60年代,那时候中国多穷啊,但谁说累了? 那时候有雷锋精神、焦裕禄精神、大寨精神、林县红旗渠精神,靠这些精神,在那么困难的情况下,硬是把我们国家建设起来。人活一口气,就得有这种精神头儿!如果都是"大老爷精神",懒懒散散,发展就会大受影响。

现在到重庆大街上,随便找个人都能唱几首红歌,老大妈、老大嫂也愿意唱,红歌容易普及,容易被老百姓接受。不仅"唱红歌",还有"读经典",学习中国的传统文化,从小学就要读,包括《岳阳楼记》《爱莲说》,还有岳飞的《满江红》,"莫等闲,白了少年头,空悲切";范仲淹的"先天下之忧而忧,后天下之乐而乐";王勃的《滕王阁序》,虽然很长,但重庆谢家湾小学的同学,能一字不落地背下来,我很为重庆的孩子们自豪。"讲故事",我希望大家锁定重庆卫视,那故事讲得是栩栩如生。还有"传箴言",不仅有毛主席的话、庄子的话、荀子的话,还有重庆人自己编的格言,也很生动。

2010 年,重庆将启动两件大事:一是给中低收入群众盖房子,二是推进农村万元增收计划

人民网记者: 薄书记,您春节时说,今年要给老百姓盖房子、找票子,很多年轻的朋友打算放弃"蜗居"、"蚁族"生活,到重庆去。重庆有这么大的财力和地皮盖房子吗?

薄熙来: 我要纠正一下,"盖房子",是我特别主张的,但"找票子",我还没有说过。今年重庆民生工程有两大重点:一是给中低收入群众盖房子,二是农村万元增收计划。这两件事,奇帆市长正带领大家全力以赴策划。

中国革命之所以取得成功,关键是土地革命,当年毛主席搞土地革命,唤起工农千百万。革命成功了,人民政府还要解决好群众的住房问题,这也是几千年来人民的向往,杜甫就曾说,"安得广厦千万间,大庇天下寒士俱欢颜"。民生四大要素"衣食住行",现在重中之重是解决住房问题。搞中国特色社会主义,尤其要给中低收入的群众盖房子,今年重庆市集中精力研究这个问题,市政府已有一个大计划,正在全力推进。

第二是农民的万元增收计划。重庆与京、津、沪不一样,农村面积大,农民特别多,有 18 个国家级贫困县。我们决心用三年时间,让 95% 的贫困农民户均增收万元。这个事难度不小,从今年开春起,就要举全市之力,把贫困农民兄弟的事儿解决好。这位记者朋友,如果你的提问是帮助贫困农民"找票子",我赞同。

经济日报、中国经济网记者：公租房建好后，如何保持其公益性，避免成为部分企业谋取利益的工具？如何保证公租房的正常流转，避免出现公房时代一住就是一辈子的现象？

黄奇帆：公租房是政府的公共财产，不会成为任何企业谋利的工具。对公租房，政府不收取土地出让金、配套费、税费，也不提取任何建设项目转让的利润，成本比商品房低40%多，租金也比较低。

公租房建完之后，由公租房管理部门管理，几年后住户退租，要还给公租房管理部门，任何居民没有谋利的机会。这不像经济适用房，有人买了经济适用房，几年后转手卖出去，可以获取巨大的差价，从而滋生灰色交易，公租房可以避免这些问题。

第一财经日报记者：温总理报告提出，要警惕地方融资平台风险，重庆地方融资平台状况如何？

黄奇帆：评估融资风险，要看几个数据：一是财政负债余额要控制在当年财政收入的60%以内，二是财政负债余额不超过当年GDP的20%。现在，重庆财政性债务余额有1000亿左右，而每年可用财力是1800亿，债务只有财力的50%多一点，处于安全可控的范围。

干部多干点活儿，累不坏，勤能补拙。真要没活儿干，才会闲得发慌

大公报记者：有人说，2009年，重庆的干部有点"官不聊生"，他们在薄书记的领导下，大下访，和农民同吃、同住、同劳动，满负荷地工作。请问薄书记，您这样做的初衷是什么？效果怎么样？

薄熙来：现在的生活条件，和五六十年代大不一样了。那时候生产力落后，粮食是个大问题，现在吃得好，有的人还营养过剩，工作强度大一点，有利于保持良好的体型（众笑）。我们的干部多干点活儿，一天八个小时、十个小时，甚至更长一点时间，累不坏的。古人常讲，勤能补拙。一个人能力有大小，但是多用心，工作时间稍长一点，就能做得细致一点，质量高一点。

中国是世界第一人口大国，真正进入公务员队伍，而且还能有个一官半职，那是十里挑一，甚至百里挑一的事。俗话说，光阴似箭，人生如梦，转眼就到退休，中国第一个乒乓球世界冠军容国团讲，"人生能有几回搏？"一定要珍惜岗位，在其位就要谋其政，拼命干一番事业！这两年，我眼见重庆干部很出

力,但没有谁觉得吃了亏。"官不聊生"之后,反而个个精神饱满,感到很充实、很痛快;真要没活儿干,那才会闲得发慌,闲得难受!当领导干部的,一开春,就要毫不含糊地告诉大家,应该干什么、任务是什么、目标是什么,这样才能上下拧成一股绳,全力以赴干事业,一年一个样,让老百姓看到希望。

重庆人民很能干。比如,"森林重庆"建设,一年种了十年的树,绿化800多万亩,占全国的1/10。现在,漫山遍野,郁郁葱葱,公路两边栽上七八排树,真有"无边落木萧萧下"的感觉,很有气势。干不干活儿,也是互相影响的,40个区县比着干,互相促进,去年是牛年,大家使出了牛劲,今年就要变成40只"小老虎",把工作做得更好!

重庆、西安、成都三地合作密切,将携手构建"西三角"

中国新闻社:去年"两会",重庆提出西三角经济区的概念,但有媒体称,重庆、成都、西安等大城市同质化竞争严重,出现了"自相残杀"的局面,对此,您作何评价?

薄熙来:你的问题让我很困惑。重庆跟西安、成都,好还好不过来呢,怎么会自相残杀?大家从内心非常友好,见了面也非常亲切,陕西、四川遭受自然灾害,重庆人及时伸出援手。现在大家正在积极思考,携手构建"西三角",促进共同发展和进步。你得到的肯定是一个歪曲的、不正确的印象。

问答之间,不知不觉到了5点50分。近两个小时里,薄熙来、黄奇帆与媒体记者畅所欲言,广泛涉猎各个领域。当代表团团长陈光国宣布媒体采访结束时,记者们意犹未尽,待薄熙来、黄奇帆起身离场,仍一路追问。

(《重庆日报》2010年3月9日,与刘长发、
张雪峰、商宇、杨冰共同整理)

综述：文强的标本价值

编者按：文强，10年前，曾因分管张君案的破获而名噪一时；10年后，却因成为黑社会的最大保护伞，在大半年里，再次频繁地登上了境内外媒体的重要版面。随着7月7日的一针致命制剂，作为一个生命体，文强已不复存在，百姓为之拍手称快。但作为一个符号，"文强"或许将与建国初期的刘青山、张子善一样，长久地留存，成为我党反腐倡廉的又一个标本。重庆日报记者曾在有关部门的帮助下，对宣判后的文强进行了两个小时的采访，之后，为了更深层次地剖析其蜕变的原因，使这个标本更加清晰，记者又采访了市纪委、监察局对文强案的承办人员，得到大量第一手材料和诸多有见地的分析。《重庆日报》今天将两篇文章刊登，不为猎奇，只为实现"文强"最后的"标本"价值，给广大干部留一份活生生的警示材料——

相信，全国不少廉政教育基地，很快将增加一个新的名字——文强。

但，仅仅陈列几张照片，一小段盖棺论定的文字，让人鄙夷其贪、腐、黑，还是远远不够的，更有价值的是一个"标本"，一个让人驻足沉思、躬身自问的"标本"。

权力是把双刃剑

笔者与这个标本的"活体"曾经很熟悉。10年前，因为张君案件，笔者曾专访时任重庆市公安局副局长的文强，在他宽大的办公桌后面，文强意气风发，侃侃而谈。后来在陪同记者采访张君时，文强曾骄傲地问："张君，你服不服?!"这一年的文强,达到了其职业生涯的顶峰——境内外媒体蜂拥而至,伴随张君这个名字"走向全国","文强"也变得星光灿烂,他还与专案组一起被公安部记为一等功。

但自那以后,自认为有功的文强对权力、对享受,产生了越来越强烈的欲望,据专案组民警介绍,"后来文强是谁都看不起,都不放在眼里",老子天下第一,老子干什么都可以。正像文强在忏悔书上所说:"把对理想的追求,逐渐变成了对权力、地位的追求,把职务的高低、权力的大小,当成了理想实现与否的象征,放松了对世界观的改造,模糊了'谁给的权,为谁掌权,为谁服务'这个根本问题,把权力变成了自己谋私的工具。"

到案发时,文强收受的贿赂和巨额来源不明财产竟达 2000 多万,尤其令人切齿的是,身负一方平安重责的他,竟与黑恶势力称兄道弟,沆瀣一气,为大搞黄赌毒的几大黑势力,撑起了密不透风的保护伞,搞得乌烟瘴气!

10 年后,2010 年 5 月 20 日,晚 8 时 30 分。重庆市第二看守所。第二天就是二审宣判。出现在笔者面前的文强全没了昔日的神采飞扬,坐在一张特制的询问椅上,虽被特许暂时不戴手铐,但双脚被固定在铁镣里。整个人塌陷在铁椅当中,腰佝偻着,半闭着眼睛,显得很萎靡。采访结束前,笔者向他求证一句在社会上传得很广的话:张君被审判前,曾对志得意满的文强说,如果你不能用好手中的权力,十年后也会站到我今天的地方。文强对此没有肯定,也没有否定,只是闭眼沉思。

一语成谶。没有人比文强更能体会到历史的嘲弄。10 年后,文强受审时,竟真的与当年的张君站在同一个法庭的被告席上!

天堂地狱一念间

在那天的采访中,笔者对文强说:"你的犯罪对于领导干部是个深刻的教训和警示。"文强一下接过话头:"岂止深刻!"谈到后来文强很激动,"我现在很后悔,前两年出差,赶回来开会,遇到了一次车祸,差点死了,那时死了也可以算个因公殉职"。当然,这只是个无聊的假设罢了,反而是其在悔罪书中的一段话,更具警示意义:"如果有机会,我会对正行走在这条腐败之路的人们说:回头吧,前面是深渊;我会对正面临各种诱惑的人们说:警惕啊!善良的人们，苍天有眼知善恶，天堂地狱一念间。"

写到这里，脑子里总闪现着另外两个名字——刘青山、赵子善。曾经在战争年代打过恶仗、流过鲜血的他们，后来进了城，当了官，变得越来越贪婪了，为满足其极端腐化的生活需要，竟凭借职权，不顾国法党纪，不管人民疾苦，盗窃机场建筑款、救灾粮、治河款、干部家属救济粮、地方粮，甚至剥削克扣民工工资，骗取银行贷款，刘青山还吸食毒品成瘾。最终二人被依法判处死刑，执行枪决。

据史料记载，关于是否判处刘青山、张子善死刑，党内也有些不同意见，毛主席说，只有处决他们，才能挽救20个、200个、2000个、20000个犯有各种不同程度错误的干部！？在最后一餐时，张子善说："伤痛，万分伤痛！现在已经来不及说别的了，只有接受这血的教训一条。"刘青山说："拿我作个典型吧，处理我算了，在历史上说也有用？"

无独有偶，文强在悔罪书中也曾说："回顾一生历程，自己从一个不懂事的孩子到入团、入党，从一个农民到县委领导，从一个普通民警到长期担任公安、司法行政机关的领导干部，党组织在我身上花费了多少心血？！给了我多少次接受学习教育、提高能力的机会？！给了多少个发挥才智、取得成绩的平台？！也给了不少的荣誉和奖励。为什么我会走到今天这一步，沦落到一个罪犯？"

2010年7月7日，9时05分，押解文强的车队经过一段泥泞而狭窄的山路后，抵达重庆市某刑场执行注射死刑。不到10分钟，所有车辆撤离刑场，文强54年复杂而荒唐的人生到此终结。

当天，重庆市公安局全体民警包括局领导，都收到发自公安局纪委的一条短信：文强作毙，教训沉痛，前车之鉴，令人深思，叹息，遗憾，警世……！！！

做清官是大智慧

文强曾在悔罪书中说："其实想穿了，人一辈子，不就是一日三餐、一张床吗？贪那么多做啥子？人啊，为什么往往要到失去的时候，才知道失去的是多么珍贵；一些浅显易懂的道理，为什么非要到这个时候才明白！我真的很后悔，很后悔。"

　　但这个世界,什么药都可能有,就是没有卖后悔药的。让我们看看文强生命中最后几个月的一些片段。

　　4月13日,一审宣判前一天晚上,监管民警和他聊天,文强对于自己的量刑还显得很自信,"我的事情就是六个字,轻不了……"不知道为什么,后面三个字他却吞了回去。但是很多人都明白,他想说的后面三个字是"死不了"。

　　但宣判结果却打破了文强的幻想:死刑,立即执行。

　　那天回到监舍,文强整个人情绪大变。曾经的大"局长"哭了,看守所做了他喜欢吃的麻辣面条和两个煎鸡蛋,他却一口都吃不下。整整一个星期,文强变得"低调"、沉默。

　　按照公安部的有关规定,一审判决死刑的未决犯必须加戴手铐和脚镣,文强曾经分管过监管,知道这个规定,但是当手铐脚镣要戴到他身上时,文强仍很难面对。手铐和脚镣到了晚上也是不能取的,身体肥胖的文强难受极了,但是必须适应。只有每次洗澡他才可以解下镣铐,而每次加戴都是一个比较困难的过程。过了好长时间,总是给别人戴镣铐的文强终于适应了。

　　7月5日上午,市纪委的同志来向他宣读"双开"的决定。这本是个早在预料之中的结果,但文强还是很难接受,他拿着只有4页纸的材料足足看了10分钟,然后使劲地闭上眼睛和嘴巴,表情极其痛苦。

　　7月7日早晨,文强和儿子、姐姐见了最后一面,痛哭之后,文强告诉儿子,自己对不起他和他妈妈,希望他生活要自立,不要仇视社会。"唉,是老汉(重庆方言父亲之意)的错。"这是文强留给儿子最后的话。

　　市委书记薄熙来曾在反腐倡廉大会上说,很多腐败干部,就是我们身边的人,大家都熟悉,他们走到这一步让人心情沉重。这些干部有三个"对不起":一是对不起组织。组织培养一个干部要花费很多时间和心血,将心比心,不应该见利忘义。二是对不起家人。一人落马,父母痛心,子女痛苦。三是对不起自己。一二十年的工作,好歹干了不少事,也有辛苦之时,一旦落马成绩归零。

　　他还说,"人生的道路虽然漫长,但紧要的关头只有几步",不贪不占,心安理得,自己轻松,家人安稳,所以做清官是大智慧。一些干部利令智昏,到头来"竹篮打水一场空",断送前程,还祸及子孙,做贪官没有好下场。

　　可惜,这些金玉良言文强是听不到了。作为新中国第一个被执行死刑的正厅局级高级警官，其最后的下场，相信是任何一个有正义感的人所希望看到的。但除了千夫所指，万民称快，文强案留下的令人深思的东西还有很多很多……

（《重庆日报》2010 年 7 月 20 日，与陶卫红、张雪峰合撰）

为官要守大义 拘小节 慎用权力

——重庆市纪委、监察局负责人剖析文强案

从一腔热血到堕落腐化,从社会守护者到黑社会"保护伞",从执法者到阶下囚,文强的蜕变令人憎恶,更让人反思。为此,重庆日报记者专访了重庆市纪委、监察局负责人。

领导干部要树立正确的人生观、价值观、权力观

记者: 市纪委曾对文强实行"双规",你作为办案负责人,如何评价文强?

办案人员: 客观上说,文强在前期还是想干事,有较强的业务能力的,先后主持侦破了张君案等多个大案,也得到了不少荣誉。但后来他完全蜕变了,成为一个霸气、匪气十足的人物,最终发展至大肆收受贿赂,生活腐化,包庇、纵容黑社会,由一个立过功的人变成了罪犯。

记者: 人们很关心,文强蜕变的原因是什么?

办案人员: 文强的蜕变有几点。一是理想信念垮塌,由追求事业成功到追求个人名利;二是放松思想改造,缺乏正确的人生观、价值观、权力观;三是居功自傲,官欲无度,得不到满足,就牢骚满腹、放纵自己,直至滥用权力、违法犯罪;四是侥幸心理严重,自以为位置特殊,资格老、贡献大,而且是"办案专家",就算违法乱纪,也轻易查不到;五是是非不分,滥交"朋友",收钱就帮忙,帮商人赚钱,帮部下升官,帮黑社会藏垢纳污,最后帮上了不归路。

不管当了多大的官，还是百姓之一，不能搞任何特殊。否则，就离犯错乃至犯罪不远了

记者：据介绍，文强后期大搞特殊化，为所欲为，您认为需要吸取什么教训？

办案人员：领导干部只有树立坚定的理想信念和遵纪守法的观念，想清楚"谁给的权，为谁掌权，为谁服务"这一根本问题，才能始终保持本色，敬畏法律和制度。用薄熙来书记的话说，党员干部要始终与群众"一样"又"不一样"，这其中的"一样"就是，不管当了多大的官，还是百姓之一，不能搞任何特殊。否则，就离犯错乃至犯罪不远了。

警惕官欲无度，升官不成就颓废，甚至堕落犯罪

记者：文强说自以为作了不少贡献，但是提拔使用未达到预期目标，就怨天尤人，甚至放纵自己，走向犯罪。

办案人员：文强被"双规"后，写过一个检讨书，说到这个问题。文强作过一些贡献，但也得到了组织认可，多次提拔。但文强却觉得立了天大的功劳，谁都看不起，官欲无度，不得满足，就放纵自己，直至犯罪。这不是个别现象，少数公务员和领导干部，有能力，也作了些贡献，但内心总是想着"升官""发财"，一旦升官不成，轻则颓废、消沉，重则放纵堕落，甚至犯罪。这既危害他们本人，更危害党的事业，务必警惕。

从中得到一个启发：对有"失落感"的干部要及时发现，予以警示、教育、疏导和引导，要明白，没有组织的多年教育培养，没有组织赋予的平台，没有人民的信任和支持，你什么都不是！所以，领导干部一定要心态平和，要努力做大事，不要努力当大官。

"礼尚往来"中有陷阱，警惕礼金变贿金

记者：文强说，和一些"部下"、"老板"是朋友，平时一起吃饭喝酒，打打牌，送点礼，间或办了点事，是人之常情，不算受贿。这种说法站得住脚吗？

办案人员："一手交钱，一手办事"，已是很"原始"的受贿形式了。不少人是平时请客吃饭，送钱拉好关系，以后有事再找你，这种方式比较隐蔽。但不论是"部下"，还是"老板"，送钱都有明确的目的性。前者是为了评选或是为了升迁,后者为了照顾生意,或是形成在"官场"底子厚、根子深的社会影响等,就像是长期投资和买期货。

从法律角度讲,党和国家工作人员无论收大钱(财)为他人谋小利,还是收小钱(财)为他人谋大利,或者收若干次钱(财)办一两次事,都是犯罪。

记者:中国人讲究礼尚往来,领导干部也不可能不交朋友,怎样把握分寸?

办案人员:有人存在的地方就有人情往来,除经营和正常借贷活动外,人与人的经济往来,从法纪上有收送礼金和贿赂之分。朋友之间表达感情,所送钱物讲究平等往来,且一般数额较少,没有任何不正当的目的要求,这是收送礼金;借"礼尚往来"之名送钱,请你帮忙谋取利益就是行受贿。

文强说,过节和生日时"部下"给他送钱,"部下"有事自己也要拿钱,属于礼尚往来。这种说法貌似有理,实则无理。一是送他之人众,他还送的人少;二是别人送他一两万,他送人三五百、一两千,甚至认为出个场就是给人家面子了。三是大多数送钱财的人都有很强的功利性,文强也都给他们办了事、谋了利。这是典型的受贿行为。其实,礼金和贿金并不难区分,且当事人也完全具有识别能力,文强的狡辩,是自欺欺人。"世界上没有免费午餐",一旦触犯党纪国法,就会受到惩处。所以,领导干部与人交往,绝不能以获利为目的。

家属受贿,领导干部办事,属于共同受贿,这个空子钻不过去

记者:文强收受的钱财中,有一部分是其妻周晓亚代收的。这件事有什么警示意义?

办案人员:从法纪上讲,老婆和近亲属收了他人钱财,领导干部只要知晓并且为请托人办了事,就构成共同受贿。有的领导干部和公务员认为老婆和近亲属收钱财隐蔽,且不会出卖自己,一旦有事,家属把责任揽下来,可化大为小,逃避惩罚,这是徒劳的,只要事实俱在,就会受到惩处。为了避免共同受贿行为逃脱打击,法律、纪律已做了严密规定,这个空子钻不过去。所以,领导干部除了自律,还要管好家属、子女、近亲属,包括身边的工作人员,避免走上共同犯罪的道路。

领导干部位高权大,但风险也大,除了重大节,也切不可忽视"小节",防线最容易从"小节"攻破

记者:文强讲自己是个不拘小节的人,很多事是糊里糊涂犯的。怎么看待他这个说法?

办案人员:他这是在为自己开脱罪责,他清醒地知道自己在做什么。具体到案件中,比如其下属表现好,理应提拔,但是怕过不了关,给他送钱财,他事前有运作,表决时也投了赞成票,文强却说没有给下属谋利,故不算受贿。我国刑法上受贿罪的"谋利",既包括谋取非法利益,也包括谋取合法利益,从警多年的文强还能不了解? 我看他是揣着明白装糊涂!

领导干部位高权大,如真心实意为党和人民做事,会很有成就感,但也正因为有权,各种人会想方设法靠近你、拉拢你,稍不注意就会出事。因此,一定程度上讲,公务行业也是一个高危行业。领导干部除了重大节,也切不可忽视"小节",防线最容易从"小节"攻破,文强的蜕变,也的确是从"小节"开始的。

领导干部要吸取文强教训,交友有数、交友有度、择友而交

记者:文强落马后,曾哀叹交友不慎,被"朋友"毁了,真实情况如何?

办案人员:文强在检讨书里说,所交的朋友几乎都是损友,不是益友,他还总结为"老板设套,糊涂钻;朋友设套,主动钻;部下设套,放心钻;女人设套,乐意钻",交友不慎的确是文强腐败的助推器。对于领导干部的交友问题要加强教育、监督和管理。领导干部交友不仅是个人行为,更是一个导向,与谁交往,反映出政治品质和道德底线。领导干部要交友有数、交友有度、择友而交。要多交"净友",少交"利友";多交"益友",少交"损友"。要多与工人、农民、基层干部、劳模交朋友,千万不要与地痞流氓、不法商人交朋友。

"流水不腐,户枢不蠹",要加大干部交流的力度

记者:有人说,文强为所欲为,与其久居高位、难以制约有关,您如何看待这个问题?

办案人员:文强在公安局副局长任上,一干就是 16 年,后来又做主持工作的常务副局长,这主要因为他有一定的专长。但任职过久,呼风唤雨,对他

的监督和约束就会困难,再加上个性张狂,作风霸道,同级、下级对其敢怒不敢言。市里已采取措施,加大干部交流力度,对重要岗位领导干部实行制度性交流,这样既可预防腐败,又为领导干部多岗位锻炼提供了机会,也应了"流水不腐,户枢不蠹"的道理。

(《重庆日报》2010 年 7 月 20 日,与陶卫红、张雪峰共同采写)

五、会议和领导活动报道

专访:抓住机遇　负重图强

——访重庆直辖市第一届人民政府市长蒲海清

重庆市应如何去完成中央交付的三大战略任务并实现自身的快速发展?在5月10日重庆直辖市第一届人民代表大会上,当选第一任市长的蒲海清回答掷地有声:抓住机遇破解难题,认清使命负重图强。

1985年前,蒲海清曾在重庆第一大企业重钢担任总经理,后来又在四川长期负责经济工作,对重庆面临的机遇和困难、发展的重点和方向有着清醒的认识。

蒲海清首先对重庆的"负重"进行了具体阐述。他说,负重首先是责任重大。中央决定在重庆、在中国的西部设立一个直辖市,决不仅仅限于这8万多平方公里的发展,或在一些主要指标上追赶东部,缩小与另外三大直辖市的差距,其首要任务是完成三大战略任务:建设长江上游经济中心,辐射和带动资源富集的长江上游地区加快发展;探索大城市带大农村的新路子,为中心城市少、农村地域大、经济发展相对落后的西部发展进行试验;完成百万移民的艰巨任务,保证对国计民生关系重大的三峡工程的顺利建设和长远效益。重庆直辖市的准确定位,应是在完成历史使命中实现自身的发展,使3000万人民走向富裕。

负重的另一面是任务繁重。责任重大的重庆却面临着一连串的矛盾和难题。中心城市的功能很不完善,对周边地区的辐射能力不强;工业经济结构调整的任务很重,国有企业比重大而且经济效益低下,缺乏带动能力;农村经济整体水平低,360多万贫困人口,脱贫任务艰巨;百万移民工程浩大,要实现移民的长居久安,是一道世界级的难题;急需发展的经济与必须解决的库区环境保护问题,是一个两难的选择。

面对这沉甸甸的责任和任务,蒲海清依然充满信心。他说,重庆直辖市的设立,中西部战略的实施,三峡工程建设和库区开发加快,长江产业带的兴建和沿江纵深对外开放,使重庆既具备了更大的自主发展权,又可以用加快中西部发展战略,三峡工程建设和流域发展战略,争取国家政策,和有关部委、省市的支持,这又给重庆带来了难得的发展机遇。只要重庆能够抓住机遇、善用机遇,用机遇去化解困难,就一定能破解一系列的难题,完成中央交付的任务,实现重庆自身的发展。

蒲海清认为,直辖给重庆带来的最大机遇是为重庆提供了制度创新的条件,说到底就是有了更好的改革环境,赢得了先行先试先发的优势。重庆可以在中央的支持下,通过突破性的改革,化解重庆现存的关键性结构性矛盾,为发展提供动力。

蒲海清详细介绍了重庆正在进行的一系列重大改革举措。把国有企业改革作为经济体制改革的中心环节,加快建立现代企业制度。积极扎实地推进"抓大放小"战略,要真正抓出优势、放出活力来。大规模推进存量资产流动重组,壮大优势骨干企业,组建20个左右销售收入50亿元以上、对全市经济起支撑和支配作用的大型企业集团。以产权制度改革为核心,实施租赁、转让、兼并、联合、破产、重组、股份合作、产权置换等多种形式,全面放活小企业。进一步放宽政策,培植一批骨干民营企业,形成以公有制经济为主体,多种经济成分共同发展的新局面。加快市场流通体制的改革,发展和完善商品市场,积极培育资本、劳动力、房地产、技术信息、产权交易等要素市场,建立统一开放、平等竞争的市场体系。加快投资体制改革,实行投资主体多元化,强化投资风险和责任。把社会保障制度的改革与职工再就业工程结合起来,逐步建立统一的社会保障管理机构。以农业产业化为中心,加快农村经营体制的深化改革。

蒲海清指出,西部之所以比东部落后,除了地域原因外,开放程度不够、水平不高是一个很重要的原因。重庆要利用资源、市场和存量资产换取资金、技术和管理经验,通过全方位的大开放实现大发展。在追求开放广度的基础上,还应在开放的质量上下功夫,即把招商引资与本市经济结构调整有机地衔接起来，让外来资金为重庆的优势产业和基础产业建设服务。重庆在引导外资投向方面有着成功的经验，目前的外资，投向汽车（摩托车）、冶金、化工等三大支柱产业，投向国有大中型企业和基础设施建设的比重很大，促进了重庆的经济结构调整。三峡库区的对外对内开放，也将重点放在引进国内外名牌企业上，建设高起点的产业群。

蒲海清最后用他在就职讲话中的一段话作为这次专访的结束语。他说，重庆振兴发展的历史机遇不可多得、不能再来。第一届重庆直辖市政府一班人要真正把心交给3000万重庆人民，一定要做到坚持改革不转向，咬定发展不放松。

（新华社 1997 年 5 月 12 日电，与王安、刘亢合撰）

为了"十一五"强劲起飞

——贺国强纵论西部大开发"十五"打基础

3000万重庆人民满怀信心迈入了新世纪。在新世纪开局的五年中,重庆将如何高标准地要求自己,冷静客观地规划自己? 在拉开大幕的西部大开发舞台上,重庆——西部唯一的直辖市,又将如何演好自己的角色,发挥更大的作用?

3月7日上午,出席九届全国人大四次会议的全国人大代表、重庆市委书记贺国强在下榻的京西宾馆,接受了十几家中央媒体记者的采访。他以西部大开发为主题,全面介绍了这项统揽我市经济社会发展全局的重大工作的进展情况和近远期规划,并鲜明地提出了"三个结合"的开发思想,即坚持当前与长远相结合,立足于当前,兼顾长远;坚持过程与目标相结合,着眼于目标,注重过程,循序渐进;坚持务实与务虚相结合,着力于务实,以办实事推动西部大开发。他特别强调说,"十五"期间,重庆市的西部大开发主要还是着眼于打基础,要通过大量细致的基础工作,力争在一系列重点环节上取得大的突破,为"十一五"的强劲起飞打造一条更坚实的跑道。

狠抓实事——稳步推进大开发

贺国强指出,实施西部大开发战略是一项长期艰巨的任务,只有以求实的精神、务实的态度,抓好一项项实际工作,办好一件件实事,才能取得打牢基础、稳步推进的实际效果。一切急躁和冒进,都会给这项惠及子孙后代的世纪工程埋下重大隐患。

　　贺国强说,今年是实施"十五"计划的第一年,我们将按照中央经济工作会议和朱镕基总理在九届全国人大四次会议《报告》中提出的要求,从实际出发,遵循客观规律,注重实效,有步骤地推进西部开发,在去年办好"十件大事"的基础上,再办好"十件大事",主要包括制定重庆市贯彻国家西部大开发政策措施的实施意见并抓好落实;制定"三大经济发展区"的实施方案并启动建设;抓好重大基础设施建设,竣工一批,续建一批,新开工一批,推进前期工作一批;搞好生态建设和环境保护,按计划完成退耕还林还草和25度以下坡耕地综合整治任务,编制上报并争取启动《三峡库区生态建设和环境保护规划》;抓好科技教育和文化卫生事业等。他强调,重庆将进一步加大发展环境综合整治力度,实现审批、许可登记、备案项目减少50%,大力查处乱集资、乱罚款、乱摊派和乱收费。并全面推行政务公开,推进承诺服务,切实解决外来投资者和引进人才的后顾之忧。他说,每件大事都已明确了具体任务和责任单位,以确保落到实处,收到实效。

突破瓶颈——构建开发大枢纽

　　朱镕基总理在《报告》中提出,西部大开发要依托欧亚大陆桥、长江水道、西南出海通道等主要交通干线,发挥中心城市的集聚功能和辐射作用,以线串点,以点带面,培育西陇海兰新线经济带、长江上游经济带和南(宁)贵(阳)昆(明)等经济区,带动周围地区发展。贺国强自豪地说,重庆作为西部唯一的直辖市,恰恰处在三大重点开发区的交汇处,具备成为西部大开发重要枢纽的各种条件,理应在西部大开发的大格局中发挥更大的作用。

　　但贺国强同时又指出,重庆要发挥在西部通江达海、联结八方的枢纽作用,还有不少"瓶颈"需要突破。为此,重庆市连续两年开展了"交通建设年"活动。去年共完工项目9个,新开工项目21个,续建项目26个,同时推进了24个新策划项目的前期准备工作。一批有重要影响的大项目建成或开工,如渝涪高速公路、鹅公岩长江大桥、江北国际机场航站区改扩建等重点工程已顺利竣工,列入国家西部大开发十大工程的渝怀铁路、城市轻轨较新线以及渝邻(水)高速公路等重大工程顺利开工。今年的重大基础设施建设项目也已初步确定,总投资约252亿元。

　　贺国强说,"十五"期间,重庆要认真贯彻落实国家关于实施西部大开发战略的一系列政策措施,全面缓解基础设施"瓶颈"制约,基本形成综合交通、邮电通信、能源保障、市政设施、水利设施等网络构架,不断强化对经济和社会发展的物质支撑。重点是加快公路和铁路建设,完善综合交通运输体系,在重庆这个山川纵横、幅员达8万多平方公里的特大直辖市内,实现从主城区至外环半小时内到达,至最远的县8小时内到达的目标,并加快几条通向市外的高等级公路的建设,力争在"十五"末建成跨区域的高等级公路网。另外,还要大力实施干线传输网、市话扩容、数字移动通信和广播电视传输覆盖网升级改造等重点工程,推进重庆信息港工程。

调整结构——建设经济新高地

　　重庆作为我国重要的老工业基地,其原有的经济结构,无论从广度上还是深度上,都与社会主义市场经济的要求有较大差距,留有较强的计划经济印记。尤其在这场以市场经济为大背景的西部大开发中,重庆若不能根据市场经济的要求,痛下决心,对经济结构实行更大力度的战略性调整,将会极大地丧失竞争能力。

　　贺国强向记者介绍说,去年以来,重庆市的经济结构调整工作取得了明显成效。农业和农村经济结构调整的力度加大,第三产业增长速度加快。三次产业比重已调整为17.8:41.3:40.9;高新技术产品产值的增长达385%,其产品产值占工业总产值比重已提高到11.4%,提高两个百分点;非公有制经济占GDP的比重达到36%。"十五"期间,重庆市仍要坚持以结构调整为主线,积极调整和优化经济结构。加快所有制结构的调整,推进国有企业投资主体多元化;以结构优化升级为重点,加快产业结构调整,稳定提高第一产业,改造优化第二产业,大力发展第三产业,进一步壮大汽车摩托车、化工医药两大现有支柱产业,培育食品、建筑建材和旅游三大新的支柱产业,发展信息工程、生物工程和环保工程三大先导产业,以信息化带动工业化;以发展企业集团和优化内部结构为重点,推进企业组织结构调整,组建一批具有较强竞争力的大型企业集团;以建立都市发达经济圈、渝西经济走廊、三峡生态经济区为重点,推进区域经济结构调整。

贺国强坚定地表示,重庆市若想在西部大开发中取得更好、更快的发展,就必须通过加快经济结构战略性调整,优化产业结构,提升产品档次,推动经济体制和经济增长方式的根本性转变,提高国民经济的整体素质和综合竞争力。

重整河山——实现可持续发展

生态环境也是生产力,保护生态环境就是保护生产力。这些崭新的生态观念,在重庆市已越来越深入人心。

贺国强介绍说,重庆地处三峡水库的上游,环境保护和生态重建不仅是重庆自身发展的需要,而且与整个长江经济带息息相关。重庆市对环保和生态这盘大"棋"非常重视,提出将此作为实施西部大开发战略的重要切入点来抓。去年,5个退耕还林(草)试点县基本完成国家下达的退耕20万亩、还林(草)68万亩的计划;同时,下决心关闭了一批污染源企业,酸雨频率下降17.9%,大气污染指数明显降低,环境质量有较大改善。到目前为止,全市森林覆盖率由"八五"末的10.3%上升到24%,城市绿化覆盖率达到20.3%,人均公共绿地2.47平方米。

"十五"期间,重庆还将全面实施以三峡库区为重点的"青山绿水工程"和以主城区为重点的"山水园林城市工程"。重点建设重要公路、铁路、江河沿线绿色通道,建设主城区生态绿色圈和都市圈生态防护带;继续推进退耕还林还草和封山育林,加快治理水土流失;加大废气废水和固体废弃物的处理力度,改善环境质量;拓宽思路,大力发展环保产业和生态经济,增强可持续发展能力,从根本上改善全市生态环境的状况,确保实现重庆经济社会的可持续发展。

贺国强最后充满信心地说,只要按照中央关于西部大开发的部署和要求,坚持不懈,锲而不舍,求真务实,埋头苦干,重庆市就一定能实现市委、市政府提出的一年起好步,五年重点突破,十年大见成效,十五年基本建成长江上游的经济中心,到2030年提前实现经济繁荣、社会进步、生活安定、民族团结、山河秀美、人民幸福的西部大开发战略总目标!

(《重庆日报》2001年3月9日,与张德泽、代伟合撰)

冷静看待扭亏脱困　科学谋划长远发展

——包叙定畅谈构筑新经济发展的三大基础

　　去年底,几乎所有的重庆人都为一条消息所振奋:重庆市工业企业摆脱了多年亏损的局面,全年盈亏相抵后净盈利 14 亿元。

　　作为全国重要老工业基地之一的重庆,国企扭亏脱困上取得的这一重大成绩,在全国"两会"期间引起了媒体的强烈关注。包叙定市长在此间接受众多记者采访时,既对重庆工业继续向好表示了充足的信心,同时又提出要冷静客观地看待这一成绩,清醒地认识到这只是一个阶段性的成果,彻底脱困还需要付出长期艰苦的努力。

　　谈到今后重庆工业的发展方向,有着丰富经济工作领导经验的包叙定思路很清晰。他说,要从根本上搞好重庆工业,需要坚持"两手抓":一手是战术上的,即继续抓好扭亏脱困成果的巩固,深化、细化"七个一批"措施;另一手是战略上的,即抓从扭亏脱困向良性发展的转换工作,积极构建合理经济结构、先进科学技术、灵活运营机制等新经济发展的"三大基础",这是解决重庆经济发展问题的治本之策。要靠"两手抓"来推动重庆这个老工业基地实现新的振兴。

国企扭亏取得重大突破　彻底脱困需要"两手抓"

　　包叙定对去年的扭亏脱困工作进行了实事求是的介绍和评价。他说,重庆是一个老工业基地,经济工作的重点在工业,难点也在工业,特别是国有工业企业。重庆工业经济从 1996 年开始连续 4 年多亏损,其中亏损最多的是

1998 年,盈亏相抵后亏损额高达 25 亿元。面对长期高额亏损的困难局面,若不采取强有力的措施,国有经济的被动局面就扭转不过来,实现重庆新的振兴也是不可能的。

为此,我们根据中央三年扭亏脱困的总体部署,结合重庆实际,加大了改革力度,提出了"七个一批"的扭亏脱困措施,从一年多的实践看,成效十分明显。去年全市工业企业、国有及国有控股工业企业和国有大中型工业企业都已经扭亏为盈,这个成绩来之不易,是全市上下艰苦努力的结果。但应该清醒地认识到,成绩是阶段性的,发展的基础还很脆弱,扭亏了不等于脱困了,搞不好还会返亏。因此,只抓扭亏脱困这一手还不行,必须坚持"两手抓":即一手抓扭亏脱困成果的巩固,继续深化、细化"七个一批"措施;另一手抓从扭亏脱困向良性发展的转换工作,积极构建合理经济结构、先进科学技术、灵活运营机制等新经济发展的"三大基础"。

包叙定分析说,之所以要坚持"两手抓",主要是基于我们对重庆国有企业改革发展面临的新形势和新任务的认识。

尽管我们基本跟上了全国三年扭亏脱困的步伐,但亏损仍然突出。主要表现在亏损面大,亏损企业亏损额高。去年,整个工业亏损面仍达 41%,亏损企业亏损额 28.6 亿元;其中国有企业亏损面达 58%,亏损额达 25.3 亿元。因此,从严格意义上讲,我们还不能说已经脱困了,扭亏脱困仍然是当务之急,这一手决不能丢,还需要有更大的工作力度。去年全市整个工业盈利 14 亿元,今年的目标是要通过深化"七个一批"措施,使亏损企业减亏,盈利企业增盈,实现工业利润翻一番。

在继续抓好扭亏脱困这一手的同时,还应清醒地看到,去年国企扭亏脱困取得的成绩中,政策的扶持效应比较明显。从长远看,政府只是推动国企改革发展的助推器,是一种外在的因素,能否从根本上巩固扭亏脱困成果,进入良性发展循环,关键还要看企业自身素质能否适应社会主义市场经济发展的要求。企业素质包括组织结构、创新能力、运营机制、企业管理、资本积累能力、企业家队伍建设,等等。我们在这诸多方面还无法满足市场经济发展的要求,企业素质的提高还有一个相当长的过程。但在这诸多因素中,我认为涉及深层次的、带根本性的问题主要有三个方面:即经济结构问题、科技创新问题和运营机制问题。要从根本上搞好国企改革和发展,还必须切实抓好构建新经济发展的三大基础这一手。

加快推进五大方面调整   构建合理经济结构基础

包叙定认为,"十五"期间,结构调整是主线,构建合理的经济结构基础应放在三大基础之首。

重庆经济发展的结构性矛盾突出,其症结在于计划经济条件下形成了一种落后的、缺少活力和后劲的、不适应市场竞争的经济形态。如何构建合理的经济结构? 简言之,就是要"调优调高",使原有的经济结构优化升级,把落后的、缺乏活力和后劲的、竞争力弱的经济结构变为先进的、具有活力和发展后劲的、竞争能力强、质量高、效益好的经济结构。

他又具体分析说,看是否构建出合理的经济结构主要以三条标准来衡量:第一个标准,用高新技术应用发展的程度来衡量。这主要从用高新技术和先进适用技术改造提升传统产业、发展高新技术产业和提高新产品产值率等三个方面来考察。到"十五"末,我市用高新技术和先进适用技术改造提升传统产业所创造的产值将占工业总产值的40%;以信息工程、生物工程、环保工程三大先导产业为主,高新技术产业产品产值将占工业总产值的20%;我市去年新产品产值率已达40%,"十五"期间将进一步加大新产品的开发力度。第二个标准,用国有经济战略性调整的程度来衡量,即看国有经济的比重是否降低、总量是否增大、质量是否提高、控制力是否增强。第三个标准,用技术创新能力的建设程度来衡量,包括大型企业或企业集团和中小企业的技术创新能力建设。看企业是否形成了科研开发和市场营销弱头强、加工生产中间精的"哑铃型"内部结构。

按照上述要求,在具体工作上要重点推进五大调整:一要以产权制度改革为核心推进所有制结构调整;二要推进产业结构调整,壮大培育五大支柱产业,发展三大先导产业;三要推进技术结构调整,通过开发、合作、引进等途径,解决技术来源问题;四要推进企业组织结构调整,培育一批具有国际竞争力的企业集团,扶持一批"小型巨人"企业,强化企业科研开发和市场营销,逐步建立"哑铃型"经营模式;五要推进区域经济结构调整,培育优势产业和名优特新产品,逐步形成区域特色经济。今年重点抓好100个结构调整项目,投资236.8亿元。其中,抓好汽车摩托车、化工医药、建筑建材和食品加工这四大支柱产业的 56 个项目，投资 139.9 亿元；抓好高新技术产业化项目 27 项，投资 64.8 亿元。年内组建重型汽车等 4 个大型企业集团，积极培育形成销售收入超过 100 亿元的大型企业集团。

抓好一个主体两个结合　构建先进科学技术基础

包叙定对构建先进的科学技术基础非常重视。他认为，技术创新能力不强是国企存在的主要问题之一，必须从体制改革和机制转换上来推动技术创新。培育企业创新能力，要着力抓好"一个主体、两个结合"。

"一个主体"就是以企业为主体。要求在大企业或企业集团中逐步建立强大的技术开发中心，负责企业的技术研究、产品开发、产品结构和技术结构的调整。

"两个结合"，一是产学研相结合。要充分调动科研院所和高等院校参与技术创新的积极性。要推进大学科技园区建设，科研院所有的可直接进入企业，成为企业的技术开发中心；有的可以与企业联合，从企业和市场需求出发进行研究，提高科技成果的转化率。二是自主开发与引进技术相结合。高新技术研究开发需要大量的人力、物力和财力，同时受科学技术快速发展等因素影响，任何企业都不可能独自开发所有的技术和产品。对于重庆这样一个缺少资金、人才，并处于西部的城市来讲，引进技术更为重要。

包叙定指出，构建先进的科学技术基础，要加快"五大建设"：加快以企业为主体的技术创新体系建设；加快以中介机构为主体的技术服务体系建设；加快以投融资、政策法规、人力资源开发为重点的科技支撑体系建设；加快高新技术产业化基地建设，实施"一区多园"；加快以信息工程、生物工程、环保工程为重点的高新技术产业化项目建设。

今年全市要新建十个市级企业技术中心，一个国家级企业技术中心；积极开展企业与高校共建技术创新服务中心的试点，利用重庆大学等高校的人才资源和科技资源，年内建成重庆市技术创新服务中心，并以此为核心逐步形成全市技术创新服务网；加快制定和实施信息化带动工业化方案，重点启动重庆信息港宽带网络工程等十大项目；组织好 2001 年重庆高新技术成果交易会，推出和引进一批高新技术项目。

重点抓好五大关键环节　构建灵活运营机制基础

包叙定说,无论是构建合理的经济结构基础,还是先进的科学技术基础,都需要灵活的运营机制相配合。要重点抓好"五大环节":一要抓好现代企业制度建设,促进投资主体多元化,按照《公司法》和现代企业制度要求完善法人治理结构;二要抓好配套改革,建立和完善社会保障制度,加快剥离社会职能,分离不良资产,减轻企业负担;三要抓好企业内部三项制度改革,完善劳动、用工、分配制度,加大技术、资本等生产要素参与分配的力度;四要抓好市场体系建设,培育发展资本、技术、劳动力等要素市场,促进生产要素合理流动;五要抓好企业发展环境改善,进一步转变政府职能,推进政企分开,建立健全国有资产管理体系。今年,我市要加快建立现代企业制度步伐,规范法人治理结构,形成投资主体多元化。地方国有大中型企业改制面累计达到80%,国有小型企业改制面累计达到90%以上。要加大剥离企业社会职能的力度,切实减轻企业负担。

包叙定最后说,构建"三大基础"的工作是一项长期性的战略任务,不可能一蹴而就,但要争取年年有新进展,年年有新成效。重庆工业发展事关重大,工业搞好了才能带动农业,实现大城市带动大农村,才能为建设长江上游的经济中心奠定坚实的基础。

(《重庆日报》2001 年 3 月 12 日,与张德泽、代伟合撰)

让我们多倾听来自基层的声音

——温家宝总理参加重庆代表团审议特写

依然是那熟悉而温和的笑容。依然是那亲切而平和的话语。"让我们多倾听来自基层的声音。"一句普普通通的话,一下子拉近了总理与所有参会代表的距离。2006 年 3 月 9 日下午,中共中央政治局常委、国务院总理温家宝来到重庆代表团参加审议,代表们与总理敞开心扉交谈。总理时而记录,时而作答。初春的人民大会堂重庆厅涌动着一股股暖流。

2003 年,温家宝总理曾在云阳帮助农妇熊德明追讨"欠薪",并由此在全国范围内引发了长达 3 年的"追薪"热潮。长期以来,温总理十分关心西部大开发和重庆的发展,关注着三峡工程和库区人民的生产生活。平均每 10 个工作日就在涉及重庆改革和发展等问题的文件上作出一个批示。

不过,温总理在全国"两会"上与重庆代表集体交流还是第一次。

"政府工作报告中的政策措施来源于群众,来源于基层;把这些政策措施予以贯彻落实,也要靠基层群众。所以,让我们多倾听来自基层的声音。"

下午 3 点,温家宝总理面带笑容地走来,向准备合影的代表们挥手致意。全场掌声热烈,代表心潮起伏!

总理亲切地拉住来自石柱土家族自治县的刘中慧和云阳县莲花乡千峰村党支部书记钟世荣的手,请这两位基层代表坐在自己的左右合影。

在会议室落座后,温家宝总理开门见山地说:"政府工作报告中的政策措施来源于群众,来源于基层;把这些政策措施予以贯彻落实,也要靠基层群众。所以,让我们多倾听来自基层的声音。"

几句实实在在的话拉近了与大家的距离,也让代表们放下了"包袱"。人大代表刘文第一个发言,在充分肯定全国人大常委会工作报告之后,他直接切入主题:"三峡工程,给重庆带来了前所未有的发展机遇,但同时也带来了巨大挑战和难题!"

他向总理介绍,库区产业空虚,移民致富能力差,库区生态保护、地质灾害防护任务艰巨,交通建设、能源开发困难重重,已经成为重庆必须破解的难题。他语气急促地说:"三峡工程的后期任务,尤其是移民工作的任务仍很艰巨,党中央、国务院应该高度重视,全国人大常委会也应该进行全面检查!"

温总理边听边记,时而眉头微蹙,时而抵额思考。"对此,我也很有感触。"听完刘文代表的发言,温总理说:"重庆承担了三峡移民的主要任务,为三峡工程建设作出巨大贡献,应该充分肯定。"

他告诉重庆代表,解决移民生产生活遇到的困难、发展库区经济、保护库区生态环境,是一项长期而艰巨的任务。党和国家高度重视三峡库区工作,始终将其列入重要议事日程,正在进一步想办法、找出路,一定会加大对三峡库区的支持力度。

重庆厅内响起热烈的掌声,代表们的脸上,有喜悦,更有信心。

"代我向酉阳70多万乡亲问好,说我一定会去看他们!"

"一系列惠民政策的出台,让我们切身感受到了党的爱民、亲民之情。"人大代表涂安祥,是酉阳土家族苗族自治县板桥乡水车坝村党支部书记,一开始,他努力地操着"渝普"发言,却仍处处带着浓浓的乡音,总理看他略有些紧张,便用温和的眼光鼓励着他,他的发言越来越流畅……

全村410人外出务工,一年给村里带回290万元;种植业一年收入270万元,养殖业收入30余万元;"公司+农户"的产业模式,带动了烤烟、青蒿的发展,增加了农民收入……

听到这些,温总理不断点头,脸上也露出笑容。

"不过,村民人均年收入只有2700元,农民生活仍不宽裕。"涂安祥毫不保留地向总理吐露着心声:"农资价格仍比较高,一袋20公斤的化肥就要花掉100元,农民有意见。""是复合肥,还是尿素?"温总理仔细地问,当得知是尿素时,他轻轻皱了一下眉头说:"确实有点高。"

总理的随和,让涂安祥彻底放松了,他代表酉阳70多万乡亲向总理发出了邀请:"总理,我们都希望您去酉阳走走,看看农村的变化,听听农民的呼声。"

这是一个普通农民向一国总理的真诚邀请。温总理爽快地应邀了:"代我向酉阳70多万乡亲问好,说我一定会去看他们!"

掌声再次响起!

"义务教育、职业教育是面向平民的,应该是人人都可以享受的权利,它对整个国民素质的提高起着重要作用。我们应该从这个角度和高度认识当前的教育体制改革!"

话题一层层展开,重庆厅内的气氛也越来越热烈。刘中慧代表的发言,转到了农村教育发展上来。

"没想到农村免费义务教育实现得这么快!"刘中慧代表来自石柱,她介绍说,今年春季开学时,许多家长仍像往年一样带着三五百块钱来学校,当发现小学只收几十元,初中只收140元的生活费和书本费时,许多家长反复问:"真的只交这一点钱吗?学杂费从此再也不收了吗?"得到肯定回答的家长简直不敢相信自己的耳朵。

"几千年前也需给先生拿10块腊肉作为学费才能上学,现在我们在农村义务教育阶段全免学杂费,因缴不起学杂费而辍学的学生再也不会存在了。这是我党实行的又一项德政工程,给老百姓带来了实实在在的实惠。"说这话时,刘中慧代表的声调都提高了。

听到给先生送腊肉的说法,温总理诙谐地说:"孔子时代的遗风,可能要消失了。"

说完农民的开心事,身为职业学校校长的刘中慧又提出建议:"农民靠什么致富?建设社会主义新农村,就必须提高农民素质,大力发展农村职业教育。"她建议,国家职业教育经费要落实到位并向农村职业教育倾斜。

此时,温总理停下了笔,语调凝重地说:"义务教育、职业教育是面向平民的,应该是人人都可以享受的权利,它对整个国民素质的提高起着重要作用。我们应该从这个角度和高度认识当前的教育体制改革!"

听完总理的话,刘中慧抑制不住内心的激动,真诚地说:"我们看到了总理爱民、为民，对农民怀着真情！”

"冬小麦一斤六毛九，早春稻一斤七毛二，中晚稻一斤七毛六，粮食价格表我经常看，牢记于心！"

社会主义新农村，这个热门词汇也频频出现在重庆厅。

全国人大代表、分管农业的市委常委、副市长陈光国，至今仍记着去年温总理提出的"穷人经济学"理论：世界上大多数人是穷人，世界上大多数穷人从事农业生产，如果你真正懂得了农业，也就懂得了"穷人经济学"！

"农民的集体性贫困，源于长期对农民的制度性歧视。令人高兴的是，我党已经真正重视并开始切实解决这一问题。"这位熟悉"三农"、了解农民的代表，如今开始为农民欣慰。因为免收农业税、农村义务教育阶段免收学杂费、政府引导农村劳动力向城市转移，这些都是具有里程碑意义的举措。全国人大代表、市委书记汪洋接过话头说："现在是种地不交税，读书不交费，建设新农村，农民得实惠。"闻此，温总理连连点头。

面对希望倾听基层声音的温总理，陈光国又忧心忡忡地提到了稳定粮价的问题。"一斤粮食上涨几毛钱，全国农民就可以增收1000多亿元，就等于城市反哺农村1000多亿元。"他担心地说，农民增收仍主要依靠粮价，如果一斤粮食降价几毛钱，那就等于城市向农村抽取了1000多亿元，势必影响农民增收。

温总理的身体坐得更直了，他一字一句地说："对粮价，我也特别在意。冬小麦一斤六毛九，早春稻一斤七毛二，中晚稻一斤七毛六，粮食价格表我经常看，牢记于心！"

不过，温总理对稳定粮价很有信心："我们粮食储备充足，粮田面积基本稳定，有能力调节好粮价。"同时，他告诫说，考虑粮价问题，不仅要考虑农民增收，还要考虑大量城市低收入者的利益，粮价涨落直接关系整体物价水平，一定要稳定，不能有大起大落。

下午3点到6点，有10位重庆代表发言，温总理所记多、所言少，言简意赅、情真意切。不过，温总理的每一个眼神、每一句话，都传递出浓浓的亲民、爱民之情，都带给全体重庆代表更强的信心。

（《重庆日报》2006年3月10日，与刘长发、张雪峰合撰）

君住长江头，我住长江尾

——重庆市党政代表团考察上海纪实

初春时节，市委书记薄熙来率领重庆党政学习团在上海考察了两天。伸入大海 30 多公里的深水港、世界级的化工区等一系列项目，让大家大开眼界；不以大上海自居，不断解放思想、寻找差距的历程，让大家深受启发；跳出上海看上海，树立全球眼光，吸纳世界各种经济要素，又让大家感受到扑面而来的开放之风。考察中，上海同志与我市亲切交流，正如俞正声同志所说："君住长江头，我住长江尾"，上海与重庆的合作有天然纽带。

市领导陈光国、黄奇帆、范照兵、翁杰明、吴政隆、陈万志，40 个区县、有关部门负责同志参加了学习考察。

重庆的今天就像昨天的上海，好好学，拼命干，重庆就大有希望

一到上海，薄熙来一行就直奔漕泾化学工业区。中央政治局委员、上海市委书记俞正声，市长韩正已在那里等候，当天就驱车近两百公里陪同考察团参观了上海化学工业区、洋山深水港和松江区。

漕泾化学工业区是中国最大的化工基地。工业区负责人向大家汇报，这个项目占地近 30 平方公里，总投资 200 亿美元，最终将与毗邻的金山石化连成一片，形成 60 平方公里的世界级化工产业带。上海的工业用地紧张，脚下这片陆地，是在杭州湾围海造出来的。

听到这里，薄熙来说："漕泾这块地真是寸地寸金，因为它是长江泥沙冲积而成的，所以还有我们重庆的贡献啊！"大家都笑起来，上海的同志还补充说："重庆人的贡献还不止于此,化工区的规划还是当初黄奇帆同志带我们搞出来的。"薄熙来对化工区的总规、投资来源、运作流程等一一询问后说,重庆天然气资源丰富,有很好的化工基础,要学习上海化工区的经验,面向世界去发展。

代表团一行又驱车赶往洋山深水港。在建中的洋山港,是世界最大的集装箱港区之一,完工后可形成 2500 万标准箱的年吞吐能力。在硕大的港区沙盘前,薄熙来仔细询问港口的装卸水平,与世界各地港口的业务往来等,他称赞说："这样大手笔的基础设施建设,使上海具备了更强的开放能力。"

在被誉为"上海之根"的松江区,区委书记盛亚飞介绍说,10 年前还是一个县的松江区,在 604 平方公里土地上,去年已创造出 642 亿元的地区生产总值。他说,松江发展最大的动力是开放,引进一个外资大项目,就可以带活一个产业链条。为做好工作,松江区早期的管理者倡导"双月聚餐会",定期邀请外企的管理者喝喝咖啡,了解大家有什么意见、需要。现在每年都要举办一次"企业服务月"活动,"这里不允许有任何刁难企业的事情发生"。

薄熙来指出,要学习上海以大开放促进大发展的战略思维和气魄。上海从设县开始的 240 年中一直没有城墙,体现了一种开放的心态。如今上海已成为我国利用外资规模最大、投资领域最广、跨国公司和研发中心集聚最多的城市之一。重庆要实现"314"总体部署,也要学习上海用全球视野谋发展的经验。

渝中区委书记刘强、大渡口区委书记刘本荣感慨地说,越看感觉差距越大,我们同沿海城市的差距,既有经济和城市上的,更有开放意识上的。考察团同志认为,重庆的今天就像昨天的上海,好好学,拼命干,重庆就大有希望。

黄奇帆表示:上海的五个大手笔值得重庆学习

在浦东新区,无论是参观外高桥保税区,还是张江高科技园区,浦东先进的理念、开阔的视野、高水平的发展,都给大家留下了深刻印象。

听浦东的同志介绍,浦东在长达 18 年的发展过程中,多次突破"发展瓶颈",终于实现了腾飞。上海外高桥保税物流园区,是 2003 年经国务院批准设立的全国首家"区港联动"试点区域。码头总经理陈茂源介绍说,保税园区是上海经济发展的新引擎,促进了货物贸易运输,提高了上海的国际中转、配送、采购和转口贸易功能，降低成本，提高效率。

在张江高科技园区，大家一起观看了园区总体情况的 PPT 介绍，一个个高科技项目，一串串新的名词。薄熙来说："我们来的很多县委书记，来自大山深处，对这些高科技的东西不一定都明白，但一些本来安排去看农业项目的县委书记也向我提出，很想看看陆家嘴、外高桥，看看张江高新园区，他们说，不管能不能看懂，也要去开开眼界，感受一下大上海。"

在两市情况交流会上，薄熙来说，上海解放思想，已达到相当高度，但从不停步。多年来，上海市领导十分强调解放思想、改革创新。正声同志到上海后就提出，不背过去成绩的包袱，不受习惯做法的束缚，不受地域观念限制，要跳出上海看上海，树立全球眼光，把上海发展放在经济全球化的大趋势下谋划。重庆搞解放思想的讨论，就是要学习借鉴上海和兄弟省市的经验。

黄奇帆表示，上海有五个大手笔很值得重庆学习：中国最早、规模最大的外高桥保税区；亚洲最具规模的上海化工业区；以大小洋山为代表的上海港；我国最具创造潜力的张江高科技园；中国与世界接轨的金融改革配套示范区——陆家嘴金融贸易区。

两相比较，大家还找到重庆在解放思想中的问题。我市具有战略眼光和宽阔视野的复合型、国际型人才还很稀缺；一些干部习惯按程序复制性工作，不习惯按规律创造性工作；习惯于津津乐道讲成绩，不习惯认认真真找问题；一些人则只满足于"一日三餐九碗饭"，创业意识淡薄。

不少同志表示，重庆人必须睁大眼睛看全国、看世界，必须像上海那样，把解放思想贯穿到群众参与、人民受益的全过程。领导要带头解放思想，还要带领各个区县的思想解放，使之转化为干部群众的自觉行动，真正做到既有解放思想之"心"，又有解放思想之"力"。

上海寸土寸金，重庆天高地广

考察团一行来到全国知名的张江高科技园区，这里已入驻 3606 家企业，成为全国最先进的聚焦高端产业、高端人才、高端研发的开发区。入驻张江高科技园的台湾日月光集团，是全球最大的集成电路封装测试企业，年营业额 500 亿元，员工人数 5 万人，在大陆投资 140 亿元，营业额 230 亿元。

听完集团董事长张洪本的汇报，薄熙来诙谐地说："重庆过去叫雾都，近几年环境有了大改善,也能经常见到'日月光'了。我们重庆今天来了这么多人,就是来接日月光集团去重庆! 韩市长和我一同前来,这就表明上海市政府支持你们去重庆。"韩正与大家都笑起来。张洪本当场表态,公司准备将重庆作为西南的主要基地来发展。

在企业家座谈会上,有来自上海、浙江、福建及海外在沪的 70 多家企业。黄奇帆介绍了重庆在税收、土地、劳动力以及技术工人、水电、政策、市场等方面的情况。薄熙来对大家表示欢迎,并认真地说,奇帆副市长曾在上海工作多年,对上海很有感情,被"派到"重庆工作后,发现西部还有重庆这样一个好地方,所以今天赶紧回来告诉上海的企业家:你们可不要错失在重庆发展的机会呀! 一番话,全场顿时活跃起来。

薄熙来说,重庆有 8 万平方公里的面积,按照国务院批复的规划,未来城市发展的空间将会大增。在上海发展,寸土寸金,用地比较困难;到重庆来,天高地广。未来十年,中西部不仅将出现中国最大的市场增量,也将成为全球关注的市场。有实力的企业到中西部发展,不是"扶贫"之举,而是中国经济和企业发展的必然取向。有智慧、有远见的企业一定会"捷足先登",率先到西部发展。我们欢迎长三角地区的企业抓住机遇,到重庆实现新的跨越。

企业家们争先恐后发言,纷纷表达愿意到重庆发展的强烈愿望。话筒成了"香饽饽",以至于主持会议的范照兵秘书长不得不点名发言。

当"龙头"与"龙尾"都强劲起舞之时,中华民族就更伟大了

在两市情况交流会上,薄熙来说,重庆和上海有深厚的历史渊源。在经济上有两件事:一是抗战初期,上海不少工商界人士为躲避战火迁到重庆,在重庆找到了避难所,在大山里保存了企业,危难时重庆人"收留"了上海人;二是三线建设时期,上海又"回报"了重庆,把好多优秀企业迁到了重庆,促进了重庆的发展。从政治上说,也有两件事:一是当年刘邓大军解放大西南时,上海的陈毅市长组织了 3000 名干部到重庆,参加西南剿匪,不少人壮烈牺牲,上海人为重庆解放作出了重大贡献;二是小平同志当年就是从朝天门码头出发,沿江而下,又从上海码头漂洋过海,赴法勤工俭学的。所以咱重庆和上海对小平同志成才报国也是有贡献的! 话音未落,会场一片掌声笑声。

有人把长江比成中华民族的一条巨龙,上海是"龙头",重庆是"龙尾"。

会上，薄熙来向上海同志发问："长江是中国的黄金水道，她把上海与重庆连在一起，但谁是'龙头'，谁是'龙尾'呢?"俞正声立即回应说："从地理上说，长江发源西部，重庆是长江上游最大的城市，应该是'龙头'。"大家都笑起来。薄熙来说："正声书记把这个道理讲明白了，但还要承认，在振兴长江经济带的国家战略中，上海作了大贡献，是公认的经济'龙头'，重庆和上海两市'共饮一江水'，共同承载着长江流域振兴的希望。目前'龙头'已高高昂起，当'龙头'和'龙尾'都强劲起舞之时，中华民族就更伟大了!"

他希望，重庆能更多承接上海产业的转移，加强高新技术和现代服务业等领域的合作，加快打造两地集装箱联运快捷物流通道，加强旅游开发合作，并希望上海把重庆作为稳定的名特优农产品供应基地。俞正声表示，沪渝两地之间有合作基础，上海愿意进一步拓展两地合作的空间，支持库区的建设，不断加强合作与交流。

考察团在浙江和上海，6天看了30多个点

6天时间，重庆学习考察团从温州到台州、宁波，经绍兴到杭州最后抵达上海，白天，马不停蹄，一个接一个看考察点;晚上除了赶路，就是学习，县域经济讲座、情况交流会轮流举行。30多个点，多场报告会，考察团工作日程表上，总是这样的安排:早晨8点30出发学习考察，晚上7点30开会。其间，薄熙来还挤出时间召开企业家座谈会，会见著名的企业老总。

考察结束的总结会上，薄熙来说，一个地方要解放思想，加快发展，领导干部要起带头和标杆作用。相信在浙江上海的学习考察，对大家都有启发。重庆正处在蓄势待发的重要时期。过去10年是艰苦创业打基础，未来10年则要加快发展赶先进。这就需要干部的开创精神、现代思维和科学、务实的工作。浙江、上海两省市发展各有特点，很有示范价值，我们要从中学到好经验、好做法，并结合我市各部门、各区县的具体情况，进一步解放思想，形成更开放的思路、更科学的办法。

取经归来，40个区县委书记、30多个市级部门，纷纷结合自身工作，进一步找差距，查原因，并初步形成了一些新思路，开始紧锣密鼓地谋划新一轮发展。国资委主任崔坚说，重庆国有企业可以借鉴上海经验，在大型基础设施建设中发挥更大作用，为重庆未来的长远发展提供基础设施的保证。市信息

产业局局长沐华平说,发展信息产业、高新技术要有高起点,要有全球视野,把信息产业打造成全市经济最具开放性、最具创新性的支柱产业之一。市教委主任彭智勇认为,上海综合考虑产业、居住、医疗、教育,让城市不仅宜业,也很宜居,吸引了大量人才,上海的人才战略,值得重庆好好学习。九龙坡区委书记刘光全说,关起门来搞经济只能做加法,只有扩大开放才能做乘法,做大经济总量;关起门来搞经济只能是对传统产业的修修补补,只有开放才能让产业提档升级,提高经济质量。九龙坡要以国际视野和超前眼光规划建设,力争出大手笔。

　　浙沪之行刚刚结束,解放思想之旅仍在继续。

　　(《重庆日报》2008 年 4 月 25 日,与陶卫红、张雪峰合撰)

抓好健康,促进小康

2008 年 12 月 17—18 日,市委、市政府召开动员大会,部署我市开展"健康重庆"相关工作。市委书记薄熙来提出,健康既是测评小康的重要指标,又是人们享受小康的基本条件。市委市政府要高度重视市民健康,多办实事,使百姓寿命更长、更健康、更有活力。

国家卫生部党组书记高强、国家体育总局局长刘鹏到会祝贺并讲话。市长王鸿举部署了开展"健康重庆"的目标任务。市委、市人大、市政府、市政协和各区县领导与我市群团组织、高校、医院、中小学校长、老师、学生及运动员、教练员代表一同参加了大会。

搞好市民健康是最具体的以人为本

动员报告中,薄熙来以大量数据、图片和事实,生动地说明建设"健康重庆"的重要意义。会场上不时响起热烈的掌声。他说,尽管人固有一死,但每个人的生命却有长有短,有强有弱,有健康也有不健康,生命的过程和质量大不一样。健康和长寿,是重庆人共同的追求,我们的身边,就有同志取名胡健康、王长寿!

薄熙来说,总的看,重庆人是健康的,尤其是改革开放以来,我市的医疗卫生状况有了很大发展。抽样检测表明,重庆人的体质合格率为 86.7%,已处于全国平均水平。但近年全市考生中,因近视、体重超标、转氨酶偏高等原因体检"合格"受限的同学还是不少。重庆人有耐力,能爬山,但个头儿不高,平均身高在全国列第 26 位,排在四川和广东之后。重庆的体育人口现在是

38%,而北京是 52%,上海是 66%。市委、政府一班人,一定要把"健康重庆"当作大课题来认真研究,积极推进,使重庆的百姓活得更长、活得更健康。

薄熙来提出,科学发展观的核心是"以人为本",而人们从事一切活动最基本的条件是健康。所以,搞好市民健康是最具体的以人为本。只有全体市民身心健康、精力充沛,才能全身心地投入工作,才有创造的激情与活力,重庆才能成为一个有希望、有前途的现代城市。重庆的发展不仅要抓建设,更要抓健康;3200 万重庆人既要奔小康,又要保健康。健康既是测评小康的重要指标,又是人们享受小康的基本条件。

文明其精神,野蛮其体魄

薄熙来说,旧中国积贫积弱,"东亚病夫"的帽子戴了很多年。一批仁人志士,痛心疾首后,将目光转向体育救国。孙中山提出,"强国必先强种",梁启超说:"勇武刚强,乃中国第一急务。"康有为主张小学生应"专以养体为主,而开智次之;令功课稍少而游嬉较多,以动荡其血气,发扬其身体"。毛主席二十多岁就写了《体育之研究》,提倡"文明其精神,野蛮其体魄",而且深刻指出,"体育之效,至于强筋骨,因而增知识,因而调情感,因而强意志","体者,载知识之车而寓道德之舍也"。新中国成立后,他又提出"发展体育运动,增强人民体质"、"健康第一,学习第二"。他本人和很多同时代的革命家,毕生都是游泳和登山运动的爱好者。体育名人张伯苓,解放前在南开学校,虽办学经费并不富裕,却建了 15 个篮球场、5 个足球场、6 个排球场、17 个网球场,还有两个 400 米跑道的运动场,开了现代体育之先河。

薄熙来说,重庆也有发展体育运动的光荣传统。解放之初,贺龙元帅主政重庆时,喜欢体育就出了名。他为我们留下的体育馆、体育场,是新中国最早建设的体育设施,至今还惠及广大群众。重庆历史上也出了一些享誉全国的体育人才,陈家全、贺祖芬都创了全国短跑的纪录,使重庆人成为中国跑得最快的人。虽说重庆人没能在北京奥运会上拿到金牌,但奥运的两个关键人物——国家体育总局局长刘鹏和北京市长郭金龙的成长都受益于重庆的水土,这也算是我们重庆人的贡献吧!

专业不过硬是次品,身体不健康是废品

薄熙来说,没有健康,就实现不了小康。重庆 50 万农村贫困户中,有

60%是因病致贫、返贫,"一人生病,拖累全家"。薄熙来劝勉在场的青年学子,健康是人力资本的核心,年轻人路子还长,不论从事经济还是社会工作,不仅需要智力,也需要体力,只有坚持体育锻炼,铸就坚强体魄,才能在今后的工作中"挑起大梁"。他举例说,在商务谈判中,当然要有智力,但还要有耐力,甚至最后定胜负的就是体力了。谁身体好,谁就能笑到最后。对于毕业生来说,专业不过硬是次品,身体不健康是废品,如果精神不健康,那就是危险品了!

薄熙来说,我们建设"健康重庆",就是要力争在5到10年间,把重庆建成健康之城,使3200万重庆人在全面实现小康的同时,身体更健康。市政府已拿出了一套完整的卫生行动计划和体育行动计划,有规划、有投入,很具体。要力争到2012年,国民体质抽样合格率达到90%以上,人均期望寿命由71岁增长到77岁,青少年的身高增加1~2公分,体育人口比例达到50%。

在经济繁荣的沃土上,才能盛开体育之花

薄熙来说,体育是综合国力的象征,是一个国家经济、文明的表现。在经济繁荣的沃土上,才能盛开体育之花。北京奥运会上,全世界最优秀的运动员齐集北京,我们中国人不仅圆满地回答了张伯苓当年的奥运三问,还一举拿了金牌总数世界第一,这是当年问都不敢问的!

说起体育,有的人想到的是肌肉发达,事实上,优秀的运动员都是很聪明、很灵活的人。奥运会的口号是更高、更快、更强,其实并不完善,体育的追求还应是更灵活、更舒展。体育应是人类自身不断进化的完美体现。

薄熙来认为,要把重庆的竞技体育搞上去,关键是四件事:一是好教练,二是运动场馆,三是选好符合重庆人身体特点的运动项目,四是组织比赛。今后全市性的运动会,每两年搞一次,通过比赛的激励出人才。2012年的伦敦奥运会上,重庆人的奖牌总数要翻一番,由一块变成两块!

薄熙来说,搞好健康,不仅要锻炼身体,还要搞好饮食、行为、生育和精神的健康。俗话说,"健康是吃出来的",重庆火锅很有名,很好吃,但太油、太辣。重庆的烟民不少,人均日消费14支烟,20个大城市里排第二。去年全市喝的酒比2004年多了33万吨!还有不少人"黑白颠倒","斗地主"斗到大半夜……,这些生活习惯都不利于健康。一定要睡"子午觉",提高睡眠的质量。

还要注意精神健康,要大力提倡红歌和坝坝舞。只有从体质、饮食、行为、生育和精神健康等五个方面综合着手,"健康重庆"的目标才能实现。

共建共享,让崇尚健康成为重庆的民风和时尚

薄熙来指出,建设"健康重庆",要上下齐努力,办好几件实事。要在全市建设 1000 个有标准塑胶跑道的运动场。要让低收入的群众每两年享受一次免费体检。重庆每两年要搞一次全市性的运动会,每年则要举办渡江、登山、马拉松等大规模的群众性活动。每个区都要兴建几个免费开放的体育公园,有条件的居民小区则要创建"体育社区"。机关、学校、企事业单位的食堂都要对科学配餐进行指导。要免费对低收入群众、怀孕妇女开展先天疾病的筛查。

薄熙来说,要大力倡导"人人争当健康市民",养成良好卫生习惯,追求健康生活方式,积极参加体育运动,让崇尚健康成为重庆的民风和时尚。要发展学校体育,坚持一周四节体育课。要努力让每一个孩子在学校就培养起一两种能够令其终身受益的体育技能。机关、企事业单位要广泛开展广播体操、打乒乓球、羽毛球等活动。"健康重庆"是大家的事,一定要共建共享,每个市民都要亲力亲为、"亲自参与",这事旁人替代不了。各区县、各部门也要在"健康重庆"上加大投入。考核干部时,还要将老百姓的健康水平列为重要内容。

"健康重庆"建设,体现了战略眼光

刘鹏说,重庆直辖以来,经济、社会蓬勃发展,在体育事业发展上也取得显著成绩,竞技体育涌现出张亚雯、古力等一批优秀选手,群众体育活动也创造了有特色的做法和经验。这次市委、市政府又提出了建设"健康重庆",把体育事业确定为推进这项建设的重要基础和平台,体现了高度的战略眼光,为全国体育工作做出了示范和表率。

他说,当今世界,体育作为增强体魄、愉悦精神、磨炼意志、塑造品格、交流情感的重要活动,已成为人类生活中不可或缺的组成部分,对人类社会的发展产生了独特而积极的影响。四年一届的奥运会,更是全世界规模最大、影响最广的人类聚会,彰显和平、友谊和进步的文化盛典。

重庆人的品格契合了拼搏奋斗、不懈追求的体育精神

刘鹏认为,体育是人类文明进步的产物。其综合功能和社会价值,主要体现在五个方面:能够促进人的全面发展,不但塑造人们健康的体魄,还能培养人们健全的精神;促进社会的和谐进步,是人与自然和谐相容的事业;弘扬爱国主义和振奋民族精神,体育精神已经成为全社会共有的财富;成为新的经济增长点,其锋芒甚至超过了很多传统产业;增进各国人民交流合作和友谊。总之,体育的社会价值是多方面的,已成为蔚为壮观的社会文化现象。

刘鹏说,过去30年,中国的体育事业取得了大发展、大跨越,这离不开包括重庆在内的全国各省、区、市的大力支持。重庆是具有光荣历史传统的城市,也是中西部地区有着重要地位的直辖市,具有独特的自然环境和丰富的人文资源,重庆人积极进取、勇敢坚强的品格正契合了拼搏奋斗、不懈追求的体育精神,支持重庆地区体育事业的发展,是国家体育总局义不容辞的责任,希望在重庆市委、市政府的领导下,在重庆人民的共同努力下,重庆体育不断取得新成绩,为建设"健康重庆"作出应有贡献。

有健康不一定拥有一切,但失去健康,必然失去一切

高强说,重庆市委、市政府作出建设"健康重庆"的重大决策,把人民健康事业摆在了党和政府工作全局的高度,体现了以人为本的执政理念和改善民生的坚定决心。他说,健康是人类永恒的追求。在物质匮乏的年代,解决人民吃饭穿衣问题,是党和政府首要的任务。经过30年的改革开放和社会主义现代化建设,我国综合国力明显增强,人民生活水平显著提高,"医食住行"等综合需要,已经成为群众最关心、最直接、最现实的利益问题。

高强进一步阐述说,一位学者曾形象地把人的一生比作为一串数字,健康是最前面的"1",而人的知识、技能、家庭、财富等都是后面的"0",有了健康,其他的才有意义,如果拿掉前面的"1",后面所有的"0"都失去了意义。也就是说,人拥有了健康,不一定拥有了一切,但一旦失去了健康,必然要失去一切。因此,对一个国家来说,发展经济、保护环境、改善服务、促进和谐的最终目的,就是为了让人民群众生活得更健康、更幸福、更充实、更快乐。

"没有健康，就没有小康"

高强指出，"没有健康，就没有小康"，胡锦涛总书记在党的十七大报告中明确指出，健康是人全面发展的基础，关系到千家万户的幸福，并把人人享有基本卫生医疗服务，实现病有所医，作为全面建设小康社会的一项重要内容，体现了党和政府对保障人民健康的高度重视，也揭示了国民健康在经济社会发展中的基础性地位。重庆市委、市政府提出建设"健康重庆"的理念，努力提高市民健康水平，这是朝着小康社会目标迈出了坚实的一步。高强希望，重庆市卫生战线的同志，要以建设"健康重庆"为契机，抓住机遇，开拓创新，弘扬救死扶伤的优良传统，增强责任感和使命感，积极推进"健康重庆"的各项建设。

到 2012 年，市民健康素质超过全国平均水平

王鸿举说，健康是人的第一需要，建设"健康重庆"，是我市响应"健康中国"战略的重大行动，提升城市精神的根本途径，拉动内需促进增长的重要举措，同时，建设"健康重庆"顺应了重庆发展的新阶段特征，是重庆进入一个新阶段的标志。王鸿举提出，"健康重庆"的总体目标是：到 2012 年，市民健康素质超过全国平均水平，市民健康保障水平处于西部前列，市民健康行为基本养成。

王鸿举说，实现总体目标，要加快推进"发展体育运动，增进体质健康"、"严格食品安全监管，加强饮食健康"、"加强妇幼保健，保障生育健康"、"培养健康生活方式，倡导行为健康"、"加强心理卫生服务，重视精神健康"、"建立健全健康服务体系，实现人人享有基本健康服务"六大重点任务。要加强学校体育工作，使孩子养成日常锻炼的良好习惯。要选好优势项目，科学规划、加大扶持，促进竞技体育发展，力争在国内外重大赛场上，取得奖牌的新突破。到 2012 年，全市 35% 的区县建成国家卫生区（县城），15% 的区县建成全国文明城区（县城）或全国创建文明城市工作先进城区。在健康服务体系上，全市要达到每千人拥有执业医师 1.5 人、注册护士 1 人、病床 3 张，乡镇卫生院和社区卫生服务中心全部实现标准化。

同时，全市区县政府驻地城市都有标准体育场馆，所有社区都有以"健身路径"为主要内容的公共健身场所设施，每个村都建有一个篮球场、两副乒乓球台，每万人拥有社会体育指导员城市达到 15 名、农村达到 6 名。

到 2012 年，350 亿投向"健康重庆"

王鸿举指出，市委、市政府已出台了《关于加快建设"健康重庆"的决定》，确定了目标任务，完善了政策措施，全市上下要整合资源，加强联动，形成建设"健康重庆"的强大合力。

首先，要以超常举措加强人才队伍建设，花大力气引进领军型人才。要加快选拔培养优秀人才，鼓励青年人才下基层服务。一方面，要建立卫生人才向基层卫生服务机构流动的激励机制，引导大城市、大医院的骨干人才定期交流下基层；另一方面，要引导大学毕业生向基层分流，5 年内为乡镇卫生院培养和选派医学专业大学生 3000 名。

其次，要多策并举，加大资金投入。经初步测算，到 2012 年，"健康重庆"卫生行动计划投入资金 280 亿元，"健康重庆"体育行动计划投入资金 73 亿元，要统筹兼顾，突出重点，解决最急需、最该办的事。

其三，要建立健全工作机制，政府大力主导，社会广泛参与，人人共建、人人共享，这是建设"健康重庆"的一条重要原则，也是最终的目的。要通过完善加强领导、社会联动、科技支撑、宣传教育"四大机制"，引导社会广泛参与，人人共建。

会议期间，江北区、渝北区、开县、南岸区、市教委、西南大学、市文明办的有关负责人作了交流发言。市委常委、常务副市长黄奇帆主持了大会，市委常委、宣传部长何事忠作了会议总结。

参加会议的还有国家卫生部、体育总局的部门负责同志，市高级人民法院、市人民检察院、市委有关部委、市级有关部门和单位的主要负责人。

（《重庆日报》2008 年 12 月 19 日，与刘长发合撰）

努力打造宜居重庆

　　2009 年 4 月 21 日,市委、市政府召开动员大会,部署"宜居重庆"建设工作。市委书记薄熙来指出,建设宜居重庆,改善老百姓的居住条件,既是"以人为本",促进社会和谐,又有吸引人才、促进投资和消费的经济意义。一定要精心规划,打造宜居重庆,为全市百姓造福。国家住房和城乡建设部副部长陈大卫到会祝贺,市长王鸿举做工作部署。

住房建设既是民生问题,也是经济问题

　　薄熙来说,住房是人类生存的基本条件,人无定所,社会难安。汉字里的"安"字,上面是个宝盖,代表"房子",下面是个"女"字,表示"妻室",这形象地说明,一个人有了房子和媳妇,就可以"安"心了。古往今来,人们始终在追求理想的居住条件。《诗经》里有"乐土,乐土,爰得我所"的诗句;唐代大诗人杜甫发出"安得广厦千万间,大庇天下寒士俱欢颜"的慨叹;孙中山先生则有"居者有其屋"的革命主张;反之,"无家可归"当然是最凄惨的境遇了……这些都反映了人们对住房的渴望。

　　薄熙来指出,我们党对改善人民的居住条件高度重视,十七大报告提出,要让全体人民"住有所居,推动建设和谐社会",到 2020 年全国城镇人均居住面积要达到 35 平方米、农村达到 40 平方米,体现了以人为本的根本要求。

　　薄熙来说,住房不仅是人的生存条件,也是一个经济问题。发展经济最重要的是人才,一个地区的居住环境越好,就越有条件以合理的价格、较低的成本聚拢高端人才。同时,住房建设也有力地拉动投资与消费。目前,住房

是城市居民的第一大消费支出,占了50%左右,对经济整体的运行影响很大。建设宜居重庆,同时可以扩大内需。住宅建设每增加10个百分点,就会带动GDP增长1个百分点,拉动50多个相关行业;住宅行业每吸纳100人就业,就可带动相关行业200人就业。

要特别关注中低收入群众的居住需求

薄熙来强调,历届市委、市政府都高度重视老百姓的住房问题,直辖以来,共建设城市住房1.32亿平方米,农房2.44亿平方米,取得了历史性进步,成绩来之不易。当然,我们还要努力。目前的问题,一是楼宇过密,主城毛容积率偏高,开发强度高于北京、上海,也高于东京、纽约;二是危旧房和"城中村"有待改造;三是污水和垃圾处理率还远低于京、津、沪;四是过去给人"雾都"、"火炉"和"酸雨区"的印象,现在大有改观,但还要努力;五是农村房屋的质量,还有不少土坯、木石结构的房子。

薄熙来说,在建设"宜居重庆"中,要做好"四个统筹":一是统筹城乡,对主城、区县城和集镇村庄要全面推进,对农村要给予更多的支持;二是统筹贫富,要特别关注中低收入群众的居住需求,让广大老百姓都有房子住,而且质量较好,还要能买得起;三是统筹内外,既要为本市居民提供住房,还要让外来科技、经商、务工人员有房可住,因为重庆是个开放的城市;四是统筹老少,因为重庆的老龄人口在4个直辖市中最多,一定要让老年人尽早享受到"宜居重庆"的成果。

要让市民住得较宽、较好,还要买得起,住得起

薄熙来说,建设宜居重庆,就是要在现有基础上,按照小康标准,力争在住房品质、房屋配套、公共空间和服务设施四个方面得到大的提升。到2012年,使重庆成为西部最宜居的城市之一;到2017年,成为全国最宜居的城市之一。

在提高住房品质上,不仅要重视面积,还要重视室内设计,对厨房、卫生间、凉台都要精心设计。要让市民住得较宽、较好,还要让他们买得起,住得起,控制房价。要有合理的收入与房价比。物业费要适当,要让居民住得比较便宜。

在完善配套设施上,重点是提高生活垃圾和污水的处理率,逐渐追上京、津、沪的水平。要让居民生活得更清洁、城市更干净。要通过4年努力,使水电气网配套设施接近先进城市的平均水平。

在扩展公共活动空间上,要下决心建设一批城市公共广场和公共绿地,完善文化体育设施,改善购物条件。

在增加服务设施上,要特别重视发展公益性文化体育设施,让群众娱乐锻炼有场所。要根据居民消费特点,搞好百货店、超市、便利店等不同业态的规划布局。发展现代农村流通网络,推进"万村千乡市场工程",让农家店覆盖所有的乡镇、村,而且农家店的小超市还要实现与城里同货同质同价。

将重庆这块美玉精雕细刻,为子孙留下一个好作品

薄熙来说,按国家批复的规划,今后10年,主城面积将扩大1倍,人口将增加到1000万。对一个城市来说,这种城区的大发展,是50年甚至100年才一遇的。我们这些人正当其时,要不负重庆的发展史,共同努力,将重庆这块山水美玉精雕细刻,为我们的子孙留下一个好作品。

薄熙来要求,在建设"宜居重庆"过程中,要十分重视八项工作:一是危旧房改造,去年首战告捷,开了个好头,力争到2012年全面完成1850万平米,使改造率达到100%。二是下决心解决55个"城中村"问题,改善居民的生活,也为城市发展腾出空间。三是主城"疏密",目前重庆主城区人口过于集中,建筑过密,特别是渝中区,每平方公里常住人口高达3.15万人,高于北京密集区人口2.23万人、上海2.24万人,更高于纽约密集区8811人、巴黎8071人、伦敦4554人,一遇火灾就会"火烧连营",也不利于疫病防治和抗震救灾。四是规划建设好"两江四岸",要对规划出的六个大片区精心设计,国际招标,高水平开发建设。五是主城扩区要科学规划,不搞"摊大饼"式的发展,要以多条高速和轨道交通伸向四面八方,中间留出足量的绿地。六是高度重视区县城的建设,将二三十个区县城建成一个个宜居的小城市。七是实施"农民新居"工程,要为农民提供科学实用的建筑图纸和建材、沼气池等标准件。要实现农村住房社区化,共享更多的公用设施,还节地、节能。八是建设开放有序的房地产市场,引进更多水平高、实力强的开发商参与重庆的开发建设,通过公平竞争让老百姓得到实惠,也使建设水平提升档次。

"五个重庆"建设到位,重庆将50年不落后,100年后更好

薄熙来说,去年我市提出建设森林、畅通、健康、平安和宜居重庆,已先后开了5个大会,分别做了5个决定。这"五个重庆"的建设,就是重庆人学习和实践科学发展观的答卷。"五个重庆"都是"以人为本",都是为人民服务,都是实实在在的民生工程。"森林重庆"是要改善环境,让老百姓多吸氧;"畅通重庆"是要改善交通条件,主城不塞车,乡村有油路;"平安重庆"要增强老百姓的安全感;"健康重庆"要让孩子长得壮,老人活得长,全民活得健康;"宜居重庆"则要着力改善百姓的居住条件和环境。"五个重庆"是引领全市人民奔小康的5项重要举措。"五个重庆"也是开放之基,是重庆建设西部开放高地的五块基石。通过打造软硬环境,提高城市品位,增强重庆的吸引力。"五个重庆"还将积聚重庆的发展后劲。它营造发展环境,将使重庆赢得更多的人才、技术和资本,使重庆今后50年不落后,100年后更好。这种后发优势,将使重庆越干越有底气,真正实现可持续的发展。

抓好三大重点工程,提升城乡人居品质

王鸿举在部署工作时指出,宜居,包含了居住的舒适度、出行的便利度、环境的适生度、服务的满意度等,是一种高标准的民生追求,体现了城市的品位和软实力,还是促进经济社会发展的重要推手。"宜居重庆"的工作涵盖面十分广泛,但重点要抓好居住品质、公共空间、服务设施三大工程。

他认为,提升住房品质要突出三个关键。一是加大城镇住房尤其是保障性住房建设力度,形成商品房、廉租房的住房供给体系。二是加强居住环境的改造整治,加快推进城市危旧房、工矿棚户区和"城中村"的改造。三是改善农村居住条件,现在农村地区居住条件布局杂乱无章,环境卫生条件差。集镇基本上都是:"夹路而建,千房一面;楼上住人,楼下开店;污水横流,生意清淡。"改变这种格局,要因地制宜搞好新农村规划管理,积极推进农房改造,力争到2012年建成康居点2000个、巴渝新居12万户,完成农村危旧房改造12万户。

对于优化公共空间,主要包括广场和绿地。广场是城市的客厅,绿地是

城市的肺叶。"客厅不靓,家宅不旺。"王鸿举要求,要把握四个重点。一是搞好公共空间优化布局,到 2012 年,新建 26 个广场,使城镇人均广场面积达到 0.16 平方米,都市区新增 1.1 万公顷绿地,实现人均绿地达 23.5 平方米。二是控制好城市的整体轮廓,保护和传承独特的历史风貌,建设一批富有文化内涵、经得起时间检验的建筑精品。三是抓好环境保护和治理,到 2012 年,"蓝天行动"要力争主城区空气质量优良以上天数达到 305 天以上;"碧水行动"要使长江、嘉陵江、乌江干流水质保持在Ⅱ—Ⅲ类;"宁静行动"主城区噪声达标区覆盖率达到 85% 以上,建成 120 个"安静居住小区"。四是抓好市容环境整治,形成一套市容环境常态管理机制。

就完善服务设施,王鸿举强调要抓好四类服务设施:一是社区配套服务设施,要新建一批集文体活动、书报阅览、休闲娱乐、社区公共服务为一体的城市社区服务中心和社区服务站。二是城乡商业服务设施,力争到 2012 年形成层次分明、分布合理的商业体系,全市人均商业设施面积达到 1.09 平方米,其中主城区达到 1.78 平方米。三是文化娱乐服务设施,2012 年主城区每百万人拥有图书馆、群艺馆、科技馆等文化场所数要达到 14 个。四是基础设施,包括供水、供电、供气、通信、垃圾污水处理等,也要进一步完善。

处理好四大关系,营造齐抓共建格局

王鸿举特别强调,"宜居重庆"建设要注意处理好以下四个关系,形成市、区县、乡镇全面推进,各部门齐抓共管,社会各界广泛参与的互动格局。一是城与乡的关系,做到城乡并重,相互辉映。二是市与区县的关系,主城区的宜居工程建设,市区共建,以区为主;各郊区县宜居工程建设,由各区县政府负责,市里给予适当的以奖代补。三是分工和协作的关系,强调协调配合、联合作战,形成合力。四是政府引导和全民参与的关系,要激发起群众的积极性,踊跃参与,共建共享。

十个方面支持重庆宜居建设

陈大卫副部长说,面对新时期的改革发展任务,重庆市委、市政府审时度势,提出建设"宜居重庆",目标宏伟,意义重大。宜居的和谐环境,应包括四个方面的内涵:一是工作与生活在空间上和谐;二是文化与建筑在心理上和

谐;三是人居与自然在生态上和谐;四是基础设施与功能设施在规划上和谐。重庆文化积淀厚重,人民勤劳,相信在市委、市政府的坚强领导下,通过广大人民群众努力,建设"宜居重庆",一定会大有所为。

陈大卫表示,住房和城乡建设部将积极支持和推动"宜居重庆"的建设,具体要在十个方面帮助重庆:一是开展部市合作,推动双方在城乡住房领域全面合作。二是配合重庆市政府搞好重庆市城乡总体规划,创新规划编制制度、管理机制和法规体系。三是支持住房保障,帮助重庆推进棚户区、危旧房改造试点。四是积极支持重庆利用住房公积金的沉淀资金,建设保障性住房;五是支持重庆多渠道改善农民工居住条件,允许比照经济适用房政策,建设农民工租赁房;六是支持重庆开展建筑节能工作,力争将重庆纳入国家机关办公建筑和大型公共建筑节能监管体系建设的试点城市。七是加大对重庆污水处理、垃圾处理及管网建设改造支持力度。八是支持重庆开展房地产金融创新。九是推动重庆与欧盟国家在环境基础设施、建筑节能等方面的合作。十是派专家组到重庆,具体指导重庆创建国家园林城市,支持重庆加快申报中国人居环境范例奖。

会上,市建委、国土房管、规划、市政、园林及万州、北碚、荣昌等区县和部门的负责同志作了交流发言。市领导陈光国、张轩、黄奇帆、何事忠、马正其、徐敬业、范照兵、刘光磊、陈存根、翁杰明、吴政隆、梁冬春、王洪华、童小平、谢小军、凌月明、夏培度,以及市高级人民法院、市人民检察院、重庆警备区的有关领导,各区县(自治县)党委、政府,市级有关部门和人民团体的负责人参加了会议。

(《重庆日报》2009 年 4 月 22 日,与刘长发合撰)

依法办案，实事求是，不枉不纵

2009 年 10 月 28 日，市委书记薄熙来与张轩、范照兵、刘光磊、刘学普看望慰问打黑除恶一线干警，并与政法系统同志座谈。薄熙来指出，我市"打黑除恶"专项斗争，是在中央的统一部署下进行的，要始终坚持依法办案、实事求是，做到不枉不纵，经得起历史的检验。

办案人员"五加二"、"八加六"、"白加黑"，工作辛苦，但精神饱满

打黑除恶专项斗争中，7000 余名公安民警日夜奋战。薄熙来一行来到市公安局战训基地，看望慰问各专案组组长和律师，鼓励大家深入细致地侦破案情，同时注意身体健康。

在市检察院第五分院一间会议室，检察官们正在讨论案情，桌上堆满了卷宗。"证据是否充分？""对起诉是否有充分的根据？"薄熙来问。检察官么宁说："我们在侦查阶段就介入案情，一个案件有上百份卷宗，证据很充分。"市检察院检察长余敏补充说，办案人员"五加二"、"八加六"、"白加黑"，加班加点熟悉案情，上庭前用胖大海润喉，工作辛苦，但精神饱满。薄熙来称赞说："通过电视我看到咱重庆检察官的风采。大家年富力强，又学有所成，办理涉黑案件则是一次重要的实战。"

在市第一中级人民法院，薄熙来与办案法官一一握手，询问大家的工作生活情况。他说，打黑除恶一线的司法人员，克服了很多困难，也顶住了很大压力，作出了自我牺牲，市委、市政府感谢大家。薄熙来问法官们："这段时间还经常锻炼身体吗？"答："过去经常锻炼，这段时间少了。"薄熙来幽默地说：

"大家对建设'平安重庆'作出了贡献,但也要参与到'健康重庆'建设中啊。"法官们热烈鼓掌。

"打黑除恶"是中央有明确要求的"规定动作",是建设和谐社会、平安重庆的必然选择

薄熙来说,打黑除恶专项斗争不是我们重庆的发明创造,是中央有明确要求的"规定动作",也是建设和谐社会、"平安重庆"的必然选择,是人民群众广泛支持的正义之举,也是以人为本,落实科学发展观的具体体现。锦涛总书记明确要求,要组织开展打击黑恶势力等专项行动,营造良好的社会治安环境。周永康同志强调,如果不能有效打击和消除黑恶势力,老百姓就难以过上安定日子,"平安建设"就是一句空话。他还要求除恶务尽,在全社会形成对黑恶势力人人喊打的局面。孟建柱同志也多次要求,对黑恶势力要坚持严打方针,要坚决打掉黑恶势力的"保护伞",在全社会形成打击黑恶势力的强大舆论氛围。

薄熙来说,对打击黑恶势力,我党历来非常重视。当年,江泽民总书记指出,要开展"严打"整治斗争,坚决打掉犯罪分子的嚣张气焰。朱镕基总理讲过,对于黑恶势力,一定要下最大的决心,以铁的手腕予以毁灭性打击。罗干同志很早就提出,要组织打黑除恶专项斗争,要坚决查处黑恶势力的"保护伞"。当时就提出了打黑除恶的两个重要概念,一个是"专项斗争",一个是"保护伞"。

"打黑除恶"不是凭空想象,主观臆断,而是基于大量血淋淋的犯罪事实。1400多起命案未破,近500名杀人犯在逃,我们能不管吗?

薄熙来说,打黑除恶不是我们凭空想象,主观臆断,更不是重庆公检法好大喜功,异想天开,想造个什么"轰动效应"。打黑除恶是人民群众的强烈要求,是许许多多血淋淋的犯罪事实在警示我们:必须回应受害群众的正当诉求,这是我们责无旁贷的天职! 正因为如此,打黑除恶是市委、人大、政府和政协几大机关高度一致的坚强决心!

薄熙来说,去年重庆的涉枪案件955起;1999年以来,全市还有1400多起命案尚未侦破,还有近500名杀人犯在逃。这些杀人犯总要抓回来,这是

底线,不把杀人犯缉拿归案、绳之以法,怎么还受害者以公道?! 老百姓又将怎么评价我们的政法队伍?!

打黑除恶必然会触及一些人的利益。越是有杂音,越说明这场斗争的必要性

薄熙来语气坚定地说,不讲别的案件,就凭这 500 名在逃的杀人犯,1400 多起未破的命案,900 多起涉枪案,组织这么一场专项斗争就完全必要。为什么我要斩钉截铁地说这个话呢? 因为听到了一些杂音,今天就要表个态,市委、市政府一定要把专项斗争进行到底,请大家放心! 打黑除恶必然会触及一些人的利益,可以说,触及到的这些人不是好人,因此也决不会受他们的干扰。而且越是有杂音,越说明这场斗争的必要性。此次专项斗争中,还缴获各类枪支 79 支,冰毒 60 多公斤。试想,1 公斤的冰毒,就会害得多少人精神崩溃、妻离子散? 晚清政府腐败透顶,道光皇帝也深知鸦片对国民之害,要派人去禁烟。我们共产党领导的新中国,执政为民,朗朗乾坤,当然要坚决禁毒,打黑除恶!

薄熙来说,这场专项斗争,事关社会稳定。重庆群体性事件比较突出,除了人民内部矛盾,也有幕后"黑手"在推波助澜,向党和政府施压。有些上访、集访,本身就是黑社会团伙欺压良善,百姓无法申冤造成的。我们一方面要继续开展"大下访",认真解决人民内部矛盾和问题,另一方面也要坚决斩断"黑手"。

对少数人的宽容,就是对大众的不公、不负责任。我们温柔,黑恶势力不温柔,是要杀人的!

薄熙来说,对此次打黑除恶,广大市民拍手称快,个别人却酸溜溜地说是"作秀",有些人还站在一边指指点点:"适可而止吧!""见好就收吧!"但为百姓设身处地想一想,如果有大量的抢劫、杀人、强奸和绑架案破不了,多少家庭将惶惶不可终日! 如果面对黑恶势力,政法战线却无动于衷,按兵不动,群众能满意吗? 如果连百姓的生命财产都保障不了,又如何建设和谐社会和"平安重庆"?

打黑除恶是个硬碰硬的斗争,也有如毛主席所言,这"不是请客吃饭,不是做文章，不是绘画绣花，不能温良恭俭让"。我们政法战线给大家发了枪支警具干什么？是因为有敌对势力，要维护社会秩序。我们工作中要谦虚谨慎，但绝不能对黑恶势力温柔放纵。我们温柔，黑恶势力不会温柔，而且要杀人的！对少数人的宽容，就是对大众的不公、不负责任。

黑恶势力连渣场、快餐、"小面"、零售这些小行当也不放过，困难群众怎么生活？

薄熙来说，黑恶势力向各行各业渗透，不仅在金融、交通、物流、工程、建筑、土地征用等大行当中实施暴力垄断，就连渣场、快餐、"小面"、零售这些小行当也不放过。困难群众本来就收入微薄，一个月挣不了几个钱，走到哪儿再碰上这种人欺行霸市，怎么生活？我们一些干部认为在这些小行当"打黑除恶"没必要，价值不大。这真是饱汉不知饿汉饥！是否需要"打黑除恶"，不能以某个行业的涉案金额高低来决定。对低收入群众来说，那些小行当虽然挣钱不多，却关系到他们的生存。我们一定要带着对人民群众的感情来办案。

没有清明的社会环境和严谨的法治环境，就不可能有现代经济的蓬勃发展

薄熙来说，有人认为，"打黑除恶"会把各路客商都"吓跑"，会影响经济的发展，"只有包容才能发展"。这种说法是假"深刻"，至少是"杞人忧天"。恰恰相反，一个地方，只有具备了清明的社会环境、严谨的法治环境，才能吸引真正有本事、走正道的公司和生意人，放心来投资发展，地方经济才有希望，才能最终繁荣起来。任何犯罪嚣张、黑恶横行的地方，绝不会有现代经济的蓬勃发展。重庆两个月前，刚签订了两个大项目，能形成2000亿元的产值，达产后，出口额将比目前全市出口额加起来还要翻番。今年全市引进外资也在去年基础上翻了一番。良好的社会和法治环境，是从根本上促进经济发展的基础条件。

群众讲，这些警察是真正的警察，对得起这身警服！有这样的同志，重庆前途无量！我深信邪不压正，还是好人多呀！

薄熙来说，这次打黑除恶，咱重庆涌现出一批先进典型。全市人民对他们倍加尊重,也通过他们看到了我们公检法的正义形象。群众讲,这些警察是真正的警察,对得起这身警服!听到这句话,工作干到这份儿上,人民发自内心的肯定和感谢,何其珍贵!就是赴汤蹈火、粉身碎骨也该心满意足了!这次成立了200多个专案组,7000余名公安干警和武警官兵走到了第一线,夜以继日,冲锋陷阵。"五加二"、"白加黑",每天工作15小时以上,经受了大考验。市法院、检察院的同志,一个案子,十几卷、几十卷、几万字的起诉材料,都得消化吸收,确实不易!我来重庆时间不长,为有这些同志而自豪,有这样的同志,重庆前途无量!尽管我们队伍里有腐败分子,有见利忘义之徒充当"保护伞",我深信邪不压正,还是好人多呀!市公安局程明同志,连续辗转于10个区县,每天工作17小时,最后因公殉职。渝北区民警杜廷江连续工作70多天,劳累过度,经抢救无效英年早逝!这场斗争之后要好好立个碑,寄托我们的哀思!

张德邻、贺国强、黄镇东、汪洋先后四位书记,打黑除恶态度鲜明,而且力度大,工作实,这也像跑接力,一棒接一棒

薄熙来强调,我们历任书记、市长对这项工作都高度重视。重庆直辖以来,张德邻、贺国强、黄镇东、汪洋四位书记,蒲海清、包叙定、王鸿举几位市长,都对打黑除恶态度鲜明,而且力度很大,工作很实。张德邻同志1996年就提出,对黑恶势力要采取"从速、从重、从严"的方针。2001年贺国强同志强调,"对黑恶势力必须'嫉恶如仇',坚决予以打击,尤其对涉嫌'保护伞'问题,不管涉及到谁,都要一查到底,依法严惩"。今天,我们不用多讲别的,就把国强同志当年讲的话多重复几遍就管用!镇东和汪洋同志都讲,要对黑恶犯罪保持高压态势,要形成强大震慑。2001年到2005年,全市打掉黑恶犯罪团伙17个;2006到2007年,全市打掉恶势力团伙251个,打击处理违法犯罪人员1790人,规模不小。打黑除恶的斗争在继续,这就像跑接力,从德邻、国强、镇东和汪洋同志手中一棒接一棒,现在轮到我们了,决不能中断!一定要有共产党人的浩然正气和无所畏惧的牺牲精神,把打黑斗争进行到底。

讲打黑除恶,重庆要好好向广东、湖北和上海等兄弟省市学习

薄熙来要求,要认真向兄弟省市打黑除恶斗争学习。广东省今年开展了

"雷霆09"打黑除恶的专项行动。他们起名"雷霆",确有雷霆万钧之势,出动了警力84000多人次,打掉各类犯罪团伙1341个,抓获犯罪嫌疑人8139名,比重庆抓的要多很多,还缴获了枪支185支,成绩很大。湖北省掀起了打黑除恶风暴,斗争的锋芒直指盘踞街道小区的"街霸",横行集贸市场的"市霸",垄断强占建筑、运输、娱乐等行业的"行霸",出没于乡村街路的"地霸"等。一年多打掉了恶势力团伙611个,犯罪成员4164人,还成立了打黑专业队。上海2000年以来进行了三次大规模的打黑除恶专项行动。今年10月,又进行了反腐打黑总动员,公布了举报电话,实行责任倒查追究制度。重庆要好好向兄弟省市学习。

对每个案子的性质,不压低也绝不拔高;对团伙涉案人员,不缩小也绝不扩大。就是四个字:实事求是

薄熙来强调,专项斗争一定要坚决,同时一定要依法办事,一定要稳步实施,要稳、准、狠。法制是现代文明的重要体现,公安、检察、法院都要严格依法办事。打黑的过程也是法制教育和实践的过程。每个环节,每个程序,都要严格依照法律,要经得起历史的检验。对被告人应当享有的辩护、申请回避等诉讼权利,不能因其罪大恶极而被剥夺。审理过程中既要体现威严,也要体现文明。

他说,依法办案,实事求是,是我们的总体要求。实事求是是我们党根本的思想路线。所以我们提出,在办案过程中对每个案子的性质,不压低也绝不拔高;对团伙涉案人员,不缩小也绝不扩大。简言之,不压低、不拔高;不缩小、不扩大。怎么办呢? 就是四个字:实事求是。

工作好不好,行动该不该,就看群众需要不需要,喜欢不喜欢。一定要和人民群众心连心,忧其所忧,想其所想,心心相印

薄熙来动情地说,我们是社会主义国家,社会主义国家最本质的属性就是人民当家做主,千千万万的先烈流血牺牲就是为了换来一个人民当家做主的国家。作为执政党,所有的事情都要从人民的利益出发。我们的工作好不好,行动该不该,就看人民群众需要不需要,喜欢不喜欢。群众从内心欢迎的、需要的事,我们就义无反顾,责无旁贷。党的十七届四中全会专门研究党建,而党建最根本的是思想建设,是政治建设。江泽民同志曾大力提倡"三讲",即讲学习、讲政治、讲正气。我们的法官、公诉人、人民警察,都要讲正气,讲为人民服务。胡锦涛同志特别强调要以人为本,就是要以人民群众的喜怒哀乐为本,凡事都要看人民群众满意不满意,高兴不高兴。我们一定要和人民群众心连心,忧其所忧,想其所想,和他们心心相印,坚持为人民服务的理念。只要如此,党就永远立于不败之地。

不要辜负党多年的培养和人民的热切期望。有多少人正在法院门口眼巴巴地看着、等着我们的正义审判呐!

薄熙来与公检法的干部谈心,人生如梦,日子过得很快,转眼就是 60 岁。人一生工作的旺盛期也就 30 年、40 年,而大的挑战并不多。当你面对挑战之时,一定要做出正确的选择,并以高度的责任心、事业心为人民群众办好事,办实事。这样,当你 60 岁退休的时候回过头来看,才不虚度此生。我们年轻的时候都读过奥斯特洛夫斯基那段话,"人最宝贵的是生命,这生命属于人只有一次。人的一生应当这样度过:当他回首往事的时候,不因虚度年华而痛悔,不因碌碌无为而羞愧……"有的人遇到矛盾就躲着走,就烦,就担心;有的人性格就好,越是艰险越向前,还渴望挑战。同志们年富力强,正是承受考验迎接挑战的黄金年华,希望大家不辜负党多年的培养和人民的热切期望。想一想,有多少人正在法院门口眼巴巴地看着、等着我们的正义审判呐!也不要辜负了自己多年的所学,能够站在庄严的法庭来审判罪犯,主持正义,这是多么难得的机会啊!希望同志们能为人民大众作出你们问心无愧的贡献。

(《重庆日报》2009 年 10 月 29 日,与潘勇、张雪峰合撰)

夯实党建基础，推动重庆发展

2009 年 12 月 1—2 日，中共重庆市委召开三届六次全会，学习贯彻十七届四中全会精神，审议通过了《中共重庆市委关于贯彻〈中共中央关于加强和改进新形势下党的建设若干重大问题的决定〉的意见》。会议要求，全市各级党组织要深入开展学习实践科学发展观活动，努力提高党的建设科学化水平，夯实党建基础，推动重庆发展。市委书记薄熙来作工作报告。中央巡视组组长刘峰岩，王鸿举、陈光国、邢元敏等出席会议，黄奇帆主持开幕式并作会议总结，张轩主持闭幕式。

中国共产党之所以伟大、光荣、正确，不是因为她能夺得政权，而是因为她能为广大人民谋福利，能实现中华民族的伟大复兴

薄熙来说，中国共产党已有 88 年的辉煌历史。经过 28 年的浴血奋战，赶走了日本侵略者，打败了国民党反动派，推翻了"三座大山"。执政 60 年，把一个积贫积弱的中国建成了全球第三大经济体，GDP 突破 30 万亿，增长了 77 倍，对世界经济增长的贡献率达到 22%，位居全球第一。2008 年奥运金牌总数、手机和互联网用户、钢铁产量均居世界第一，是第三个独立掌握空间技术的国家，使曾经签订了 1100 多个不平等条约的半殖民地半封建国家，成为了联合国常任理事国。

薄熙来说，60 年的执政，我们党得了高分，中国已在政治、经济、军事上真正站立起来，"中国模式"令世人瞩目。中国共产党之所以伟大、光荣、正确，不是因为她能夺得政权，而是因为她能为广大人民谋福利，能给中国带来勃勃生机,实现中华民族的伟大复兴。

一定要把忧党之心作为政治责任,把忧患意识转化为具体行动,为党的建设尽心尽力

薄熙来说,中国历史上的盛世,如文景之治、贞观之治、开元盛世,都只有四五十年;康乾盛世时 GDP 占世界的 1/3,也辉煌了不到 100 年,之后屡受西方列强欺凌。政党兴衰也是如此,前苏联的经济、科技、军事均领先世界,是唯一能与美国抗衡的超级大国。但后来苏共放松自身建设,组织涣散,党风衰败,一个执政 70 多年、近 2000 万党员的大党也土崩瓦解,教训十分深刻。

薄熙来说,我们党对盛衰交替的历史规律历来清醒。抗战时期,毛主席就号召全党学习《甲申三百年祭》,告诫全党"绝不当李自成",离开西柏坡"进京",又说是去"赶考"。小平同志指出,"中国要出问题,还是出在共产党内部"。江泽民同志要求"一定要忧国、忧党、忧民,千万不能高枕无忧"。胡锦涛同志任总书记 20 多天,就带队到西柏坡,并指出:"今天,是这场考试的继续!"

薄熙来说,四中全会《决定》指出:"党的先进性和执政地位不是一劳永逸、一成不变的,过去先进不等于现在先进,现在先进不等于永远先进;过去拥有不等于现在拥有,现在拥有不等于永远拥有。"我们一定要把忧党之心作为政治责任,把忧患意识转化为具体行动,为加强和改进党的建设尽心尽力。

"贪如火,不遏则燎原;欲如水,不遏则滔天。"无论"大贪"还是"小腐",都要坚决查处,绝不容情

薄熙来说,重庆直辖以来,历届班子都高度重视党建,成效显著。张德邻同志曾讲:"一定要弘扬红岩精神,塑造当代的重庆人。加快重庆发展,实现新的振兴,关键在党。"贺国强同志说:"重庆党的建设要与直辖市的发展水平相适应,在全市上下形成心齐气顺、风正劲足的良好局面。"黄镇东同志说:"要大力加强党组织执政能力建设,保持党与人民群众血肉相连的联系。"汪洋同志说:"要实施'固本强基'战略,把党建当作我们的主业。"这些话说得很深刻,对党建工作都有重要的指导意义。同时,有些问题仍不容忽视。锦涛总书记说:"在和平建设时期,如果说有什么东西对党造成致命伤害的话,腐败就是很突出的一个。"我市的梁晓琦、蒋勇、刘信勇、晏大彬等人，涉案金额都在千万元以上。今年1—9月，全市就查处了厅局级干部19人，这次打黑除恶，又查出一批"保护伞"，文强、彭长健、张弢、乌小青等人执法犯法，令人震惊。

薄熙来指出，腐败大案要案让人警醒，而"小贪小腐"面宽人多，也不容忽视。一些干部认为，小牟私利、法不责众，所以收"红包"，拿"购物卡"，"捞外快"，打"业务牌"，曲线敛财；一些权力部门的干部，变着法子吃拿卡要，"不给好处不办事，给了好处乱办事"。他强调，腐败往往有个量变到质变，渐进到突变的过程。韩非子讲，"贪如火，不遏则燎原；欲如水，不遏则滔天"。建国初期，我们党果断惩处了刘青山、张子善，用毛主席的话讲，杀了两个，救了两百个、两千个、两万个。无论对"大贪"还是"小腐"，我们都要坚决查处，绝不容情！

贪污腐败是党的"致命伤"，作风蜕化则是"慢性病"，也会影响生命力。有些人作风蜕化，如果不注意，照样会"病入膏肓"，最终致命

薄熙来说，如果说贪污腐败是党的"致命伤"，作风蜕化则是"慢性病"，也会影响党的生命力。有些人虽然没有违法，但作风蜕化，如果不注意，照样会"病入膏肓"，最终致命。薄熙来还给这些人"画像"：一是讲话、作报告、写文章，不动脑筋，大话、空话、套话连篇，还不时拼出个四六句，不知所云。二是习惯当"甩手掌柜"、做"二传手"，层层批转，坐而论道，不干实事。三是以会议贯彻会议、文件落实文件，工作飘浮。四是不下基层，不搞调研，上情不明，下情不清，"拍脑袋"决策，"拍胸脯"保证，出了事"拍屁股"走人，当"三拍干部"。五是报喜不报忧，专拣好听的说，讲成绩夸夸其谈，讲问题一带而过。六是懒懒散散，松松垮垮。上班一杯茶，一支烟，一个电话聊半天。七是不读书、不学习，玩游戏、炒股票，"斗地主"、打麻将。八是铺张浪费，贪图享乐，办公室越修越豪华，小汽车越坐越高级。九是处事圆通、好人主义，喜欢当瓦匠"和稀泥"，喜欢当木匠"睁一只眼闭一只眼"，就是不当铁匠"硬碰硬"。

人民群众是最朴实的"唯物主义者"，他们对那些松松垮垮、脱离群众的干部，当然看不起、看不上、看不惯

薄熙来指出，脱离群众是另一个严重问题。江泽民同志曾经强调，"我们党的最大政治优势是密切联系群众,党执政后的最大危险是脱离群众"。一个干部,心思在哪儿,一望即知。有的干部,心思不在群众,对老百姓疾苦视而不见,不屑于跟群众打交道。去年的"大下访"和今年"大走访",接到1.8万个积案,80%是该解决、而没认真解决的群众实际困难。还有一些干部,长年"走读",村级干部住乡镇,乡镇干部住县城,区县干部住主城,根子不在基层,这就很难与群众打成一片。薄熙来说,人民群众是最朴实的"唯物主义者",他们对那些松松垮垮、脱离群众的干部,当然看不起、看不上、看不惯。有老百姓批评说:"现在的路越修越好,干部下基层却越来越少;电话越来越多,干部与群众的距离却越来越远;办公楼越盖越气派,群众办事却越来越难。"我们各级领导干部,一定要反躬自问,有没有这些问题?!

薄熙来说,重庆山高沟深、管理半径大,困难群众多,联系群众更重要。各级领导干部都要眼睛向下,动起来,跑下去,实实在在为人民服务。评价各级党组织,关键要看联系群众的广度、深度和有效程度。干部"只有沉得下去,才能提得起来",市委一定要多用、重用那些一心一意为老百姓干事的干部。各级党委、政府都要把改善民生作为出发点,不求经济指标长得最快,但求老百姓生活改善最明显;不求高楼大厦盖得最多,但求老百姓过得最幸福。

革命的道理千条万条,归根结底就是一条——全心全意为人民服务。你文化再少再低不要紧,只要成天想着为人民服务,就算基本合格的共产党员

薄熙来说,革命的道理千条万条,归根结底就是一条——全心全意为人民服务。这既是理想信念,也是我们的世界观,是我们对人类社会基本关系的理解——人民是社会的主人,党员干部都是人民的公仆。"为人民服务"还是方法论,即"领导就是服务",我们的工作就是服务!作为共产党员,你文化再少再低不要紧,只要成天想着为人民服务,实实在在去为人民办事,就算基本合格的共产党员;反之,你文化再多再高,背离了这个宗旨,也不是真正的共产党员。各级党委和政府,只要你善于、肯于为人民服务,可劲儿想着为百姓办事,你就是人民的政府,人民就拥护你!

薄熙来说,为人民服务是党的生命线。党成立之初,没有地盘,没有枪炮,缺医少药,更没钱发奖金,但凭着"为人民服务",凭着"不拿群众一针一线",就胜过了国民党反动派的千军万马。直辖以来,我市百万移民、抗洪抗旱、抗震救灾，哪一样也离不开百姓的支持；这次"打黑除恶"，群众寄来1万多封举报信，80%是实名举报，也是一场人民战争！战争胜负、政权兴衰，最根本的是人心向背！

谁走得勤、看得细，谁就能了解更多情况；而谁能真知、详知，谁就有更大的发言权，从而提高成功率

薄熙来说，实事求是是我们党思想路线的核心，是纠正错误，走向胜利的法宝。能否实事求是是衡量干部党性、水平和作风最基本的标准。做好工作，"知情"是第一要素，考察干部行不行，不是看谁有"口才"，而是看谁能"真知"。重庆正处于大发展时期，新情况、新问题层出不穷，谁走得勤、看得细，谁就能了解更多情况；而谁能真知、详知，把问题掰开了，揉碎了，分析清楚，谁就有更大的发言权，就能拿出实实在在的解决办法，从而提高成功率，在人民群众中站住脚跟。不去"调查"、"研究"，心中无"数"，百姓当然不会"买账"。目前，我市一些地方工作不得要领，群众还不满意，就是因为有些干部还沉不下去，不能实事求是搞调研，对情况一知半解，拿不出管用的招数。

薄熙来说，我们要向毛主席等老一辈革命家学习，他们都是党内调查研究的大师。毛主席讲，没有调查，就没有发言权。调查就像"十月怀胎"，解决问题就像"一朝分娩"。他写了《中国社会各阶级的分析》、《湖南农民运动考察报告》等名篇，都是背着雨伞徒步而行，走乡串户，一搞就是几个月。我们市、区县、乡村干部都要下决心、下功夫调查研究，使脑子里既有大账，又有细账，找到工作的重点、难点和疼点，这样说话办事才有"准头"，才能"对症下药"。

在有限的人生，"多做好事，少做错事，不做坏事"，这样心里才踏实

薄熙来说，共产党人都要有浩然之气。想想我们的前辈，新中国成立之前，171名中央委员和候补委员，牺牲和遇难的就有42人；在重庆，杨闇公"人生如马掌铁，磨灭方休"；"11·27"殉难红岩烈士，坚持理想，坚守信仰，不惜生命，真是"为有牺牲多壮志，敢教日月换新天！"最近因公殉职的罗东宁、周鑫，事迹感人，为国为民，死得比泰山还重，都是我们学习的楷模。

薄熙来说，人生真正的财富是什么？是钱财吗？它害了多少人！积极做事,为国家、为百姓做事,才最高尚,也最充实!领导干部要算好"人生大账",在有限的人生,"多做好事,少做错事,不做坏事",这样心里才踏实。"一要干活,二要干净",有了正确的人生观,才能活得充实、积极,才能干出很多有意义的事。如果自私自利,养尊处优,整天钻营发财,到头来只能是"行尸走肉"。

不要像那些腐败分子,不识文化瑰宝,只认金银财宝,要学到真东西,提高自己的知识层次和文化品位

薄熙来说,党的四中全会提出要建设学习型政党。在抗战时期毛主席曾指出,"我们队伍里边有一种恐慌,不是经济恐慌,也不是政治恐慌,而是本领恐慌",向全党发出"关于学习运动"的号召。现代社会,知识更新很快,不学习,少知识,思想就会庸俗,难以适应工作,就会恐慌!薄熙来强调,不仅要重视学习,还要注意学习的方法。现在不少干部,每天看电视、读报纸、上网,眼睛、耳朵"也没闲着",脑子里灌得满满的。但细究起来,这并不一定就是真正的"学习",只能算是"接受信息"。

薄熙来说,文化瑰宝是真正的财富,取之不尽,用之不竭,要撷取精华,为我所用。不要像那些腐败分子,不识文化瑰宝,只认金银财宝,要学到真东西,提高自己的知识层次和文化品位。一要选好书,多读革命文献,古文经典,科技、经济类书籍,要静下心来,系统、深刻地领会。二是选择精华背下来,这样才能运用自如。三要亲自动手写文章。要边看、边记、边写,领导干部写文章、写报告不要让助手和写作班子代劳。如果做个报告,都照念写作班子提供的讲话稿,自己不长进,对听众也不负责任。写文章是个重要的学习、思维过程,是对诸多材料的收集、整理、加工、提炼的过程,长期坚持,必能大有长进。同时,还要注重向实践学,向群众学,把学习和实践结合起来。

我们党是执政党,曾历尽千辛万苦,创下了基业,一定要把接班人培养好

薄熙来说,越是条件艰苦的地方,越能考验人、锻炼人,越能出人才。我们党是执政党,曾历尽千辛万苦,创下了基业,一定要把接班人培养好。市委开展的"三进三同"实践活动,干部与群众同吃、同住、同劳动,是培养干部的好形式,很有意义,以后新招录公务员,新提任干部,都要进行"三进三同"锻炼。在村级组织开展的"三项制度"也受到群众的普遍欢迎，今后要向乡镇、区县延伸。要重视经过实践锻炼成长起来的干部，对常年在基层工作的同志要高看一眼，厚爱三分。选用干部，要引入竞争机制，多听民意，不搞好人主义，不埋没人才，让优秀人才脱颖而出。

薄熙来指出，党的基层组织是党全部工作的基础。"上边千条线，下面一根针。"正如小平同志所讲，没有基层组织，党的号召"就会像石头掉在大海里，影子都看不见"。一个优秀的支书，就能带好一个班子，带富一方百姓。要继续做好选配大学生"村官"的工作，进一步严格标准，规范程序，尽快实现一村一个大学生的目标。

薄熙来强调，重庆正面临新的历史任务，要落实"314"总体部署，全市人民有着热切期盼，关键看我们在座的同志。如果我们像毛主席所说，"能够系统地而不是零碎的，实际地而不是空洞地学会了马克思列宁主义……"，学会了毛泽东思想、邓小平理论和"三个代表"重要思想，以科学发展观指导我们的行动，就一定能带领全市人民早日实现"五个重庆"目标，建设好我们共同的家园。

"常怀忧党之心，恪尽兴党之责"，把党建成果落实到全市改革发展上

黄奇帆作会议总结。他说，这次全委会凝心聚力，生动活泼，大家把握实质，畅所欲言，达成五点共识："常怀忧党之心，恪尽兴党之责"，是每个党员干部必须牢记的使命；以建设学习型政党推动高素质的人才队伍建设，是保证我们事业成功的战略任务；坚持密切联系群众，改进党的作风，是我们必须坚持的根本方法；狠抓反腐倡廉制度建设，是巩固执政地位的现实需要；贯彻好全委会精神，根本在于把党建成果落实到促进全市改革发展上。

针对当前经济形势和任务，黄奇帆说，较之于全国绝大部分地区，重庆"后入水，先上岸"，金融危机的影响晚一个季度显现，早一个季度复苏。目前，全市投资强力拉动，工业逆势拉升，消费较快增长，金融异军突起，房地产正向拉动，经济快速回升，形势好于预期。他说，全球经济复苏迹象明显，但金融危机的诱因尚未根除，国际油价、粮价、原材料价格反弹，增大了通胀预期，外贸形势依然严峻。国内经济总体向好，但隐忧也不容忽视。预计重庆明年经济形势总体好于今年，但力保发展持续性也面临挑战，我们一定要审

时度势,灵活应对。各部门要认真对照今年目标,逐项落实,全面完成年度任务。当前和明年工作,要突出六项重点:进一步研究出台一批促增长、调结构、惠民生的政策,让广大群众感受到党和政府的关怀;突出结构调整,改善发展质量,力争明年工业销售值突破万亿元大关;继续推进开放,融入全球经济一体化的浪潮;勇敢创新突破,不辱探索使命,在增大消费拉动力、加快金融创新和要素市场培育、推进城乡统筹改革等方面有新探索、新进展;全面提升"五个重庆"建设水平;采取更大力度改善民生。

中央巡视组副组长宁延令,市领导何事忠、马正其、徐敬业、范照兵、陈存根、翁杰明、吴政隆、梁冬春、甘宇平、余远牧、王洪华、郑洪、周慕冰、凌月明、吴家农、刘隆铸、于学信、孙甚林,市高级人民法院院长钱锋、市人民检察院检察长余敏、重庆大学党委书记欧可平,各区县(自治县)党委、政府主要负责人,市委、市人大常委会、市政府、市政协机关有关领导,市委各部委、市级各部门、各人民团体主要负责人,大型企业、高等院校主要负责人,中央驻渝单位、新闻单位主要负责人出席和列席了会议。

(《重庆日报》2009 年 12 月 3 日,与潘勇、张雪峰合撰)

让困难群众过好每一个节日

在中华民族传统节日端午节前夕,市委书记薄熙来开了一个专题会,集中研究全市群众吃粽子的事儿。

会上,薄熙来详尽了解了粽子的市场供应、品种、质量和价格,并向市总工会、扶贫办、民政局、慈善总会等部门特别询问了困难群众吃粽子的情况。

听取汇报后,薄熙来说,咱重庆是个大家庭,明天就是端午节,"每逢佳节倍思亲",逢年过节更要多关心困难群众的生活,端午就是要让全市百姓,不论贫富都能舒舒服服地吃上粽子,这才叫过节。解放60多年,改革开放30多年,经济有了大发展,"吃"对于富人来说早就不成问题了,不少人还胖得发愁,要"减肥";但对困难群众来说,一年难得痛痛快快吃几顿。咱重庆还有18个贫困县,不少群众生活很困难,城里也还有不少低保户和困难职工、鳏寡孤独和老弱病残,他们舍不得吃喝,咱可不能"饱汉不知饿汉饥",一定要让他们过节也能敞开胃口好好吃上一顿,享受享受生活。不要小瞧这件事,构建和谐社会,就要多想办法,多干实事,给各个角落都送去温暖,加到一块儿就是和谐。

薄熙来说,哲学上讲,"无数相对真理之总和,就是绝对真理"。对于百姓来说,"生活改善"的次数多了,就一步步走向幸福。我们一年里有元旦、春节、元宵,然后是端午、中秋和国庆,如果每个节日都能让困难群众实实在在吃上一顿,就能增强他们的幸福感,从而密切党群、干群关系。薄熙来强调,为领导干部送吃送喝是不正之风,而为困难群众张罗吃喝正是共产党的本分,怎么做也不过分!

　　薄熙来告诉大家,已和黄市长商量好,市财政要拿出专款补助库区、山区的困难群众过端午、包粽子!他还要求各个区县八仙过海、各显神通,给困难群众送温暖、传真情。扶贫办、民政、工会、妇联、教委等部门都要多动脑筋,多想办法,把端午的活动搞得实实在在,让困难群众感受到全社会的关心。

　　市领导何事忠、马正其、范照兵、陈存根、胡健康,主城九区及市级相关部门负责同志参加了会议。

　　　　　　　　　　　　(《重庆日报》2010 年 6 月 16 日,与李鹏合撰)

重庆市委召开三届七次全会

抓好 10 件大事,切实改善民生

在 2010 年 6 月 24 至 25 日召开的市委三届七次全委会上,专题研究了民生工作,并审议通过了《中共重庆市委关于做好当前民生工作的决定》。市委书记薄熙来在会上做了主题报告,提出未来两年半,本届市委要切实抓好 10 件民生大事。

改善民生是我们共产党始终如一的奋斗目标,而且卓有成效,前无古人

薄熙来说,改善民生是我们共产党始终如一的奋斗目标,而且言行一致,卓有成效,前无古人。毛主席有句著名的话,"我们这个队伍完全是为着解放人民的,是彻底地为人民的利益工作的"。全心全意为人民服务是我们党的根本宗旨,毛主席强调,"三心二意不行,半心半意也不行,一定要全心全意为人民服务"。他还要求,"要把群众的'衣、食、住、行、用'这五个字都安排好"。正因为如此,我党才得道多助,由小到大,在极其险恶的环境中"唤起工农千百万",最终夺取了全国政权。1978 年,小平同志说:"我们一定要根据现有的有利条件,加速发展生产力,使人民的物质生活好些,使人民的文化生活、精神面貌好一些。"江泽民同志说,"要把关注民生作为党长期执政的基石"。锦涛总书记反复强调,要"坚持权为民所用,情为民所系,利为民所谋",即权、情、利都要围绕老百姓。小平同志、泽民同志、锦涛总书记,在各个历史时期,都对民生问题高度关注,都对群众充满感情。

建党近 90 年来,我党始终高度关注民生。28 年民主革命,党领导农民打土豪、分田地,3 亿多农民获得了土地。新中国建立后,又领导人民兴修水利,消灭血吸虫、瘟疫等疾病。

毛主席非常重视黄河、淮河以及海河的治理,更对长江描绘了"高峡出平湖"的宏伟设想。中国历史上的大禹因治黄河而被尊为"神",而毛主席把大江大河通通纳入眼底,都有具体、明确的指示,建国以来,一条河接一条河全都治理了,我们党比大禹伟大得多!

改革开放启动了全面建设小康社会这个历史上最伟大的民生工程,人民的衣、食、住、行、用都有了很大改善。现在我国的粮食产量已达 5.2 亿吨,是 1949 年的 4 倍;猪牛羊肉 5300 万吨,增长了 6 倍;水果 1.9 亿吨,人均达 145 公斤,增长了 20 倍;服装产量超过 200 亿件,化纤、布匹、呢绒均居世界第一;洗衣机、彩电等 210 多种消费型工业品产量也是世界第一;去年,汽车产量 1300 万辆,手机用户 7.8 亿,都是世界第一;电脑 1.8 亿台,占全球一半;互联网用户 3.8 亿,超过美国与日本的总和。过去看着一些洋货,国人都会羡慕,现在我们诸多产品的出口都是世界第一。普通高校在校生已超过 2800 万,也居世界首位。这些数据说明,在共产党的领导下,中华民族不仅在全世界面前站起来了,而且已经发展起来了,晚清时的屈辱早已远去。讲共产党的伟大、光荣、正确,有硬邦邦的民意基础和事实根据,在全国人民中,我们党的公信力实实在在,作为一个共产党员,足以自豪!尽管还有议论,还有负面的看法,但凡是客观、公正的人,静下心来看一看现实,都会认可我们党为中华民族作出的历史性贡献。

历届市委、市政府为群众办了许多实事和好事,才有了我们今天的工作基础

薄熙来说,解放以来,历届市委、市政府都十分重视民生,为群众办了许多实事和好事,而且卓有成效。回顾直辖以来,张德邻、蒲海清同志建立了国有企业下岗职工基本生活保障、失业保险、城市居民最低生活保障的"三条保障线",200 多万人受益。贺国强同志、包叙定同志启动了扶农工程、危旧房改造、再就业等"八大民心工程"。还实施了"青山绿水工程"和"山水园林城市工程",开工建设了三峡库区首批 19 座污水处理厂和 13 座垃圾处理场,主城区新增公共绿地 256 万平方米。黄镇东、王鸿举同志让农村 6300 户高山移民和岩洞窝棚的特困户搬进了政府资助的新房,解决了农村 230 万人的饮水困难和安全问题,组织实施了蓝天、碧水、绿地、宁静"四大行动"。安装公路防护栏 3500 公里。启动建设重庆大剧院、重庆科技馆、重庆图书馆等 10 大社会文化设施。汪洋、王鸿举同志落实库区产业发展基金 13 亿,对 12 万移民进行免费培训,解决了 6.8 万多城镇移民就业和 5 万农村移民劳动力转移就业,建立农村低保制度,使 71 万困难群众、32 万农户受益;拆除了 440 万平米中小学危房,实行儿童免疫接种全免费。历届市委、市政府对民生问题的高度重视和扎实工作,才有了我们今天的工作基础。

已成全市人民共同意志的"五个重庆",个个都紧扣民生

薄熙来说,近两年,市委、市政府一以贯之抓民生,把保障和改善民生作为一切工作的出发点,探索以民生为导向的经济社会发展路子。已成全市人民共同意志的"五个重庆",个个都紧扣民生。"森林重庆"是为了让老百姓多吸氧,这两年造林 800 万亩,可释放 1000 多万吨氧气。在去年全国 44 个城市创"国家园林城市",重庆得分第一。"畅通重庆"要让主城不塞车、乡村有油路。"平安重庆"要让群众的人身、财产和家庭安全有保障。"健康重庆"要让孩子长得壮、老人能长寿,这两年新建塑胶运动场 359 片,给 120 多万学生改善了锻炼场所。"宜居重庆"要让全市百姓,特别是中低收入的市民都有房住,而且环境好。

市政府为困难群众办实事,两年新增就业 55 万人,并有效地解决了 360 多万回流农民工的转移就业问题;对企业退休人员养老金 6 次提标;改造危旧房,让 20 多万困难户住进了新房;这几年,市财政的 50% 以上用于民生,比全国平均水平高出近 20 个百分点。

薄熙来说,在民生方面,也存在着需要重视和解决的问题。一是贫困,二是生活差距。目前还有不少贫困人口,有不少百姓有病不愿去治。全市每年还有 12 万农村孩子没钱上学。主城还有 40 多万户居民没有住房,人均住房面积 10 平米以下的也还有 20 来万户。我市城镇低保群众还有 60 多万,一定要高度重视并全力解决这些问题。

改善民生并不只是吃红烧肉,穿漂亮衣服就够了,健康的精神生活也很重要

薄熙来说,民生的改善是多方面的。打黑除恶摧毁了 355 个涉黑涉恶犯罪团伙,抓获 5047 名犯罪嫌疑人,破获了近 10 年来积累的刑事案件 3.9 万起,其中命案 600 多起,还打掉了一批"保护伞"。设身处地想一想,一个家庭死了人,如果多少年破不了案,那是什么心情?! 政府必须为民申冤、为民除害! 今年全市 110 报警量和主城区刑事案件都大幅下降。

"大下访"两年多来,20 多万干部下基层,投入 79 个亿解决了信访 11 万件,其中 90% 是积案,500 多万群众直接受益。

"唱读讲传"满足了老百姓的精神需求。唱红歌,参与市民超过 7000 万人次。湖北的网友说,听了重庆的红歌,人民提气,坏人丧气,正气压了邪气。《读点经典》已出 18 辑,在全国 120 多次评比中,每一次都在图书畅销榜前列。"唱读讲传"也是百姓所需。改善民生并不只是吃红烧肉,穿漂亮衣服就够了,健康的精神生活也很重要。

民生就是内需,就是消费,有效地改善民生,不仅不扯经济的后腿,还会有力、持久地推动经济

薄熙来说,有的时候,人们习惯把"发展"理解为吸引投资,推动 GDP 的增长,和民生问题分开来看。其实,发展本身就应该包含民生的内容。发展不仅要体现在基础设施的建设,GDP 的扩张,不仅是工业、农业产能的扩大,技术的进步,也一定要体现在民生的改善上。民生的改善是发展必不可缺的重要内容。"发展是硬道理",其中就有民生改善的重要内涵,反之,如果发展不能改善民生,那就不是"硬道理",而是"没道理"。众所周知,驱动国民经济发展有三驾马车——消费、投资、出口,尽管不少领导特别重视招商引资,抓投资,沿海重视抓出口,但看看统计年鉴就清楚了,我国消费对经济增长的贡献率还是占大头,通常在 50% 以上。欧美国家则一般高达 70% ~ 80%。其实出口从本质上说也是进口国的消费,所以消费是基础性的。我们关注民生、改善民生,就是在扩大消费,在拉动内需,在营造一个大市场。从发展经济来说,这是更具基础性的工作。所以改善民生,既是我们的政治理想和奋斗目标,也是我们发展经济的始源和归宿。它和发展经济是不矛盾的,不仅不分散经济发展的成果，还使经济发展的各个环节良性互动。有效地改善民生，不仅不扯经济的后腿，还会有力、持久地推动经济。

城市居民的幸福指数并不简单取决于人均 GDP 或人均收入

薄熙来指出，城市居民的幸福指数并不简单取决于人均 GDP 或人均收入。一个城市在人均 GDP 和 GDP 总量比较低的情况下，也可能有更高的居民幸福指数。城市居民的幸福指数不仅取决于经济总量和人均经济量，还取决于这个地方的自然环境、居住条件、安全状况、人际关系，以及市民气质、精神状态、主人翁感觉等，甚至一些很具体的指标，比如塞车不塞车、树种的好坏，都可能有所影响。一个城市的幸福指数是由多种因素决定的，尽管重庆目前的经济总量和人均水平比较低，还远远落后于某些大都市，但如果高度重视民生，工作得法，也完全可能在较短时间后来居上。这包括环境、住房、安全、祥和等诸多因素，如果做得到位，让人民群众有亲切感，有主人的感觉，这个城市百姓的幸福感就会大大提升。

说到底，给老百姓办的事就都是对的；给老百姓花的钱也都是正确的

薄熙来说，一个地方能不能发展好，关键看老百姓怎么想。与老百姓鱼水相亲，那就一通百通，干什么都顺当。你实心实意为老百姓着想，老百姓就会将心比心，一报回一报，全力以赴地支持你，市委、市政府，县委、县政府，就会事半功倍，这就是古话说的，"忧民之忧者，民亦忧其忧"。我党在延安时，边区政府副主席李鼎铭先生提出"精兵简政"的主张。按一般的思维逻辑，当时共产党处境那么困难，大兵压境，既有日本鬼子，又有国民党兵，我们不该"精兵"啊，再减少兵员不就更危险了吗？但毛主席就采纳了李鼎铭的意见，实行精兵简政，把减轻人民负担放在第一位，这就顺应了民心。其施政的结果，老百姓觉得共产党是真正为他们着想，于是就全力支持八路军，我们党就如鱼得水，结果力量就更大。为老百姓办事，不要患得患失，斤斤计较，说到底，给老百姓办的事就都是对的；给老百姓花的钱也都是正确的！既然人民是我们的"衣食父母"，给父母花钱，还有该花不该花的吗？人民群众是最公道的，也是看得最清楚的。一心为百姓，我们的党就能立于不败之地，我们的事业就能长风破浪，前途无量。如果对老百姓的疾苦麻木不仁，只顾闷头发

展经济,想快也快不了,路子也会越走越窄,还会怨声载道。各区县都要把老百姓的家务事儿放在心上,仔仔细细地拾掇,这样才有群众的拥护,才有经济的良性发展,这是一个大思路。

如果"两翼"能够羽毛丰满,迎风张开,重庆就能展翅高飞

薄熙来说,重庆农村的面积和人口比京、津、沪三个直辖市拢一块儿还要多,"两翼"就有15个贫困区县,贫困人口多达113万。"两翼"农村和山区、库区的脱贫致富是重庆改善民生的难点。有人说,咱重庆地图有些像大鹏鸟,主城是头,渝东南、渝东北是两翼。中央对咱重庆寄予厚望,有朝一日,"鲲鹏展翅九万里"。但如果只是主城大发展,把头抬起来,"两翼"跟不上,翅膀不硬,伸不开,头抬得再高,重庆也飞不起来。所以重庆振翅高飞的关键在"两翼",在渝东南、渝东北,一定要把这"两翼"硬起来,如果"两翼"能够羽毛丰满,迎风张开,重庆就能展翅蓝天。前些年"两翼"农村人均一年增长300元,今后3年要增长1000元,就是3倍于往年。为此,要抓好三大环节,一是提供优良的种苗,二是提供技术,三是衔接好市场。要让山区农民既愿干,又会干,还能卖得合算,尽快富裕起来。

薄熙来说,重庆还有800万农民工,不少人在城里已生活了十来年,还有了第二代,却没有城市户口,无法享受城里人同等待遇,这是个大问题。作为城乡统筹试验区,我们要在全国率先进行农民工户籍改革,精心组织,有序推进。大量青壮年农民在外务工,家里的老人和孩子缺乏照顾,一些孩子营养较差,性格内向、孤僻、自卑,也要尽力照顾和培养好这些留守儿童。还要实行农民养老保险全覆盖,解除农民的后顾之忧。

市民的住房、孩子上学、穷人看病,桩桩件件,都要考虑和安排妥当

薄熙来说,民生工作千头万绪,市民的住房、孩子上学、穷人看病,桩桩件件,都要考虑和安排妥当。

"安居"才能"乐业","小康不小康,关键看住房"。目前还有不少困难户,推进公租房建设,走政府保障和市场化并举的"双轨制",既可以解决中低收入群体的住房问题,也有利于抑制房价,吸引人才,一举多得,要加快推进。

薄熙来说,现在一对夫妇一个孩儿,都是父母的心头肉。全市有500多

万孩子,如果校园安全不能保障,每天会让 1000 多万个爸爸、妈妈提心吊胆,还有更多的爷爷、奶奶、姥姥、姥爷牵肠挂肚!我们再三考虑,还是要采取治本之策,今年政府拿出 12 个亿,向全市中小学和幼儿园派遣校警和保安,在全国率先建立了校警体制,要让全市家长们放心。为增加市民的安全感,今年还进行了"交巡合一"的重大改革,主城建立了 500 个交巡警平台。全市公安干警正深入开展学雷锋活动,努力成为老百姓的贴心人、守护神。

关于中低收入家庭看病的问题,有人形容:"救护车一响,半头牛白养",一定要下决心在今后两年内解决基层群众看病难的问题,让老百姓有地方看病、看得起病,实现"一镇一院"、"一社区一中心"。

要让市民把"家"的概念放大,把重庆看作自己的大家庭,走到哪儿都有家的亲切感

薄熙来说,美好的人居环境不仅能提高市民的生活质量,还能让城市整体增值。新加坡面积不到 700 平方公里,却吸引了 7000 多家跨国公司落户。咱重庆"江"、"山"如画,要在继续种大树、种好树的同时,多建广场和公园,并精心搞好市政建设。城市的总体规划、建筑风格、街区风貌都要精雕细凿,一百年不落后,二百年后更有味道。有人讲风凉话,说这是"面子工程"、"形象工程",我们大可不必在意,因为在公共场所活动的,主要是普通老百姓,当官的并不多。搞市容整治,说白了,就是为公众打扫卫生。

重庆是百姓共同的家园,要让市民把"家"的概念放大,不能只是进了自己几十、百多平米的小家才算"家",应把重庆看作自己的大家庭,走到哪儿都是家,都有家的亲切感。各级政府要共同努力,把咱重庆建设得像个大花园。搞建设不必在意那些七嘴八舌,不要神经衰弱,人家一说"作秀",就打退堂鼓。只要是符合老百姓利益的,符合经济规律的,就要心怀坦然地干下去。要用两年的时间,进一步提升重庆的环境档次和市政工作水准。

各级干部要像孝敬父母一样对群众投入真情,像对待兄弟姐妹一样惦记群众的利益

薄熙来说,民生工作是非常具体的,各级干部要像孝敬父母一样对群众投入真情,像对待兄弟姐妹一样惦记群众的利益,想群众所思所急,做群众所忧所盼。为此,一定要改进作风,走到群众中去,了解群众有什么实际困难,以便有的放矢,把工作做到群众的心坎上。两年来,我们认真组织"三进三同"、"结穷亲"和"大下访"等"三项活动",实施"三项制度",了解群众困难,效果明显。

薄熙来指出,现时有些人觉得跟富人交朋友显得"洋气"、"阔气",而我们却要发扬党的老传统,跟工农群众交朋友,与困难百姓"结穷亲",增进我们党和群众的亲情。有同志讲,现在是:"干部下去了,民意上来了,问题解决了,民心回来了。"就是要这样长期坚持下去,让广大群众看到,我们的工作不是一时的,而是长期的,只有持之以恒,才会"日久见人心"。

3000多字的《决定》要3000多亿的总投资,平均下来,一个字一个亿,可谓一字千金

薄熙来说,这3000多字的《决定》,算总账要3000多亿的总投资,平均下来,一个字一个亿,咱这个《决定》可谓一字千金呐!再看这10条任务,直接受益的老百姓有2千多万,涉及了老人的问题、孩子的问题、穷人的问题、病人的问题。就群体来说,有农民的问题、农民工的问题、学生的问题,占到常住人口的70%以上。因此,这个文件在我们城市发展史上是有价值的。这次要解决的问题,哪一个难度都不小,都有攻关、会战之意。但在大家的努力之下,都一一得到破解,找到了解决问题的出路。有句话说得好:"一切成问题的问题都不成问题",只要我们实心为民,勇于碰硬,真正把问题摆开,就都有解决的办法。解决问题的空间还是很大的,路子还是宽的,就看人的素质。

如何使自己的人生更有价值,退休之后无愧于心? 最好的办法莫过于为老百姓多办些实事

薄熙来强调,文件是真金白银,"一字千金",10条任务是条条艰巨,个个碰硬,"字字千钧"。我们决心很大,但决心再大,设计再好,只有落到实处,才能取信于民。"言必信,行必果",一定要让老百姓看到实实在在的成果,说话得算数。同时,要在落实10条任务的过程中锻炼我们的队伍,队伍百炼才能成钢,越战才能越勇。为此,各区县领导回去以后,都要结合本地的实际,认真分析这10条任务怎么落实? 各委局则要结合本部门的实际,认真思考怎

样做好服务？要大干七、八、九三个月,在国庆节之前,市委召开一个专题工作会,就这 10 条任务的落实情况进行检查,看进度,看工作落实的质量。一定要脚踏实地,一条一条地落到实处。

薄熙来最后语重心长地说,"光阴似箭",转眼就到退休,真正年富力强,能干工作的时间也就三四十年。如何使自己的人生更有价值,退休之后无愧于心？我看,最好的办法莫过于为老百姓多办些实事。这次部署的 10 件大事,落实起来都有难度,但挑战让人进步,也是人生的一种充实。

(《重庆日报》2010 年 6 月 28 日,与张雪峰、李鹏合撰)

薄熙来等一行在渝东南地区考察

关注酉秀黔彭，确保万元增收

2010年7月12日至14日，市委书记薄熙来与市领导何事忠、马正其、陈存根一道，在彭水、黔江、酉阳、秀山调研，白天参观考察，晚上听取工作汇报，3天走了近千公里。

调研过程中，薄熙来指出，酉秀黔彭是我市十分贫困的地区，但工作有思路，群众有干劲，发展有希望，要进一步振奋精神，拓宽增收渠道，优化城乡环境，确保万元增收计划的实施。

你这个养鸡的领头人现在是"龙头"了，一定要带着大家一起实现万元增收，把全村带起来

"两翼"农户万元增收计划启动后，酉、秀、黔、彭四个区县动作迅速，倒排工期，全力推动。

彭水县靛水乡桂花村李守华家的外墙上，贴着一张"两翼"万元增收工程"明白卡"，薄熙来走近仔细观看，上面清清楚楚地写着：户主李守华，两口人，2010年家庭收入6400元，到2011、2012年的收入目标，主要的增收项目等。

薄熙来说，明白卡很"明白"，一目了然，就是要让乡里、村里、家家户户都知道要干什么、怎么干，"万元增收"才能真正落到实处。

彭水县农民陈爱华是养鸡大户，书记一行走进养鸡场参观，薄熙来仔细询问养鸡的情况。陈爱华说，养了3万只蛋鸡，平均每只年产蛋318枚，还带动了养鸡千只以上的养殖户900多户，每户年均纯收入七八千元。薄熙来高兴地说:"好啊,你这个养鸡的领头人现在是'龙头'了,一定要带着大家一起实现万元增收,把全村带起来!"陈爱华还告诉薄书记,儿子考了大专,就让他学畜牧防疫,毕业以后也养鸡。薄熙来说:"好,这下接班人也有了,好眼光!"

借着东桑西移的政策,精明的浙江人陈松奎看中了黔江好山好水的自然环境,开起了丝绸公司。通过实行"公司+农户"模式,他的公司带动22个乡镇的1.6万户蚕农发展蚕桑,户均年增收入5000元,出品的武陵山牌丝绸,出口供不应求,日本人用来做和服,韩国用来做领带。酉阳大力养殖黑山羊、乌羊和麻旺鸭等,由于自然环境好、产品销路好,价格就高。薄熙来说:"咱们武陵山地区绿地、蓝天、白云,空气干净,不论种植还是养殖,都能生产出高品质的东西,黔江的丝绸织品能出口到日、韩,就是一个新突破。现代人讲究健康环保,咱有这么好的自然生态条件,发挥出特长,不愁市场。"

秀山养了500万只土鸡。在官庄镇新庄村林下养鸡示范园,3000多只土鸡在树下刨食,小鸡仔满山遍野追逐嬉戏。秀山干部介绍,土鸡销路好,价格高,一只土鸡可净赚12块钱,县里还引进了食品加工企业,生产白条鸡、土鸡汤和酱鸡,形成了产业链。薄熙来问:"一个养殖园带动多少户?""全镇有多少个养殖园?"答:"全镇有40个养殖园,每个带动30户农民。"薄熙来认真地说:"这里空气好,土鸡的活动范围宽,能吃到虫子,还能上树,身体就是不一样。但还要把它们的运动场地搞得更大些,让它们爬坡上坎多走路,这样肌肉就更结实,炖出的汤才更好。"

薄熙来在座谈会上说,按照万元增收计划,未来三年,"两翼农户"每年要人均增收1000块,三倍于往年的增幅,是很大的挑战。当前,渝东南几个区县都找到了不少新增点,培育了一批龙头企业,而且老百姓信心很足。各区县还要开动脑筋,再多想些办法,比一比,看谁抓得更实,做得更好。

要仔细感知、认真分析那些过去不大重视的资源,并通过科学的方式去开发利用,就很可能变成大有希望的生财之道

森林工程改变了酉、秀、黔、彭的面貌。彭水的茂云山栽下一万亩银杏树苗,连玉米地都间栽了树苗,农民除了玉米收入,还有土地租金、打工收入和收益分成。从秀山县城到雅江镇,沿路的一个个山包,都密密麻麻插上了银杏、桂花树苗,原来的荒山变成了一个个大苗圃。山连着山的酉阳,也开始在大山上种树。薄熙来一路指点着窗外的树苗,询问树种、成活率、树苗价格等问题,还不断下车察看满山遍野的"森林工程"。

薄熙来说:"看到这满山的树苗让人高兴,咱渝东南是贫困地区,别的没法跟人比,但山多,雨水多,细想起来,如果把林子搞好了,也是笔很大的财富呀!如果在这些山上多插些银杏、香樟等苗子,把它们变成大苗圃,可不得了,这些树一年一个样,不断地增值,等周边省区也要满城种树,咱老百姓卖苗子可就有钱挣了。而且咱这儿雨多,种上苗木成活率还高,管护也省事儿,再在林下养上土鸡,种药材、食用菌,荒山就变成宝山了。"

秀山县委书记张泽洲汇报说:"过去让老百姓种树,怎么发动都不行,现在有了林权证,雨一停,带着树苗就上了山,你如果不让他种,他肯定会跟你吵架。"

薄熙来说:"两年前,我和奇帆市长来渝东南调研时就商量,要让'两翼'的农民致富,就要唤醒沉睡的大山,这就必须加快林权制度改革,调动千家万户的积极性。现在看来,已经起了作用,有了变化。但这还只是第一步,渝东南很多山上虽然也是一片绿,但大多是杂木林子,没几棵好树。如果能提升这些大山头儿的林木水平,酉阳、秀山地区可就整体增值了。"

薄熙来指出,几个区县都在研究扩城发展的问题,也在通过土地置换来积累发展资金,但不能光瞅着县城和周边那点土地,还要认真盘算如何让辖区内那几百上千平方公里的大山能够增值。一个地方要改变贫穷面貌,打翻身仗,关键要认清自己掌握的资源。不认识、不理解自己的资源,守着金山也会受穷。要仔细感知、认真分析那些过去不大重视的资源,并通过科学的方式去开发利用,就很可能变成大有希望的生财之道,一个地方也就会大放光彩。渝东南地广山多,过去多少年都是望山兴叹!但换一种思维方式,大山包就可能变成宝贵的资源,给我们带来滚滚财源!现在搞了林权改革,很好,但还不能止步于此,要帮助广大农民改造山林,利用山林。山东的沂蒙山,过去到处是光秃秃的,穷得叮当响,后来铆足劲儿种银杏,十年后卖向全国,得到十倍、百倍的回报,很值得我们借鉴。

不仅要让95%的农户大幅度增加收入,还要把60%～70%的农房改造好,增加幸福指数,这才算奔小康

彭水县靛水乡桂花村一排排小楼错落有致,坡屋顶,白墙灰瓦,红色的六角窗花，下半部分涂上青砖颜色的漆，并用白灰勾缝。薄熙来说："这种农房朴实大方，很有品味，充分体现了咱巴渝风格。"

黔江区阿蓬江沿线 20 公里，6000 多户农房完成了改造，4000 套正在加紧改造。在濯水镇三门村，道路两旁皆是新改造的巴渝风格的农房，薄熙来问村支书："类似的房屋改造了多少？老百姓欢迎吗?"村支书回答说："有 520 户，开始不太行，经过引导，再加上补贴，老百姓积极性越来越高。"车行两公里左右，只见江对岸有十数栋巴渝民居，掩映在青山绿水之间，很像一幅中国山水画。薄熙来赶紧让停下车，并招呼摄影记者拍下来，称赞此地有陶渊明笔下的村落风情。他说："如果巴渝大地到处是这种景象，那就真是田园风光、和谐社会、小康之家了！"

秀山县雅江镇 430 多户农房整体改造，高脊飞檐，曲径回廊，漂亮的木窗花，外墙整体被涂成了传统青砖颜色，这种土家族的传统建筑，还兼具徽派建筑的风格，古朴典雅。薄熙来大加赞赏，认为代表了农房改造的水平，为全市农房改造和新农村建设提供了比较成功的经验。他一边参观，一边详细了解改造用材和成本。镇干部说，涂料用的是外墙漆，不怕雨淋日晒，"加上功能完善，内外部装修，一套 100 平米左右的房子改造下来，花个一万五就够了，老百姓积极性很高"。

薄熙来说："黔江、秀山的农房改造很成功，样子不错，成本也合理。涂料罩墙面，灰漆勾缝做墙裙，再吊上坡屋顶，而涂料漆防雨、防潮，能抗个十年八年，比瓷砖又省又耐看，应予推广。我们提出万元增收计划，不仅要让 95% 的农户大幅增加收入，同时还要把 60% ~70% 的农房改造好，让农民有钱花，有较好的房子住，这就有了小康农家的感觉，增加了幸福指数，这才叫有中国特色的社会主义，才算奔小康！下一步，建委、规划部门要做好技术指导，区县要认真研究推动，宣传部门也要介绍先进典型。"

黔江投入 1.6 亿元，大手笔修复濯水古镇，已初具规模。走进古镇，亭台阁榭，小桥流水，还有亚洲第一廊桥，洋溢着浓厚的渝东南民俗风情，引人入胜。尽管尚未完工，每天已有近千名游客涌入古镇，为当地居民带来丰厚收入。薄熙来说，这个古镇项目有品位，有眼光，搞好了，是一个国家级的项目。他对黔江区委书记洪天云、区长杨宏伟说："你们可要'洪''杨'中华传统文化呀，要挖掘历史内涵，把古镇规划建设好。"洪天云声音"洪"亮，当场向薄书记立下"军令状"。

让每个孩子一天一个鸡蛋一杯奶。说到底,这些孩子都是咱重庆人的子女

培养照顾好农村留守儿童,是市委三届七次全会确定的 10 件民生大事之一。渝东南外出务工人员多,留守儿童不少,黔江区建立"1＋N"结对帮扶制度,彭水县推行"代理家长制度",秀山县创建七个"关爱平台",让留守儿童感受"家的温暖"。酉阳给留守儿童提供营养餐,每个孩子一天一个鸡蛋一杯奶。

薄熙来说,给留守儿童提供营养餐的做法很好。可别小看这一天一个鸡蛋、一杯奶,因为这是这些孩子长身体的关键时期,对他们一辈子的身体素质都会有影响。现在留守儿童很多,仅酉阳就有 4 万多,他们的父亲、有的是双亲,一年只能回来一次,孩子们缺少关爱,我们就一定要尽心把他们照顾好,改善他们的营养结构,做好这件"积德"的事。说到底,这些孩子都是咱重庆人的子女! 各个区县都要拿出一个营养餐的菜谱,大家互相交流,看哪个县配的好,要精心研究,把善事办好! 一定要让留守儿童每天都能吃上一顿好饭,再加上精神上的关爱,他们就能健康成长。

重庆不仅要把主城搞好,也一定要把区县城搞好

市政府每年下拨 3000 万元社会事业发展专项资金,撬动了渝东南的城市建设。过去的袖珍小城酉阳,两年多来,旧城发生巨大变化,正在拓宽道路,整治酉河两岸,还修了几个上档次的银杏、香樟公园;新区公路宽阔,工业园区"七通一平"已经完成,还引进了 27 亿元的项目,整个县城焕然一新。黔江的城区面积从 9 平方公里扩大到 18 平方公里,旧城增添了医院、图书馆、游泳馆"几大件",新城也拉开了骨架;秀山县城面积达到 13 平方公里,新建 2 个广场,主干道两侧还种上了雪松。

薄熙来说,城市建设既是民生问题,也是经济问题、发展问题。城市建设搞得好,干净整洁,有文化品位,不仅体现着城市的朝气和希望,增加市民的亲和力与凝聚力,外来客商也会另眼看待,如鱼得水。重庆不仅要把主城搞好,也一定要把区县城搞好。渝东南要腾飞,想有更大作为,县城应该搞得好一点。现在市里支持一些县扩城,这种机会百八十年才有一回,能赶上很不容易，是历史性的机遇，一定要把握好。要看得远一些，高水平规划建设我们的县城，让后人一百年后也比较满意。

党员干部就是要真心实意为群众办事，而且要经常化、制度化，成为党员的生活常态

13日下午，薄熙来一行来到酉阳县板溪乡摇铃村。在村委会活动室，墙上贴着入党誓词，桌上工作日志、会议记录、民情档案、增收台账等资料一应俱全。薄熙来翻阅材料，并详细询问"三进三同"、大下访、"三项制度"的开展情况。村干部说，县里的机关干部来村里结穷亲，送技术、送关心，村里的党员干部也定期走访，为群众排忧解难，一位80岁的老人还自编"三项制度之歌"，歌颂党的好作风。

薄熙来说："几个县的'三项活动'都搞得比较实在，特别是几位县委书记都带头结穷亲，而且方式多样，一帮到底。县委、县政府机关干部都动了起来，有个新气象！党员干部就是要真心实意为群众办事，而且要经常化、制度化，成为党员的生活常态。活动室是个学习阵地，不仅要有书籍供大家阅读，还要有更生动、更直观的内容；既要有理论思维的工具，还要营造形象思维的环境。可以综合运用图片、音乐、雕塑等形式，表现井冈山精神、延安精神、红岩精神，要宣传江姐、焦裕禄、雷锋等英雄模范和抗洪救灾中的先进人物。要形成有吸引力、有感染力的精神'气场'，要让不识字的老农民走进来，也能受感染，被感动。"

走什么路？做什么人？当干部的要想彻底。一个人真正干活儿也就三四十年，要有点精气神，正正经经、正正派派地干点事

渝东南区县发展压力大，干劲也足。黔江区发扬"宁愿苦干，不愿苦熬"的黔江精神，鼓足干劲谋发展。酉阳县提出"晚上当做白天干，雨天当做晴天干，假日当做平日干，两人事情一人干，两天事情一天干"的"五干"作风，半年建了2万多平米厂房，工业园区引进217户企业。

薄熙来说，"黔江精神"、酉阳的"五干"作风、彭水的"真干、实干加巧干"和秀山的"诚信、开放、实干、创新"精神，都是在工作实践中总结出来并激励全县斗志的一种精神。铁人王进喜说："有条件要上，没有条件创造条件也要上",当代共产党人也得有这种造福子孙的宏愿、艰苦奋斗的精神,绝不能躺在前人的基础上睡大觉,不能为官一任,多年下来还是原地踏步,那怎么对得起父老乡亲?! 走什么路? 做什么人? 当干部的要想彻底。"苦干"要比"苦熬"好,"累死"要比"撑死"好,累死的是英雄,"撑死"的是腐败。焦裕禄拼命苦干,累倒在盐碱地上,百姓记他一辈子;而有的干部吃香的,喝辣的,搞出个"三高"不算,就是一命呜呼,也很不光彩。"人是要有点精神的",一个人从大学毕业到退休,真正干活儿也就三四十年,要有点精气神,正正经经、正正派派地干点事,办点让百姓认可的事。

(《重庆日报》2010 年 7 月 16 日,与张雪峰、陈旭合撰)

重庆市举行全国大学生骨干座谈会

体验在山城，畅谈在重庆

　　2010年8月4日上午，渝州宾馆新俱乐部会议室气氛热烈，市委书记薄熙来，市领导张轩、何事忠、马正其、陈存根坐在同学们中间，与参加"中国大学生骨干培养学校"的162名大学生亲切交流。这些大学生是北京大学、清华大学等109所全国知名高校的学生会或研究生会的主席。团中央书记处书记卢雍政主持座谈会。

短短12天，我们把情、把心、把根都留在了重庆，终生受益

　　"我们是五月的花海，用青春拥抱时代……"上午9点半，顶着8月的骄阳，大学生骨干们身穿红色T恤，在会场外唱响《光荣啊，中国共青团》，精神昂扬。薄熙来与同学们一一握手，并合影留念。薄熙来说："现在是大热天，你们感受了重庆的火热，一定会留下深刻的印象。"大家欢笑，鼓掌。

　　座谈会上，卢雍政首先介绍了"中国大学生骨干培养学校"第三期学员重庆实践锻炼活动的情况。自7月22日起，大学生们在重庆听报告，参观考察，并深入南川区8个乡镇与农民同吃、同住、同劳动，还举办登山比赛，收获颇丰，感触良多。同学们谈经历，讲感想，提建议，不时争抢话筒，现场气氛十分热烈。

　　吉林大学学生会主席张天译第一个发言，他说："重庆是一块充满激情、力量和信念的热土，从革命先烈的红岩精神，到当前'打黑除恶'中的不屈与坚毅，甚至一位老乡对我的嘱咐，'你们大学生前途无量，但一定要坚守一个原则,不贪不污!'这四个字都让我深受感染和震撼。"

大连理工大学研究生会主席崔强说,"唱读讲传"让他感受到红色的力量,"三进三同"加深了他对国情、民情的认识。中国人民大学学生会主席武帅说,当代大学生价值观日趋多元化,但看过重庆"打黑除恶"成果展,他体会到,一个社会需要树正气、祛邪气,大学生更要树立正确的世界观、人生观和价值观。重庆市学联执行主席王迪惊叹重庆农村的变化,为自己是一个重庆人深感骄傲和自豪。海南大学学生会主席郑鹏说,短短 12 天的经历,将让他终生受益,他把情留在了重庆,把心留在了重庆,把根留在了重庆!

"三进三同"社会实践让大学生们印象尤为深刻。哈尔滨工业大学研究生会主席王锐动情地说:"'三进三同'让我和重庆老乡没有血缘但胜似亲人,我们会永远牵挂重庆,眷念重庆,祝福重庆,把自己的智慧和才华贡献给祖国的发展。"东北大学研究生会主席孙涛说,只有和农民同吃、同住、同劳动,才能真正了解农村、农民,才能体会"柴米油盐酱醋茶就是基层的国家大事"。大学生只有培养起与农民的真情实感,敢于承担责任与使命,才能有所作为。厦门大学研究生会主席陈友淦建议,大学生志愿者要多关心、多关注农村留守儿童,让他们在同一片蓝天下健康成长。

高尚的精神和真挚的情感,是内生的、持久的动力,最能感染人、鼓舞人,而事在人为,只要人心齐,就事无不成

8 位学生代表发言后,会议进入自由交流。薄熙来鼓励大家畅所欲言,提出的问题"有挑战性更好"!大学生们踊跃发问,气氛更加火热。

中国社科院研究生会主席吴撼地抢先发言。她满怀深情地代表母校的老师、同学向"老学长"问好,然后说,重庆唱红歌、读经典、讲故事、传箴言,让人斗志昂扬,想听听下一步的打算。

薄熙来说,"唱读讲传"在重庆开展以来,干部群众积极性很高,一浪高过一浪,很有感染力。重庆人富有创造力。刚开始,我们只是提倡大家唱红歌,选定了 45 首歌曲,现在已经大大超出了这个范围。走在大街上,老大妈、小学生都能唱上几首,群众基础深厚,而且不断出新。现在又读经典,讲故事,传箴言,一些很长的名篇,比如王勃的《滕王阁序》、周敦颐的《爱莲说》、梁启超的《少年中国说》,中小学生都能从头到尾、一字不差地背下来,而且融会贯通。一个地方的发展，离不开精气神，高尚的精神和真挚的情感，能够凝聚人心，形成强大的精神力量，推动社会的进步。"唱读讲传"就极大地推动了重庆的经济发展、社会进步，是内生的、持久的动力，最能感染人、鼓舞人，而事在人为，只要人心齐，就事无不成。

有人表扬我们"打黑除恶"有胆识、有策略，其实，我们的策略就是"不讲"策略，直来直去，依法办案

抢到话筒的清华大学学生会主席张昭遂说："重庆市委、市政府决策坚决，顶住各种压力，打黑出重拳，除恶保平安，有胆识，有策略，大快人心，也振奋人心。我想问薄书记，您当初作决策时是怎样考虑的？"

薄熙来说，讲到"打黑除恶"，老百姓感到大快人心，但也有人不舒服，不光是黑恶势力本身，还有与他们相关的那些人——腐败分子和"保护伞"，因此会有不同的舆论和反应。但为了人民的利益，压力再大，也要勇敢面对，一定要将斗争进行到底，最重要的是政治决心。如果东张西望，想三想四，患得患失，就什么也不要做了。有人表扬我们"打黑除恶"有胆识、有策略，其实，我们的策略就是"不讲"策略，直来直去，依法办案，该怎么办就怎么办，任凭别人怎么说，也要大胆地往前走，坚决将犯罪分子绳之以法，绝不含糊。

发展经济和改善民生并行不悖，改善民生的过程，就是发展经济的过程

薄熙来说，刚才同学们还提到"民生十条"，涉及公租房、农民工户籍制度改革、农民养老、130万农村留守儿童、农民"万元增收"、校园安全、群众看病等问题，都是关乎老百姓安身立命的事情。这是重庆市委全会做出的一个重要决定，也是我们发展理念的重大转变。传统的思路是，先发展经济挣钱，有了钱再改善民生。现在的想法是，发展经济和改善民生并行不悖，改善民生的过程，就是发展经济的过程。驱动经济有"三驾马车"：投资、出口和消费。改善民生就是直接促进消费，拉动内需。如果说重庆发展与过去的路子有什么不同，就是一边促进消费、拉动内需，一边营造内地大市场，把经济发展起来。所以这次出台的"民生十条"，既是改善民生的迫切需要，也是探索以民生为导向的重庆发展经济之路。

去年我们修了 38 条登山步道,过两年我们还想搞个邀请赛,与京、津、沪的同志们比赛爬山

西藏民族学院学生会主席白博问:"昨天,我和学员们爬金佛山,很多同学脚疼腿麻,当时我心里就想,再坚持一会儿,登上去,肯定能看到别样的风景。我想问薄书记,您登山的过程中想些什么呢?"

薄熙来说:"我登山的时候,就想要修更多的登山步道,让重庆的孩子们把身体锻炼得更好。去年我们修了 38 条登山步道,让重庆人民好好锻炼,过两年我们还想搞个邀请赛,与京、津、沪的同志们比赛爬山,看看谁的体力好!"大家开怀大笑,热烈鼓掌。

电子科技大学研究生会主席李爽抓住机会向薄书记请教:"我老家在湖南,是一个农业镇。重庆农村也很多,如何对症下药搞好发展?"

薄熙来说,重庆的农村面积较大,贫困人口比京、津、沪拢一块儿还要多。重庆正在实施"两翼"农户万元增收工程,未来 3 年要让渝东南、渝东北 95% 以上的农户户均增收万元,从年收入 1.5 万元增至 2.5 万元;也就是说,要由前几年农民年均增收 300 元提高到年均增收 1000 元。这个目标实现了,重庆农村百姓的日子就会得到较大改善。

只要健康的、正义的力量团结起来,腐朽的势力就成了纸老虎,不堪一击

复旦大学学生会主席李汇东好不容易抢到话筒,问了一个很多同学关心的问题:"我们做学生工作,达不到满意的效果会沮丧。薄书记在'打黑除恶'过程中,在最困难的时候,比如说'李庄案'的时候怎么想,能否跟我们分享一下您的心路历程?"

薄熙来说,在我心里,李庄那个事情是个"小浪头",现在还有一些"浪头"。总有一些人希望借"打黑除恶"表现一下,时不时捅点东西出来,我们是有思想准备的。"打黑除恶"涉及到那么多黑恶势力,打疼了那么多人,连带那么多利益集团,能没有矛盾吗? 启动这场斗争的时候,我们就做好了迎接挑战的准备。马克思说过:"斗争就是幸福!"毛主席也讲:"与人奋斗,其乐无穷!"这就是革命者的人生观和对幸福的理解。为了人民的利益,为了大众的幸福,他们不仅对挑战无所畏惧,而且在斗争中豪情万丈。过去有句话:"共产党人是特殊材料制成的",咱共产党员、共青团员就是要有"压倒一切敌人、而决不被敌人所屈服"的气概!"打黑除恶"斗争中,来自市民的上万封举报信,80%是实名举报,这本身就说明了人民群众的态度。只要健康的、正义的力量团结起来,腐朽的势力就成了纸老虎,不堪一击。虽然有困难,但我们信心十足!

思想政治是最生动、最鲜活的东西,最能激发人内心的情感,更应入脑入心

"对思想政治课,不少大学生不'感冒',逃课的人很多,场面冷冷清清。"天津大学研究生会主席邹旸的发言引来一阵热议。哈尔滨工业大学学生会主席郭一澎说,原因是教材缺乏吸引力,东北大学研究生会主席孙涛认为是一些老师讲得不够精彩。

薄熙来说,思想政治其实和人们的社会生活联系得最紧密,是最生动、最鲜活的东西,也最能激发人内心的情感,更应入脑入心。1935年的"一二九"学生运动,年轻人热血沸腾,高呼着抗日的口号,顶着警察的水龙,唱着爱国歌曲就上了街,这就是政治觉悟激发起了学生的爱国情怀。

薄熙来说,思想政治的教材并不只在课本上,重庆卫视的《记忆》、《英雄交响》栏目就很不错,今天播的一个节目就很能打动人,讲当年研制"两弹一星"的团队,原子弹、氢弹试验成功了,举国欢庆,而这些团队功臣们每个人只发了10元钱的奖金,大家根本不谈价钱,只讲奉献,都感到无上光荣!那时的人,就是一心报国,真让人感动!这也是一种思想教育,是入脑入心的政治。

重庆为什么提倡红歌?就因为红歌唱响了理想信念,抒发了爱国主义,能让男女老少都感受到精神的力量

重庆的社会实践,尤其是"三进三同"活动,让华中科技大学学生会主席马龙鹏触动很大,他剖析当代青年有知识、有能力,也愿意去奋斗,但比较现实和功利,关注自己多,关心集体少,遇到问题不愿承担责任,应该到基层接受锻炼。

薄熙来说,你说的比较实际。与上世纪五六十年代相比,当代年轻人受到的教育更系统,知识结构也更完善,但有些人比较功利,思想比较脆弱,吃苦的精神头儿、集体主义的意识相对差一些,这也是一种个人主义、自由主义的表现。中国几千年文化深受孔孟之道影响,就是进入革命队伍的一些人也往往如此,遇到矛盾"大事化小,小事化了","见人只说三分话"……实用主义、功利主义思想严重。毛主席曾在《反对自由主义》一文中为这种人"画像":"事不关己,高高挂起;明知不对,少说为佳;明哲保身,但求无过",剖析得入木三分。他们一事当前,先替自己打算,只想着"自保",怕"得罪人",不要"吃亏"。而我们共产党人要提倡什么呢?应是为人民的利益一往无前,是公而忘私,是奋斗牺牲!

薄熙来说,一个伟大的民族要有凝聚力,要有奋斗的精神。抗战时期,无数中华儿女冒着敌人的炮火,"把我们的血肉,筑成新的长城!"胜利之后怎么办?还要不要奋斗?如果各奔东西,一盘散沙,是没有前途的,甚至是危险的。重庆为什么提倡红歌?就因为红歌唱响了理想信念,抒发了爱国主义,能让男女老少都感受到精神的力量。

人民群众怎么看我们的接班人,其实就看能不能和他们心连心,看他们对工农的态度

北京大学学生会主席余洲、北京外国语大学研究生会主席李爱国、上海交通大学学生会主席吴喆莹、山东大学学生会主席刘静也分别就当代大学生的思想动态和他们在重庆社会实践的感受作了发言。

听完大家的发言和提问,薄熙来说,团中央组织全国大学生骨干,深入田间地头,了解农村这个中国最大的国情,很值得称道。半个月中,同学们与农民同吃、同住、同劳动,磨炼了意志,培养了与人民群众的感情,还学会了群众工作的方法,学到了不少人民群众的语言,很为你们高兴。

薄熙来说,密切联系群众是我们党的光荣传统,你们是有志报效祖国的年轻一代,要带头继承和发扬这一传统。毛主席说过:"看一个青年是不是革命的,拿什么做标准呢?拿什么去辨别他呢?只有一个标准,这就是看他愿意不愿意、并且实行不实行和广大的工农群众结合在一块。愿意并且实行和工农结合的,是革命的,否则就是不革命的。"如果我们这些学生的领头人,只是闷头读书,忙于考硕士、博士,只顾设计自己,和工农群众缺乏联系和感情,那就脱离了我们党所推动的事业。

薄熙来说,我们的接班人必须和工农大众相结合,这是一个重大原则问题。人民群众怎么看我们的接班人，其实就看能不能和他们心连心，看他们对工农的态度。人民群众是最朴实、最实际的，如果年轻一代能真心实意地关心、爱护和尊重百姓，能把党和政府的温暖送到人民心间，他们就会发自内心地热爱党，就会感到我们的党、团组织是亲人。

薄熙来说，青年团员必须有联系工农大众的自觉性。重庆组织实施"三进三同"、"结穷亲"、"大下访"和"三项制度"，就是为了让广大干部密切联系群众，了解社情民意。知国情是年轻人做好工作的重要基础，仅从书本是不能了解国情的，必须亲身感受。谁走得勤，看得清，问得细，记得牢，谁才能真知、详知，才能对中国社会有更大的发言权。

讲话，写文章，都要朴实自然，力戒空话、套话，如果老百姓听不懂，双方的距离就远了

薄熙来希望大学生加强学习。他说，现在信息越来越多，不少人每天上网，看电视，读报纸，占用了大量时间，一天到晚也忙得很，但这并不等于学习，"走马观花"而已。静下心来想一想，未必能学到什么东西。一定要好好读点经典，才能汲取真正的"营养"。大家看马克思的文章，以其理论的深刻彻底和强大的逻辑力量使人信服。列宁的文章很有激情，读起来朗朗上口，很多堪称格言警句。毛主席的《矛盾论》、《实践论》等名篇，深入浅出，旁征博引，贯通古今，发人深思。这些伟人的作品确是经典，不可不读；还有李杜诗文，古典名著，年轻时多读一些，今后用起来就方便了。

薄熙来说，各位同学发言，讲得很生动，很动情。希望大家讲话，写文章，都要朴实自然，力戒空话、套话，如果老百姓听不懂，双方的距离就远了。我们共产党、共青团应该是最能联系实际的，同学们多与群众打交道，语言风格和习惯也会潜移默化地受影响，你讲的话老百姓爱听，才有开展工作的条件。

马克思主义、毛泽东思想、邓小平理论都是科学，是最伟大、最生动的理论，具有强大的生命力

座谈中，有同学讲，这个团队还特意穿上了红色的 T 恤衫，因为我们是红色的接班人。薄熙来称赞说，大家是共青团嘛，就是要坚持我们的理想信念！在红旗的指引下，我们建立了新中国，60 多年来，中国不但站起来，而且发展起来了。红色是我们国旗的颜色,我们就是要"唱红",就是要举红旗。现在有些人有意回避红色文化,好像宣传共产党的理论和学说就显得"左"或者"土"。其实,马克思主义、毛泽东思想、邓小平理论都是科学,是最伟大、最生动的理论,具有强大的生命力和蓬勃生机,而且潜力还大得很,可以引领中国走向更大的辉煌。我们搞改革开放,绝不是抛弃原来的理想信念,改革开放的总设计师邓小平,本身就是坚定的马克思主义者。邓小平理论、"三个代表"重要思想和科学发展观都是在坚持和发展马列主义、毛泽东思想。中国要进一步发展,必须坚持我们党的学说和理想信念。

能为大多数人带来幸福的人才是真正幸福的人

薄熙来希望,青年人要有高尚的精神追求。我们讲,"德智体全面发展",要"又红又专",就是把精神因素摆在第一位。马克思说得好:"经验赞美那些为大多数人带来幸福的人是最幸福的人。"这话说到家了,这是马克思的人生观。人到底为什么而活着? 为吃得好吗? 吃太好了还容易高血脂,得肥胖症。为挣大钱吗? 钱财乃身外之物,生不带来,死不带去。留一笔钱给孩子吗? 那是让孩子坐享其成,失去创业的渴望,到头来一事无成,害了他们! 攒钱修个祠堂光宗耀祖吗? 老百姓怎么会去敬那些大财主呢? 把人生想彻底,还是马克思说得对,能为大多数人带来幸福的人才是真正幸福的人!

薄熙来说,中国现在的经济蛋糕已经做大了,但还要有健康的精神生活。发展经济是硬道理,提升精神生活的质量也是硬道理。这次送给同学们一套光盘,一部《记忆》,一部《英雄交响》,专门讲述上世纪50、60年代的故事。那时的人们,生活很清苦,但大多数人都有一种发自内心的自豪感。"天下兴亡,匹夫有责",当代大学生要从校园做起,传承和发扬高尚的、脱离了低级趣味的精神风貌,并进而影响当代中国的青年生活。你们这些同学在一定程度上代表着中国的未来,相信10年以后,会在报刊上读到你们精彩的故事,希望你们能对中华民族有所贡献。

同学们以热烈的掌声回应薄书记的讲话,并高唱《歌唱祖国》,大家全情投入,久久不愿离去……

(《重庆日报》2010年8月6日,与张雪峰、李鹏、陈旭合撰)